秀威文哲叢書

韓晗 主編

中國文學漫論

何錫章　著

秀威資訊・台北

「秀威文哲叢書」總序

　　自秦漢以來，與世界接觸最緊密、聯繫最頻繁的中國學術非當下莫屬，這是全球化與現代性語境下的必然選擇，也是學術史界的共識。一批優秀的中國學人不斷在世界學界發出自己的聲音，促進了世界學術的發展與變革。就這些從理論話語、實證研究與歷史典籍出發的學術成果而言，一方面反映了當代中國學人對於先前中國學術思想與方法的繼承與發展，既是對「五四」以來學術傳統的精神賡續，也是對傳統中國學術的批判吸收；另一方面則反映了當代中國學人借鑒、參與世界學術建設的努力。因此，我們既要正視海外學術給當代中國學界的壓力，也必須認可其為當代中國學人所賦予的靈感。

　　這裡所說的「當代中國學人」，既包括居住於中國大陸的學者，也包括臺灣、香港的學人，更包括客居海外的華裔學者。他們的共同性在於：從未放棄對中國問題的關注，並致力於提升華人（或漢語）學術研究的層次。他們既有開闊的西學視野，亦有扎實的國學基礎。這種承前啟後的時代共性，為當代中國學術的發展提供了堅實的動力。

　　「秀威文哲叢書」反映了一批最優秀的當代中國學人在文化、哲學層面的重要思考與艱辛探索，反映了大變革時期當代中國學人的歷史責任感與文化選擇。其中既有前輩學者的皓首之作，也有學界新人的新銳之筆。

　　作為主編，我熱情地向世界各地關心中國學術尤其是中國人文與社會科學發展的人士推薦這些著述。儘管這套書的出版只是一個初步的嘗試，但我相信，它必然會成為展示當代中國學術的一個不可或缺的窗口。

韓晗

2013 年秋於中國科學院

目　次

第一輯

古代文學研究

第1章 孔子、柏拉圖文藝思想之兩點比較

　　翻開《論語》和柏拉圖的《文藝對話錄》，從孔子對文藝的只言詞組的評論到柏拉圖對文藝洋洋灑灑的生動論證，在思想上，有一個明顯的共同點，就是他們站在所屬的階級立場上，強調文藝的傾向性和功利主義，提倡文藝為統治階級服務；在涉及文藝問題方面，都不同程度地對文藝的本質即文藝的社會功能作過一些探討和評價。不同的是，在思想孔子具有一定的民主性和人道主義精神，並能體現出一定的樸素唯物主義思想；而柏拉圖則具有一定的專制性和禁欲主義、神祕主義，表現出更多的唯心主義和反現實傾向。當然，在有關美的本質，美感心理特徵，創作靈感的某些方面的探討，柏拉圖不乏深刻之處，是孔子所不及的；不過，本文不打算對此作出評述，僅從文藝的傾向性功利觀以及藝術的社會功能這兩個方面作有限的探索性比較。

一、「仁禮」之制和「理想國」
——關於文藝傾向性、功利觀的比較

特定時代、社會、個人的文藝思想都會不同程度地反映特定社會、階

級、階層的根本利益和基本思想，都會不同程度地（或大或小），在一定
範圍內（或廣或狹），接受同時代統治階級思想的制約和規範，體現出特
定的思想傾向和鞏俐價值觀念。恩格斯認為，文藝作品的主要人物都是某
種傾向的代表；普列漢諾夫也指出，一個政權只要注意到藝術，總是自然
地偏重於採取功利主義的藝術觀。文藝發展史的事實也說明，文藝的傾向
性和功利性是一種客觀的存在。孔子、柏拉圖表現出來的最強烈，給人印
象最深的也正在這些方面。只不過，孔子是把傾向性、功利觀納入他的「仁
禮」的規範中，柏拉圖則將它們滲透在他的「理想國」。

　　孔子所處的時代，西周以來的禮制受到了極大的挑戰，禮崩樂壞成為
既成的社會事實，新的政治、倫理、道德觀念興起。面對禮的崩潰，孔子
企圖挽狂瀾於既倒，扛起了復禮大旗。但是，他不是簡單移植和重複「周
禮」，而是根據時代需要和他的主觀認識與理解，加進了「仁」這一新的
內容，構成了以禮為核心，以仁為重要輔助手段的政治理想。他把以政治
倫理為主的禮與以道德、人道為內核的仁編織成了一幅政治生活、倫常感
情、內心修養、道德自我完善、血緣關係等縱橫交錯的經緯網，形成了獨
特的、統治中國達幾千年的政治理想和實踐生活準則。禮是制度、法網、
秩序，是保障王權永恆的支柱和立國的總原則；它以一種偏重於政治倫理
的力量，支配著人們的行為，要求人們理性的、實質上是被動地服從它，
要人們「非禮勿視，非禮勿聽，非禮勿言，非禮勿動」[1]。按荀子的解釋，
「禮」是「先王惡其亂」的產物，因此，它的本質和內容是政治的，具有
強制性。「仁」是「禮」的補充。如果說，「禮」是封建社會統治階級理想

---

[1]　本文孔子的話皆出自《論語》，不另注。

的本質和內容，那麼「仁」就是實現「禮」的一種有效途徑。它是一種更高、更深刻的道德要求，偏重於個人的心理、情感選擇和判斷。和「禮」相比，「仁」把外在的異己的社會政治力量轉化成個人道德修養的自我完善，把非自覺地接受「禮」的約束轉化為自覺的內心要求和自我限制。一句話，提高了人的主體的地位。但從實質上和目的上講，「仁」和「禮」一樣，都是一種統治術。「仁」明確提出了個人本質的錘鍊，強調人內在的自我意識和自我存在價值以及人在社會中的責任與義務。一方面，它是「禮」在人心靈上的更深刻的滲透，具有明確的政治性；另一方面，它以「仁者愛人」為基礎，又體現出一定的人道主義，在政治上又會表現出民本傾向和批判精神。孔子的文藝思想有一定的進步性，與「仁」的關係是分不開的。

「禮仁」理想在文藝方面的具體表現，就是文藝的傾向性和功利原則。孔子認為，一切文藝都應當接受「禮仁」的全面約束。「禮仁」是文藝的出發點，「興於詩，立於禮，成於樂」，「弟子入則孝，出則弟，泛愛眾而親仁。行有餘力，則以學文」。「禮仁」是文藝創作的規範，孔子要求「博之以文，約之以禮」，「博學以文，約之以禮」，強調「歌樂者，仁之和也」，「禮仁」是文藝的最終目的和歸屬，「邇之事父，遠之事君」，「授之以政」，只有禮樂興，才會「刑罰中」。正如《淮南子・立術訓》篇所指出的，「孔子學鼓琴於師襄，而論文王之志，見微以知明矣！」所謂「論文王之志」，也就是借鼓琴之樂為「禮仁」服務。「禮仁」是檢驗具體作品的標準，在批評和欣賞過程，「禮仁」標準與美學標準相結合，就構成「美善」統一的原則。魯國季氏演出了「八佾」樂舞，孔子極為憤怒，「是可忍，孰不可忍！」魯國季孫、叔孫、孟孫三家大夫，祭祀時演出了《周頌》中的〈雍〉，孔子也極為不滿；而歌頌以武力征服天下的〈武〉樂，他認為形式

是美的，可內容因與「仁愛」原則衝突，故未能「盡美」；相反，《韶樂》
因「美舜以德禪於堯，又盡善，謂太平也」（鄭玄注）與孔子的「仁」相
一致，因而是「盡替盡美」的，聽起來就會「三月不知肉味」，既得到了
思想上的滿足和心理平衡，又獲得了美的享受。

　　柏拉圖生活在伯羅奔尼薩戰爭前後，當時雅典政治生活急劇動盪，奴
隸與奴隸主之間的階級矛盾，貴族與民主黨之間的角逐都達到了白熱化的
程度，結果，貴族失勢，民主派掌握了權，舊的傳統遭到了破壞，新的風
氣逐漸樹立。就是在這樣一個風雲激蕩的變革時期，柏拉圖旗幟鮮明地成
為民主派的對頭，企圖挽救舊的貴族階級的統治和它們的意識形態，藥方
就是「理想國」。

　　「理想國」的目的在於創造一種合乎奴隸主貴族階級要求的理想制度
和理想公民的人格，它是貴族政體的理想化，是大勢已去的貴族階級在絕
望中自我發射出的一線希望之光，本質上代表著舊的、沒落的階級的要
求，「理想國」的核心理想是「正義」。實際上，「正義」是一種秩序，是
統治階級與被統治階級關係維繫的精神原則。馬克思曾一針見血地指出過
「理想國」的實質，認為在柏拉圖的「理想國」裡，分工是城邦的基本原則，
但它不過是就埃及的等級制度加以雅典式的理想化而已。說穿了，柏拉圖
的目的就是要建立一種新的政治倫理秩序，以保證貴族階級統治的穩固不
移，而培養所謂的「理想公民人格」也不過是維護這一統治的工具。從這
個意義上講，「理想國」和「禮」倒是如出一轍，把它看成古希臘城邦政
治的「禮」也未嘗不可。

　　以「理想國」為基點，柏拉圖要求文藝必須無條件地為「理想國」政
治服務，要充分完整反映「理想國」的要求和傾向。聰明的是，柏拉圖把

神的完善盡美作為「理想國」的偶像，為政治服務的要求採取了為神唱讚歌的形式，利用當時人們認識能力的局限，煽動宗教情緒，把文藝作為引導人們的思想感情走向宗教淨化的工具。為此，他作了如下限制。一、神在本質上是善的。無論是史詩，抒情詩，悲劇都應當把神寫成是「福」的因，而不是禍的源。他說：「我們要盡力駁倒神既是善的而又造禍於人那種話；如果我們的城邦政治要修明，任何人都不能說這種話，無論老少，無論說的是詩還是散文，因為說這種話就是大不敬，對人無益。」[2] 於是，他制定了第一條所謂的文藝法律：「神不是一切事物的因，只是好的事物的因。」我們認為，這條所謂的法律是為統治階級塗脂抹粉的大暴露。他大肆貶斥、譴責赫西俄德、荷馬等作家的作品，認為他們「把神和英雄的性格描寫得不正確」，是說謊。可見，柏拉圖傾向性原則的首要特徵是文藝必須反映和描寫神和英雄的「善」。「善」即神和英雄，也就是「理想國」中的理想人格代表。二、文藝作品應當是純「歌德」的。從這一基本前提出發，他要求對「神」作完美無缺的刻畫，反對寫出它們的相互傾軋和荒淫醜惡的本質，其目的在於對貴族統治階級行歌功頌德之能事，充當它們的代言人，傳聲筒。在他看來，神──統治者的象徵，在本質上是純一的。基於此，他制訂了文藝的第二條法律：「神們不是一些魔術家，不變化他們的形狀，也不在言語或行動上撒謊來欺騙我們，」「神以及一切有神性的東西都是最完善的」。完善的東西是永恆的，「不容易受外來影響而改變形狀的，」因而，神的喬裝周遊，赫拉的扮裝化緣，以及文藝作品客觀地描繪出神的貪婪、兇殘都是不真實的，是不容許其存在的。柏拉圖出於狹隘

<hr>

[2]　本文所引柏拉圖的話，皆出自《理想國》，見朱光潛譯《文藝對話集》，北京：人民文學出版社，1980 年版，第 21-89 頁。

的階級功利主義，走上了一條形而上學的反現實的道路。三、文藝作品應當培養出人們的「服從」品德，特別是對兒童服從品質的從小培養，文藝作品不能違反統治階級的法律，詩人們應創作符合理想國法律的歌調。他說：「真正的立法者會勸導詩人們，如果勸導不行，就強迫人們在節奏，形象，曲調各方面都用美麗高尚的文字，去表現有自製力和勇氣並且在一切方面都很善良的人們的音樂，」要詩人們「遵守人們原來替保衛者們設計教育時所定的那些規範。」強調文藝作品的政治教育不無意義，但片面和過分渲染，就會導致人失去了自身的豐富性的品格，變為一種單一的、純一觀念孕育出來的平面；同時，把文藝的政治傾向抬高到唯一的、至高無上的地位，也必然會限制文藝的表現天地，而成為某一精神概念的圖解。

　　上面我們簡單地就相同點作了一些比較，下面我們再探討一下相異點。

　　首先，孔子的傾向性，功利原則具有世俗和實踐現實性以及情感化等特點，而柏拉圖則恰恰具有抽象觀念性，神祕性和理性化的特徵。

　　孔子的「禮仁」為核心的傾向性、功利原則，不是抽象神祕的。從哲學上講，它屬於實踐理性的範疇，它把這種原則引導貫徹在日常現實世間生活，倫常感情和政治觀念中，滲透到我們生活實踐的具體行為裡，求得社會的和諧和統一，達到社會性倫理性的心理感受的滿足，它不作嚮往天國和來世的夢幻，不把理智，情感引向神學的偶像象徵和宗教的虛無縹緲，而是注目於現實的具體生活享受，強調「人道」。因此，孔子文藝思想的顯著特點就是把文藝緊緊放在現實的生活圈裡和實踐活動過程中。所謂詩要「授之以政」，就是面向現實的政治生活，而「邇之事父，遠之事君」則是將文藝貫徹到日常的倫理情感關係之中；「興於詩，立於禮，成於樂」，強調「禮樂興，刑罰中」也是涉及的生活具體事件；他的「美善」

統一觀點恰好就是把政治倫理觀念，藝術形式，審美價值結合起來，放在
實踐中以衡定作品，而不是作超現實的迷狂和到天國進行靈魂的回憶，
對美進行靜止觀照和欣賞；孔子要求作家面向人生和生活的實踐，要表現
出具體的人的政治觀念、道德意識傾向、意志情感的發展，決非自我安慰
自我觀照的向壁虛構。這就構成了積極的入世態度，這正是中國文藝現實
性強的重要原因。宗白華先生認為，中國詩畫中的時空觀是「吸無窮於自
我」，以現實的有限時空包涵無限，以活生生的有限的具體生命去包容永
恆，從根本上講，這是實踐的、現實的人的生活的觀念體現。值得肯定的
是，孔子已經認識到了文藝的一切傾向表現必須藝術化，理性情感化，心
靈化的審美特性。這是他重視實踐生活的必然邏輯。他時時提到的是「禮
樂」並重，而不僅僅強調「禮」。他說：「禮之用，和為貴」。「和」按邢昺
疏：「『和』少謂『樂』也，樂主和同，故稱『樂』為『和』」。在孔子看來，
要推行禮制，應借助於「樂」的力量，通過藝術的魅力去潛移默化人們的
情感和思想，在心靈的深處栽下「禮」的根子，書樂」之所以得到孔子的
重視，那是因為「凡音者，生人心者也，情動於中，故形於聲；聲成文，
謂之音……聲音之道，與政通矣」。[3]「樂由中出，禮自外出，樂由中出故靜，
禮自外作故文。……樂至則無怨，禮至則不爭，揖讓而治天下者，禮樂之
謂也。」[4] 這就是禮與樂的辯證關係和結合起來的一種合力——思想與情感，
政治傾向和藝術效果的合力。

　　再看柏拉圖。車爾尼雪夫斯基在《論亞里斯多德的〈詩學〉》這篇文
章中對柏拉圖有過這樣的評價：「許多人把柏拉圖算作是一個希臘浪漫

---

[3] 《樂記》。
[4] 《樂記》。

派，他渴望著不可知的，曖昧的，奇怪而美麗的地方，嚮往著『彼岸，彼岸』，但又不明白究竟在哪裡，只不過是一塊遠遠離開人們和大地的地方……柏拉圖完全不是這樣。他的確賦有崇高的靈魂，一切高尚而偉大的東西可以把他吸引到熱狂的地步；可是他卻不是遊手好閒的夢想家，他想的可不是星空世界，而是地上，他不是想看幻影，而是人。」我們認為，車爾尼雪夫斯基的結論缺乏根據，是用他自己的思想對柏拉圖作了積極的唯物主義的理解。不容否認，柏拉圖的出發點和主觀動機是從對抗現實著眼，為他的階級利益服務並為其制訂教條的。問題在於他害怕現實，憎恨現實的心理，導致他在客觀上走向了「神」與宗教的領地，作了虛無的嚮往，把現實的關係用神的關係加以代替，把現實變成了一種虛無的、神祕的、抽象而超感性的世界。第一，「理想國」本身就是虛構的產物，是柏拉圖為所屬階級編織出的虛幻的天堂；第二，他的「理想國」是以「神」作為核心的，而不是人間真實的、可能的存在；他要求人們做走向天國的夢想，而不是現實的實際努力，這是他對現實的無可奈何的宗教化與抽象化；第三，他要求文藝作品中的「人」，不是現實中的活生生的有血有肉的人，而是神化了的英雄人格，是腳穿厚底靴，頭上戴著靈光圈的淨界人物，是一塵不染，完美無缺的至善和聖水，是純觀念組合的理想偶像；第四，他要求文藝表現的事件是神的活動，而不是社會現實中的人的具體生活實踐，詩人只能是神的代言人，而人不應當具備全面而豐富的情感、意志、欲求，他認為，詩人只能在神的驅使下，在迷狂的狀態中寫作，從而把作家的視線引向超人間的神學大廈和宗教迷狂，放棄對現實的追求和人格的全面和諧發展；第五，柏拉圖的美和善的統一在神，現實的普通的人不可能觀照美，只有哲人，通過靈魂的回憶，理智的清醒，在天界裡才能

對美進行觀照和欣賞。凡此種種，決定了他文藝思想的神祕性，抽象性和反現實性。由此，也就必然導致他蔑視感性而重理性的片面看法。他認為，文藝作品不是以作家自身的情感體驗為基礎，而是以神的觀念為起點；不是從具體出發，而是從抽象著眼；是觀念的圖解，不是具體的再現或表現；不是從感情中見出理性，情感融化觀念，而是理性排斥感性，觀念摒棄情感。他提倡作家要寫出「法律和古今公認的最好的道理」，而這種道理，又只能在抽象虛無的世界裡尋找。

其次，孔子的文藝傾向性、功利原則具有一定程度的民主性和範圍的廣泛性，柏拉圖則具有專制性和狹隘性。

毫不懷疑，孔子的傾向性原則中也具有專制因素，不過比起柏拉圖來要少得多了，我們說過，「禮仁」，原則是一個廣泛的規定，不僅包括庶民百姓，也涉及君王大臣。一方面，對符合「禮仁」者則「美」；反之，則「刺」。孔子批評魯國季氏和另外三家大夫的例證雖然是維禮的，但從積極的意義去看，批評的範圍是廣義的，尤其是對〈武〉的評價，更可以看出孔子的民主精神，歌頌聖人的作品不合要求也是可以批評的，這是其一。「仁」的中心是「人道」。如孔子回答哀公的人道誰為大時，他不僅承認人道，而且認為「君為正」是人道中的最大問題，這就包含了尊重人和限制君權的思想。敏澤先生認為：「『仁』或『愛人』雖然在理論上和實踐上，本質上都是虛偽的，但終究是思想史上的一大進步，並且給了後來封建社會中具有正義感或進步的作家以揭露和批判暴政的思想武器。」這一結論是中肯的，這是其二。既然「禮仁」是實踐的，是實踐活動的標準，那麼，這一無所不包的所有生活領域皆成為文藝表現的對象，客觀上為文藝內容題材的多樣化開闢了道路，「思無邪」原則就是很好地說明。

　　孔子很重視文藝的內容，他曾毫不隱諱地說：「吾自己返魯。然後樂正，〈雅〉、〈頌〉各得其所！」所謂各得其所，就是經他的篩選，表現出他的文藝價值選擇，這也正是我們感興趣的。

　　孔子曰：「詩三百，一言以蔽之，曰『思無邪』。」「思無邪」是概括性很強的總體評價。一方面，它可以被認為是傾向性規定，即是健康的，而不是邪僻的。劉寶楠在《論語正義》中是這樣理解的。他說：「論功頌德，止僻防邪，大抵皆歸於正，於此一句可以當之也；」另一方面也是被人歪曲和忽略了的，就是孔子通過對《詩經》的評價所體現出的文藝內容觀。歪曲的人後世如朱熹，他反對孔子的評價，認為「惟〈周南〉、〈召南〉獨為風詩之正經。自〈邶〉而下……有邪正是非之不齊」[5]，並斥戀歌為「淫詩」。故後世有人主張刪去它們，持同意見的還有清代的姚際恒等人。這恰恰說明瞭孔子的「思無邪」原則與道學家們是不相容的，正說明瞭孔子思想中的進步性。事實上，我們認為，孔子對「詩三百」做出了「思無邪」的總體評價就已經充分肯定了那些富有現實性的，揭露很尖刻的詩的合理性，它們和其他詩一樣，是「無邪的」。我們還可以從另一方面來佐證。大家知道，《詩經》的內容和題材十分豐富，政治社會，戀愛婚姻，自然，軍事，農業，建築，天文，地理，無所不包，既有反抗之聲，也有歌德之辭，有歡快的戀歌，也有痛苦生活的悲吟，幾乎對當時的社會作了完整的反映，人物多樣，層次豐富，情感表達紛紜，所以說，「思無邪」原則實際上是對詩歌的內容作了廣泛性的概括和規定，包容性是大的。瞭解了這一點，上面的爭論也就可以解決了。當然，主觀上，孔子是從「禮仁」前

---

[5]　朱熹：〈詩集傳序〉。

提出發的，但客觀上確實對後世文學的發展，尤其是在內容方面其積極的影響是不可低估的。

與孔子相比，柏拉圖則顯出更多的是專制主義和狹隘保守的文藝內容觀。他專斷地宣稱「除掉煩神的和讚美好人的詩歌以外，不准一切詩歌闖入國境」。「如果你讓步，准許甜言蜜語的抒情詩或史詩進來，你的國家的皇帝就是快感和痛感，而不是法律和古今公認的最好的道理了。」他極力鼓吹長官意志，設立文藝檢查官，用法律強行干涉文藝。他說：「一個城邦如果還沒有由長官們判定你們的詩是否宜於朗誦或公佈，就給你們允許證，它就是發了瘋。」他還認為，法律是使作品達到完善的先決手段，「最高尚的劇本只有憑真正的法律才能達到完善」。這完全是一種無視藝術規律，用法律代替藝術的霸王腔。正如萊辛在《漢堡劇評》所指出的，「法律不應該向科學擅施強制，這是無可辯駁的，因為科學的目的在真理，真理對心靈是必要的，如果對這種基本要求的滿足施加儘管是最微的強制，那就是暴政。」文藝何嘗不是這樣呢？柏拉圖在文藝上推行專政主義難道我們不應給予正確的批判嗎？

思想上的專制主義和文藝內容的狹隘單一是孿生姐妹，這是柏拉圖文藝內容觀的顯著特點，他的總觀點是「優美的詩歌本質上不是人而是神的，不是人的製作而是神的詔語；詩人只是神的代言人。」即是說，文藝的內容只能在「神」的範圍內選擇，又因神是純一的，善的因，所以，文藝的內容歸根到底只能以善的、純一的神為主體內容，照柏拉圖的理解，就是勇敢、聰慧、溫和、即「正義」，一切都「應該符合這個道理。」柏拉圖的內容觀顯然是狹隘的。

二、「興觀群怨」和「理式」影子的摹仿及其他
——關於藝術社會作用的認識之比較

　　藝術活動（創作、欣賞）是一種精神性的活動，它是認識的，又是實踐的，它產生於生活的實踐，是對生活實踐的再認識，再評價，又反作用於現實的生活實踐。因此，僅僅只承認藝術的審美作用，輕視它的社會實踐作用是不全面的，藝術是這樣的一種活動；藝術家自覺與不自覺地把自己對人生的理解、生活的評判、社會本質的認識，經過獨特的主體情感心理體驗，具化為鮮明、生動的藝術形象，或明或暗或隱或顯地反映和表現生活，展示人們的現實要求、慾望和人生理想，以此影響生活，影響人的實踐。故車爾尼雪夫斯基認為藝術要再現生活，說明生活，給生活下判斷，要成為生活的教科書；高爾基也認為藝術的本質是贊成或反對的鬥爭，漠不關心的藝術是沒有而且不可能有的，因為人不是照相機，他不去攝照現實。因此，對現實而言，藝術在本質上是能動的，積極的。當我們考察某一個人，或某一時代的文藝思想時，必須注意它與現實是否處在積極的關係之中。對孔子與柏拉圖文藝思想的比較，也不能放過這一重要問題。

　　從整體上看，孔子對文藝的社會作用肯定較多，柏拉圖也有肯定，但整體上是否定較多；孔子較準確客觀地闡述了文藝的社會價值以及文藝社會價值實現的中心環節在於藝術的表現等問題，柏拉圖則出於片面狹隘的功利主義，使他拋棄了所崇奉的「理性」，陷入了真正的反「理性」的迷狂，從而對文藝的社會價值及其實現方式估計不足；孔子較全面地肯定藝

術的情感美育、認識和教育等功能,並涉及到文藝干預政治的積極的批判作用,柏拉圖除了充分強調藝術的政治教育作用外,斷然否定了文藝的認識及批判作用,明顯排斥藝術中的情感,輕視藝術特性。

在這一方面,孔子的思想集中體現在「興觀群怨」說上,這一學說是孔子對我國文學理論的重要貢獻。

孔子說:「小子何莫學夫詩!詩可以興,可以觀,可以群,可以怨。邇之事父,遠之事君,多識於鳥獸草木之名」。如何把握這一學說的實質,學術界至目前為止,都有一定的片面性,從孔子階級屬性和為「禮教」服務的角度去認識的較多,而從美學意義和藝術規律方面去認識則有些不足。

「興觀群怨」是孔子總結先秦文學的實踐,特別是總結《詩經》的實踐經驗的結果。它至少包括以下幾方面的內容。

一、文藝為政治服務是以藝術、情感、美為仲介的,孔子自己講過「興於詩,立於禮」,這是說詩應表現一定的政治內容,而一定的政治內容,思想傾向必須寓於以「興」為特徵的詩的美學形式之中,絕不是觀念的直繹和抽象圖解,是藝術性和思想性的結合;「興」的主要特徵是以有限的物象反映出豐富的思想內容,是主觀情感的物化對象化,是思想內容的客觀物質化。孔子把「興」作為一條首要原則加以肯定,正是他注重藝術表現的高於別人之處。王船山在談到詩中意境的創造時說:「有一切真情在內,可興可觀,可群可怨,是以有取於詩。然因此而詩則又往往緣景緣事,緣以往緣未來,……追光躡影之筆,寫通天盡人之懷,是詩家正法藏眼」。因此,「興」是以美的形象來凝聚作家所體驗過的思想感情,它也就具有「感發意志」的力量。我們從「觀」也可以理解到這一點。施昌東先生認為「觀」可以給人以美的享受,是很有見地的。

　　二、藝術具有對社會和自然的認識價值。藝術是一種認識，它是以藝術形象的方式去認識社會和自然的。孔子的「觀」正好揭示出了藝術這一規律。所謂「觀」，它包含三層意義：（一）「風俗之盛衰」。文藝是時代的風雨表，也是現實生活的反映，因此，它在一定範圍內，一定程度上能反映出時代的風貌，也就是「觀風俗之盛衰」。「凡音者，產乎人心者也。感於心則蕩乎音，音成於外而化乎內，是故聞其聲而知其風，察其風而知其志，觀其志而知其德。盛、衰、賢、不肖、君子、小人，皆形於樂，不可隱匿，故曰：『樂之為觀也深矣』[6]。」這段話是「觀」的社會認識作用的最好注腳，揭示出「觀」可以反映時代風俗和人們的道德水準，從而使後世人獲得認識的意義。（二）「考見得失」。政治生活是社會中最敏感的方面，文藝和時代政治的不可分離性決定了在藝術的畫面裡可以對時代的政治得失做出認識和判斷，即「考見得失」。這似乎是中國文藝的重要內容特徵。「情發於聲，聲成文，謂之音。治世之音安以樂，其政和；亂世之音怨以怒，其政乖；亡國之音哀以思，其民困。故正得失，動天地，感鬼神，莫近於詩。」「是以一國之事，繫一人之本，謂之風；言天下之事，形四方之風，謂之雅。」[7]正是文藝的這種認識作用，使後代研究者十分注意文藝透發出的人們對社會政治的情緒反映，如蕭統認為「〈關雎〉、〈麟趾〉，正始之道著；〈桑間〉、〈濮上〉，亡國之音表；故風雅之道，粲然可觀。」[8]程廷作也指出：「至其盛衰之本，則君子於〈小戎〉、〈無衣〉見秦之招。八州而朝同列；於〈黃鳥〉、〈北林〉見秦之二世而亡。詩可以觀，誠哉聖人之

---

[6] 《呂氏春秋・音初》。
[7] 《毛詩序》。
[8] 《文選序》。

言輿！」[9] 雖然解經者往往牽強附會，六經注我，但文藝具有「考見得失」的「觀」的作用又是不可否認的。（三）對自然的認識價值。孔子講，讀《詩經》可以「多識鳥獸草木之名。」在《詩經》裡面，有大量的鳥獸草木的描寫和記載。問題是我們不能認為這僅僅是一個生物學知識獲得的問題，關鍵在於他指出了文藝作品具有認識自然事物和自然變化規律的功能。《詩經》裡有關生物學、天文學、地理學、氣象學、建築學、農業耕作等方面的記述，就是我們今天研究這些學科發展的重要資料，其認識價值是有目共睹的。正如左思在〈三都賦序〉中指出的：「蓋詩有六義焉，其二曰賦。……班固曰：『賦者，古詩之流也』，先王采焉，以觀土風，見『綠竹猗猗』，則知衛地淇澳之產；見『在其版屋』，則知秦野西戎之宅。故能居然而辨八方」。綜上所述，孔子的「觀」已認識到文藝是現實的真實寫照，是生活在作家頭腦中的反映，故這一觀點具有唯物主義的傾向。只有這樣理解、才會是客觀的，公正的。

　　三、文藝具有教育和團結人的作用。這就是「群」。所謂「群」，按孔子自己講的，就是「群居終日，言不及義，好行小慧，難矣哉萬！」劉寶楠在《論語正義》裡對此有過解釋，他說：「群居，謂同來學共居者也。夫子言群居，當以善道相切磋，不可以非義小慧相誘引也。」顯然「群」的實質是以「善」教育人們，把人們統一在「善」的道德範圍內，團結一致，「群居相切磋」，使人們通過對文藝的切磋，受到潛移默化的薰陶，提高道德水準，進行道德自我完善。因此，「群」與「仁」具有內在的一致性。從這個意義上講，「群」指出文藝對人們心靈的影響和對性靈的陶冶作用，

---

[9] 《詩論六・刺詩之由》。

是深刻而正確的。雖然孔子有把人們的情感、思想導向服從統治階級的鮮明傾向，但絕非有些人所認為的那樣，是純為統治階級立言的，他的著眼點是對每一個社會成員的，具有普適性。實質上，「群」就是〈毛詩序〉講的「經夫婦，成孝敬，厚人倫，美教化，移風俗」，是一個比較廣泛的概念和道德要求。

　　四、文藝的批判作用。這就是「怨」。「怨」，按孔安國講，即「怨刺上政」，也就是說，詩歌有批評不良政治的諷喻作用。班固講「周道始缺，怨刺之詩起」[10]；我們經常講哀怨起騷人，也是這種意思。「怨」的積極意義在於要求詩人以「仁政」、「止乎禮義」和符合人道的精神，對政治上的失誤進行適宜的批評和諷刺，即「下以風刺上」，使統治者「聞之者足戒，」以此表達社會和人們對政治的不滿情緒，使統治者能有所修明，推行仁禮的政治。它不主張作家奴隸般地馴服於不良政治，而是要發揮積極的改良作用。從根本上言，仍是煉石補天的思想，但作為舊時代的思想家，能夠提出勇於批評統治階級的政治主張，能夠大膽要求作家具有批判意識，是有進步意義的，體現出了一個思想家的應有膽識和胸懷。所以，「怨」的影響在中國歷史上、文學史上是不可低估的。後世的「諫」、「諷喻」皆源出於此，從而湧現出一批直面人生，對統治者客觀上給予了無情揭露和批判，對人民表現出同情的作家，也即是說，具有人民性的作家。

　　我們再來討論一下柏拉圖。車爾尼雪夫斯基在《論亞里斯多德的〈詩學〉》一文中是這樣理解柏拉圖的：「柏拉圖首先想到的，就是：人應當是

---

[10] 《漢書·藝文志》。

國家的公民，他不去夢想國家所不需要的事物，而是要高貴地奮發有為地
生活，從而促進同胞們的物質和精神幸福……他看待科學與藝術，也像看
待其他一切一樣，不是從學者或者藝人的觀點，而是從社會與道德的觀點
來觀察的……由此可以明白，柏拉圖就是這樣來觀察藝術的；藝術，最大
的作用，就是為人類服務。」我們不敢贊成車爾尼雪夫斯基的看法，照他
的觀點來看，柏拉圖關於這方面的文藝思想是無可厚非的。事實上，柏拉
圖心目中的國家與社會就是他的「理想國」，是奴隸主貴族專政的國家與
社會，而不是當時進步的民主派專政的國家與社會，是非人道主義的。因
此，柏拉圖是站在奴隸主貴族階級的立場，以片面而狹隘，保守而專制的
態度來對待文藝的社會功能的，基本否定是他的主要態度。

　　首先，他斷然否定文藝反映認識真理的可能性。按照他的觀點，人類
所居的現實世界以及人們感官能及的東西都是不真實的。在我們感性客觀
世界之外，只有一個真實體，那就是「理式」。「理式」是一切事物的母體，
一切由它派生，現實世界的一切可感知的事物只不過是「理式」的影子·
這是徹頭徹尾的大顛倒。馬克思、恩格斯對此作過精闢而深刻的批判，認
為這是完成了一個奇跡；他從『一般果實』這個非現實的、理智的本質造
出了現實的自然的實物──蘋果、梨等，並進一步認為這是「兒子生出母
親，精神產生自然界」。那麼這樣一個頭足倒立的世界，如何才能對真理
進行把握和認識呢？柏拉圖認為「只有理智──靈魂的舵手，真知的權衡
──才能觀照到它，」那就是哲人，詩人是沒有緣分的。在柏拉圖的心目
中，詩人和其他技藝者一樣，從事的不過是一種摹仿作，而詩人的摹仿是
一種劣等的摹仿，其他工匠對真理影子進行摹仿造出產品，詩人則是對工
匠產品的再摹仿，因此，比之其他工匠，詩人與真理就多隔了一層，就這

樣，柏拉圖首先否定了文藝的真實性，從而否定了文藝的認識作用。他質問荷馬：「親愛的荷馬，如果像你所說的，談到品德，你並不是和真理隔著三層，不僅是影像製造者，不僅是我們所謂摹仿者，如果你和真理只隔著兩層，知道人在公私兩方面可以變好或變壞，我們就要質向你，你曾經替哪一國建立過一個較好的政府？」接著他從軍事、教育、道德等方面對荷馬作品給予否定，最後得出了一個如列寧所指出的「野蠻的、駭人聽聞的（確切些說，幼稚的）、荒謬的」結論：「從荷馬起，一切詩人都只是摹仿者，無論是摹仿德行，或是摹仿他們所寫的一切題材，都只得到影像，並不曾抓住真理」，「他的作品對於真理沒有多大價值」。他公然宣稱「摹仿只是一種玩藝。」在他看來，文藝根本就不應當存在。既然文藝不能反映和認識真理，又豈能說柏拉圖是提倡「為人類社會服務」的文藝呢？

第二，他武斷地認為文藝摹仿的是「人性中無理性的部分。」我們的認識剛好相反，我們認為，藝術的精髓在於它的情感性。藝術家需要理性，但這種理性必然經過藝術家的心靈情感化，使心靈情感化的理性事物找到物質的表達。情感是藝術本質力量的構成因數，是溝通藝術家和欣賞者之間的橋樑，中西方從古到今的藝術發展充分證明瞭這一規律，然而柏拉圖則鼓吹藝術必須「理性化」，宣揚抽象性，蔑視具體可感性。如果說，他也強調情感，那麼他僅僅是把人們的情感局限在為理想國服務的方面，培養一種單調的服從「神」──統治者的所謂合理性的宗教性情感，從而使人們精神感情的世界走向狹窄的死胡同，排斥藝術作品中情感表現的豐富性，多樣性。這不僅是對藝術本身的踐踏，也是對人本質的踐踏。他專斷地認為凡是不符合「理想國」標準的文藝作品，其中的「那種心理作用也

和理智相隔甚遠,而它們的目的也不是健康的或真實的,」而這些文藝作
品的摹仿是「低劣者和低劣者的配合,」「生出的兒女也就只能是低劣者。」
因為它們所據的心理不是理智,摹仿的也不是真理。在他看來,一個理想
國的公民,感情應當單一,應是純理性的人。這就把人簡單化了。作為藝
術,它要表現的是人的豐富性,複雜性,要寫出情感的多樣性,僅僅只有
一種情感的藝術,定會遭到失敗的下場。柏拉圖從反面也看到了這一點,
「最便於各種各樣摹仿的就是這無理性的部分。」柏拉圖把藝術摹仿的各種
正常情感都帶上了「無理性」的帽子,從而為他的思想找出根據。但事實
的存在是不以他意志為轉移的。藝術中的情感規律是不可抗拒的,柏拉圖
也無可奈何地承認:「摹仿詩人既然要討好群眾,顯然就不會費心思來摹
仿人性中理性的部分;他會看重容易激動情感的和容易變動的性格,因為
它最便於摹仿。」因此,我們公正一點說,柏拉圖總算是一個老實人,最
終承認了藝術的情感力量這一事實。

出於狹隘的偏見,柏拉圖對當時的幾種文學形式都加以檢討,一切皆
屬大逆不道。他認為悲劇只是「拿旁人的災禍來滋養自己的哀憐癖」,而
「悲劇詩人」要想饜足的正是這種自然傾向,這種感傷癖。」而人們「等
到來臨災禍」時,這種哀憐癖就不易控制了,」也就是說,悲劇中的各種
情感要素應當讓理性控制而不讓其宣洩,最好是禁欲,否則「連好人們,
除掉少數例外,也受它的壞影響。」對於喜劇,他認為,人們在看喜劇的
時候,是理性壓制住的詼諧的欲念和情感宣洩的時候,人們在看喜劇是逢
場作戲,以此滿足自己的私欲,因此「就不免無意中染到小丑的習氣」。
這裡有一些觀點不無借鑒之處,但以此否定喜劇這一形式,歪曲喜劇的主
要作用是我們應當加以批判的。對於詩,他認為,詩灌溉滋養的是那些理

應枯萎的情感，如「情欲忿恨，以及跟我們行動走的一切欲念，快感或痛感」，這一切當然是非理性的，應在禁止之列。由上所述，柏拉圖所謂崇尚理性，蔑視情感恰好是反理性的，是文藝公式化，觀念化，抽象化的始作俑者。

　　柏拉圖仇視詩人和畫家，對他們下達了驅逐令：「我們要拒絕他進到一個政治修明的國家裡來，」「他的作品對於真理沒有多大價值」，只是「逢迎人性中低劣的部分」並「培養發育人性中低劣的部分，摧殘理性的部分」。他認為，一個國家的權柄落到一批壞人手裡，好人就被殘害，而詩人對於人心也是如此，種下惡因毒害心靈，這就是他認識到的詩的本質。所以他說「理性使我們不得不驅逐她」，「就像情人發見愛人無益有害一樣，就要忍痛和她脫離關係了」，並且揚言「要定下法律，不輕易放她進來」，除非是「頌神和讚美好人的詩。」

　　最後我們引朱光潛先生的一段話，對柏拉圖關於藝術本質的認識作一小結。朱先生指出：柏拉圖認為「審美的對象不是藝術形象美而是抽象的道理。他對感性世界這樣輕視，正是要抬高他所號召的『理式』和『哲學』，結果是由哲學代替了藝術。這是他從最根本的認識論方面，即從藝術對現實的關係方面，否定了藝術的崇高地位。」[11] 朱先生的批評是準確的，不過，我們還應加上一條，用朱先生的話講，「柏拉圖要保衛正在沒落的雅典貴族統治，」不論對文藝的肯定或否定，都是基於這一目的的。

---

[11]　朱光潛：《〈文藝對話集〉譯後記》，北京：人民文學出版社，1980年版，第345頁。

三、影響及其評價

　　孔子的文藝思想是複雜的矛盾體系，既有保守落後的一面，也有民主的進步的一面，既有科學性的成分，也有非科學性的成分。但不論從哪方面看，對我國文藝思想的演進都具有重要的影響，積極方面在於孔子文藝思想中的現實主義傾向，為我國文藝現實主義精神的發展提供了精神的力量；另外，由於他強調文藝與政治，與國家的關係，為愛國主義的發展在一定程度上起到了促進作用，他的這種尚用的現實的文藝傾向性原則，在後代長久奉行而不衰。他強調文藝相對的獨立性、自由以及注意內容與形式的統一等思想。對繁榮我國的古典文藝是有重要影響的，消極方面主要表現在為「文以載道」開了先河，過分強調文藝為政治服務也易為寡頭政治所利用；為政治服務和為國家服務與「事君」分混為一談，也就限制了愛國主義文藝的深度和廣度；「詩可以怨」為「溫柔敦厚」詩教所掣肘，表現出不徹底的現實主義精神，也為後世的「諷喻」無力提供了理論淵源，削弱了文藝的批判作用和鬥爭精神。

　　總之，消極的積極的影響結合在一起，就決定了中國古典文學走了一條獨特的發展道路，就現實主義而言，就構成了一種介於批判現實主義和古典主義之間的一種形態。

　　柏拉圖的情況和孔子顯然是不同的，但我們必須承認他在藝術和美學領域中的一些開創性的工作，其影響是大的，但就本文所涉及的問題看來，消極面多，影響也較壞。

　　就其反理性和神祕主義而言，從普羅丁的新柏拉圖主義到中世紀的神學美學，都可以追溯到柏拉圖那裡，現當代西方五花八門的美學文藝思想，也可以窺視到柏拉圖的影子。在推行文化專制主義方面，影響就更為惡劣，他直接影響了中世紀基督教的文藝政策，中世紀所出現的幾次鎮壓文藝的活動，文藝成為神學的嬸女，與柏拉圖豈能無關？在題材方面，中世紀文藝的內容的狹隘性正好看出柏拉圖的影響，只是到文藝復興以後，才開始突破了狹小的題材範圍，把文藝從神學中解放出來，走向現實，走向世俗和人的生活。

第2章　論「主文而譎諫」

　　漢朝是中國經學昌盛的時代。為了鞏固漢王朝中央集權的封建專制主義統治，漢武帝罷黜百家，獨崇儒術。從此，儒家思想戴上了中國封建社會統治階級正統思想的桂冠，對社會各個方面乃至千人們的心理、思維特點的形成，都發生著重大的影響。〈毛詩序〉就是在這樣的社會條件下應運而生的。

　　〈毛詩序〉作者以儒家舊說為基點，對《詩經》進行了儒學的分析，較為系統地闡述了詩歌創作中的一些重要理論問題。特別是「主文而譎諫」的文藝思想，由於它強調了文藝和政治的緊密關係，確定了文藝如何為政治服務的原則，其衣被文壇，遠非一代，典型地反映了古典主義的文藝觀，是我國封建社會審美理想中相當重要的組成部分。

何謂「主文而譎諫」？

　　《鄭箋》云：「風化，風刺，皆謂譬喻不斥言也，主文，主與樂之宮商相應也，譎諫，詠歌依違，不直諫也。」

　　孔穎達《毛詩正義》說：「其作詩也，本心主意，使合於宮商相應之文，播之於樂，而依違譎諫，不直言君之過失。故言之者無罪，聞之者足以戒，人君自知其過而悔之。」

朱熹云：「主於文辭而托之以諫。」

清人程廷祚在《詩論》中也說：「〈序〉曰：『主文而譎諫』，言之者無罪，聞之者足以戒，⋯⋯誠有愛君之心⋯⋯亦猶人子孰諫父母而涕泣隨之也。」

從以上所引材料來看，不論是鄭和孔，還是朱和程，雖然其著眼點也有細微差別，但對命題本身實質的理解基本是一致的，都是強調「文」的形式為「諫」的政治內容服務，要作家通過「文」的形式的藝術表現，寄寓自己對現實社會、國家政治的認識態度、理想願望以及一些具體的措施主張，以此勸誡人君，實現一文藝使「怪王酌人之言，補己之過」和「政之廢者修之，闕者補之」[1]的目的，這就是「主文而譎諫」的中心內涵。

產生這樣的文藝思想絕非偶然。任何思想的出現都會以前代思想資料為前提並結合自己時代的客觀現實實踐要求，因此，「每一個時代的理論思維⋯⋯都是一種歷史的產物。」[2]「主文而譎諫」當然也下例外。具體說來，它是封建社會上升時期統治階級政治理想的直接投影，是中庸哲學的折光，是先秦理性精神的具體化，是中國文學傳統承先啟後的中繼站。

一

文藝，從誕生之日起，絕不是像唯美主義所鼓吹的為藝術而藝術的客觀孤立物。任何文藝思想必然反映著特定時代、特定社會、特定階級的思

---

[1] 白居易：《策林六十九》。
[2] 恩格斯：《自然辯證法》，《馬克思恩格斯選集》第 3 卷，北京：人民出版社，1972年版，第 465 頁。

想意志和理想追求，是這些時代、社會和階級自身本質的具體顯現。如歐洲中世紀以象徵代表的審美意識，是教會階級政治理想和神學觀念的形象圖解；而 17 世紀法國古典主義的理性原則也只不過是君主政體和貴族階級政治理想的直接要求。「主文而譎諫」，當然也和它們一樣，必然打上上升時期統治階級政治理想的烙印。

中國封建社會的主要政治理想是儒家的政治理想。不同時代，雖然程度有別，但總的歷史證明，儒家理想始終占支配地位而居高臨下。孔子被尊為「萬世師表」，絕非妄加封贈。

儒家政治理想的核心是「仁政」。它包含「禮」和「仁」兩個方面。所謂「一日克己復禮，天下歸仁焉」，就概括了「仁政」內容。「禮」和「仁」不僅是政治理想，還是社會政治生活，倫理道德衡定標準。不過，在理想的王國裡，它們分工也有所不同。

「禮」是制度、法綱、秩序，是保障王權永恆的基本支柱和立國的總體原則；同時，它還作為廣泛的社會生活標準，作為社會統治階級對廣大人民的一種異己的力量超然駕淩在社會之中，控制著人們，要人們理性的（但又是被動的）服從。孔子講「道之以德，齊之以禮，有恥且格。」[3] 要求人們做到「四非四勿」。荀子說得更明白，「禮」是「先王惡其亂」的產物[4]。因而，「禮」在封建社會裡，是一種強制性的力量。

「仁」是「禮」的補充。如果說，「禮」是封建社會統治階級政治理想的本質和內容的話，那麼，「仁」往往就表現為實現這一本質和內容的途徑與形式。它是一種具體的道德要求，主要用來調整上至最高統治者，下

---

[3] 《論語・顏淵》。
[4] 《荀子・禮論》。

達庶民百姓之間的關係。這種要求主要偏重於個人的心理、情感選擇和判斷，是人們外在行動和內心信念的規範，實現「仁」的主要途徑就是「修其孝悌忠信」[5]，「反身而誠」和「存其心，養其性，所以事天」。[6]顯然，同「禮」相比，「仁」是把外在的異己力量轉化成個人道德修養的自我完善和個人的內心要求，並以此約束個人的內心意志與行為，從而在「仁」的表現形式中，反映和滲透「禮」的內容和本質。因而，相對於「禮」，稍多一點民主性和主體意義，比較重視個人本質的錘鍊和表現。就政治生活而言，除了民主因素外，還具有一定程度的批判性。

　　這是含有深刻矛盾的政治理想的同一體，不論是「禮」或是「仁」總體上都有利於統治階級的專制統治。但這一理想中多少還有一些合理因素，使還沒有真正擁有自覺獨立理想的人民很容易接受這一政治理想，特別是在上升時期。從而，儒家理想再不是一家學說，而成為社會的理想代表。作為時代的文藝思想，也就必然與之相適應。「主文而譎諫」在本質上，恰好體現了一點。

　　首先，它適應了統治階級政治理想的需要，是為這一理想服務的工具。

　　任何政治理想都必須付諸實施。然而要實施下去非一人之事和非一日之功，調動一切力量為之服務就是勢所必然。文藝，當然不會逍遙於外。早在先秦，統治者便注意到了文藝的社會作用。所以，設採詩之官，曾為一時風尚，統治者以此來窺探民情，瞭解社會情緒。「觀風俗之盛衰」，「考察得失」；《左傳‧襄公十四年》記載：「自王以下，各有父兄子弟，以補察其政，史為書，瞽為詩，工誦箴諫。」「主文而譎諫」正是這一傳統的繼

---

[5] 《孟子‧梁惠王上》。
[6] 《孟子‧盡心上》。

承和發展。本質上，它是統治階級政治理想實施過程中的重要工具，只不過是為配合政治理想起糾正實踐過程中過失的作用，歸根到底是煉理想之石，補統治階級之天，使之不要天柱折，四維裂。「下以風刺上」是現象，「上以風化下」方是本質。從總體上，不論是「諫」還是刺，都必須「止乎禮義」。[7] 正是從這個意義上，我們說它適應了統治階級理想的需要。

其次，它滿足了封建社會統治階級的自信和虛榮心。

上升時期的封建統治階級，一般來講，自我意識都相當自信，認為自身就是社會秩序，社會理想的當然化身，由於這種自信，往往會閃現出雄心進取的火花並包含一定的民主因素。在堅信統治如磐石的信念下，也有可能表現出氣度寬宏、豁達開朗、廣開言路的胸襟，對凡是有利於自身統治，或者不觸犯自己根本利益的諫或刺，會予以適當考慮並接受，並相信自己有能力在內部予以調整解決。歷史上的唐太宗就比較典型。他曾指出歷史上「身滅國亡」的事實乃「拒諫之惡」所造成。這就是說明瞭上升時期統治階級與沒落時代的專制狂到底有區別。這也正是有「納諫」可能的內部條件。不過，由於他們地位之高，權力之大，極端的自信又會導致強烈的虛榮心理。所以，進諫者或者文藝要反映、參與政治，就不能大公開；使用語言要溫和而不尖刻，委婉而不怒張；手法上要迂迴曲折和含蓄，而不要直來直去，即「主文而譎諫」。

第三，它反映了政治理想的深刻矛盾。

歷代統治者在搖曳「仁政」橄欖枝的同時，往往又祭起「暴政」的屠刀，專制主義是它們生存的真正動力。這是任何封建統治階級都無法克服

---

[7] 《毛詩序》。

的內在矛盾。尤其是秦始皇焚書坑儒以來，文字獄氾濫而起，文化專制主義甚囂塵上。中國文人奉行的「明哲保身」哲學便是專制主義造成的心理恐怖。漢代，司馬遷徒受宮刑便是明證。所以班固在《離騷》序裡，特別強調「明哲保身」，借古發己之怵情。「主文而譎諫」，應當說，就是較真實地反映出當時文人的恐懼心理和對專制主義的警惕。到了後代，歷代統治者更是「動以語言罪士大夫……，竊寓於詩，亦多不免」[8]，唯有「主文而譎諫，」方免「慘於矛戟」[9]，才能「言之者無罪」。[10]

二

「主文而譎諫」的文藝思想，表現的是封建社會文藝和政治，文藝家和政治家，士大夫知識份子與君主的關係，因此，在思想上，必然帶有濃厚的調和色彩，其哲學基礎必然是儒家的中庸哲學。

孔子首倡的中庸哲學不是哲學的認識論和本體論，不是認識客觀事物內部發展規律而是著眼於外部經驗形式現象的認識方法；它不承認矛盾運動是事物發展的根本動力、只注意事物差異面的暫時統一和平衡。因此，它是經驗主義的方法論，是處理具體事物趨向和諧的工具和調整社會以及各種事物關係的實踐法則。

中庸哲學的主要特點是強調事物對立面的簡單同一。它認為，矛盾對立的雙方不用採取消滅矛盾，取消對立的方式就可以實現向同一轉化。拿

---

[8]　陸遊：《澹齋居士序》。
[9]　《顏氏家訓‧文章篇》。
[10]　《毛詩序》。

聲音而言，諸如大小，清濁，長短，疾徐，哀樂，剛柔，高下等相對立的各種現象，只有相互取其長，補其短，「以相濟也」，便可「以平其心，心平德和。」就政治而言，則「政寬則民慢，慢則糾之以猛，猛則民殘，殘則施之以寬，寬以濟猛，猛以濟寬，政是以和。」[11] 所以，中庸哲學執兩用中，以中為常，「執其兩端，用其中於民。」[12] 事物只要在「中」的基礎上，就可以達到「和」，即統一和穩定；只有這樣，才不至於出現兩極分化。故荀子講：「無欲無惡，無始無終，無近無遠，不博不淺，無古無今，兼陳萬物而中具衡焉。」[13] 似乎具備了「中」才最有力量，「張而不弛」和「弛而不張」都會「過猶不及」，「唯有一張一弛」方合規範，也才具有強大的生命力，「中立而不倚，強矣哉！」[14]

值得注意的是，中庸哲學雖然不認為矛盾運動是事物發展的動力，但它畢竟承認事物之間差異的客觀存在性，前面所講的大小，長短，始終，遠近，寬猛等範疇都是有差異的對立，「中」和「和」就是差異對立面的簡單結合，是對立按照一定秩序、原則調整的結果。黑格爾認為：事物「要有平衡對稱，就須有大小、地位、形狀、顏色、音調之類定性方面的差異，這些差異要以一致的方式結合起來，只有這種把彼此不一致的定性結合為一致的形式，才能產生平衡對稱。」[15] 顯然，中庸哲學是以差異為前提而調和差異的，那麼，中庸哲學調和差異的標準是什麼呢？荀子回答了這個問題，「曷為中，曰：禮義是也。」[16] 這樣，本來是抽象的哲學原理被世俗的具

---

[11] 《左傳・昭公二十年》。
[12] 《禮記・中庸》。
[13] 《荀子・解弊》。
[14] 《禮記・中庸》。
[15] 黑格爾：《美學》第 1 卷，北京：商務印書館，1981 年版，第 174 頁。
[16] 《荀子・儒效》。

體政治倫理道德標準所浸泡，從而成為經驗生活的實踐檢驗標準，這也正是中國哲學的鮮明特色之處。

顯然，中庸哲學在標準上，與「主文而譎諫」是共同的。一個是「禮義」另一個還是「止乎禮義」。那麼，「主文而譎諫」在哪些方面又具體體現了中庸哲學特點呢？我們認為有以下幾個方面。

第一，它是統治階級內部和社會階級矛盾的反映。

中庸哲學並不否認矛盾，中庸本身就是為解決調和矛盾應運而生，「主文而譎諫」的命題也正是統治階級內部和外部階級矛盾反映的產物。

我們知道，封建時代的多數作家，按其階級屬性，經濟地位，和統治階級沒有根本的利害衝突。但是，任何舊時代統治階級內部都有這樣或那樣的矛盾，如正義與枉法，仁德與殘暴，在野和執政等等眾多具體問題上的矛盾，特別是從事情精神生產的知識份子和政治利益的集中體現者之間的矛盾更是不可避免，馬克思就指出過這一點。因為知識份子帶有濃厚的書呆子的癡氣。拿中國封建社會的知識份子而言，他們總是死抱循家禮義教條，總喜歡把不太現實的理想作為現實而頂禮膜拜，當執政者違背了儒家理想（經常的，也是必然的）時，他們就會以衛道士的面目出現，挺身而起，企圖挽狂瀾於既倒，一些人甚至會以生命殉其理想──「濟文武於將墜」。這是內部的矛盾。另外，舊時代的統治階級和人民群眾的矛盾是經常存在，隨時處在火山口上，一旦爆發，就會震撼社會，從而波及到以孔孟信徒自居，以兼濟天下為己任的舊知識份子。如果把他們自身的受排擠和懷才不遇之情與社會階級矛盾加以聯繫，往往會促使他們自覺與不自覺地站在同情底層受壓迫剝削者一方，從而起來為「仁政」搖唇鼓舌。在他們看來，不論是階級內部或者外部的矛盾和鬥爭，都是違禮背仁造成

的。因而，指出過失，勸誡人君，鼓吹仁政，必然把它們推上「諫」的道路。當然，他們和最高統治者的矛盾也形成了，「諫」就是矛盾的反映，從這一點看，「主文而譎諫」恰好體現了中庸哲學承認對立的特點。

第二，「譎諫」這一方式充分反映了中庸哲學簡單調和矛盾的特徵。

不論是階級內部的某些衝突，還是社會階級鬥爭的折射影響，封建時代作家「諫」的真正目的是為了匡正時弊，緩和內部和社會的各類矛盾，以求得暫時的平衡和安寧，以維持本階級江山的永固。所以作家和統治者之間的矛盾只不過是牙齒和舌頭的行時性衝突。「諫」的實質是使「人君自知其過而悔之」，是補充和完善本階級的政治。它要求的是改良，而不是徹底革命；是修正過錯，而不是否定政治主體；是治療疾病，不是落井下石；是緩解矛盾，不是徹底解決矛盾，取消對立面；他們不會犯上作亂，背上不忠的黑鍋；而是「怨悱而不亂」，留下精忠報國的芳名。基於此，方法上只能借用中庸哲學的簡單調和，走一條近乎折衷的路，手段必然不是血與火的鬥爭和刀劍的對刺，而是通過內部的自我調整的溫柔敦厚的形式。在風格上，絕不是咄咄逼人的鋒芒畢露，乃是娓娓動聽的含蓄曲折，即「不斥言」，做到「詞不可以徑也，則有曲而達焉；情不可以激也，則有譬而喻焉。」[17]也就是說，以禮義出發進諫的作家，絕不會越過「稽之度數，制之禮義」[18]和「約之以禮」的雷池一步，只能走一條融合矛盾，縮小差異的和平共處的中庸之道。「主文而譎諫」乃是這一道路的具體規定。它僅僅是把「文」的形式和「諫」的政治內容表面結合起來，以完成其特定任務。

---

[17] 魏源：《詩比興箋序》。
[18] 《樂記》。

三

中國古典文學是現實大地的兒子，有著強烈的功利色彩。這種特徵與先秦理性精神有著必然的內在聯繫。作為古典現實主義的文藝思想——「主文而譎諫」，其源也可追溯到先秦理性精神。

先秦理性精神的開路人是孔子，後來，孟子、荀子沿著這條路線，完成了中國的理性原則，從此，它在中華民族的土地上，生根開花，成為我國理性精神的重要支柱。它成功的秘訣首先是它的實踐性和現實性。

亞里斯多德曾經說過，研究哲學的目的僅僅是為了擺脫無知。他認為哲學「是唯一的一門自由的學問，因為它只是為了它自己而存在。」[19] 亞氏恰好道出了歐洲民族對理性精神的看法。它只是打開知識和智慧之門的鑰匙，是追求理知認識的愉快和享受。所以，歐洲哲學家、思想家總喜歡在理性王國裡作抽象的玄思，探討人生和宇宙自然的奧秘。與此不同的是，先秦思想家們主要鼓吹的理性精神卻強調它的實踐和具體現實性。它把理性原則引導貫徹在日常現實世間生活、倫常感情和政治觀念中，滲透到人們生活實踐的具體行為裡，求得社會的和諧和統一，達到社會性、倫理性的心理感受和滿足。它不是作為認識事物規律的動力、而是以評判人們具體行為、指導人們行動的現實尺度；它不作嚮往天國和來世的夢幻，不把理智和情感引向神學的偶像象徵和神祕縹緲的「天道」與宗教，而是注目於現實的具體生活享受，強調「人道」。孔子的思

---

[19] 亞里斯多德：《形而上學》，轉引自北京大學哲學系編《西方哲學原著選讀》上卷，北京：商務印書館，1981 年版，第 119 頁。

想體系中，有一個相當重要的思想便是入本身，孟子也極其強調個人道德修養作用。荀子繼承並發展了這一思想，明確指出「治之經理」非「天之道」，「地之道」，而是「人之所以道也」[20]。還說：「辯說也者，心之象道也；心也者，道之工（主）宰也；道也者，心合於道，說合子心，辭合子說，正名而期。質清而喻，辯異而不過，推類而不悖；聽則合文，辯則盡故。」[21] 這就和他的先輩一起，把理性精神加以心靈感情化，世俗具體化，變成無限小的因素，滲透在現實世界人們的心靈和具體行為實踐的活動之中。

這一原則，對中國古典文學的發展起了相當深遠的作用。後代的文學，不論是創作實踐，還是理論宣導；不論是繼承《詩經》現實主義傳統一派，還是「楚騷」浪漫一流，他們都立足在現實的土地上，生活在具體可感的世界中。「主文而譎諫」恰好就體現出了理性原則的現實實踐性。它以反映現實社會中的重大問題為目標，積極提倡文學與現實的結合，明確說明現實生活是文藝的反映對象，並通過文藝，反作用於現實生活，尤其是企圖改變現實政治生活的不正常，完善現實政治生活。它鼓勵作家面向人生，是對生活的進取和開拓，而不是逃避生活，粉飾生活；是表現具體的人們關心和現實事件的人本身，而不是搞自我安慰，自我觀照，自我欣賞的向壁虛構。從中國文學的主流是現實主義這一事實來看，在精神的淵源上，理性精神的實踐特點無疑是一個極為重要的流頭。

除了這一點外，先秦理性精神的另一重要特徵是它的功利性。這也是理性實踐特點的必然物。

---

[20] 《荀子·儒效》。
[21] 《荀子·正名》。

任何社會任何階級都有特定的功利觀念。功利價值觀一般來講，隨著社會的變異、階級的替代而變化。可是，縱觀中國功利價值觀念的歷史發展，以「禮」為核心的理性精神中的價值觀卻保持了相對的恒常，是貫穿在整個封建社會的主線．這種觀念的顯著特點是把社會倫理道德和「禮」為核心內容的國家政治融成一體，染上濃烈的政治功利色彩。它以三綱五常作為個人、血緣家庭、社會集團的倫理原則，規範著人們的言行，要人們在理智、情感、思想認識、心理本能、意志表達諸方面，自覺接受「禮」的約束，服從統治階級的領導，以保障封建政治大廈的牢不可破。同時，強調正心、誠意、修身、齊家的個人自我道德修養和完善，鼓勵。人們通過這一途徑，實現治國平天下的「兼濟」之志，鞏固和強化「禮」的政治。因此，孔子大講，「非禮勿視，非禮勿聽，非禮勿言，非禮勿動」，荀子宣揚「故凡言議，期明是非，以聖王為師」[22]，要「言必當理」，「有益於理者，為之；無益於理者，舍之。」[23]荀子所謂的「理」與孔子的「禮」在本質上別無二致。

這種功利觀念反映到文藝思想上，絕不會是為藝術而藝術的宣揚，而是「禮」的功利表現。孔子原則上肯定詩的「興觀群怨」，其目的在於「邇之事父，遠之事君」[24]和「授之以政」[25]；荀子提倡「文以明道」，他的「聲音之道，與政通矣」，「是故審聲以知音，審音以知樂，審樂以知政，而治道備矣……禮樂皆得，謂之有德」[26]，首開明道，徵聖，宗經之先河；提出「主

---

[22] 《荀子·正論》。
[23] 《荀子·儒效》。
[24] 《荀子·陽貨》。
[25] 《荀子·子路》。
[26] 《荀子·樂論》。

文而譎諫」思想的〈毛詩序〉，從「止乎禮義」入手，公開宣揚文藝功利主義，明白宣佈詩要「用之鄉人，用之邦國」，要「經夫婦、成孝敬、厚人倫、美教化、移風俗」，認為詩可以表現出「王道衰，禮義廢，政教失，國暴政，家殊俗」，是「一國之事，繫一人之本……言天下之事，形四方之風」的感天動地的事業。與〈毛詩序〉同時代的其他人，如司馬遷、揚雄、班固、王充等人，也曾反覆強調文藝的社會功利性。王充就認為文章要「為世用」[27]，「文人之筆，勸善懲惡也」[28]，要文章「不妄作，作有益於化，化有補於正。」[29] 這種文藝理性功利原則，漢代以後，更是呼聲日高，所以它不僅源遠，而且流長。曹丕有「文章經國之大業，不朽之盛事」[30] 之說；陸機有「濟文武於將墜，宣風聲於不泯」[31] 之論；劉勰則大喊「擒文必在軍國，負重必在任棟梁」；[32] 白居易更是旗幟鮮明地宣稱他的創作目的是「惟歌生民病，願得天子知」[33]。唐代以後的「文以載道」的呼聲更是一浪高過一浪。王安石說：「嘗謂文者，禮教治政云爾。」[34] 就連以點鐵成金，脫胎換骨自稱的黃庭堅，也發出了「文章功用不濟世，何異絲窠綴露珠」[35] 的感慨。即使歷史進入清代，此風仍未停息。顧炎武說「文之美惡，視道合離」。[36]

---

[27] 《論衡 • 自紀》。
[28] 《論衡 • 佚文》。
[29] 《論衡 • 對作》。
[30] 《典論 • 論文》。
[31] 《文賦》。
[32] 《文心雕空 • 程器》。
[33] 〈寄唐生〉。
[34] 〈與祖擇之書〉。
[35] 〈戲呈孔毅父〉。
[36] 《文約 • 李呆堂墓誌銘》。

上面的探源討流，比較一下「主文而譎諫」，真是何其相似乃爾！其政治功利觀點是那樣毫不含糊，目的又是那樣明確。

四

強調理性精神和講求功利實用價值，必然就是重視內容。不過，它在充分肯定內容的同時，也並不忽視形式的作用。它的基本目的就是把理性的內容融化在人們的心靈世界裡，落實到具體的感性外在表現形式——實踐活動過程中，內容和形式最終實現了統一。只不過，這種統一不是人們自覺的認識，而是外在強制性的結果，因此，它仍然具有簡單性。

毫不懷疑，這種內容和形式的統一觀必然會反映到文藝領域。中國文藝不僅高度重視內容，也十分講究藝術形式。在古代文藝發展史的過程中，理論和實踐都反映出了這一傳統。「主文而譎諫」的文藝觀，從強調「諫」要依靠「文」表現來看，明顯的是內容和形式的統一。當然，它是古典主義的內容與形式統一觀，是特定的內容和現實客觀要求促使它把「文」的形式和為政治服務的內容簡單統一起來，是狹隘的，非哲學上的形式內容的統一。然而，它畢竟把內容與形式，特別是政治思想傾向性和藝術性結合了起來，因此，它作為整個古典主義文藝觀念鏈條上的一環是毫無愧色的。

為了較清楚地認識中國文藝在內容形式這對範疇上的鮮明特點，似乎有必要同歐洲文藝思想對此的理論主張作個粗略比較。

在黑格爾問世以前，歐洲一些主要的文藝理論家，美學家，要麼片面強調內容的作用，要麼過分誇大形式的意義。從古希臘的柏拉圖和亞里斯

多德這兩位歐洲文藝的祖師爺的理論主張而言,他們有時也涉及到二者的統一,但並不徹底,常常陷入矛盾的泥潭。柏拉圖出於奴隸主貴族階級的利益要求、經常把內容(特定的)吹得天花亂墜,而忽略形式的作用;他的學生卻有點相反,過多的則是形式的探討和研究,一般少於涉及內容,其戲劇有機統一論就主要著眼於形式。直到黑格爾,在調和哲學理性和經驗主義的動機下,才真正從理論上奠定了藝術的內容和形式有機統一觀。

中國則有些不同,儘管歷代在理論上,實踐上都重視內容的教化作用,但又十分強調情感、形式對教化的影響,因此,他們就自覺或不自覺地把內容和藝術形式調和了起來,即比較簡單地統一了起來。

「詩言志」,朱自清先生認為是中國文學「開山的綱領」,此論並不為過。就「詩言志」而言,實質上就包含了內容和形式的統一。「志」是偏重於理知、理想、意志的表達和內在欲求體現,是社會政治、哲學、道德觀念以及其他方面的抒發,很明顯,「志」包含的是理性內容。不過,「詩言志」,指出了「志」要由「詩」來「言」,而「詩」是情感化的產物,也就是說「志」的活動必須依靠「詩」(情感化的「言」)來表現。作為文學創作,「志」的表現必須要以情感為仲介,即理性內容情感化,再把情感客觀對象化,物質化,外在化,形式化——也就是「詩」化,即「言」化。「在心為志(理知意志)發言為詩,情動於中而形於言」(客觀對象化和外在形式化),也就是說的「志」要轉化為情,再變為言,顯然,情感是「志」和「言」的橋樑,有了情,才能「足以感動人善心」。[37] 情感從總體創作過程而言,它是內容,但對於理性內容而言,卻又是形式,即理性的內容必

---

[37] 《荀子 · 樂論》。

須注入情感的形式之中。所以，「志」是理與情的結合，而不是純內容的要求，是內容和形式的統一。

　　繼「詩言志」以後，最早也是比較理論化談內容與形式統一的是孔子。孔子講：「文質彬彬」，主張文質相符，既重視的內容，又指出「言之不文，行而不遠」的形式意義，他的「辭達而已矣」，後來蘇東坡從形式上作了比較中肯的分析；孔子還進一步指出，內容和形式皆不可偏廢，否則「質勝文則史，文勝質則野」[38]，只有二者統一，方能盡善盡美。荀子首提「文以明道」，雖然他並沒明確指出「道」的內容須依靠「文」的形式自然表現出來，而偏重的是內容，要「文」明道，反映表現道，從理論上講，還是內容和形式的統一，不過是「文」為什麼服務的問題。但是，他到底看到了「文」對於明道的客觀作用，因而，不自覺地起到了將二者統一的作用，後來的「文道合一」和「文以載道」皆是屬於這一影響下的內容和形式的統一觀。劉勰論文的出發點是征聖、宗經和明道，可他也反覆闡述了藝術形式和內容的統一：文要附質，質要待文。「故立文之道，其理有三：一曰形文，五色是也；二曰聲文，五音是也；三曰情文，五性是也。」[39] 他的風與骨，情與采等範疇都是從二者統一立論。到了唐代和後世的古文復古運動，一般來講，都不是親此疏彼。歐陽修一方面說「道勝者文不難而至」，一面又說「言以載事，而文以飾言。事信言文，乃能表見於後世……言之所載者不文而又小，則其傳也不彰」。[40] 看來，說是講究二者統一的傳統，對於中國文藝，應當是符合事實的。

---

[38] 《論語・雍也》。
[39] 《文心雕空・情采》。
[40] 《代人上王樞密求先集序書》。

　　更值得提及的是「風雅比興」傳統。「風雅比興」按其在《詩經》的本來意義，前者屬於詩歌體裁、題材範圍，後者則為藝術表現手法。後來人們從「風雅」詩歌中的現實內容中，總結出為一種創作方法和原則，「比興」也相應成為正宗的藝術要求，因此，後世常常把風雅比興作為內容和形式並舉，相沿成習，也就成了我國古典詩歌現實主義的基本創作思想和美學原則。陳子昂以恢復「風雅」、「興寄」為己任，扛起了詩歌革新的大旗；李白也緊隨其後，唱起了繼承這一傳統的戰歌；白居易更不甘示弱。堅定表示「風雅比興外，未嘗著空文」。[41] 後來凡是那些空洞乏味，言之無物的感月吟風，賞花弄草之作品，在傳統的觀念中，只不過是雕蟲小技，而壯夫不為；反之，不講比興，以議論，才學為詩的作品，也被視如「味同嚼蠟」。

　　「主文而譎諫」正是上述文學傳統的中繼站，它上承先秦文學思想，下啟後代的文學觀念的發展。與上面兩大傳統「文道合一」和「風雅比興」相比較，它直接繼承的不是前者而是後者。

　　「文道合一」偏重於說教和佈道，「風雅比興」儘管也是為封建之道服務的，但它有明確的怨刺要求、批判精神。劉勰在《文心雕龍・比興》篇這樣說過：「比則畜憤以斥言，興則環譬以託諷」；又說：「楚襄信讒，而三閭忠烈，依《詩》制《騷》，諷兼比興。」雖然他沒有作直接比較，但從「諷」與「諫」，「比興」和「主文」、「譎」的相似點上，可以看到二者的內部聯繫。「諫」包含著「諷」，所謂「下以風刺上」便是；而「譎」就是曲隱，與「比興」託物寓事當然有相通之處。如果這一例不足為證，那

---

[41] 《讀張籍古樂府》。

麼，看一看柳宗元和清人章學誠的論述，就會清楚了。柳說：「文之用，辭令褒貶，導揚諷喻而已」，而「導揚諷喻，本乎比興者也。」[42] 這裡，文、諷喻、比興被柳宗元用一根線結了起來。章學誠的論述偏於表現手法。他認為「是則比興之旨，諷喻之義，……是以能委折而入情，微婉而善諷也。」[43] 所謂「委折而入情」，「微婉而善諷」，不過是「主文而譎諫」的不同表達罷了。為此，我們說，「主文（形式，和詩相應）而譎諫」就是「譎」（取比興含蓄和曲隱）與「諫」（取「風雅」中的勸誡諷刺之義）的統一，即內容與形式、思想性和藝術性的統一。

綜上所述，不論與「文質相符」到「文道合一」的關係，還是同「風雅比興」的淵源，甚至和唐代以後以山水田園詩派為總結對象的詩歌理論以及中國畫論的「形神兼備」說的比較，它們的共同特徵，就是內容和形式的統一。正是在這樣的基礎上，我們認為「主文而譎諫」是中國文藝思想發展史上的中繼站。

五

上面，我們粗略地分析了「主文而譎諫」文藝思想形成的條件以及它在中國文藝思想發展中所處的關係，現在該對它作一評價了。可是，困難也正在這裡，不過本著學識的實際能力，以客觀的歷史唯物主義態度，還是盡力寫下幾點意見。

標準上，值得肯定的是它的一定程度的現實主義精神。首先，它把文

---

[42] 《揚評事文集後序》。
[43] 《詩教上》。

學與現實結合起來，要求文學作為一種獨立的部門，反映現實生活，參與干涉現實生活。雖然，它以維護統治階級根本利益為宗旨，可在客觀上，在有限的範圍內，可能起到「哀刑政之苛」和反映「政教失，國異政」的積極作用；客觀上會表現出一定程度的批判現實政治的作用，對於緩衝階級矛盾，勸誡統治者收斂一下殘酷行為也會有那麼一點效果，作為一劑統治階級的清涼劑，多少也有一點用處。其次，它強調文藝為政治服務，在上升時期，客觀上可能起到促進文藝繁榮，推動作家走向現實道路的影響。中國歷史上的許多文學家為什麼又是愛國主義者，如李白、杜甫、辛棄疾、陸游、李清照等人，與這種思想的影響不能說沒有任何聯繫。其三，通過具有現實性的作品，我們可以瞭解當時的時代狀況和當時社會情緒變化與人民的理想願望，無疑，比起消極退避、隱遁山林的主張，是多一點價值的。

但是，它作為封建社會古典現實主義，其現實主義精神絕不能貫徹到底，只能是不徹底的。「諫」的結果往往是「勸百諷一」和「勸而不止」。像司馬相如勸漢武帝那樣，不僅無實際成效，反而使武帝飄飄然有凌雲之態，根本「無裨勸獎」，只會「有長奸詐」。[44]

這種不徹底性還表現在其目的上。它的「諫」是為統治階級服務的，是為了配合封建政治的，因此，在內容上必然要以封建的政治道德為準繩，從而不敢跨過禮教的規定，所以是改良的。其次，它把文藝緊緊綁在封建政治的戰車上，自覺充當統治者的奴婢和工具，從某種意義上講，把文藝和政治混為一談。同時，由於強調了為政治服務，就限制了文學的表

---

[44] 劉知己：《史通・載文篇》。

現天地，使題材狹窄化，單調化，把眾多的、豐富多彩的生活一統和標準化，這在唐代以前的文學形式內容上皆可以感覺到。

特別要指出的，這種思想本身具有的不徹底性。統治階級江河日下，趨於沒落之日，上升時期的自信喪失所帶來的絕望掙扎的瘋狂專制，其不徹底性便充分暴露出來，而完全會失去「諫」的刺之作用。一方面可能由「刺」而為「美」，點綴和企圖挽救岌岌可危的將崩大廈，阿諛奉承於君王，以保全自己；一方面為了保持儒家的獨善其身的所謂高風亮節，以消極面目回避現實，甚至頹廢下去，進行自我麻醉，從而也就會弱化抗爭意志，使人們安於現狀，忍辱偷生。這兩種情況，文學史上都是有案可稽的。對這些局限和消極因素，應予以充分估計和批判。

在美學意義上，其主要價值就在於肯定了文學本身的獨立性，重視到了藝術反映生活的自身規律，初步改變了先秦的文史哲不分家狀態，指明瞭文學反映生活是「主文」，是藝術地表現，而不是縱橫家的雄辯滔滔和政治家的邏輯論證。如果我們認為先秦文學的實踐和理論都還是處於一種經驗的不自覺的狀態，那麼，「主文而譎諫」恰恰是一種文的自覺認識要求的萌芽，為魏晉「文的自覺」作了理論上的準備，也為後世強調內容和形式統一論開闢了一條可供參照的路。另外，它主張傾向性要在藝術的表現中顯露出來，不僅要「文」，而且要「譎」，從藝術反映政治傾向和藝術講究含蓄這一點上講，它倒是符合審美的一般規律和欣賞習慣的。恩格斯就曾指出傾向性越隱蔽越好，要傾向性從形象中自然流露。文藝究竟是文藝，淺露的直白，標語似的宣傳，口號的吶喊，說到底不是藝術，而是對藝術的反動。

在藝術上也有不可否認的局限，一、它的重心要「主文」，這就很容易走上「綺靡」的文風，魏晉以來所出現的駢儷文風，與它就有直接關係，

而陸機的「詩緣情而綺靡」多少也受了它的影響。我們並不是不「主文」，而是要大講「主文」，關鍵在於封建時代的作家由於歷史的局限，不可能正確把握這種關係，一些人就會輕易走上形式主義的道路。雕章琢句，玩弄詞藻，搞文字遊戲，所以「主文而譎諫」從理論上實開後世鋪張揚厲之歪風。這種風尚，必會沖淡甚至掃蕩文學的社會內容，劉知己說：「喻過其義」，就必然是「失實」。後來的花間詞、西昆體等流派倒是能說明這一影響。范仲淹就指出：「五代以還，……靡靡增華，愔愔相濫，仰不主乎規諫，俯不主乎勸誡。」[45] 同時，由於它要求「譎」，強調含蓄，總體上並非錯誤，問題是未加區別，不講時候，就有了問題。如果說，社會上升時期的文學應多注意藝術性，那麼，當統治者走向反動之日，文學就應當充分利用藝術性發揮它的戰鬥作用和鼓舞人民的作用，因而，過分的「譎」在這時已不是必需，更需要的是它的戰鬥作用。然而講「譎」的思想又必然會排斥具有批判力，戰鬥性的作品，白居易的諷諭詩在後世遭白眼就能說明這一問題。再者，從含蓄而講，並不是要晦澀難懂。如果一味追求「譎」，肯定會造成難以理解的困難。這樣，即使你表現的思想多深刻，多麼有意義，別人不能理解，也就產生不了效果，難以發揮文藝的社會功能，實現它的價值。阮籍的《詠懷詩》歷代爭論不休，其原因也正在這裡。其實，阮籍詩中肯定有寄託，也有諷諭，可因其「譎」，故「文多隱蔽」，只能是「百代之下，難以情猜」[46]，其美學價值認識價值相應也就減弱了。

「主文而譎諫」作為古代文學觀念和審美意識的組成部分，影響之大，不可低估，研究它，弄清它的來龍去脈，對於古典文學、古代文論的研究

---

[45] 《唐異詩序》。
[46] 李善：《文選注》引顏延年語。

以及作家作品的評價，對於當代文藝理論和實踐的發展，以及如何處理文
藝政治的關係，都有一定意義。

第3章　心靈與情感美的歌：
　　　讀李清照的詞

　　當你叩開文學的大門，走進一部優秀的小說，或者一首詩詞所創造的藝術天地時，你往往會情不自禁地墮入作家設下的情網：時而開懷暢笑，時而雙淚漣漣，時而拍案驚奇，時而低頭沉吟，甚或手之舞之足之蹈之，你彷彿化成作品中的人物，隨著作品的情緒流動，把自己不自覺地對象化，這種力量，就是藝術的魅力，也就是美產生的主要原因。

　　美的力量不是作家隨意塗在紙上的文字元號，也不是偶然事件的排列拼湊，它是作家心靈、情感所積聚的一種合力，不論是思想的提煉，情節的安排，人物的設置，還是外在形式的作用，都是作家心靈的產物，是情感的對象化和物化。從這個意義上講，文學是情感的結晶。文學的美，首先應植根於心靈和情感的美之中。李清照的詞，數量不多，卻百世流傳不朽，為後人所敬仰。原因就在於她是用自己心靈的情水澆灌出了朵朵藝術之花。我們正是在她心靈、情感美的表現中，感受到她的人格美以及當時的社會氛圍和人民情緒。她對生活的熱愛，對理想的追求，使我們激動不已，難以忘懷；那對愛情的專一，纏綿而健康的情思構成的反封建、求自由的愛情詠歎調，撥動著我們心中的琴弦；而南渡之後，於流離失所中奏出的思鄉戀土的懷鄉曲，那激蕩著的愛國主義精神的主旋律，又讓我們從

喪亂之音的節奏裡聽到一個亡國奴的痛苦呻吟，從而激起對侵略者的憎恨和熱愛祖國的一腔熱血。因此，我們讀的就不僅僅是文學意義的詞，而是欣賞一幅幅由心靈情感描繪出來的人生的圖畫，現在就讓我們來打開吧。

一、生活，你好！

車爾尼雪夫斯基說得好：「對於人，什麼是最可愛的呢？生活。因為我們的一切歡樂，我們的一切幸福，只與生活並聯；……所以，凡是我們看見具有生的現象的一切，總使我們歡欣鼓舞，導我們於欣然充滿無私快感的心境，這就是所謂美的享受。」李清照的詞能引起我們的共鳴，讓我們獲得美的享受，根本點也正是在這裡，不管是外在自然山水的客觀反映，還是個人內心運動的過程表現，它們都是具體化了的人的生活，與人們生活休戚相關，使我們感到她是我們人類中的一個，和我們一樣生活在現實的世界中。如果說，人的最高本質是人自身，那麼，作為人是生活的主體，我們也可以說，人的本質也就在於生活，在生活中表現人的本質，肯定人的本質，飄然化外的道家思想和寄希望於來世幸福的佛門虛空，實質是對人的本質的壓抑和扼殺，古往今來，為此又有多少荒唐的悲劇！李清照雖一生坎坷，經歷多艱，可她卻和現實生活在一起，保持著密切聯繫。令人可欽可敬的，是她用詞的藝術形式，表現了對生活的熱愛、眷戀、肯定和追求，成了生活的歌手。她的詞，以內心抒情蘊含社會情緒，用主觀表現融匯客觀生活，而堅持「美是生活」就成了李清照於千辛萬苦中頑強生活的精神支柱。

「人情好，何須更憶，澤畔東籬」（〈多麗〉），面向生活，對生活充滿希望，可以說是李清照對待人生的主要態度。

在中國文學史上，許多優秀的作家，囿於時代政治和其他原因，雄才不展，壯志難酬，憂國為民的赤子之心往往受到輕視，甚至迫害。因此，隱居就成了內心抵抗現實的經常形式，以此顯示出自己的高風亮節。李清照雖然政治上沒有失意落魄的經歷，卻有懷才不遇的苦痛，但她沒有寄身終南，放跡山水，反而從生活裡，看到了人情的美，看到了蘊藏在生活中的美和生機。所以，她既不想成為行吟澤畔的三閭大夫，也不願做「採菊東籬下，悠然見南山」的五柳先生。當然，時代的局限，個人生活的天地狹小，使她視野不闊，視點不那麼高，也就難以對屈原、陶潛的行為作出客觀評價。而所謂「人情好」，在當時多少含有理想化的成分。但是，肯定現實中有美的善的存在，無疑是熱愛生活，堅持生活下去的重要的原動力，時至今日，仍不乏其現實意義。

肯定生活，把熱愛生活，追求生活積澱在自己的思想意志和情感生活的內容裡，對於作家，就會以此去體驗生活，捕捉美的生活形象，謳歌生活。「蹴罷秋千，起來慵整纖纖手。露濃花瘦，薄汗輕衣透。見客入來，襪剗金釵溜，和羞走，倚門回首，卻把青梅嗅。」（〈點絳唇〉）這是一個天真、活潑的妙齡女郎，一個與生活共歡樂的少女。她含羞而不完全拘謹，禮教的陰影籠罩和想往接觸現實異性的複雜心理滲透在「和羞走」、「倚門回首，卻把青梅嗅」的細節描寫之中，含蓄委婉，樸實自然，如同生活本身一樣。作者對生活的愛的情致和認識，在這歡快明朗的藝術境界中表現了出來。〈如夢令〉表現得更加充分：「常記溪亭日暮，沉醉不知歸路，興盡晚回舟，誤入藕花深處，爭渡，爭渡，驚起一灘鷗鷺。」藕花深處的歸舟，

灘頭驚飛的鷗鷺，帶醉而歸的作者，不拘小節的豪放性格，構成一幅生機勃勃的動景，明快而富有活力。這裡不是對生活作靜止的觀照，而是對生活本質——動的把握，給人是向上的鼓舞，是進取和熱愛，在李清照看來，生活是多麼美好，多麼有趣，多麼浪漫！封建的枷鎖，只能鎖住弱者的意志，又豈能鎖住熱愛生活的理想！

　　大自然的美是社會生活美的一種特殊存在形式，奇妙多麗，百態千姿，它把現實生活點綴得更加豐富多彩。從一定意義上講，熱愛自然的美，也就是熱愛生活的美，事實上，只有對生活的美保持高度的敏感能力和熱愛生活之美的人，才能感受到自然美的存在。正如馬克思在《1884年經濟學——哲學手稿》指出的，「只有在社會中，自然界才對人說來是人與人間聯繫的紐帶，才對別人說來是他的存在和對他說來是別人的存在，才是屬人的現實的生命要素；只有在社會中，自然界才表現為他自己的屬人的存在的基礎。」李清照正是從社會生活的美的角度去認識和表現大自然的美的。「湖上風來波浩渺，秋已暮，紅稀少。山光水色與人親，說不盡無窮好。蓮子已成荷葉老，青露洗萍花汀草，眠沙鷗鷺不回頭，似也恨人歸早。」（〈怨王孫〉）作者在暮秋之中，不去悲哀蕭殺的秋風，枯黃的敗葉，反以獨特的感情，發出了熱愛自然和生活的呼聲，她不恨生活中缺少美好，只歎自己年華流逝，不能與人類生活共始終，「似也恨人歸早」。熱愛生活吧，鷗鷺尚且執著地追求它們應有的生活，何況萬物之靈的人？作者就是這樣以高尚的情趣，揭示出了自然風物中的美，用移情的手法，把自己對生活的熱愛留戀之情熔鑄在山光水色之中，以輕快的節奏，彈出了清新、開朗、愉快向上的生活抒情曲。試問，沒有對生活的愛，沒有美的心靈和情感，能寫出這樣富有活力的詞嗎？

　　生活是美好的，從發展的觀點看，它總是向美好、理想的方向漸進，可謂「說不盡無窮好」。可是，在某一生活時間的斷面上，並非都是灑滿陽光，鋪滿鮮花，也會出現「冷冷清清，淒淒慘慘戚戚。」一個人在順境中熱愛生活並不難，難的是在逆境中仍自強不息，保持「自信人生二百年，會當水擊三千里」的堅強信心，永遠成為生活海洋裡的弄潮兒。年輕時的李清照，才華橫溢，婚姻美滿，富有青春的幻想，可謂春風得意，因而朝氣蓬勃；到了晚年，境況大異，往昔安定的環境、舒意的生活由動亂和孤獨、淒涼與悲哀所代替。可她沒有自沉、頹廢，在內在精神上，仍保持對理想生活的熱愛與追求，只不過，歡樂、明快的色調變成了深沉的顏色。儘管「如今也，不成懷抱，得似那舊時那。」（〈調轉滿庭芳〉）但理想並未因生活的辛酸而泯滅，壯志在生活的熔爐裡鍛鍊得更堅定。「天接雲濤連曉霧，星河欲轉千帆舞，彷彿夢魂歸帝所，聞天語，殷勤問我歸何處？我報路長嗟日暮，學詩謾有驚人句，九萬裡風篷正舉。風休住，篷舟吹取三山去。」（〈漁家傲〉）垂暮之年，作者嚴於解剖自己，不滿意吟詩填詞的成就。但路長日暮又算得了什麼，她要駕蓬乘風，飛向更高的理想生活世界。可貴的是，「感月吟風多少事，如今老去不成」的李清照不僅沒有心灰意冷，而決心衝破沉沉的現實封建王國，以豪放的氣魄，幻想的形式，表現出對自由、理想的不倦追求，力圖擺脫狹小的、寂寞的生活樊籠，渴望飛向更廣闊、更壯麗的生活和精神世界，以屈原「路漫漫其修遠兮，吾將上下而求索」的精神，抒發了心底的強烈願望和矢志不移的進取品質。事實上，即使她流落江湖，也不隨波逐流，隨遇而安。「玉骨冰肌未肯枯，」作者以傲霜鬥雪的寒梅自勉，保持了熱愛生活的潔白人格。在封建社會的女性中，這難道不值得讚美嗎？人們又怎不為她心靈的美而生敬意。

　　熱愛生活，謳歌生活，追求理想的生活，是李清照詞內在的神韻，它是李清照的生活觀，一種積極的，健康向上的生活觀。

二、愛情啊，你姓什麼？

　　自有人類以來，人們為爭取愛情的幸福和自由，進行了多少可歌可泣的鬥爭，甚至有人用鮮血和生命，譜寫下了愛情的樂章。我國從「關關雎鳩」到「孔雀東南飛」，從「待月西廂」到「木石前盟」，在人民的心裡，在富有人情美的文學家的字裡行間，愛情是反覆詠唱的主題。人們用理想為愛情插上美麗的翅膀，一切詆毀，壓抑，一切摧殘健康人性的反動禮教法規，都無法鎖住純潔高尚的愛情和人民的愛情理想，真是「春色滿園關不住，一枝紅杏出牆來」。

　　不過，文學史上象李清照以自己個人愛情生活作為素材，以強烈的個人內心抒情方式表現的則屬罕見。她的時代，數量上，表現男女之情的詩詞不勝枚舉，但真正表現誠摯愛情生活的作家、作品則是鳳毛麟角。如婉約派大家柳永、秦觀寫下了大量男歡女愛的詞，其中也有一些真情實感的流露，但總的來看，依紅偎翠，脂粉氣十足。有些詞，無非是描寫自己的勾欄生活，儘管有同情妓女遭遇的進步性，然很大程度上，更多的是感官刺激的滿足和色相的流連，內容主要是對這種非正常生活的嚮往、追憶和再現，以便自我觀照，自我安慰，社會意義就很為缺乏。李清照則不一樣。在理學氾濫的宋代，愛情和人性遭到嚴重禁錮，「存天理，滅人欲」，推行反人性的禁欲主義。李清照，她作為一個女性，卻敢於向禮教宣戰，唱出了愛情的頌歌與悲歌，表現人們的美好願望和感情，追求個性的解放，並

以實際行動，回答了什麼是愛情的主旨這一嚴肅的問題，因而，就具有了突出的意義。她通過自己愛情生活中的悲歡離合的表現，客觀上反映出了人民群眾的愛情理想，在那不自覺地典型化了的內心抒情裡面，可以聆聽到人民的心聲，是當時廣大人民內心真實的投影，是美好的愛情的純潔表達。後世有些假道學家們，誹謗李清照的詞是「無操檢」，「無顧籍」，是「寡婦腔」，「淫誨」，我們要說，這些人即使不是頑固的封建禮教的衛道士，也是一種愚昧和偏見。

那麼，李清照詞中的愛情究竟姓什麼呢？

美滿、和諧、真摯、理想的愛情，是她對愛情的主要理解。

愛情離不開生理的基礎，但又不是純生理的苟合。人是社會的人，愛情主要是理想的結合，志趣的默契，情感的和諧，相互的忠實，是心靈碰撞的火花。愛情有幸福和歡聚，也有痛苦和別離；而歡聚和幸福不是情欲的放縱，痛苦和別離也不應讓理想的感情付之東流，不論在任何時候，何種條件，都應純潔高尚，忠貞不渝。愛情是情與理、靈與肉的有機統一，李清照的愛情觀，在一定程度上，正是表現了這種統一，而這正是心靈與情感美的重要組成部分。不論是情投意合的學海泛舟，還是同作「天涯淪落人」的別居生活，都始終體現出了這一點；而別居後的情感表現更集中地展現了她對理想愛情的追求。

月有陰晴圓缺，自然所使；人有悲歡離合，古之已然。西元 1101 年，年方十八的李清照和太學生趙明誠配成佳偶，妙齡才女，少年書生，志同道合，恩恩愛愛度過了一段美妙的時光，可現實並不為她們的永遠歡聚大開綠燈，恰恰卻掀動了紅燈的按鈕。

前面講過，李清照是有理想的女性。愛情生活的幸福是人生理想的一

部分，但終不是全部。造福於人類，才是人生的最高理想。一味耽溺在卿卿我我的親昵之中，過度浸泡在軟玉金香裡面，意志就會消磨盡淨，理想定會化為烏有。李清照、趙明誠不是庸俗淺薄之徒，倒是有識之士。為了功名，婚後不久，明誠辭別了清照，負籍雲遊，建築自己的事業。分手之際，李清照含淚揮毫，寫下了著名的〈一翦梅〉。在一個荷花凋謝的時節，在滔滔流動的江邊，趙明誠「獨上蘭舟」，揮手遠去。丈夫的出走，帶走了生活的共同歡樂，往後的生活，罩上了「兩處閒愁」的陰鬱和孤寂。因此，作者想像她一旦看到和心理吻合的外在景物，便會觸景生情，落花流水，會喚起「吹簫人去玉樓空」的惆悵之情。這種人之常情又是不能輕易擺脫的，它總是「才下眉頭，卻上心頭」。全詞感情真切細膩，一往情深。現實的痛苦心情，別後的想像苦悶情緒，景物的客觀描繪，情感的象徵借寓，因「別」而生，繞「想」而出，親切動人，和諧而不造作，與一般士大夫階層和某些文人騷客的逢場作戲、無病呻吟，實屬兩種絕不相同的境界。一方面，作為健康人、常人，她對丈夫難捨難分難割真情；另一方面，為了丈夫的理想，又忍痛分手，犧牲目前的歡樂。情與理在這裡得到了統一。公正地說，把這樣的內容帶進詞壇，在當時確實是空谷足音。

　　理想，是人們，特別是愛情的精神紐帶。有了理想，愛情就不會因空間的變換，時間的推移而衰退、減色，發生變化。在理想的支持下，李清照在痛苦的別離之期，對趙明誠更加忠實，也更加懷念。我們在這懷念的忠實傾訴中，仍然可以看到她的追求。

　　封建禮教總是鼓吹節烈、貞操，大肆販賣三從四德之類的說教。表面看來，這也是要求對丈夫的忠誠。不過，它的實質是要求女性對男性的奴隸般的服從和無條件的「愚忠」，是男性對女性的完全佔有。在禮教的眼

中，婦女只是生兒育女、傳宗接代和供男性玩賞的工具，是男性私有的產品。因此，李清照的忠實和深沉懷念，絕不是「嫁雞隨雞，嫁狗隨狗」式的盲目忠實和輕信，也不是簡單地心身寄託，而是建立在平等感情、理智上的志同道合基礎上的一種信念。不論是初次別離，還是明誠溘然長逝以後，她都始終體現了這一點。這就和純粹的感月吟風和封建時代女子的片面盡忠有著顯著的區別。

趙明誠和李清照曾有過幾次別離，然李清照並未墮入人一走、茶就涼的圈子，分別越久，懷念愈深，感情愈真。每當夜闌人靜，她就輾轉反側，不能成寐，〈南歌子・天上星河轉〉一詞表現就十分真切、具體。「涼生枕簟淚痕滋，起解羅衣，聊問夜何其。」真可謂歡聚嫌日短，離別憎夜長。撫今追昔，物在人離，天氣如故，衣服依然，可情感卻「不似舊家時」。聊聊數語，一個真摯懷念的思婦形象躍然紙上。我們看到了一個如怨如慕，如泣如訴的抒情女主人公。「酒意詩情誰與共，淚融殘粉花鈿重。」憶昔日，和丈夫把酒臨風，對坐吟詩，切蹉學術，怎能不想？看而今，武陵人遠，煙鎖秦樓，酒朋不見，詩情難共，如何不憂？詞人把懷思和理想，悲愁與志趣，忠貞同理智熔於一爐，遠遠超過了無聊文人的哀歡逝水年華和追求生理的性感。她懷念的是丈夫，又是追思破壞了的詩意；她忠實的既是與丈夫的情感，又是美滿和諧的人生理想。作者使愛情的相思和忠貞注入了純潔、健康、積極的內容。

李清照不僅追求理想和諧的愛情，而且還執著地嚮往著自由的愛情。如果說，把才幹、理想和愛情結合起來，是她作為一個才女詞人的特殊追求；那麼，追求自由愛情就具有更大的社會普遍性，這對於當時廣大婦女的實際情況而言，自由的愛情應當是首要的要求。

　　牛郎織女，在民間已成佳話。這個美好的愛情傳說是人民對自由愛情嚮往和爭取的理想縮影。李清照雖然沒有正面讚頌這一傳說，但她通過對個人愛情分離的表現表達出了這一傾向。

　　當時社會動亂，許多人妻離子散；禮教的束縛，自由愛情受到壓制。誠如李清照所說，「縱浮槎來，浮槎去，不相逢。」牛郎織女，尚有「七七」鵲橋相會，可人間卻是「星橋鵲架，經年未見。」原因何在？「雲階月地，關鎖千重。」（〈行香子・草際鳴蛩〉）這千重的「關鎖」，一方面是侵略者的入侵；另一方面是封建的禮教。它們破壞了人們的愛情，束縛了人們的愛情自由。所以，這首詞，我們不能簡單認為是李清照個人愛情的悲歡，而是當時廣大人民愛情的呼聲。她的埋怨，也絕不僅是個人之愁，而是千百萬不自由情侶之愁的縮影。她希望有比牛郎織女更好的愛情，發出了憎恨「關鎖」的心聲，同時，也流露了力不從心的遺憾和自歎。

　　李清照不僅是一位理想愛情的追求者，也是一位追求的失意者，是一位值得同情和肯定的悲劇主人公。

　　悲劇是在和現實的衝突中產生的。黑暗的現實，往往把美好的東西給予毀滅，釀成悲劇。李清照的愛情理想在封建的時代，也只能化成泡影，只能落一個「驚落梧桐，正人間天上濃愁。」（〈行香子〉）巨大的社會壓力，沉重的精神枷鎖，使李清照只好把理想強壓心田，化成愁緒。「獨抱濃愁無好夢，夜闌猶剪燈花弄。」（〈蝶戀花・暖雨風初破凍〉）「濃愁」是心理的反映，「弄燈花」是行動的表現。心理描寫與細節刻劃，結合得維妙維肖，把一個受壓抑的女性的「寂寞開無主」的心情表達得淋漓盡致。

　　長期的寂寞和沉重的壓抑，使李清照陷入了愁苦之中，希望在現實是不可能實現了，但她又不願就此甘休。在矛盾的心情中，只好將自己的「柔

腸一寸愁千縷」寄託在「望斷歸來路上」（〈點絳唇 · 寂寞深閨〉），把希望和理想寄寓在「征鴻過盡」之中，深深流露出了「萬千心事難訴」的歎息（〈念奴嬌 · 蕭條庭院〉）。

希望的破滅，使李清照「人似黃花瘦」（〈醉花陰〉），「任寶奩閑掩」，「多少事，欲說還休。」是什麼力量迫使李清照走上了有口難言，無處話淒涼的地步？難道不是封建的罪惡制度嗎？在這哀愁之中，我們不是看到了一個極力想打破封建枷鎖的叛逆者形象嗎？儘管並不鮮明，但仍可見。她使我們看到了當時的黑暗，認識到埋藏在廣大婦女心底的怨恨和強烈要求自由解放的願望。人性在封建社會遭到了極大的壓抑，給千千萬萬的婦女不能不增添上「一段新愁」（〈鳳凰臺上憶吹簫〉）。因而李清照大聲宣佈，她和廣大婦女實在是「載不動、許多愁」（〈武陵春 · 風住香塵〉）。

李清照對待愛情是嚴肅的，健康的。她把理想和愛情統一起來，她理智和情感地忠實於愛情。她積極追求美滿和諧的愛情，客觀上反映了廣大人民的愛情意願，起到了衝破封建禮教法規的積極作用。正是在這個意義上講，她是一個封建禮教的叛逆者，是愛情的歌手。我們從她心靈與情感的傾訴中，知道了愛情究竟姓什麼。

三、熱愛你，祖國！

當侵略者的鐵蹄踐踏中原河山的時候，李清照開始了流亡生活。屈辱的動亂經歷，使她感情發生了極大的變化。內心真情的抒發已不局限在愛情的領域，而轉向了對故鄉的懷念和往日生活的回憶，充滿了時代生活的特點。這一時期的詞，滲透著作者熱愛祖國，渴望恢復失去國土的愛國主

義精神，集中抒發了心靈要求和情感意向，反映了時代和人民的愛國情緒。

愛國主義作為一種概念，不是抽象地存在人們的意識之中，它經過千百年的實踐、培養、積澱、成為民族精神的支柱和脊樑，成為人們對其生活國度的一種具體而實在的心理感情。和平之日，它鞭策人們為建設自己美好的國家而努力奮鬥；戰時，它是同仇敵愾，反擊侵略的主要動力。它是情感中的精華，是更高層次的心靈美。作為謳歌愛國主義的李清照，她的詞，也就具有不可忽視的地位。

不可否認，李清照不像替父從軍征戰十年凱旋而歸的花木蘭；也不似掛帥平敵威震敵膽的穆桂英。她沒有揮戈披甲，為國前驅，沒有立下驚天地泣鬼神的赫赫戰功。即就她本人的創作而言，其詞所表現的愛國激情與其詩相比，也稍遜一籌。在詩中，她干預時政，諷刺奸雄：「君不見驚人興廢唐天寶，中興碑上今生草，不知負國有奸雄，但說成功尊國老……時移勢去真可哀，奸人心魄深如崖」（〈和張久潛中興頌碑〉），詩人托古諷今，抒發義憤；「但說帝心憐赤子，須知天意念蒼生，聖君大信明如日，長亂何須在屢盟」（〈上樞密韓侂冑〉），反對投降，主張一戰。她懷念愛國英雄，「南渡衣冠少王導，北來消息欠劉琨」；她壯志淩雲，不畏犧牲，「生當作人傑，死亦為鬼雄。至今思項羽，不肯過江東」，把矛頭對準了倉皇逃命，尸位素餐的投降派。為了祖國，她「欲將血淚寄山河，去灑東山一抔土。」是的，這樣氣貫長虹的豪言壯語，在詞中確難找到。這與她對詞的觀點是分不開的，她主張詞應以抒情為主，應「別是一家」（《詞論》），不宜表現重大題材，只有詩才可以勝任此職。再則，「詩可以怨」和「溫柔敦厚」的中國傳統美學風格對她的詞也有影響，她的詞和其他詞人一樣放棄了「詩怨」的一面（當然並不完全如此，只不過怨得更隱蔽和更深罷

了），卻繼承了「溫柔敦厚」的美學風格。事實上，文學史上許多偉大的詩人都是以詩來表現自己的政治態度和憂國憂民之情的。如宋代，一個作家往往在詩和詞的創作中，構成了作者創作風格的差異。一些作家在詩中不乏怨憤之情，而其詞卻寫得纏綿委婉，與現實似乎關係不大。即使象辛棄疾這樣的偉大詞人，在表現愛國主義時，其詞也常以比興、象徵手法來寄託情懷，而不是直抒胸臆，也仍然在一定程度上有「溫柔敦厚」風格的存在。李清照也確有這種情況。主客觀的影響，就必然限制了詞的格調和表現天地。但我們能不能說李清照的詞沒有表現愛國主義呢？不能！只不過，我們應當看到，在詞中，她是以一個普通人的身分，站在一個亡國奴的地位上，是用和大多數亡國奴一致的感情來體現出愛國主義、從而也反映出時代和社會主導情緒的，因而就少有詩的灼灼鋒芒，只有委婉含蓄的象徵和傾訴。

在顛沛流離的生活中，李清照以中華民族兒女的應有之責，通過今昔生活的對比和對故鄉的懷念，把國難寄託在個人的家仇之中，以獨特的表現方式和特殊的感情體驗，奏出了時代喪亂之音。「傷心枕上三更雨，點滴霖淫，愁損北人不慣起來聽」（〈添字醜奴兒〉），表達了骨肉分散，身在異鄉為異客的感受；同時對那些偏安一隅的北人，面對破壁殘垣無動於衷者也給予了諷刺和批評，展現了詞人憂傷恨亂和渴望恢復中原的美好心懷。「故鄉何處是，忘了除非醉。」（〈菩薩蠻 · 風柔日薄春猶早〉）作者以平實自然簡潔的語言，真實地再現了對侵略者的恨，對家鄉父老兄弟、山山水水的愛。「空夢長安，認取長安道。」京都失陷，落入敵手，人民受塗炭，生靈遭殺戮；可是，自己心有餘而力不足，不能拯人民於水火，挽狂瀾於既倒，救京都於虎口，只好以夢相會。統治者尚且偷生度日，無心

北進，對於一個弱不禁風的女性，除了夢想，還有什麼好辦法呢？但，我們應當注意，這種傷亂之音的真實演奏，情懷的誠摯表達，對故鄉的耿耿於懷，比起統治者的醉生夢死，其思想境界就要高出多少倍了。在這裡，我們正好感受到了當時廣大人民的心理情緒和抗敵願望。

隨著認識的加深，作者的思想和感情開始昇華，由奏傷亂之音到把筆觸伸向批判投降主義就是一個飛躍。〈永遇樂〉便是其典型代表。

南宋小朝廷把萬裡河山拱手相送於敵之後，躲到江南，仗著江南的富庶，過起了燈紅酒綠紙醉金迷的放蕩生活，「直把杭州作汴州」，歌舞不休，荒淫透頂。詞人在這首詞裡，通過個人生活的經歷，以強烈的對比，對寡廉鮮恥的民族敗類給予了曲折的諷刺和揭露。她無情地謝絕了那些「酒朋詩侶」。那些坐著「香車寶馬」的達官貴人和喪失民族血性的文人騷客在敵兵壓境的局面下，竟然無關痛癢，成天飲酒作樂，吟幾句歪詩以遣其無聊的空虛。李清照為他們感到可恥，為自己不能赴疆場殺敵報效祖國感到羞愧。「如今憔悴，風鬟霧鬢，怕見夜間出去，不如向簾兒底下，聽人笑語。」作者為自身年老體弱無力殺敵而憂慮，為自己的碌碌無為而羞慚，故「怕見夜間出去」，只好藏在「簾兒底下」。然而，那些「酒朋詩侶」和統治者們，不以喪權辱國為奇恥，反以逍遙一壁為極榮。相形之下，在李清照的面前，顯得多麼可鄙和渺小！沉痛的表達，使人潸然淚下。難怪宋末愛國詞人劉辰翁讀了此詞「為之涕下」。其實，稍有民族感的人也會因其哀婉動人的愛國情操而縱橫老淚的。讀了這首詞，難道不能激起我們對賣國賊和置民族、人民於不顧者的義憤嗎？

詞人不僅悲傷祖國的分割和批判投降主義以及墮落的「荒誕派」，她還希望人們起來為祖國的生存而戰，盼望有人出來擔起拯救祖國之重擔。

這是一個感情和思想過程的邏輯三部曲，完全合乎當時人們的思想感情和願望。〈聲聲慢〉就是其代表之作。

作者敏銳地捕捉了一個秋天黃昏景象：秋雁、菊花、梧桐、細雨、微風，以比興的手法把自己愛國主義感情，化成無限小的因素，外化到客觀事物上面，組成了一組憂國憂時的意象，集中體現了自己飄零的感受和盼望抗敵，打敗敵人的希望。「滿地黃花堆積，憔悴損，如今有誰堪摘？」「滿地黃花」，這不是作者處境的簡單再現，而包含了山河破碎的深刻象徵；「如今有誰堪摘？」也並不全是作者哀歎丈夫去逝和青春年華的消失，而寄託了作者盼望有人起來領導抗戰，收復國土的美好情致。我們似乎聽到作者在問，誰能來收拾這殘破的局面呢？當然，這一切都不可能得到明確的回答。皇室衰微，奸臣當道，黃鐘毀棄，瓦釜雷鳴。愛國志士反遭迫害，沉死冤獄；投降派卻青雲直上，沐猴而冠。即使有幾個愛國將領起來捨身忘死，但在反動勢力和賣國賊的掣肘下，也是「三杯兩盞淡酒」，「怎敵它」敵人的「晚來風急」。嚴酷的現實是不可能滿足作者的希望的。於是，只好化成了「怎一個愁字了得」。

因此，我們完全可以說，李清照是愛國主義的謳歌者，儘管它不是雄壯威武的交響樂，而是哀婉動人的抒情曲。她所體現的「愁」也不僅是作者個人之「愁」，而也是千千萬萬遭受外族蹂躪的廣大愛國人民「愁」的集中濃縮，它深深打上了時代和人民的烙印。在這「愁」字後面，強壓著奔騰的抗敵烈焰，閃爍出愛國主義的火光，隱含著美好的感情，一旦千萬人的「愁」向同一方向運動、集中，就會爆發出一股巨大的力量──為祖國而戰！

熱愛生活，追求理想愛情，熱愛祖國，構成了李清照詞心靈與情感的美。熱愛生活是其堅固的基石，生活的磁石緊緊地吸引住她，但她不是被

動地由生活驅使，而在生活中主動保護住自己的獨立人格和心靈追求。只有對生活熱情的人，才會對愛情作出正確的理解，才能真正熱愛祖國，這就是我們應得到的啟示。

第4章　佛教與中國傳統文化悲劇意識的演變

　　所謂悲劇意識，是悲劇的創作者、感受者對悲劇性現實的情感反映和理性把握。在中國傳統文化中，我們處處可以體味到這種濃鬱的悲劇意識。與西方文化不同的是：第一，傳統文化的悲劇意識不是以「戲劇」為主要形式表現出來的，而是散存在詩歌、散文、小說、戲劇等各種文學體裁之中；第二，傳統文化的悲劇意識沒有一套完整的理論框架，而是具有模糊性、含混性，常常給人的感覺是「此中有真義，欲辨已忘言」。[1]它是在歷史的進程中隨著哲學和宗教的發展而有所變化，在不同的人文氛圍中表現出不同的特徵。在這個演變發展的過程中，佛教的傳人及其中國化起了相當重要的作用。

一、傳統文化及佛教的悲劇意識特點

　　「悲劇」一詞來源於西方。概而要之，西方的悲劇理論主要分為兩派：樂觀主義的和悲觀主義的。前者的代表人物有亞里斯多德、黑格爾、布拉

---

[1]　陶淵明，《飲酒》。

德雷，他們的見解雖然不盡相同，但卻都建立在一個共同的基點上：承認這個世界有一個完美的道德秩序，承認絕對真理的存在，永恆正義最終顯示出勝利的光輝。後者的代表人物有叔本華、尼采。叔本華認為：「文藝上這種最高成就（悲劇）以表現出人生可怕的一面為目的，是在我們面前演出人類難以形容的痛苦、悲傷，演出邪惡的勝利……」，[2] 尼采對此表示認同：「康德和叔本華的非凡勇氣和智慧取得了最艱難的勝利，戰勝了隱藏在邏輯本質中，作為現代文化之根基的樂觀主義。當這種樂觀主義依靠在它看來毋庸置疑的永恆真理（aeternae veritates），……只是使夢者更加沉睡了。」[3] 這兩種論調看似截然相反，實際上卻恰恰揭示了悲劇的兩面性悲劇總是試圖表達「歷史的必然要求」，和「這個要求的實際上不可能實現」，[4] 的兩層意思，而在這種矛盾衝突中，當悲劇的行為主體對「歷史的必然要求」持樂觀態度時，我們就看到樂觀主義的悲劇；反之，我們就看到悲觀主義的悲劇。

在這兩種悲劇作品當中，表現出了兩種悲劇意識－在充滿了崇高感、英雄主義、正義感的悲劇中，我們感受到的是樂觀悲劇意識；在充滿了厭世感、虛無主義、自我毀滅與放逐的悲劇中，我們感受到的是悲觀悲劇意識。但無論悲劇意識是樂觀的還是悲觀的，悲劇主人公都是拼盡全力同命運做抗爭的，並且最後都以悲劇作為結局。這是悲劇之所以成為悲劇的前提。

中國傳統文化有著濃郁的悲劇意識。在中國，雖然悲劇一詞出現較晚，但與悲劇的審美涵義相通的辭彙卻相當豐富。如悲、哀、傷、怨、苦

[2]　［德］叔本華，《作為意志和表像的世界》，商務印書館，1982 年版，第 350 － 351 頁。
[3]　［德］尼采，《悲劇的誕生》，熊希偉譯，華齡出版社，1996 年版，第 90 － 91 頁。
[4]　《馬克思恩格斯選集》第四卷，人民出版社，1972 年版，第 346 頁。

等，都自成一體地構成了中華民族以悲為美的審美範疇。而中國文學史
上，具有濃烈悲劇意識的作品更是層出不窮：充滿了悲壯色彩的古代神話
是人類童年時代不自覺的具有悲劇品格的偉大作品；〈詩經・小雅・四
月〉直言「君子作歌，維以告哀」；屈原〈離騷〉高歌「路漫漫其修遠兮，
吾將上下而求索」；漢有司馬遷作《史記》；唐有李杜詩篇；宋有蘇軾的
「十年生死兩茫茫」；元代以降，戲劇藝術的興起和小說創作的繁榮，更是
悲劇文學的昌盛期。關漢卿的《竇娥冤》、紀君樣的《趙氏孤兒》、湯顯祖
的《牡丹亭》、孔尚任的《桃花扇》都是悲劇中的精品。曹雪芹的《紅樓夢》
更是飲譽全球，光耀千古的鴻篇巨製。

如果我們細加推理，就會發現這些作品可以劃分為兩類：一類是有著
崇高感，正義感的作品，比如古代神話、〈離騷〉、《趙氏孤兒》等，在這
類作品中無一例外地樹立了「英雄」的形象；一類是有著厭世感，虛無主
義傾向的作品，比如《桃花扇》、《紅樓夢》，作品中的主人翁最後都選擇
了自我放逐與毀滅。因此，我們可以推斷出，中國傳統文化中並存著兩種
悲劇意識：樂觀悲劇意識和悲觀悲劇意識。

中國傳統文化悲劇意識的樂觀因素和悲觀因素，與傳統文化的兩大精
神源流－儒家文化和道家文化息息相關。

儒家哲學的代表人物孔子，生於春秋戰國之際，正值「樂征伐自諸候
出」，「天下無道」（《論語・季氏》）的劇烈動盪時期。孔子滿懷憂患意
識，但又以積極的心態希望恢復周禮，重建「仁」的社會秩序。《論語・
泰伯》篇曰：「士不可以不弘毅，任重而道遠，仁以為已任，不以為重乎？
死而後已，不亦遠乎？」孟子傳承孔子的思想，提出天人合一的觀點，並
指出君子應「吾善養吾浩然之氣」（《孟子・公孫醜上》）；荀子改進孟子

的觀點，提出天人相分的觀點，認為應發揮人的主觀能動性，「制天命而用之」(《荀子・天論》)。顯然儒家哲學都是建立在對一種完美社會秩序、道德秩序的追尋的基礎之上。儒家這種對社會歷史的深沉的憂患意識和責任感，對道德的自我完善和追求，是中華民族剛健進取精神的反映，也是樂觀悲劇意識的哲學底蘊。

　　道家思想同樣是對當時動亂社會現實的抗議。道家哲學認為應對現有的社會秩序徹底解構：「道法自然」，「無為而治」，「小國寡民」，「絕聖棄智」，「絕仁棄義」(《老子》)，反映了老子對社會現實的深沉失望；莊子對現實的批判更加猛烈：「聖人不死，大盜不止」(《莊子・月去筐》)，生活在這個亂世上只能「知其不可而安之若命」(《莊子・人間世》)。道家的出世思想建立在對社會的無情解析與鞭笞之上，是悲觀悲劇意識的思想淵源。

　　在先秦及以後的文學史上，樂觀悲劇意識與悲觀悲劇意識同儒道哲學一樣，二者並存，有時互為消長，有時交錯成文，演構出中國悲劇文學的特殊氣質與形態。而在這個過程中，佛教的傳人扮演了極為重要的角色。

　　佛教的理論是建立在悲觀主義基礎之上的，正如羅素所說：「佛教認為痛苦是與生俱來的，沒有信仰的人必然會失望，失望和痛苦只有信奉經典的真理才能解脫。」[5] 為什麼會這樣呢？由於印度缺乏明確的歷史記載，湯因比就此進行了推測：

　　在這個王朝（注：指孔雀王朝）建立以前，我們發現了一個混亂時期，其中充滿了土邦間的破壞性戰爭，而在佛陀悉達多・喬答摩的一生中都充滿了這些災難。喬答摩的一生，以及他對人生的看法，充分證明瞭他所

---

[5]　［英］羅素，《中國的問題》，學林出版社，1996 年版，第 175 頁。

生活的那個時代是個頗不高明的時代。……在印度的這個時代裡，有許多
人逃避此世，而企圖通過苦行來發現達到彼世的道路。[6]

在特定的歷史條件下，當佛陀面對悲劇時，他選擇的解決方法是拋家
棄業，泯滅欲求，靜坐苦修，最終找到了他認為滿意的答案。這個答案就
是用因果輪迴來解釋人生的一切，從而把現世的苦難歸結為自身在上世所
帶的「業」，而今生所受的一切苦難都是必然結果，今世所做的一切努力
都是為來世積善因、求善果。顯然，佛陀的這一精神有著廣泛的群眾基礎，
故而迅即傳播開來。

讓我們來看看佛教的基本理論。四諦說中苦諦是核心。所謂苦諦，就
是說人生充滿痛苦，大千世間不過就是痛苦的彙集；十二因緣是指二切事
物都是由因緣和合而成，都生於因果關係；業力是眾生所受果報的前因，
是生死流轉的動力；無我則指的是「諸法無我」，無常指的是「諸行無常」，
也就是說世間萬有變化無常，也沒有真正單一獨立的自我存在，一切只是
因緣和合，業報輪迴。四諦說、十二因緣說、業力說、無常說和無我說構
成了一個完整的理論框架，告訴世人：一切皆苦、萬事無常、惟有輪迴、
不必求我。那麼又如何超脫悲劇呢？只有跳出三界外，達到涅槃；而方法
就是「滅無明」，只要看破紅塵，不生慾望就沒有苦惱。「佛教的所謂最高
理想就是對人生的否定」。[7]這是最典型的悲觀悲劇意識。道家仍然講「道法
自然」，認為人只要適應自然規律就能長生不老，並且對現有社會秩序進
行批判；佛教卻引導人們根本性地否定生命的存在意義轉而追求信念中的
永生，放棄此岸，追求彼岸。因而佛教的悲觀悲劇意識最為強烈。

---

[6]　[英] 湯因比，《歷史研究》上，曹未風等譯，上海人民出版社，1997 年版，第 26 頁。
[7]　邱紫華，《悲劇精神與民族意識》，華中師範大學出版社，1990 年版，第 273 頁。

二、佛教與傳統文化悲劇意識的演變

佛教人於東漢，興於南北朝時期，大盛於唐代。東漢時期，大體上只是由西域人傳譯佛教經典，通過佛教的故事、儀式等世俗的方式滲透到民眾生活當中。西元四世紀以後，上層文士討論佛理蔚然成風，「格義」的出現表明瞭中國傳統文化與佛教文化融合的端倪。魏晉南北朝時期文學、音樂、繪畫、建築都深受佛教影響。到了隋唐之際禪宗建立，成功地將佛教思想以典型的中國化姿態，融人到知識份子的日常生活之中。佛教與儒家文化和道家文化一起鑄成了儒、道、釋並存的文化模式。

儒、道、佛三教合流的過程，也是傳統文化悲劇意識因佛教的加人而發生擅變的過程。這個過程分兩個階段：一是漢末魏晉南北朝時期佛教文化的滲透與傳統文化樂觀悲劇意識的解構；二是唐、宋時期禪宗興盛與傳統文化中和悲劇意識的形成。

三、佛教與傳統文化樂觀悲劇意識的解構

參照佛教中國化的過程，再來解讀傳統文化的悲劇意識，我們可以明顯感覺到與之相對應的變化，這種變化首先表現為樂觀悲劇意識的消解與淡化。

在先秦的文學作品中，古代神話所包含的悲劇意識與希臘悲劇所反映的悲劇意識十分接近——悲劇主人公都以一種昂揚的姿態勇敢地接受命運的挑戰，而他們的滅亡是崇高和神聖的。應該說，這是一種典型的樂觀悲

劇意識；這種悲劇意識在深受儒文化影響的屈原那裡有了新的發展——從
人與自然的對抗到人與社會的對抗，但同樣是「寧九死其未悔的」；西漢
司馬遷的《史記》，「究天人之際，通古今之變，成一家之言」，[8] 表現出了
一種崇高而博大的悲劇情懷。西漢樂府民歌〈孔雀東南飛〉中女主人公對
愛情的堅貞不移，對強大勢力的不屈不撓，對死亡的從容不懼，都反映了
一種藐視一切的勇氣和魄力。〈孔雀東南飛〉的偉大魅力就在於首次反映
了一個弱小普通女子的生命激情與樂觀悲劇意識。

　　但是從東漢中期開始，我們看到這種樂觀悲劇意識漸漸失去了它的純
粹性，逐步變得黯淡與虛弱。這首先是因為儒學的衰落，失去了對社會人
心的控制力和號召力；其次是道家哲學盛行；再次就是佛教的東傳。而隨
著佛教的影響逐漸擴大，其對樂觀悲劇意識的解構作用也越見明顯。

　　《古詩十九首》是中國文學史上最早明確地表現悲觀悲劇意識的作品，
生命短促，人生無常，是這類詩歌的中心內容：「人生天地間，忽如遠行
客」，（〈青青陵上柏〉），「生年不滿百，常懷千歲憂，」（〈生年不滿百〉），
而解脫的辦法是「及時行樂」：「晝短苦夜長，何不秉燭遊？為樂當及時，
何能待來茲？」「及時行樂」包含兩層意思：一是對現世的憤怒與悲哀；
二是選擇了虛無與逃避的自救方式。「古詩」所做出的這種痛苦迷惘而又
率性直白的表達，開後世文學悲觀悲劇意識之先河，並在佛教文化的推波
助瀾下日益濃厚起來。

　　從魏晉時期的建安文學、正始文學可以分別看到樂觀悲劇意識的弱化
和悲觀悲劇意識的加強。以三曹七子為代表的建安文學，雖然表達了一種

---

[8]　司馬遷，〈報任少卿書〉。

力挽狂瀾、建功立業的豪邁與慷慨，但是由於傳統價值觀念的動搖，建安詩文中感憂亂世、哀歎人生短促的悲涼色彩也十分明顯。曹操在〈短歌行〉中唱到：「月明星稀，烏鵲南飛，繞樹三匝，何枝可依？山不厭高，海不厭深，周公吐哺，天下歸心」，何枝可依的寂寞惆悵與天下歸心的豪邁悲壯相雜揉，從中仍可以看出原始儒家拯世救民的樂觀悲劇意識，但是已不復飽滿與堅定。阮籍是正始文學的代表之一，他借酒佯狂，放浪形骸，活脫脫是一個有著濃重悲觀悲劇意識的悲劇主人公。他的〈詠懷詩〉，處處洋溢著強烈的生命孤獨感、歷史悲哀感，讓人幾乎無法卒讀：

> 一日復一夕，一夕復一朝。顏色改平常，精神自損消。胸中懷湯火，變化故相招。萬事無窮極，知謀苦不饒。但恐須臾間，魂氣自飄散。終身履薄冰，誰知我心焦！

值得提出的是，阮籍的悲觀悲劇意識顯然已經受到了佛教文化的浸淫：一是在形式上把深刻的哲學觀照方式引人到詩歌中來；二是在內容上有佛學潛移默化的影子：「萬事無窮極，知謀苦不饒」可以說是與佛教的苦諦說息息相通。

南北朝時期，佛教對中國文學的影響尤甚。謝靈運在其山水詩中常融入佛學（兼有老莊）哲理，摒棄世俗，尋求超脫；沈約因受佛經啟發而發明瞭聲律論，創作了永明新體詩，使詩歌脫離了歌唱而具有了獨立的音韻流轉之美；著名的文藝理論著作《文心雕龍》的作者劉勰本身就是一個虔誠的佛教徒，在十餘年整理佛經的過程中他從中獲得啟發而領悟到了文章之道；此外，六朝的志怪小說，除了受民間傳說、道教的影響，佛教的普

及也是至關重要的一個因素。如果說魏晉南北朝時期是文學的自覺時期，佛教的作用是不可忽視的。

漢末魏晉南北朝這段時間內，佛教雖然傳人中土並逐步擴大影響，但是並未像在唐代那樣成為顯學，而且因其佛經翻譯過程中的「格義」，使得佛教常常蒙上道家文化的色彩，因而雖然知識份子階層都或多或少地接觸了佛教文化，但卻並不完全是自覺的（除了少部分），佛教對悲劇意識演變所起的作用在這段時期基本上可以說是間接的。但是，儘管是間接的，我們仍然可以摸索出佛教解構傳統悲劇意識的途徑：相對傳統哲學的零散、感性的特點，佛教的論述系統完整，邏輯嚴密，表達精確，使對儒學失望，對道家哲學不能窮究的知識份子們對世界有了第三種認識路徑，而這種認識路徑卻是在冷卻儒家哲學的人世激情，指明儒家哲學的不可為性的方向上延伸的。而比之道家的清淨無為，回歸自然，佛教更明確清晰地描繪了一個存在於彼岸的極樂世界。這實際上就比道家哲學更堅定地否定了現實世界的合理性。

這樣，從儒、道兩個方向，佛教一方面使樂觀悲劇意識賴以生存的土壤變得稀薄，一方面又令悲觀悲劇意識得以產生的空氣更加稠密。到了傳統文化中後期，我們已經可以從大多數作品的悲觀悲劇意識讀出佛教文化的痕跡。

四、佛教與傳統文化「中和」的悲劇意識形成

唐宋時期，由於統治者對佛教的認同，佛教文化已基本上與儒道兩家文化互相融合，深人到當時的思想體系中去。首先，是佛教成為一門顯學；

　　其次，禪宗的出現，大大降低了佛教的神祕性，使佛教文化以一種輕鬆自如的姿態走向文人個體的日常生活之中，以至以禪人詩，以禪人文，以禪人理，在歷史上形成了佛教與文學聯繫最緊密的一個時期。也正是在這個時期，佛教對傳統文化悲劇意識的影響邁出了關鍵性的一步，基本上完成了對樂觀悲劇意識的解構，形成了一種「中和」的悲劇意識。

　　我們先來看唐代詩歌中的悲劇意識。初唐的悲劇意識可以用陳子昂的〈登幽州台歌〉來概括：「前不見古人，後不見來者，念天地之悠悠，獨愴然而涕下。」這是一種天荒地老無所歸屬的孤獨與悲涼，它既沒有封建社會初期儒家文化所秉承的那種拯世救民的大禹治水、愚公移山般的豪邁與雄壯，也沒有封建社會晚期存在於《桃花扇》、《紅樓夢》中對現實社會清醒認識及強烈抨擊的憤怒與絕望。

　　很快，這種孤獨、無奈與迷惘就淹沒在幽美靜謐、禪趣盎然的山水田園詩中。在孟浩然的「嘗讀遠公傳，永懷塵外蹤。東林精舍近，日暮空聞鐘」（〈晚泊得陽望廬山〉），詩僧王維的「泉聲咽危石，日色冷青松。薄暮空潭曲，安禪制毒龍」（〈過高積寺〉）等詩句中，我們常常看到「空」、「冷」、「靜」等字眼，而王維的善用「空」字甚至傳為美談──「空山不見人」，「空山新雨後」，「夜靜春山空」，都是千古傳頌的名句。正是在這種「空」的意境中，「人」的形象淡去了，在佛趣禪理中化為虛無，那麼人的激清、人的力量、人的努力與反抗力等等所有樂觀悲劇意識所包含的因素也被一一化解，歸於寧靜與和諧。

　　在那些密切關注現實的詩人們身上，我們讀到的也只是一種無奈與悲涼，至多是一種悲憫。李白的身上，雜有儒、道、佛思想，他一面直言「安能摧眉折腰事權貴，使我不得開心顏」（〈夢遊天姥吟留別〉），一面又高唱

「我輩豈是蓬蒿人」（〈南陵別兒童入京〉），被流放時又苦笑「我本楚狂人，鳳歌笑孔丘」（〈廬山遙寄盧侍御虛舟〉），形象地表達了他複雜多變的內心世界；杜甫雖然滿腔憂國憂民之志，但較多的是對黎民百性的悲憫情懷：「安得廣廈千萬間，大庇天下寒士俱歡顏？」（〈茅屋為秋風所破歌〉），較少對統治階級的憤怒與抗爭，更沒有阮籍、嵇康似的放浪形骸。

　　唐代小說的發展也深受佛教文化的影響。首先是佛教的「因果」邏輯廣泛地被應用在傳奇的構思創作之中，直接地激發了小說思維的發展；其次是變文形式的出現，使大量說唱佛經故事及宣傳佛教思想的通俗文學流向市井。在唐傳奇中，我們發現兩類作品都直接地表明瞭佛教對樂觀悲劇意識的解構：一類是直言人生無常，人生如夢的，如沈既濟的《枕中記》、李公佐的《南柯太守傳》等，這些作品宣揚了佛教的悲觀出世思想；一類是宣揚因果報應從而引出「大團圓結局」的，如白行簡的《李娃傳》。小說描寫一對文人與妓女的愛情故事，因其二人都能夠「痛改前非」，「回頭是岸」，最終夫榮妻貴，皆大美滿。小說的因果報應觀十分明確，「大團圓」的結局也滿足了讀者的心理需求。「大團圓結局」表面上是樂觀的，但實質上是悲觀的，它表明人在現實中無力解決矛盾和困難，只能通過「廉價的樂觀」來為人自身設立心理平衡的機制，實際上是一種對現實的妥協，是一種變相的「放棄此岸，追求彼岸」，因而是悲觀的。在這種表面樂觀、實質悲觀的「大團圓結局」後面，隱藏著一場悲劇觀念的變革：悲中寓喜、喜中寓悲，悲喜交融可相互轉化。「大團圓結局」當然也就化解了構成悲劇的必然的矛盾衝突，它和王維的山水田園詩一樣，都是佛教文化對樂觀悲劇意識進行深層解構，從而建立起「中和」的悲劇意識的重要標誌。

　　禪宗在兩宋流傳極廣。而宋代也繼承了自唐代起形成的「中和」的審

美價值取向與悲劇意識。宋代理學的興起，雖然立足於儒家視角，但是又
不拘泥於先秦子學和兩漢經學，實際上是在汲取了佛教的心性學說、禪宗
的思辨哲學和道家思想精華之後的儒、道、釋三教合一的更為牢固的思想
體系。但是這樣的思想體系比之純粹的儒家哲學，更加排斥佛、道二教的
出世思想。反映在文學上，使得不論是悲觀悲劇意識還是樂觀悲劇意識都
得到某種程度的中和。蘇軾被譽為「雜家」，指的就是在他的思想中「三
教合一」的複雜狀況，他「初好賈誼，陸贄書，論古今治亂不為空言，既
而讀《莊子》，喟然歎曰：『吾昔有見於中，口未能言，今見《莊子》得吾
心矣。……』後讀釋氏書，深悟實相，參之孫墨，博辨無礙，浩然不見其
涯矣。」[9] 在這樣的思想狀態下，他的詞中也就攙雜了諸多況味，也有慷慨，
也有悲涼，但更多的是「牢騷」，缺乏一種昂揚的鬥志和深沉的批判。同樣
的，王安石，歐陽修，范成大，黃庭堅，楊萬里等人都曾參禪悟道，也大
都深研理學，他們作品同樣都具有以理人勝，但感情思想駁雜不一的特點。

　　宋代以降，封建社會開始走下坡路，北方民族的人侵使這個朝代疲憊
不堪，整個宋代都缺乏一種如秦、漢、唐等朝代曾經擁有的自信與魄力。
這種沉悶的僵局到了元代便被蒙古人的鐵騎轟然踏破，中國文學的一個嶄
新的悲劇時代也隨之降臨。

五、佛教與傳統文化悲觀悲劇意識的重建

　　對漢族的知識份子來說，元朝可謂是一個「天崩地裂」的時代。一向
被他們視為來自蠻夷之地的馬背民族以破竹之勢席捲而來，人主中原。「儒

9　蘇轍，〈亡兄子瞻端明墓誌銘〉。

學無用論」是當時一批文士的沉痛反思。一方面是對異族統治者的強烈排斥，一方面是對儒學信仰的極度渙散，以至於在元朝期間，儒士出身的官員數目極少，而且大多位居卑職。而佛教卻在元朝得到了極大的發展。元朝統治者多信仰藏傳佛教－喇嘛教，並修建了大量佛寺，僧侶人數達到二十餘萬人。「釋氏掀天官府，道家隨世功名。俗子執鞭亦貴，書生無用分明。」[10] 正說明瞭當時佛、道盛行，儒學沒落的狀況。

明朝雖然恢復了儒學特別是理學的正統地位，但是經過元代的這一斷層，明清時期的儒學和理學大多是宗經復古，鮮有發展和創新。自明中葉起，以王守仁為標誌的心學興起，再加上詩學上公安派、竟陵派的出現，以及李贄等反傳統思想家的出現，使得傳統的儒學道統觀念被徹底地動搖了。

王守仁的心學受佛教影響很大。黃宗羲在《明儒學案》裡分析王守仁：「始氾濫於詞章，繼而遍讀考亭之書，循序格物，顧物理吾心，終判為二，無所得人，於是出入佛老者久之，及至居夷處困，動心忍性，因念聖人處此，更有何道，忽悟格物致知之旨，吾性自足，不假外求。」[11] 而所謂的「吾性自足，不假外求」即「心即理」。這與佛教的「即心即佛」如出一轍。李贄更是極端的反理學的代表。他相容儒、道、佛、法等諸種思想於一爐，放膽直言，獨具一格，標榜個性與人欲，抨擊理學的虛偽浮詭，其著《童心說》云：「天下至文，未有不出於童心焉者也。苟童心常存，則道理不行，聞見不立，無時不文，無人不文，無一樣創制體格文字而非文者。」將「童心」與「道理」針鋒相對，在當時可謂振聾發聵。

心學的興起引發了一場人性解放運動，這場運動表現在悲劇領域，就

---

[10] 汪元量〈自笑〉，轉引自《中國文學史》下，復旦大學出版社，1996 年版，第 7 頁。
[11] 轉引自《宋明理學與中國文學》，許總著，百花洲文藝出版社，1999 年版，第 349 頁。

是「中和」的悲劇意識被打破。元明清文學史上出現了大批「純任性靈」而又有著強烈悲觀悲劇意識的作品，如關漢卿的《竇娥冤》，湯顯祖的《牡丹亭》，孔尚任的《桃花扇》，曹雪芹的《紅樓夢》。這些作品以前所未有的思想深度和藝術美感極大地豐富了傳統文化的文學寶庫，也從實踐上證明我國悲劇思想的深刻性和獨特性。

佛教對悲觀悲劇意識在這一階段的重建分為兩個層面：

一是如前所述，佛教本身和汲取佛教思想的心學通過對理學的拆解，達到了解除知識份子思想束縛的目的，於是真實的人性就暴露出來。竇娥在臨刑前的控訴是何等憤怒與大膽：「天地也做得個怕硬欺軟，卻原來也這般順水推船。地也，你不分好歹何為地，天也，你錯勘賢愚枉做天！」杜麗娘感歎春光美麗卻獨守空閨，發出「良辰美景奈何天，賞心悅事誰家院」，和「我一生兒愛好是天然」的慨歎，並匪夷所思地為愛而死、又為愛而生，任情任性，完全將封建禮教視為糞土。顯然，這樣激憤的言辭和激烈的情感在儒學道統牢固的朝代是無法產生的。

二是佛教將因果循環的觀念更加明確地深入到戲劇和小說的創作中去。一方面作者塑造了「純任情性」的活生生的人物，並將這些人物放在虛擬的社會現實中「放任自流」；一方面又嚴謹地布下「前因後果」，使人物最終定格在悲劇命運上。正像劉鶚在《老殘遊記・自序》中所說的那樣「靈性生感情，感情生哭泣」。這樣所產生的悲劇，往往是挽歌式的，充滿了歷史的荒誕感、文化的虛無感。《三國演義》開篇詞〈西江月〉一句「是非成敗轉頭空」，就奠定了全書感慨歷史幻滅的基調。《桃花扇》的結尾〈餘韻〉一齣，也有類似的興亡之感：

掩曾見金陵玉殿鶯啼曉，秦淮水榭花開早，誰知道容易冰消。眼看他起朱樓，眼看他宴賓客，眼看他樓塌了。

這幾乎與《紅樓夢》「好了歌」出自同一個版本。而《紅樓夢》中的所有人物塑造，故事框架，敘事模式皆是嚴格的因果循環。寶玉是女媧補天漏用之石，黛玉是瑤河之畔絳珠之草，二者有著木石前盟。石歷盡紅塵而歸，草還罷淚水而還，也是必定的結局。十二金釵所有的情愁恩怨都記在太虛幻境的冊子上，千紅一窟（哭），萬豔同杯（悲）。賈府在鮮花著錦，烈火烹油之際，已開始走下坡路，「外面的架子雖未甚倒，內囊卻也盡上來了」（冷子興語）。正是在這樣的因果循環中，元、明、清的悲劇文學用一種悲觀的方式完成了「將有價值的東西毀滅給人看」，以濃重的悲觀悲劇意識塑造出了中國古代悲劇文學最深刻的作品。

事實上，佛教文化對悲觀悲劇意識的塑造一直延續到近代。王國維在《紅樓夢評論》中這樣寫道：「生活之本質何？欲而已矣。欲之為性無厭，而其原生於不足，不足之狀態，苦痛是也。……故究竟之慰藉，終不可得也。」這種對人生的悲觀看法雖然在一定程度上來自叔本華，但不能排除佛教的深層影響，況且叔本華自身就受佛教影響甚深。五四以來，隨著西方文化思潮全面湧進，中國的知識、思想與信仰發生了翻天覆地的變化，人們對佛教有了全新的認識，佛教對中國悲劇思想的影響也就有了相應的變化。魯迅也曾沉迷於佛教典籍之中，但他「是從積極的角度去接受的。他一生都吃苦，甚至以苦為樂甚或苦中作樂的生活態度，關心他人捨生取義的博大而仁慈的胸懷，尤其是在極端惡劣的物質精神環境中，堅忍不拔、韌性頑強的人生態度，甘於清貧、不求聞達、默默無聞為他人為社會

勞作的精神——不能說沒有佛教精神的浸潤。」[12] 恩格斯曾指出悟性和邏輯範疇的對立性：「兩極化。正如電、磁等等自身兩極化，在對立中運動一樣，思想也是如此。正如在電、磁等等情形下，不可固執一面，而且也沒有一個自然科學家想固執一面一樣，在思想情形下也是如此。」[13] 今天，佛教已成為一筆重要的文化遺產，讓我們用辨證的觀點去接受這筆遺產，也許更能夠得出正確的認識。

[12] 何錫章，《魯迅讀書生涯》，長江文藝出版社，1997 年版，第 47 頁。
[13] 恩格斯，《自然辯證法》，人民出版社，1971 年版，第 191 頁。

第5章　江湖遊民的奴才夢
——論「水滸人物」的生存狀態及其生存意識

　　《水滸傳》自問世以來，反動統治階級對它極端仇視，說它是一本「賊書」，屢加禁毀。然而統治階級其實根本沒必要把它視為洪水猛獸，事實上小說中一再強調的忠、義思想以及梁山好漢們提出的「只反貪官，不反皇帝」的口號，完全是站在維護統治者封建統治的立場上的。而研究者把梁山上的頭領們視為扶危濟困、救民於水火的「英雄」，則未免也有拔高小說人物形象的嫌疑。

一、英雄與強盜

　　《水滸傳》是一部奇書，梁山好漢是一夥奇人。一百零八將中，「其人則有帝子神孫，富豪將吏，並三教九流，乃至獵戶漁人，屠兒劊子」，[1] 可見其成份之複雜。然而為了一個共同的目的，大家走到一起來了，習慣上大家都稱之為「農民起義」，他們自己則說是「替天行道」。再加上他們好打抱不平，仗義疏財，且大多都孔武有力，在刀口上討生活，於是他們就成了家喻戶曉的「英雄」。《水滸傳》也就成了中國英雄傳奇小說的傑出代

---

[1]　施耐庵，《水滸傳》（一百二十回本第71回）[M]，湖北人民出版社，1994年版，第531頁。

表。對於《水滸傳》的主題，學術界歷來眾說紛紜，有的說是為「農民」寫心；有的說是為「市井細民」寫心；有的說是為「江湖遊民」寫心；有的說是為「士」寫心。[2] 這些觀點雖然說法不一，其實都是從人物的階級地位、出身方面來討論的，而且都是以首先承認他們為英雄作為出發點和歸宿的。究竟他們是不是英雄？本文認為還值得商榷。人物形象的確立並不取決於他的出身、階級地位等先天的因素，而取決於他的性情品格、言行舉止以及他的生活經歷等。因此，要考察這些梁山好漢是不是真正的「英雄」，關鍵還得看他們的思想品格、言語行動以及生活經歷等，簡言之，即他們的生存狀態。

　　在古代，英雄又被稱為「俠」。韓非最早指出「俠」這一類人的特徵。他在《五蠹》中談到，「儒以文亂法，俠以武犯禁」。司馬遷則在《史記‧遊俠列傳》中對「俠」給予了高度評價：「今遊俠，其行雖不軌於正義，然其言必信，行必果，已諾必誠，不愛其軀，赴士之厄困，既已存亡死生矣，而不矜其能，羞伐其德，蓋亦有足多者焉。」從韓非子和司馬遷對「俠」的表述中我們可以得知，「俠」，也就是英雄必須具備以下幾個基本的條件：一是總是處於反動統治的對立面，站在民間（或江湖）的立場上對官方進行以暴抗暴；二是必須有高超的武藝，強健的體魄。也就是說，必須具備行俠仗義的能力；三是必須有毫不利己、專門利人的俠義心腸，英雄就是為他人而存在的，他應該鄙棄各種功名富貴的觀念，所謂「不矜其能，羞伐其德」；四是不貪生怕死，有勇於犧牲、視死如歸的精神。正所謂「怕死的不是英雄好漢」。一個人做到了這幾點，他才算得上是「俠」，或者說

---

[2]　紀德君，《水滸傳》寫「心」說綜析 [J]，海南大學學報，人文社科版，2001，（1）。

一個真正的英雄。《水滸傳》在刻畫人物形象方面的確有其獨到之處。金聖歎曾經評論說：「《水滸傳》寫一百八個人性格，真是一百八樣。若別一部書，任他寫一千個人，也只是一樣」。[3] 魯迅也認為，「《水滸》和《紅樓夢》的有些地方，是能使讀者由說話看出人來的」。[4] 茅盾則更是認為《水滸》在人物和結構方面實強於《紅樓夢》，他指出《水滸》在人物塑造方面有兩大特點：一是「善於從階級意識去描寫人物的立身行事」；二是「關於人物的一切都由人物本身的行動去說明」。[5] 應該說，茅盾的「兩個特點」的闡述是非常正確的。但是，遺憾的是大多數的評論者包括茅盾本人在對《水滸》人物作定性分析的時候，一般都只是從第一個方面去作簡單的理解。認為他們出身下層，備受壓迫，所以他們的所為也就必然是正義的和英雄的行為，他們也理所當然的都是英雄。他們純粹從所謂的階級意識、概念模式出發，而忽視了從人物本身的行動出發去分析人物的一切。這實際上是犯了一個「英雄──英雄」的循環論證的錯誤，即首先在頭腦中就認定了他們是英雄，在此基礎上再對其英雄形象加以粉飾而已。

其實，如果我們從《水滸》人物的出身方面來考慮的話，也根本得不出他們就是英雄的結論。紀德君在〈《水滸傳》寫「心」說綜析〉中認為，他們「無疑是一群淪落在社會底層的江湖遊民：或為困躓流離於江湖的流浪者，或為無業流蕩於市井的閑漢，或為亡命江湖的逃犯，或為占山為王的草寇。儘管有些英雄在落草前也曾有職業，如做教頭、小吏、衙役、醫

3　讀第五才子書法，水滸傳會評本 [M]，北京大學出版社，1981 年版，第 19 頁。

4　傅隆基，看書瑣記 [A]，中國古典小說名著講話 [M]，華中理工大學出版社，1991年版。

5　徐中玉主編，談《水滸》的人物和結構 [A]，大學語文 [M]，華東師範大學出版社，1999 年版。

生、道士、店員、商販等，但這些職業多不固定，一遇險風惡浪，便淪為
『朝磨暮折走天涯』的江湖流浪者。」這應該是梁山好漢們的生存狀態的真
實寫照。但是，如前所述，江湖遊民並不能和英雄人物相等同。前者雖然
也好勇鬥狠，講究「江湖義氣」，但大多數時候他們對社會所起的是一種
破壞作用，而不是匡世濟民的英雄行徑。因此，是不是英雄最終還得看這
些人物的立身處世的「行為本身」。

　　不可否認，《水滸》人物也做了一些「行俠仗義」的豪舉，如魯提轄
拳打鎮關西，義救金氏父女；石秀仗義救楊雄，智殺裴如海等，但從總體
上來看，這些江湖人物所幹的多為打家劫舍、殺人放火的強盜行徑，稱他
們為強盜實在是一點也不過分。關於這一點，魯迅在〈流氓的變遷〉一文
中說得非常明白，他說：

> 『俠』字漸消，強盜起了，但也是俠之流，他們的旗幟是『替天行
> 道』。他們所反對的是奸臣，不是天子，他們所打劫的是平民，不
> 是將相。李逵劫法場時，掄起板斧來排頭砍去，而所砍的是看客。
> 一部《水滸》，說得很分明：因為不反對天子，所以大軍一到，便
> 受招安，替國家打別的強盜──不『替天行道』的強盜去了。終於
> 是奴才。[6]

　　魯迅的觀點應該是發人深省的。我們不妨仔細來看看這些「強盜們」
的所作所為。通觀《水滸傳》，可以發現這些好漢們在上梁山前，幾乎有

---

[6] 〈流氓的變遷〉，《三閑集》[M]，第 121 頁。

一大半都是以占山為王、打家劫舍、殺人放火為職業，或者曾經幹過這樣的營生。他們所打劫的都是些過路的、坐船的、住店的以及村莊裡的老實本分的普通百姓，而真正劫取生辰綱等不義之財的義舉，書中只提到過一次。他們落草為寇不是為了與官軍對抗，而多是為生活所迫，靠燒殺搶掠來維持生計，如朱武等人打劫史家村，周通強娶桃花村劉太公女兒，杜遷、宋萬強佔水泊不准附近漁民打魚，張青、孫二娘更是在十字坡專殺過往客商、販賣人肉饅頭！待到他們漸次上山后，所行的也多為不義之事。三打祝家莊，名為「祝家莊那廝要和俺山寨敵對」，實為「若打得此莊，倒有三五年糧食」，而攻打東平、東昌二府，主要原因也是「目今山寨錢糧缺少」。[7] 在他們所組織的一系列戰爭中，那些被打擊的官軍頭領們除少數幾個被他們「正法」外，其餘大多又「棄暗投明」都成了梁山上的「英雄」。而無辜被害的總是那些普通百姓。

當然，梁山好漢們也並非都是些殺人不眨眼的惡魔，他們也有一些人性的閃光點。其中最為人稱道的主要是兩個方面，一是「仗義疏財」，一是「忠義兩全」。這也正是他們被視為英雄的主要原因。但這兩個方面其實也有其內在的局限性。先來看「仗義疏財」。宋江、晁蓋、柴進等人在這方面的表現尤為突出。書中多次提到他們不吝金錢、慷慨大方的品性。如說宋江「為人仗義疏財」，「平生只好結識江湖上好漢，但有人來投奔他的，若高若低，無有不納，便留在莊上館穀，終日追陪，並無厭倦；若要起身，盡力資助，端的是揮霍，視金似土。」又說晁蓋「平生仗義疏財，專愛結識天下好漢」，柴進更是「專一招接天下往來的好漢，三五十個養

---

7 《水滸傳》第 47、69 回 [M]，湖北人民出版社，第 361 頁、第 513 頁。

在家中」，[8] 別的好漢出場的時候也往往要把這仗義疏財的話抖一遍，乍看起來的確讓人覺得他們夠「英雄」，其實不然。通讀全書之後我們會發現，宋江等人的「仗義疏財」，其實主要是指他們樂於救助「江湖上的好漢」，市井小民非其同類，雖然也偶爾得到宋江、魯達等人的一點施捨，但那畢竟只是「偶爾」，並不是經常的行為。所以從本質上來說它跟英雄們扶危濟困、救民於水火的行為是有區別的。同樣的道理，他們的「義」也只是江湖好漢們之間的小集團的「哥們義氣」，不管是武松結交宋江、張青、施恩也好，還是吳用、晁蓋與三阮的聚義也好，那都是落魄江湖的強盜、草寇們司空見慣的把戲。他們彼此結義，都「一般的哥弟稱呼」，[9] 看上去好像義薄雲天，其實卻正好現出了他們這種江湖義氣的狹隘性。簡單的說，就是他們可以「為兄弟兩肋插刀」，但對那些非結義兄弟呢？卻可以不顧其生死，甚至將其任意處死，李逵之殺韓伯龍就是一例。這顯然是一種狹隘的「水滸氣」，與英雄為民眾拋頭顱、灑熱血之「高義」截然不同。至於「忠」，那只不過是對昏庸腐朽的朝廷的愚忠，如前所述，英雄應該是站在反動統治的對立面的，正所謂「亂世出英雄」，統治階級越反動，社會越動盪，越能見出英雄的本色，而為反動、腐朽的統治階級「效忠」是為英雄所不齒的。關於這一點，下文還將作詳細闡述。

　　一個人的生存環境決定了他的生存狀態和生存方式。《水滸》一百單八人在特定的歷史條件下為生活所迫紛紛流落江湖，終於成為強盜，顯然是惡劣的生存環境使然。對於他們被「逼上梁山」的悲慘遭遇，我們應給以相當的同情。事實上，承認他們是強盜，也並不是從根本上否定梁山好

8　《水滸傳》第 18、14、9 回 [M]，第 124 頁、第 93 頁、第 65 頁。
9　《水滸傳》第 71 回 [M]，第 531 頁。

漢的鬥爭精神。在當時特定的歷史條件下，他們的做強盜也可以說是受盡壓迫後的「人性的覺醒」，從這個意義上說，他們的行為在某種程度上說是具有一定的正義性的。但我們並不能因為同情而諱言他們的強盜本質。客觀地說，正如魯迅所言，他們無非是一群「『替天行道』的強盜」罷了。

二、「替天行道」與「忠義雙全」

江湖遊民為生存的目的，被「逼上梁山」做了強盜，多少還讓人覺得有點悲壯，值得同情，甚至可以這樣認為，武松的血濺鴛鴦樓、李逵的大鬧江州城雖然是一種極端冷酷的殺戮，充滿著暴力和血腥，但從中我們也不難感受到一種原始人性力量的爆發，一種源自遠古洪荒時代英雄神話故事中的野蠻力量之美。然而可惜的是，他們連這一點僅有的英雄氣概最終也喪失殆盡，而「終於是奴才」。與有力的證明就是他們的「替天行道」。

梁山好漢們打出的「替天行道」的旗號，其實質上就是對既定的君主專制權力和社會統治秩序的維護。它看上去似乎是要掃除天下的不平等，替廣大的被壓迫、被奴役階級要求自由、平等的生存權和發展權，然而它真正的含義卻只是為他們自己謀求奴性的生存！雖然在封建社會那樣一個特定的歷史條件下，我們不可能要求宋江他們具有現代的自由民主觀念，但是我們不可否認，中國歷史上的農民起義，它都是由於對現有的腐朽反動的統治階級的不滿，而以徹底的推翻其統治、建立新政權為目的的。儘管它最終可能還是回到歷史的原點，實行的仍然是專制的王權統治，但畢竟它還是使社會得到了一定程度的改良，將歷史又向前推進了一大步。而梁山好漢們卻「只反貪官，不反皇帝」，認為「今皇上至聖至明，只被奸

臣閉塞，暫時昏昧」，[10] 他們被逼上梁山也只是「暫居水泊，只等招安」，以期早日為國家出力，「博個封妻蔭子」，[11] 這明顯是在對趙宋王朝投懷送抱，根本就不是起義造反，他們名義上說「替天行道」，其實卻是作了趙宋王朝的奴才。

　　在封建社會，君是民的絕對統治者，民只有通過「天」才能制約君。所以對於荒淫腐朽的統治者，民可以「順應天意」而取而代之，這是「替天行道」；宋徽宗昏庸無能，荒淫無恥，任用奸臣，敗壞朝政，而宋江等仍為其「盡忠」，是「逆天而動」，他們只是「替君王行道」。他們宣稱「只反貪官，不反皇帝」，事實上他們連貪官也不反。他們「兩贏童貫」、「三敗高俅」，只是為了表明對皇上的忠心，進而厚實自己做奴才的資本。以至於在活捉了高俅之後，宋江甚至「慌忙下堂扶住，便取過羅緞新鮮衣服與高太尉從新換了，扶上堂來，請在正面而坐。」[12] 對其優待有加。招安後對於高俅、童貫等人也是誠惶誠恐，不敢與其正面為敵，甚至視他們為親密同僚，與童貫等奸臣一道去殲滅方臘等其他起義隊伍。他們也有對皇上不滿的地方，那就是對皇上沒有給與他們平等的做奴才的機會不滿。因此，他們的造反並沒有對統治階級施加壓力以改善群治關係，反而是一種對現有統治秩序的認同。其造反的最直接的、也是唯一的目的就是為了使其能夠側身於金鑾殿，以實現其做奴才為主子盡忠的願望。從這個角度來看，他們所推崇的「忠義雙全」的思想準則，就成了他們「替君王行道」的最好的補充與詮釋。

---

[10]　《水滸傳》第 71 回 [M]，第 533 頁。
[11]　《水滸傳》第 12 回 [M]，第 84 頁。
[12]　《水滸傳》第 80 回 [M]，第 592 頁。

　　當然，對皇上的愚忠只是他們主張的「忠義雙全」思想觀念的最直觀的、外在的表現形式，而最根本的含義則是他們身上所秉承的具有民族普遍性的那種「忠孝節義」的心理特徵。這一心理最突出的表現就是，承認人與人之間的等級差別，並認為這種上下等級的區分具有不可違背性，一旦生成就不可變更，要絕對遵從，否則就是以下犯上，不忠不孝；而這種等級在現實中的具體表現就是名望的高低、出身的貴賤、甚至年齡的長幼等等，簡言之，這種等級秩序是天定的。《水滸》一百單八人正是在這一思想基礎來規劃他們的理想社會的藍圖的。這集中地表現在第七十一回「忠義堂石碣受天文、梁山泊英雄排座次」上。按照正常的情況，「英雄」的座次不外乎是按照他們各自的武功的高低、才智的多少、軍功的大小來確定的，但在《水滸》裡面，卻是由「天」的意志來決定，而這種「天」的旨意說到底就是統治階級的意志，因此他們的座次也就只能按名望、出身、年齡等先天因素來排定了。所以，石碣一出，盧俊義儘管是最晚上山，但由於他是「北京城有名的大員外」，「大名府第一等長者」，[13] 因而也就順理成章的坐上了山寨的第二把交椅；關勝、秦明、呼延灼、花榮、柴進等人或是將門之後，或是帝子皇孫，或是朝廷命官，也自然都躋身前列；而林沖、武松、魯達、李逵等人則終因出身低下，只能居於其後，儘管他們是書中刻畫得最有光彩、最能得到大家首肯的英雄好漢；至於三阮、劉唐諸人，雖然對梁山泊有首創之功，但也因為他們只不過是「獵戶漁人」之流，所以也理所應當地排在末流。且英雄有天罡、地煞之分，這本身就是一種明顯的等級制度。因此，儘管他們「都一般兒哥弟稱呼」，但事實上

---

13 《水滸傳》第 60 回 [M]，第 456 頁。

在他們內部還是等級森嚴、貴賤有等的。他們的排座次就是對封建社會廣泛存在的嚴格的等級制度的確證和強化。於是，我們可以看到，好漢們之間名義上還是兄弟的關係，但實質上卻已演變成了「主」與「奴」的關係。宋江儼然是一家之主，而以下諸弟兄則成了他忠實的奴僕。當宋江極力主張接受朝廷的招安的時候，李逵、武松、魯達等人雖然十分的不滿，但只要宋江呵斥兩句，就只能「喏喏連聲而退」，最終還是忠實地跟著宋江走上了招安的道路。在這裡，兄弟之義早已蕩然無存（李逵不贊成招安，宋江竟然要「左右與我推去斬訖報來」），[14] 剩下的只有「下」對「上」的敬；「奴」對「主」的忠。而這一「忠」卻正是封建等級制度培育出來的、影響整個民族性格的形成的「愚忠」觀念。

三、「逼上梁山」與「奴性生存」

《水滸傳》所記之事與史傳記載頗有出入，其中事蹟或為市井坊間之說話藝人所添加，或為編纂整理之小說家們所潤飾，然其所描摹之社會情狀，所反映之世態人情，卻可以稱得上是當時社會歷史面貌之真實再現，所以在對《水滸》主題研究的過程中才會出現各式各樣的「寫心說」的大討論。但這些形形色色的所謂的寫「心」，都只是對當時那一特定的歷史階段某一部分人的生存狀態的概括，如果我們把這一群人放在整個中國歷史發展的長河中來加以考察的話，則會發現，他們的心態就不僅僅是所謂的農民階級、市井細民或是江湖遊民之「心」了，實質上它所反映的是中華民族代代相傳的具有普遍性的民族性格，或者稱之為國民性的問題，即

---

[14] 《水滸傳》第 71 回 [M]，5 第 33 頁。

國人的苟且偷安、與世無爭的「奴性生存」意識。就「水滸人物」這一特定的群體來說，其「奴性生存」意識主要表現為以下兩個方面：

一是生存第一的「活命觀」。乍一看，這種苟且偷生、與世無爭的性格特徵與好漢們的起義造反的鬥爭精神是那樣的互相抵牾，其實不然。一個「逼上梁山」的「逼」字就深刻地反映了他們的極端無奈的心理。如果不是連最起碼的生存的權利都失去了保障，人的自然生命遭到威脅的話，他們是不可能上梁山的。有人按照「水滸人物」落草的心態和過程，把他們大致分為四類：一是被迫上山派，以林沖、楊志、宋江、雷橫等人為代表；二是主動上山派，以武松、魯達、李逵、解珍、解寶為代表；三是被賺上山派，以盧俊義、徐寧、安道全為代表；四是投降的官軍派，以關勝、秦明、呼延灼、花榮為代表。其實仔細分析一下，他們最終都托身於梁山水泊的原因只有一個，就是為了活命。在生存權利失去保障，自然生命受到威脅，而上山落草則暫可偷生於世的情況下，他們容忍了做「強盜」這一事實。所以儘管宋太公千叮萬囑要宋江別去落草，以免有辱祖宗，但在面臨生與死的選擇時，宋江還是選擇了前者，這時候也沒辦法顧及祖宗的顏面了，連宋太公也歡歡喜喜地上山享清福去了。武松、魯達、李逵等人呢？雖說是主動上山的，但他們早就犯下了殺人的死罪，一直亡命江湖，不上山為盜他們還有別的活路嗎？因此他們的上山其實也是不得已的選擇。而盧俊義他們被騙上山是事實，但也是在逼進死胡同之後才上山的，他本已被吳用誘上了山，但他還是執意不肯落草，因為此時的他還以為可以繼續去當他的地主，但吳用的「藏頭詩」給他判了個謀反的罪，差點把他送上了斷頭臺，於是也只得乖乖地上山了。至於投降的官軍，他們本來就算不上是「視死如歸、慷慨就義」的英雄，甚至可以說是貪生怕死之輩，所以

一旦被俘，拒降則死，投降則生，在這種情況下，既然上山可以活命，又何樂而不為呢？因此，從整體上來看，好漢們的上山造反都是被「逼」出來的，在他們看來，人生的第一要務就是生存，即保全性命，不到生存難以為繼的時候，他們是根本不可能做出這種「有辱祖宗」的事來的。二是由只求活命而派生出來的妥協忍讓、委曲求全的性格特徵。在這方面林沖是一個典型。「水滸故事」中本來沒有林沖這個人，他是作者虛構的一個人物，然而林沖卻是被逼上山的代表，這一虛構的形象具有普遍性和典型性。林沖本是東京八十萬禁軍教頭，雖然算不上是什麼很高的職務，但也足以以此安身立命了，他原也就打算這樣過他的安穩日子去了，誰料妻子無端地遭人調戲，本想揍他一頓出一口氣，但抓過來一看，卻是頂頭上司的兒子高衙內，於是「先自手軟了」；後來中了高俅的奸計，誤入白虎堂，明知是故意陷害，但也只是叫兩聲冤枉而已，待到刺配滄州，董超、薛霸受了高衙內的指使，對他進行百般刁難，林沖還是逆來順受，做聲不得，野豬林中，兩個公差把林沖吊了起來，明顯要謀害他的性命，危急關頭魯達出現，盛怒之下，本要結果公差的性命，但林沖卻還為其乞命，老老實實的繼續跟著他們去滄州，直到火燒草料場，被逼上了死路，正是忍無可忍的時候，偏又遇著了陸虞侯，所謂仇人相見，分外眼紅，這才將其殺死報仇雪恨，死罪臨頭，無處安身，只好雪夜上梁山。至此，林沖完成了他人生道路上的一大轉折，然而，他的妥協忍讓的性格卻並沒有因此而發生轉變，反而得到了進一步的發揮。初上山時，王倫故意為難他，以「投名狀」相脅迫，林沖是「怨而不怒」，極力容忍，直到晁蓋上山，在吳用的激將和攛掇下，才「火拼王倫」；宋江上山以後，作為山寨武將班頭，他在晁蓋死後又極力地擁立他為梁山泊主，但宋江怕他功高蓋主，出於對他的忌憚，又

對他進行壓制，先是硬拉了一個盧俊義來，後來又弄了個關勝來直接壓在他的頭上，甚至在打祝家莊時，林沖活捉了扈三娘，宋江立即叫人押回山寨，安排宋太公收為義女，並出人意料地把她配給了王英。林沖當時無妻，按強盜們的規矩，如果是宋江不要其當壓寨夫人的話，那麼理應將扈三娘歸於林沖，但宋江沒有這樣做，顯然是想借此對他進行打擊。但林沖都一一忍受了下來，只要不威脅到他的生存，他就可以對任何打擊加以容忍。

林沖的「忍」給我們留下了深刻的印象。然而，縱觀全書，又有幾人不是「能忍」之人？正是他們的妥協忍讓，才心甘情願地與宋江一道受了朝廷的招安，成了朝廷的奴才。這種「忍」在國人中具有普遍性和典型性，它是千百年來封建專制制度壓榨之下的產物，是一種歷史的積澱，深深地植根於國人的頭腦中，並發展成為一種普遍的民族心理，揮之不去。

由這種極端的妥協容忍、委曲求全發展開去，就必然會導致甘當奴隸、甘於被奴役的奴性生存意識的產生。就整體上來看，「水滸人物」的集體被招安，就是這種意識的必然結果，前面已作了重點論述，這裡就不再贅述。而就單個的主體來看，這種意識表現得也是十分明顯。仍以林沖為例。林沖有兩次擁立之功。第一次是在「火拼王倫」之後，擁立晁蓋為主。而當時林沖作為山寨元老，無論是按資歷，還是按武功才識，他都可以理所應當地成為山寨之主的；第二次是在晁蓋死後，作為武將班頭的他，擁立剛剛上山、手無寸功的宋江為主。一方面這或者可以表現林沖的「大度」，但從另一方面來看，這何嘗又不是他的奴性生存意識的反映！論武功，宋江遠不及林沖；論才智，宋江又不及吳用；論豪爽，宋江更不及柴進。宋江的懦弱是人盡皆知的，但梁山泊眾人卻極力擁戴他為頭領，這不能不說是奴性意識支配下產生的歷史的悲劇。

　　中國人或許是由於被壓迫、被奴役的太久了，以至於當這種奴役狀態一旦被解除的時候，反而有一種不適應的感覺，於是就千方百計地去找一個「主子」出來，把他供奉著，接受他的奴役。中國歷史上不乏這樣的例子。先皇駕崩，做臣子的就如喪考妣，急急忙忙地拉來一個才幾歲大的小孩子或是一個品性惡劣的平庸無能之輩，把他扶上皇帝的寶座，對他三跪九叩。這樣的「中國式」鬧劇幾乎貫穿了整個中國封建社會的各個朝代，令人啼笑皆非。這種奴性意識一經形成，便在國人的心中紮下了根。故魯迅在《中國小說史略》寫道：「凡俠義小說中之英雄，在民間每極粗豪，大有綠林結習，而終必為一大僚隸卒，供使令奔走以為寵榮，此蓋非心悅誠服，樂為臣僕之時不辦也。」梁山泊眾人所表現的這種心態，正是奴性心理在歷史慣性作用下的自然而真切的反映。

四、結語：強盜面目掩蓋下的奴才本質

　　《水滸傳》所直接描述的是一夥江湖遊民為盜為奴的生存狀態，而從中所反映出來的卻是千百年來國人在專制君主壓制、奴役下而產生的一種變態的奴性生存意識。「水滸人物」的鬥爭精神值得我們讚揚，但他們的鬥爭目的與結果，甚至包括鬥爭過程本身，都應該值得我們去反思。對於「水滸人物」的「英雄論」，顯然是在歷史流傳過程中對人物評價的固有觀念層層因襲的結果。可以說，從金聖歎出於拔高「水滸人物」的鬥爭精神而腰斬《水滸》，並加上一些所謂的「上上人物」的評點開始，《水滸傳》文本就遭到了廣泛的誤讀。今天看來，梁山好漢們的造反雖然沒有我們想像的那麼完美，甚至帶有很大的缺陷，但這卻可以說是歷史的真實，人性

的真實。事實上，他們不可能我們也不應該要求當時的他們具有近現代才出現的民主革命思想。從這個意義上說，「水滸人物」身上所體現出來的奴性意識的劣根性，絲毫無損於小說在人物形象塑造上的成功，恰恰相反，正是由於《水滸傳》對民族心理性格有著如此真實而深刻的揭示，才使得「水滸人物」群像更加充實飽滿和真實可信，從而也使它名副其實地成為了中國古代長篇章回小說乃至世界文學寶庫中的巔峰之作。

第6章　佛道對儒家策略的狡點

　　在中國，佛和道的發展不可避免要受到儒家正統思想的干擾。尤其是佛家，他的興起，正好是儒家如日中天之時，在初期經歷幾次簡短的對立衝突之後（早在佛教傳入之初，也就是魏晉南北朝時期，爭論焦點就集中在出家與人倫孝道的關係上，儒家曾批評佛家「棄妻子，捐財貨，或終身不娶，何其違福孝之行也」[1]），佛道最終還是和儒家「握手言和」，在中國這麼一個注重思想鬥爭的國家裡，後起的佛道二家竟然能與儒家做到真正意義上的相安無事，甚至是相輔相成，實屬罕見之事。仔細品味佛道兩學問由隱而顯的軌跡，你就會發現，那裡面其實隱藏著許多中國式的狡點：如曲意奉和，主動示好等（也許鈴木大拙也看到了這點，所以他才會說，禪宗，他不可能產生於「中國以外的任何其他地方或人民之中」[2]）。也正是由於這種中國式的狡點，才使的佛道能「知其雄，守其雌」[3]、「弱之勝強，柔之勝剛」[4]，與儒家並成鼎足之勢。下面我們分別就佛和道來作一論述。

---

[1]　僧佑，《弘明集》・卷一 [M]。《
[2]　張文達，張莉，《禪宗・歷史與文化》[M]，哈爾濱：黑龍江出版社，1988。
[3]　老子，《老子》・第二十八章 [M]。
[4]　老子，《老子》・第七十八章 [M]。

一

　　佛家最狡黠之處，乃是對有爭論的問題，不置可否，更不做明顯的肯定或否定判斷，不正面造成衝突，避免了儒家的逆反心理。否定與肯定的模糊性同時還消除了儒生們潛意識裡儒學的防禦心理，為佛學的盛行大開方便之門。

　　儒家思想的基礎，嚴格來說，應該是他的人性論。人性本善，故可以「養吾浩然之正氣」「修齊治平」；人性本惡，故而「學不可以已」[5]，通過後天的學習（禮、樂）來糾正先天的缺陷，所以，不論是人性惡還是人性善，在儒家都有它的用武之地：都服務於「內聖」的需要。然而佛家在人性這一根本問題上，與儒家是截然不同的。佛家有「見性成佛」之說。人的本性有很多種，真也是，善也是，美也是，假也是，惡也是，妄也是，你看見的是哪一性呢？有人從人的自然屬性角度，如小孩子對食物、玩具的佔有欲出發，歸納出人性本惡，也有人從社會屬性的角度，如後天經過禮義道德薰陶後變得知書達禮入手，得出人性本善，爭論不止，但他們就從來沒想到要換一種思維，不論人性本惡也好，還是人性本善也好，其實這善惡本就是佛性所天生具有的兩端，有善才有惡，有惡也才有善，你善前不惡，又怎麼能顯示你現在的善來？佛不是某些特殊人的專利，「眾生與佛本來共同」[6]任何人只要有成佛的思想，那他（善男善女，或者大智大勇或者大奸大惡之人）就有可能成佛。「若識自性，一悟即佛地也」佛要有憐

[5]　荀子，《荀子》‧勸學篇 [M]。

[6]　陸九淵，《陸九淵集》‧卷二十三‧荊門軍上元設廳皇極講義 [M]。

憫心，要有普渡眾生的勇氣和責任，「地獄不空，誓不成佛」。但如果你執著於這個，認為這就體現了或甚至這就是人性本善，因而執著於此，或不停的去駁人性本惡論，表面上你是在修佛，而實際上你離佛的境界卻失之毫釐，謬以千里了。「造善造惡，皆是著相」，在佛家，是沒有單純的、純粹的性善或性惡論的。因此，在最根本的人性論這個問題上，佛家並不同於儒家。雖說知識界有「道不同，不相為謀」的傳統，但佛家並沒有與儒家各行其是，「老死不相往來」；也沒有簡單的支持一方反對一方或者乾脆來個第三種答案，更沒有大張旗鼓的通過與儒家大辯論的方式來闡述自己的觀點，標新立異，從而擴大自己的影響，而是非常聰明的採用了既包含又不苟同的方式，把儒家的兩種概念都包含進自己表面上的這種邏輯體系中——人性或善或惡，又人性又非善非惡：開悟前人性仍是人性，有善惡之別，即人性或善或惡；開悟後，人性則成佛性，佛（人）性非善非惡。這樣，佛家人性論骨子裡是非善非惡即佛性論，但在表面上佛家並沒有否定人性善或惡，也沒有肯定人性非惡非善，沒有給出具體的答案。「性」究竟指代何物是必須在悟透佛理之後才有可能明瞭的，這樣做，固然是因為否定和肯定都不是佛所關心的，「一物被否定時，在它的否定中也就包含著某種不能被否定的東西。肯定亦是如此．這在邏輯上是無法避免的．禪想要超出於邏輯之上，希望發現比無的反面更高一層的肯定。」[7]所以他既不便肯定善或惡，也不便否定善或惡，但更多的是佛師們有意識的把容易形成鬥爭的因素降到最低點，避免了初期就與強大的儒家發生正面衝突的一種方便法門（有史為證：佛教流傳初期，與儒家起過較

---

[7]　鈴木大拙，《新知文庫・佛學入門》[M]，北京：生活・讀書・新知三聯書店出版社，1988。

大衝突，經過高僧們的不斷努力，甚至不惜修改教義來在一定程度上迎合
儒家的口味，所以發展至後來，佛教許多宗派的理論與其初傳時期已有很
大的不同，這樣的直接後果是：衝突漸漸被相輔相成所替代，佛家這一骨
子裡背叛，但表面臣服的策略不可謂不高明）。而事實也確實證明瞭這種
中國式策略的正確性：否定與肯定的模糊性消除了儒生們潛意識裡儒學的
防禦心理，因為在佛學中他們隱約能看到儒學的影子，使得佛學以儒學
的知音者的面目出現，並使儒生們樂於參與佛學思想的研討並與儒學一
起於無聲處中形成了自己的知識積澱。這樣，即使儒生們最後明白真相，
也為時晚矣。畢竟在已經精通一門理論後再想絲毫不受影響的捨棄這門
理論，是不大可能的。而告子的無善無惡論的破產也可以從反面得到論
證：與強大的儒家直接發生衝突，對自己理論體系的生存與發展是非常
不利的。

二

　　明白自己的當務之急是「傳佛法」，無動搖儒家政教地位的企圖和行
為，委曲求全，求得最大程度的親和感。

　　任何一種已占統治地位的思想，是不容許其他思想淩駕於自己之上或
取自己而代之的。佛教剛傳入，並不承認世俗的政權，更不承認佛家的政
教地位，即所謂「沙門不敬王」。但經過幾次大的滅佛運動後，佛家其實
已向世俗政權妥協，在事實上，道安曾說「不依國主，則法事難立」[8]，為
了調和佛儒兩派的緊張關係，佛師們甚至修改自己的某些教義，來迎合儒

8　　慧皎，《高僧傳》‧道安傳 [M]。

家。如佛教徒慧遠著《沙門不敬王者論・在家一》,「是故悅釋迦之風者,
輒先奉親而敬君,變俗投簪者,必待命而順動。若君親有疑,則退而求其
志,以俟同悟。斯乃佛教之所以重資生,助王化於治道者也」。可以看出,
佛教徒們對儒家的入世理論全盤吸收,積極參與世俗政治,而不再是方外
之人了(有人認為:他們對儒家思想的吸攝主要表現在兩個方面,一是儒
家的入世精神,二是儒家的倫理思想[9])。在理論上,他們雖然宣稱這個
世界是苦的,但也只是為了滅自己的有為心進一步達到信仰的彼岸,因為
無論你怎麼追求,得到的最終還是「苦」(按佛理來論,這個世界既然都
是苦的集合體,追求不到,你「所求不得苦」;追求到了,那到手的東西
仍然是現象界所屬的物質,自然仍然具有現象界苦的本質)。他們從沒宣
揚要否定現世的統治秩序,更沒強調福報必須今生修今生得,而是寄希望
於來世,即所謂的「三世福報」。「該吃飯時吃飯,該拉屎時拉屎」(德山
答如何修證佛法),在現實世界中,該幹什麼還幹什麼,該受剝削還得受
剝削,該以儒學為國學就還得以儒學為國學,可見,修佛是以承認現實的
統治秩序為前提的。加上由於佛家畢竟是舶來品,沒有中國傳統文化的底
蘊,要想被人熟知、接受並廣為傳播的難度肯定要大於儒家,何況此時儒
家的地位已是如日中天,因而,佛師們不約而同的把「傳佛法」作為自己
的當務之急,並沒有動搖儒家政教地位的企圖和行為,這樣,儒家上層的
戒備心理再一次被放鬆,於是,佛家便幸運的在自己萌芽時沒有被儒家視
為敵手,也就取得了為自己理論體系的完善和傳播的時間和可能性。佛家
做作的委曲求全的方法,與中國傳統的政治外交手段是極其相似的。

9　李承貴,《儒佛道三教關係探微——以兩晉南北朝為例》[J],南昌大學學報(人社
　　版),2001,(4)。

三

　　教育方式上，內外有別、「外寬內緊」式的教育，對非佛教徒具有很強的吸引力，由於佛家十分強調心性自由，更符合文人的性格，所以很多儒生也加入其中，使自己最終能融入儒家的大圈子。

　　佛家在教育方式上，有其獨到的一面。只要是對他的思想有興趣的，他都願意認真的與你探討，哪怕是打些無用的「口頭禪」，或者是你當著他的面辱罵佛，污辱佛，甚至連放下屠刀的大惡人也都能進入他們的佛界，盡顯「開明」之本色，但一旦你入了他的門，成了寺廟修佛之人，那按他的方法就有你的罪受了。機鋒是小，棒喝也不足奇，捏鼻、葉舌、大笑、掀床、畫圖（圓相）、拍手、豎指、舉拳、翹足、作臥勢、敲核、棒打、推倒等等花樣層出不窮[10]，最苦的還是斷手指：金華俱胝和尚……自此凡有學者參問，師唯舉一指，無別提倡。有一供過童子，每見人問事，亦豎一指抵對。人謂師曰：「和尚童子亦會佛法，凡有問皆如和尚豎指。」師一日潛袖刀子，問童曰：「聞你會佛法是否，」童曰：「是。」師曰：「如何是佛？」童豎起指頭，師以刀斷其指，童叫痛走出。師召童子，童回首，師曰：「如何是佛？」童舉手不見指頭，豁然大悟[11]。為了破弟子們的執，這種方法的效果是不言而喻的，只是方法自身未免有些太不人道。佛家還有個大方便法門，即開壇講經，但他的這種開壇講經卻絕不是為自己弟子釋疑解惑的，而是為了給外行人宣揚自己的教義，讓佛法更為眾人熟知。他

---

[10]　胡適，《中國禪學的方法》[M]，上海：上海社會科學院出版社，2002。
[11]　曹山，《語錄》[M]。

對自己的弟子則從不講法，只強調「心心相映」，即所謂「心傳」、「頓悟」。這種內外有別的教學方法，也是佛得以廣泛流行的一個原因，只是境界比儒家的「因材施教」低了一等（畢竟佛家的這種方便法門多少帶了些私心，如果你是真心想讓大家悟得佛法，何以要內外有別？而且佛師們自己心中肯定也清楚，那些他們對普通人運用自如的方便法門，對聽法的人修佛並沒什麼好處，反而有可能誤導他們執迷於研習經書而忘其本性。他們那樣做的原因，不過是想讓佛法更流行罷了，只是苦了那些個遠離佛門，但一心也想成佛的修行人，他們按佛師們的方便法門是修不成佛的。而儒家「因材施教」則顯的無私的多，他們的立足點是採取一切好的教育方法來讓不同素質的學生都學會相同的東西）。加上後來佛教某些宗派，特別是禪宗，簡化了修行的途徑，使得佛教在中下層百姓中廣為流行。佛學所強調的「明心見性」「頓悟成佛」論，更是滿足了儒生們對心靈絕對自由感受追求的需要（這點可在後來的集儒學與佛學心性論之大成的程朱理學中得到印證：後來的儒生們已經接受佛家心性論知識了）。佛家這種內緊外寬的「獨特」的教學方式的結果就是吸引了大量的儒生參與其中，與儒家嚴謹的、體系化的、「痛苦」的「內聖」修養方式相得益彰，並互補互成，成為中國儒家知識份子與眾不同的儒道、儒佛互補式的人格特徵。最終給佛家帶來的好處是：有儒生參與的佛教，自此也就再也不用擔心儒教對自己的鬥爭了。

　　佛教所採用的這些方便法門，在中國歷代的政治、軍事、外交史中也是屢見不鮮的，真可謂異曲而同工。

　　道家在如何闡述自己的思想上也採取過類似的迂回戰術，他不像佛家一樣，與儒家有很多內在的一致性，道家更多的是反儒家，他反儒家的名

教（如莊子妻死，他不僅不悲，反而鼓盆而歌以慶之）、儒家的價值觀（道家並不追求兼濟天下或獨善其身，而是追求「道」——真理。道家是以「道」為其生存目的的），但最根本的是反儒家的思維方式。

如道家強調「返璞歸真」，這「真」其實也就是他們常說的「道」。在《老子》中，「道」有很多種說法，如「樸」「根」「本」「源」「門」等[12]。用老子的話說，是「同出而異名」。

中國哲學重實踐，不重思辨。「道可道，非常道」，既然「道」不可道，既然「道」是形而上的東西，也就沒必要對「道」做界定，但何以老子卻不惜反覆借其他文字來論證自己的「道」呢？邏輯上的「循環論證」對自己傳「道」的作用，老子是看得一清二楚的。因為他所建立的，不是一般意義上的現象世界中的概念，他不注重邏輯，不注重語言，更不注重有意識的傳經論道。「為學日益，為道日損」，他走的是與現象世界背道而馳的路子。人們一生下來，就在不斷的「有為」，不斷的通過後天的學習來掌握新的知識和新的理念，人們意識中已把這視為最平常不過，最習慣不過的東西（儒家走的就是這條路子）。而現在突然有種理論告訴他們，要放棄現象世界的思維習慣，要反其道而行之，要「損之又損」才能接觸真理時，可想而知，這打破人們的習慣思維的困難有多大，而且老子的「道」的內涵又不可能直接用定義的方式來傳達，一來是因為它本來就是非現象界的東西，「言語道斷」，與「道」的內涵不符；二來，如果採用現象界的方式來定義「道」，那無疑是加深了人們對自有知識，自有理念的肯定。他看你的文字，雖然你要表達非現象界的內容，但你的思維方式仍然是現

---

[12]　王強，《老子〈道德經〉新研》[M]，北京：崑崙出版社，2002。

象界的，這對人們悟道並無好處。只有先在思維上打斷、打亂人們的定勢，老子的這個「道」才最終有可能還其本來面目，並最終被人們所認識。這也就是道家的聰明之處，由先改變外在形式最終過渡到內在本質的改變。對儒家的突破也就順理成章，「得魚忘筌，得意忘形」的境界也就呼之欲出了。畢竟，當你接受了他的思維方式後，他要傳達的內容也就容易同時被你接受了。所以看道家的典籍，如果你堅持用自己後天習慣的邏輯思維方式去做判斷、推理、概括等，那麼，你永遠也不可能真正體會「道」，只有摒棄這些，用有道家特色的「恍兮惚兮」式的思維方式，才有可能體會「道」。

　　在人性論上，道家也迥異於儒家。有人認為道家的人性論其實是同於儒家的，都是性善論[13]，也有人認為，道家是超性善惡論[14]，但筆者認為，「真」才是道家的人性論。道家的根本是「道」，「道」是宇宙一切事物的根本法則，是不加任何修飾的萬物本來面目，只有「真」才是最符合這原則的。「善者，吾善之；不善者，吾亦善之；得善。」[15]在《老子》中，雖然出現了「善」這個概念，但並不表明道家就是承認人性善的，「故失道而後德，失德而後仁，失仁而後義，失義而後禮」[16]，以善對善，禮、義、仁一併重視與實踐，你得到的最多不過是「德」而已，與「道」的境界仍然差之甚遠。故而，道家是捨「善」而求「真」的。湯一介曾說：「中國傳統哲學在『真、善、美』問題上可分為三大系統，這就是孔子、老子、莊子三大系統，從價值論上看，他們關於『真、善、美』問題有如下的不同：

---

[13]　張金嶺，《論道家人性論的實質》[J]，四川師範大學學報（社會科學版），2002，29（2）。
[14]　張岱年，《中國哲學大綱》[M]，北京：中國社會科學出版社，1982。
[15]　老子，《老子》・第四十九章 [M]。
[16]　老子，《老子》・第三十八章 [M]。

孔子：善－美－真；老子：真－善－美；莊子：美－真－善」[17]。與佛家一樣，道家也認識到了自家與儒家的截然不同性，他不像佛家那樣，採用模糊的兩者相容的方式，而是根本就不去討論這個問題，所以在道家著作中是看不到「人性」這兩個字眼的。但無論是儒家追求個人理想人格的境界也好，還是道家追求宇宙的本原也好，都離不開人這個話題，人性是任何一種哲學都必須首先面對和解決的問題，道家也不可能完全避而不談，畢竟，「道」的實現，是一定要通過人這個仲介的。所以，道家只能把這個敏感的話題隱藏在自己的教義中，一再強調，「是以聖人處無為之事，行不言之教；萬物作而弗始，生而弗有，為而弗恃，功成而不居。」[18]；「絕聖棄智，民利百倍；絕仁棄義，民復孝慈；絕巧棄利，盜賊無有。此三者以為文，不足。故令有所屬：見素抱樸，少思寡欲，絕學無憂。」[19] 等「無為」思想。之所以道家強調「無為則無不為」，就是因為在道的眼裡，後天的各種有為式的方法雖然在某種程度上可以使人更加「善」（儒家的「禮」的目的就在於此），但卻絕對使人不「真」，善而不真，絕不是道家所期望的，所以道家雖沒強調自己的人性論是「真」，但實際上他已把這觀點隱藏在自己的教義中了。不與儒家直接發生衝突，而是通過駁「禮義之大害」「大道廢，有仁義；智慧出，有大偽；六親不和，有孝慈；國家昏亂，有忠臣」[20]，間接的反對儒家人性本善，這種策略不可謂不高明，深得古人「笑裡藏刀」之三昧。

---

[17] 湯一介，《國學今論 • 再論中國傳統哲學的真善美問題》[M]，瀋陽：遼寧教育出版社，1991。

[18] 老子，《老子》• 第二章 [M]。

[19] 老子，《老子》• 第十九章 [M]。

[20] 老子，《老子》• 第十八章 [M]。

　　在與儒家共處的相同目的下，道與佛採取了不大相同的方式。可能因為是外來宗教的原因，佛教在與儒教求同存異的力度明顯要大於道教。佛教多的是「明目張膽」型。道教則更多注重春風化雨，於無聲處，悄然取得儒教的認可。

　　假設一下，如果沒有以上的中國式的「狡黠」參與其中，而是互不謙讓，相互攻擊，那麼，在強大的儒教的打壓下，佛道的生存空間以及他們的生存方式也許就不同於現在；中國傳統文化人格也許將會是另外一番模樣。

第7章　《詩經》棄婦意象新探

　　《詩經》中的棄婦詩幾乎全部出自〈國風〉，可以明確找出的棄婦詩有如下幾首：〈召南 · 江有汜〉，〈邶風 · 日月〉，〈邶風 · 谷風〉，〈衛風 · 氓〉，〈王風 · 中谷有蓷〉，〈鄭風 · 遵大路〉。本文以這些詩作中的棄婦形象為研究對象，通過對這類意象的歸類分析，總結其類型特徵，並探尋其影響因數。

一、棄婦形象分析

　　〈氓〉是《詩經》中最著名的一首棄婦詩，氓妻也是一個典型的棄婦形象。她勤勞善良，但是「桑之未落，其葉沃若」。幸福終究是短暫的，長年的辛勤勞作，使得她容減色衰。同時詩中並未提及這三年之中氓妻是否有生育，究其原因很有可能無子。可見，由於年老色衰，又沒有生養，氓開始厭倦這樣一個失去「功用」價值的妻子。於是「士也罔極，二三其德」，以至於「言既遂矣，至於暴矣」，氓竟然對妻子施以暴力，也許這是中國最早的對「家庭暴力」的記敘了。丈夫婚後的冷淡態度與當年的「言笑晏晏，信誓旦旦」完全是天壤之別，氓妻心中無比淒涼；「自我徂爾，三歲食貧」，卻只能換來丈夫的薄情和遺棄，不禁怒火欲燃。家人的鄙夷

和排斥，丈夫的遺棄，自己年老體弱，氓妻一無所有，處於孤立無援的境地。「靜言思之，躬自悼矣」，心中的怨恨只能化為萬般無奈，「士之耽兮，猶可說也，女之耽兮，不可說也」是她對這段婚姻最深刻的反省和教訓總結。但是卻「不思其反」，從未後悔過，「反是不思，亦已焉哉」，想也無用，不如就這樣算了吧。氓妻平時的性格決定了她對氓的態度，初相識的溫柔規勸「將子無怒，秋以為期」，被拋棄後他把自己不幸歸結到自己對婚姻的自主選擇上，她對氓只有怨，卻無法怒。方玉潤在《詩經原始》中認為：「……女貽癡於情焉者耳。故其自歎，則以桑之榮落喻色之盛衰，以見氓之所重在色不在情。己又未免為情所累，以至一誤再誤，至於不可說。……此女始終總為情誤，故非私奔失節者比。」

〈谷風〉中，棄婦在「習習谷風，以陰以雨」的被棄途中，仍然銘記著「及爾同死」的誓言，「行道遲遲，心中有違」，掛念自己深愛的丈夫，不忍離去。但是「涇以渭濁，湜湜其沚」丈夫卻移情別戀，「宴爾新婚，如兄如弟」，只見新人笑，哪聞故人哭？婦人無法阻止丈夫的變心，只能警告新婦「毋逝我梁，毋發我笱」。婦人想到了自己「何有何亡，黽勉求之，凡民有喪，匍匐救之」，沒有半點行差踏錯之處，但丈夫新混之後，「不我能畜，反以我為仇」。「惜育恐育鞠，及爾顛覆。既生既育，比予於毒」，她傳宗接代的功能實現之後，妻子的價值也消耗殆盡了，「既阻我德，賈用不售」，要是妻子有什麼非議，得到的卻是「有洸有潰，既詒我肆」的暴力虐待，見棄只是一個時間的問題。這裡婦人痛斥了丈夫的薄情寡義，也說明瞭丈夫娶妻的真正目的。袁枚《詩經譯注》就是這樣評論的：「詩意委婉感人，一唱三歎，怨怒與癡情交織，餘哀未盡，慷慨長恨。」

〈日月〉中以「日居月諸，照臨下土」等三句起興，都是用來隱喻丈夫應該眷戀自己的妻子，不要叫妻子傷心。但是「下土」般的妻子得到如同「日月」的丈夫的厚待的好景不長，「乃如之人兮，逝不古處？」，丈夫變了心，不再像以前那樣好好的對待妻子了，「胡能有定？寧不我顧？」「寧不我報」「俾也可忘」，抒發了妻子的心中怨氣，斥責了丈夫的「德音無良」。從詩作中我們尚看不出妻子被丈夫遺棄的事實，但是可以知道，妻子已經感受丈夫的態度已與剛成親的時候不同，開始冷落妻子，更甚至恩將仇報，已經有了嫌棄的先兆，這可以看做是最早的「精神暴力」的例證。至於原因，只是將丈夫態度的轉變歸咎於「德音無良」，以及父母的「畜不我卒」。可見這位婦人並未像氓妻和〈谷風〉中的婦人一樣，只能唱歎自己的命運，她的性情更為剛烈，已經意識到「遭棄」的局面並不一味是自己的過錯。朱熹《詩集傳》也云：「蓋婦人從一而終，今雖見棄，猶有望夫之情，厚之至也。」

〈遵大路〉中並未將女子與「子」的關係說明，這名女子是否是「子」的妻子不得而知。這個子在大路上緊緊拉住意欲離她而去的男子，「無我惡兮，不定故也」，苦苦哀求他不要遺棄自己，可以看出這是一個忠誠癡情卻性格柔弱的女子。但是男子不念舊情，執意離去。為什麼？原因很簡單，「無我惡兮」，「無我醜兮」，男子厭惡她的醜陋，因而見棄。〈中谷有蓷〉用蓷的「乾」、「脩」、「濕」等形象暗示了女子因「色衰」而見棄。「慨其歎兮」、「條其嘯矣」兩句是女子遭棄之後暗自神傷的情形。雖然被拋棄，但是女子沒有一味指責丈夫，而且還體諒丈夫的難處，體現了女子溫柔善良的性格。「啜其泣矣，何嗟及矣！」，在對自己的怨責中，後悔不已，卻又無可奈何。王國維論〈中谷〉：「遇人之不淑，猶言人之艱難，不責其

夫之見棄，而但言其遭際之不幸，亦詩人之厚也。」

〈江有汜〉中「之子歸，不我以」一句可以看出，詩中女子的確是被拋棄了，但是否已婚，則未說明。至於被棄的原因，從「江有汜」和「不我以」可以看出，是男子貳心，另有新歡，聞一多《詩經新義》認為：「此詩本以江有別流，喻夫之情不專。」而這位女子並沒有正面指責男子，也沒有悲悲戚戚，「其後也悔」、「其後也處」、「其嘯也歌」這三句，委婉地表達了對自己被棄的心中不平，她相信終有一天，男子痛改前非，重新回到自己身邊。一個溫柔自信的棄婦形象就這樣鮮活地立於我們眼前。

二、被棄原因、態度及其原因分析

從以上具體詩作文本的分析中，我們可以將《詩經》中的棄婦意象從「婚否」，「遭棄情形」，「見棄原因」，「遭棄態度」諸方面作一個系統分類，從而更加清晰的把握其意象脈絡。見下表：

表一 《詩經》中的棄婦意象分類

篇名 ＼ 分類	婚否	見棄原因	被棄原因	遭棄方式	自我評價
氓	婚	女子色衰，無子，男子貳心	家庭暴力，被遣返	斥責丈夫，決絕分手，暗自喟歎	三歲辛苦為婦操持家務
谷風	婚	女子色衰，男子再婚	家庭暴力，被迫離家	忠貞，斥責丈夫，警告新婦，無奈	自我肯定，裡外都照顧妥當

日月	婚	男子「德音無良」	家庭暴力，被冷落	忠貞，斥責丈夫	無
遵大路	未知	女子色衰	男子遠走	哀求男子不要離開	「無我惡兮」，自信不足
中谷有蓷	婚	女子色衰	被遺棄	暗自神傷，體諒丈夫	無
江有汜	未知	男子貳心	被遺棄	訴不平，自信丈夫會後悔	自我肯定，高度自信

　　從表中我們不難看出，除了〈江有汜〉和〈遵大路〉沒有明確指明被棄女子婚否情形之外，其他四篇均為婚後被棄，而且「色衰愛馳」是見棄的主要原因。結合婚後被棄的事實，可以想見，男子是因為追求女子的年輕美色而娶之為妻，婚後數年，可以想見，男子是因為追求女子的年輕美色而娶之為妻，婚後數年，女子年老色衰，於是遭男子貳心、品性不良、遠行他鄉、群妾讒言也導致了這些女子被棄。此外，最典型的棄婦形式是被丈夫在實際經驗中拋棄，此外也有被丈夫冷落的心理感受非典型拋棄。在典型形式中又包括男子拳腳相向的虐待、男子遠走、女子被遣返離家等不同方式。

　　從被棄女子在對自己的評價中可以看出，這些女子都是德行良好，勤勞家務的好婦人，可以說是典型的「無咎自棄」，僅僅是因為她們失去了欣賞、生養和勞力的使用價值。與她們悲催遭遇相對照的是她們的鮮明形象以及善良溫厚的性格。對自我的肯定是《詩經》中棄婦意象群體的顯著特徵，〈氓〉的決絕，〈江有汜〉的胸有成竹，以及各自對自己德行的肯定都顯示出先民們的時代特色。正如孔慧雲中《詩經中的思婦、棄婦及其詩作特色》的統計表明，棄婦詩中的「我」字的使用頻率約為思婦詩的三倍，在本文選析的六篇棄婦詩當中，也有 5 篇行文中使用了「我」字，可見

「我」字的使用是棄婦們自我肯定，自我意識高漲的一種體現。

　　但是在「遭棄態度」上，各位棄婦多是對自己不幸命運的喟歎，只有〈氓〉、〈谷風〉、〈日月〉三篇中有對丈夫的正面指責，〈谷中有蓷〉更是在一定程度上對丈夫有所體諒。即便是〈氓〉等詩的最後，女子們也都認為主要責任在自己，因此只能無可奈何地接受被棄的現實，而沒有更多採取反抗措施，而是自覺地走向了隱忍。在一定意義上講，她們具有某種自信。她們的這種自信是與當時周代社會特有的社會倫理規範分不開的，當時女子年輕時自由戀愛，是受宗教倫理支持的。因為周代距離原始社會並不遙遠，其流風遺俗一時難以盡除，加上政府為了提高國力，繁殖人口，在每年三月的郊外或河濱舉行類似於原始社會群婚狂歡節的婚配聚會，鼓勵男女自由婚配。這在周禮中有明確記載：「仲春二月，令會男女，於是時也，奔者不禁」之類的寬鬆政策，使當時青年男女在交往、擇偶方面，尚有很大程度的自由，也為年輕女性形成追求自由婚姻的性格提供了寬鬆的社會文化環境，因而也養成了她們強烈的自我意識。但是她們的自我意識又是有局限的，周代的人民生活水準的低下，決定了大多數家庭必須依靠男子進行繁重的體力勞動，男子是家庭的支柱，這就一定程度上決定了女子對男子的依附之必須。另外，從《禮典》中的「父者子之天也，夫者妻之天也」，以及《禮記》中規定的「三從四德」，都可見宗教理髮對於女性溫順、忠貞、忍耐等品性的要求和塑造。這些棄婦們將這些禮法的要求作為自己的行為準則來規範自己，並沒有意識到自己被棄的不幸是因為宗教禮法對於女性角色規範的不合理造成的，她們除了暗自悲傷之外，沒有任何的反抗意識，於是就出現了棄婦自信的個性與對待被棄態度上的隱忍之間的矛盾，這也是《詩經》中棄婦意象的最主要的特點。

第8章 《西遊記》的文化價值取向

一、神魔二極對立的象徵寓意

　　神魔對立是《西遊記》故事情節的主要線索；神佛與魔妖的一爭長短是整部小說基本命意成立的基礎。起伏跌宕、熱鬧非凡的故事，驚心動魄引人入勝的場景，使小說具有永久的藝術魅力；流暢緊湊的小說結構，性格鮮明的人物形象，令人深思回味的故事與細節，使《西遊記》博大精深，具有無限闡釋的空間。這一切都是神魔二極對立框架形成的結果。因此，抓住神魔二極對立，就算是抓住了理解小說價值的關鍵；抓住神魔衝突的主線，也就是抓住了把握《西遊記》價值取向的核心，許多問題就會迎刃而解。

　　神魔對立的二元系統不僅僅是神與魔，其內涵甚為豐富，是一個相關而又有所區別的多層次的象徵系統。正義與邪惡的鬥爭是神魔對立的第一層象徵。

　　在《西遊記》中，神代表了正義，代表的是社會公道；魔代表的是邪惡，代表的是社會醜陋。這一層象徵，體現了作者的社會批判意識以及祛除社會邪惡勢力的理想，具有較多的人民性。

　　明代是中國封建專制達到成熟階段的時期，自明成祖登基後，君主專制獨裁可謂登峰造極。皇帝可以隨意責打殺戮大臣，君臣關係完全是主子與奴才、主人與奴隸的關係；，而一般老百姓的境遇更可想而知。伴隨高

度的集權，土地兼併極其嚴重，對百姓的剝削與掠奪肆無忌憚。豪門望族、皇親國戚、藩王大臣，極盡敲詐勒索、姦淫婦女、草菅人命、胡作非為之能事；在鄉地主豪紳與官府相互勾結，狼狽為奸，上瞞下欺，殺人奪產，無惡不作。明成祖後，明代皇帝多荒淫腐化，昏憒平庸，懦弱無能；宮內宦官佞臣則乘機弄權，殘害人民。政治極其黑暗腐朽，人民陷於水深火熱之中。社會失去了正義與良心，失去了公理，邪惡當道，虎豹橫行。

然而封建社會雖已沒落，但百足之蟲，死而不僵，氣數還未盡。企圖從社會內部產生消除邪惡，樹立正義的強大力量暫無可能；而士大夫知識份子不敢推翻皇帝、不敢動搖社會的軟弱的正統觀念，使社會的正面批判力量不能有效聚積。於是，一些正義的知識份子，如吳承恩之輩，即使有心回天，卻無力改變現實，只好寄希望於幻想的世界，利用神的力量來斬魔除妖，使人重新成為「神」；重振乾坤，使天下清平，恢復正義與公理的秩序。吳承恩曾作過一詩，詩名〈二郎搜山圖歌〉，詩中所體現出的意向正好是理解《西遊記》整體傾向、把握作者驅邪惡複正義意圖的最好佐證，也是瞭解作者之所以用幻想的神魔小說形式來揭示社會各種醜惡，表達正面追求的可信材料。詩中寫道：

> 我聞古聖開鴻蒙，命官絕地天之通。軒轅鑄鏡禹鑄鼎，四方民物俱昭融。後來群魔出孔竅，白晝搏人繁聚嘯。終南進士老鍾馗，空向宮闈啖虛耗。民災翻出衣冠中，不為猿鶴為沙蟲。坐觀宋室用五鬼，不見虞廷誅四凶。野夫有懷多感激，撫事臨風三歎息。胸中磨損斬邪刀，欲起平之恨無力。救月有矢救日弓，世間豈謂無英雄？誰能為我致麟鳳，長令萬年保合清寧功。

　　《西遊記》正是作者「救月」「救日」的幻想體現，是他「長令萬年保合清寧功」的藝術表達；「麟鳳」就是神，是孫悟空代表的正義，種種妖魔鬼怪也就是詩中的「五鬼」和「四凶」。他希望以神的力量掃蕩妖魔，當然也就是要清除社會中的邪惡。所以，妖魔在小說中，無疑就是惡勢力的象徵。

　　《西遊記》裡的妖魔鬼怪正是明代社會各種邪惡勢力的人格化。他們或來自天庭，或出於神佛門下，或長於人間，其共同點都是傷天害理、殘民於逞、助紂為虐、吃人奪財、強佔婦女、搜刮民脂。例如第二十八回中的黃袍怪不僅搶寶象國公主為壓寨夫人，還大吃宮女。第四十回中的聖嬰大王利用強權，盤剝地方小官吏——山神土地，弄得他們「少香沒紙，血食全無，一個個衣不蔽身，食不充口」。第四十七回中的金魚怪每年要吃陳家村一個童男童女，否則就要降災起禍，塗炭村民。第五十九回中的鐵扇公主，壟斷芭蕉扇，使火焰山周圍的百姓長期處於酷熱之中，民不聊生。再如比丘國的國丈要取一千一百一十一個小兒心肝，其殘忍其兇惡，令人髮指。凡此種種，怵目驚心，不勝枚舉，與當時明代社會的現實何其相似乃爾！魔終究敵不過神的力量，邪惡不會永遠遮住正義的陽光。這些妖魔鬼怪在人間可以八面威風，作威作福，但在正義之神孫悟空以及站在孫悟空背後作為堅強後盾的眾神集團面前，最後都灰飛煙滅了；有的被收伏，皈依神，重新做人；死不悔改頑固到底者，則被斬盡殺絕，成了孫悟空的棒下游魂。殺魔利劍終於出鞘，魔怪在神的打擊之下，終於潰不成軍，從此退出邪惡舞臺。這就是神魔對立的最後結果，暗示的是神長魔消的規律，隱喻的是任何邪惡都難逃正義之神的手掌。這是作者設計神魔對立的命意所在，反映出了時代及作者的基本理想。儘管作者是以正統的觀念來

認識神魔關係的，但其基本傾向角有重要的認識價值，其批判的鋒芒咄咄逼人，其渴求正義的社會意識是那樣鮮明奪目。

神魔對立的第二層象徵意義是人性內部善與惡的鬥爭。

在作者看來，善與惡是人性存在的兩種客觀狀態，善心與惡性的表現取決於個人內在心性這兩種傾向的起伏消長，一言之，神與魔不過是心性結構中善與惡對立的兩極。《西遊記》第十三回，寫唐僧奉旨取經，離開長安來到法門寺。在歡迎會上，唐僧對法門寺眾僧議論的回答，說明的正是神魔與心性善惡的對應關係，而這一解釋，也可以說是吳承恩的認識：

> 眾僧們燈下議論佛門定旨，上西天取經的原由。有的說水遠山高，有的說路多虎豹，有的說峻嶺陡崖難度，有的說毒魔惡怪難降。三藏箝口不言，但以手指自心，點頭幾度。眾僧們莫解其意，合掌請問道：「法師指心點頭者，何也？」三藏答曰：「心生，種種魔生；心滅，種種魔滅。我弟子曾在化生寺對佛設下洪誓大願，不由我不盡此心。這一去，定要到西天，見佛求經，使我們法輪回轉，願聖主皇圖永固。」

這是一段非常關鍵的話，其中「心生，種種魔生；心滅，種種魔滅」是畫龍點睛之語，道出的正是神魔與心性的聯繫，也是理解唐僧師徒取經以及一路歷經磨難、斬妖驅魔的關鍵所在。

取經路上，妖魔為障，鬼怪橫行，從人性的意義看，這些吃人惡魔、貪淫鬼怪不過是人性惡欲的人格具象化，邪念的物態化。最有說服力的是第七十九回孫行者剖心與比丘國國丈鬥法的故事。當孫悟空救走被囚的小

兒後，國丈見事已敗，便煽動國王取唐僧心肝以替小兒心肝，孫悟空便化作唐僧模樣，剖胸獻心，結果滾出了一大堆心，它們是：紅心、白心、黃心、慳貪心、利名心、嫉妒心、計較心、好勝心、望高心、侮慢心、殺害心、狠毒心、恐怖心、謹慎心、邪妄心、無名隱暗之心、種種不善之心。

　　這正是吳承恩對當時人性墮落人心醜惡背逆善道的深刻揭露。面對人性群「魔」亂舞的社會，作者心有餘而力不足，只好假借神魔相爭的故事，表明他對人性復歸純正人心向善的美好願望。縱觀西天路上的妖魔鬼怪其行為歸結起來，皆是人性惡劣的肆虐，縱口腹之貪欲，逞淫亂之色欲，放戀財之野心，恣凶頑之惡性，這一切都是與善相背的惡念，是人心中的慾望變態之魔鬼。

　　神與魔的衝突，是善與惡的衝突，也是人自身慾望的兩兩相對的不同指向的衝突。因此，清掃人自身的「六賊」——即各種感官引起的人心中的慾望，人性才會走向「淨」，走向「空無」，走向善的至高境界。於是，與魔所代表的邪惡相關的就是「六賊」，滅「六賊」自然就成為除惡的重要組成，也是《西遊記》引導人們向善走向神之境界的必不可少的過程。《西遊記》第十四回，題名是「心猿歸正，六賊無蹤」。這一回相當重要。「賊」是心中之賊，而非僅是盜人錢財之賊；「賊」與「魔」具有等義的價值，而從根本上講，心中有「賊」，才會生「魔」成「魔」，於是，滅心賊，禁一切非分之欲念，便是《西遊記》神勝魔滅的基礎。

　　佛教講求人心的磨煉，心如止水，古井無波，心相俱無，寂滅無念，便成為超越三界、不染紅塵世俗的真如：「佛即心兮心即佛，心佛從來皆要物。若知無物又無心，便是真如法身佛。……知之須會無心訣，不染不滯為淨業。善惡千端無所為，便是南無釋迦葉。」這是吳承恩寫在本回的

題頭詩，要旨就是為清「六賊」尋找一種理論上的人性根據。所謂「六賊」，按佛教教義，人的眼、耳、鼻、舌、身、意就是六賊。它拽的是人由感官引發的內在意欲。這些意欲是修佛的大礙，只有斬根除苗，才可修為佛身。所以，當孫悟空一成為唐僧之徒的第一場戰鬥，就是對「六賊」的。在第十四回中，唐僧與孫悟空碰到了一夥打劫的毛賊。毛賊一共六個，名字也極有味：

　　　　一個喚作眼見喜，一個喚作耳聽怒，一個喚作鼻嗅愛，一個喚作舌嘗思，一個喚作意見欲，一個喚作身本憂。

　　顯然，這六個毛賊正是人身心中的「六賊」的人格化，是佛教教義上的形象比擬。歸正的心猿，當然是不會容留他們於世的，「團團趕上，一個個盡皆打死。」這一故事絕非故事本身，在小說中是有深意的安排：它表明孫悟空歸正好的態度及發展趨勢，既向自己過去「六賊」作祟告別，又表現出孫悟空向「六賊」宣戰，剿滅「六賊」的意向，為後來向「魔」作殊死搏鬥作了鋪墊，因為說到底，一切「魔」無不是心中「六賊」膨脹的惡果。

　　在《西遊記》裡，祛退「六賊」可謂貫徹始終。第四十三回，孫悟空見唐僧聽水響而心驚，便道：師父，你忘了「無眼耳鼻舌身意」。我等出家人，眼不視色，耳不視色，耳不聽聲，鼻不嗅香，舌不嘗味，身不知寒暑，意不存妄想──如此謂之祛退六賊。

　　第五十六回題頭詩「靈台無物謂之清，寂寂全無一念生。……除六賊，悟三乘，萬緣都罷自分明」。第六十四回，唐僧為四老說禪：

> 禪者，靜也；法者，度也。靜中這度，非悟不成。悟者，洗心滌慮，
> 脫俗離塵是也。……至德妙道路，渺漠希夷，六根六識（按：六識
> 即六賊），遂可掃除。

第七十七回，作者寫孫悟空兄弟三人與三個魔頭激戰時，有一詩，詩曰：

> 六般體相六樣兵，六樣骸六樣情。六樣六根緣六欲，六門六道賭輸
> 贏。三十六宮自在，六六形色恨有名。

這些是作者在小說中的直接的表達，而更多的則是通過妖怪的種種惡行，形象地展現了「祛六賊」的過程。這些妖魔，之所以在人世作惡，乃心中「六賊」所使；它們之所以被一一清剿，也是正心向善的小說意圖使然，反映了正義戰勝邪惡的發展趨勢。

唐僧師徒取經的過程，正是這一趨勢的藝術再現：這一過程既是斬殺人間妖魔、清掃社會人性墮落的過程，又是他們四人自身克服內在「魔」念和「六賊」，最後心歸於「神」的過程。他們之所以最後「五聖成真」，主要是他們能「斷魔歸本合元神」，「九九數完魔滅盡」，身外身內之魔都被祛除盡淨，達到了「三三行滿道歸根」的高境界——善的崇高境界。

值得一提的是，作者為什麼將妖魔大都設計為獸類，就是為了展示人的惡欲之極致——獸性；這些獸類之魔最終被以孫悟空為代表的神——擊殺或被收伏，自然象徵著人性之惡即人心中的「六賊」被祛退。於是，人間的善的秩序得以建立，社會清甯，人心純潔，走上了作者所希望的路。

這些人性的心靈之魔和「六賊」，從佛教的立場上看，是阻礙修真養性的大敵，從中國正統的儒家學說來看，此類人性之魔和「六賊」也是「正心」誠意的主要障礙。整個儒學理論家們所宣揚的「聖人之性」，「鬥筲之性」，「存天理，滅人欲」，「克己自己復禮，天下歸仁」的思想，與神戰勝魔、祛除「六賊」是一致的，沒有多少差別，隱含著儒家「求其放心」的人性觀念。無論是釋，還是儒，它們有一個共同的價值準則，就是善，而神戰勝魔，也就是善的勝利，這就是《西遊記》通過神魔對抗的結局所提示出的鮮明的價值選擇。

二、複雜矛盾的宗教意識

《西遊記》是一部以佛教徒取經故事為題材的小說，但整部作品卻不是弘揚佛法，或宣揚宗教。相反，在作者的筆端，卻明顯地顯示出對宗教的批判態度。

《西遊記》本身就是寫的佛門取經故事，屬於宗教題材。從一般的意義上看，小說的傾向似乎是宣揚佛教教義，勸人為善，放下屠刀，立地成佛。這可以從幾個方面來證實：

第一，《西遊記》的故事主幹寫的是唐僧師徒四眾到西天求取佛經，小說中的所有故事都是由此引發展開的；

第二，取經人最終歷經千難成險後取到佛經，並得到佛祖的封贈，成為佛中的重要一員；

第三，孫悟空三兄弟經過取經過程煉獄的考驗，清算了過去的罪孽，贖結了往日的惡行，走向了善，成為放下屠刀、立地成佛的典範；

第四，孫悟空三兄弟都是棄道從佛的，由道而皈依佛門，明確地表明瞭崇佛抑道的傾向；

第五，從師徒四眾的名字可以看出鮮明的崇佛態度。唐僧又名唐三藏，三藏其實是法藏、論藏、經藏，這三種佛經的符號化，唐僧號三藏是唐太宗指經取號的結果，唐僧所負使命與其名一致，就是要取回三藏佛經。因此，他成為首腦主宰是由取經的使命決定的。孫悟空、豬八戒、沙僧三人皈依佛門，當然是對原有信仰的放棄；他們三人都成為三藏之徒，暗示的是佛法廣大、威力普存，讓其他宗教之人心儀佛門正是《西遊記》的一種命意。孫悟空、豬悟能、沙悟淨這三人的名字也具有佛學意義，悟空、悟能、悟淨，突出了悟的過程，點出了只有「悟」，才能「空」，才能「能」，才能「淨」，即拋棄一切世俗欲念，返入心相俱空，身心皆淨的真如之境。而實現這一目標，靠什麼？靠唐僧，靠三藏──「修真之經，正善之門」──的引導。顯然，其宗教的態度是鮮明的。

從一般意義上看，《西遊記》的作者是抑道揚佛的。這有其現實的針對性，寓含了作者對當朝佞道弄奸的批判。

正是出於對佛的信仰，在小說裡，道教便成了作者嘲弄揶揄的重要對象。這固然是作者對明世宗重道教誤國害民的批判，但也是作者崇佛的必然選擇。於是，小說中的道士幾乎都不是什麼好東西，他們驕橫跋扈，不可一世；為虎作倀，狼狽為奸；殺人越貨，塗炭生靈；荒淫無恥，貪得無厭；愚惑君王，禍害天下；占人妻女，草菅人命，可謂壞事做絕。烏雞國假國王，車遲國中的國師們，比丘國的國丈，無一例外都是道士，他們以妖術惑君，取信君王，或弒王篡位，暗移權柄，或以勢挾君，危害一方。在小說中，其他妖魔雖不以道士面目出現，但道士氣卻十分濃厚，如黑風

山三個妖魔，高談闊論，講的是立鼎安爐，轉砂煉汞（十七回）；盤絲洞的女妖與黃花觀燒茅煉藥的道士大蟆蚣精相互勾結，結為一體（七十三回）；那些所有想吃唐僧肉以求長生不老的妖怪，其理論大體都可從道教追求不死的教義中尋到。

自然，這些描寫寓含了作者對當朝佞道弄奸的批判，有其現實的針對性，但另一方面，也確實反映出了作者對病態道教的嚴重不滿，從而對道教的祖師們表現出極大的不恭。第四十四回，孫悟空兄弟三人在三清觀，將元始天尊、靈寶道君、太上老君這幾位道教祖師的金身推到地下，三人分別變作這幾位道祖模樣；後來擔心觀中道士發現被推在地下的塑像，悟空便出主意將幾位金身送到所謂「五穀輪迴之所」──廁所中去。八戒邊扔邊說道：

> 三清，三清，我說你聽：遠方到此，慣滅妖精。欲享供養，無處安寧。借你座位，略略少停。你等久坐，也且暫下毛坑。你平日家受用無窮，做個清淨道士；今日不免享些穢物，也做個受臭氣的天尊！

然而要注意的是，《西遊記》一方面宣揚了佛，一方面貶抑了道，似乎天經地義，作者是崇佛抑道的。一般講，這也沒有錯，但這仍是一種現象，其實質比這要複雜得多。在小說中，通過具體的描寫，作者對佛教也有嘲弄和批判，一定意義上講，其調侃揶揄之程度並不亞於對道教的態度，只不過在表面上沒有那樣直接，其方式要隱藏一些罷了。

作者通過穿插在各個故事中的小插曲，揭穿了佛門虛偽內幕。這種批判和揭露突出地表現在對佛教某些教義和戒律的否定上。

　　唐僧是正宗的佛門信徒，是佛的代表。但在小說中，唐僧除了佛門信徒的一些主要優點外，也還有許多佛徒不應有的種種雜念，歸結為一，就是自私，顯然是與佛教的捨身飼虎、無我無已的教義不想吻合的，這種自相矛盾的人格特徵正是作者批判的自覺選擇。

　　貪生怕死，一切以自己的的安危作為處理事情的出發點是唐僧自私利己的突出特徵。佛說，我不入地獄，誰入地獄？而唐僧恰恰相反。第十四回，孫悟空打殺了六賊，唐僧不是指責孫悟空「防衛過當」，而是怕連累自己作為斥責孫悟空的邏輯起點。他說：

> 你怎麼不分皂白，一頓打死？全無一點慈悲好善之心！早還是山野中無人查考；若到城市，倘有人一時衝撞了你，你也行兇，執著棍子，亂打傷人，我可做得白客，怎能脫身？

　　第二十七回，白骨精三變戲唐僧，皆為悟空識怕——被打倒在地。唐僧見他連傷三命，便念開了緊箍咒，下了逐客令，目的還是怕拖累自己。他說：

> 你在這荒郊野外，一連打死三人，還是無人檢舉，沒有對頭；倘到城市之中，人煙湊集之所，你拿了那哭喪棒，一時不知好歹，亂打起人來，撞出大禍，教我怎的脫身？你回去罷！

　　時時想到自己的性命，是唐僧內心的大事，全無捨生取義的精神。第七十七回，當他被妖擒住並發現徒弟三人皆被妖捉住後，便伏在徒弟身上大哭：「徒弟啊！常時逢難，你卻在外運用神通，到那裡取救降魔；今番

你亦遭擒，我貧僧怎麼得命！」徒弟身處危局他無動於衷，唯獨擔心的是
自己的性命。

　　為了自己，他常常推卸責任，為己開脫，以全性命。第五十回，唐僧
等三人不聽悟空勸告，中了妖怪的圈套，落入魔掌。見到妖魔，唐僧便跪
伏於地，向妖怪滴淚求饒：「萬望慈憫，留我殘命，求取真經，永注大王
恩情，回東土千古傳揚也！」為了一己之命，全無顧念徒弟之心；在妖魔
面前，低三下四，極盡奴顏媚骨之態，其自私何等強烈！表現最充分的是
唐僧在五十六回中的行為。最初唐僧因騎馬先行被草寇拿住，因無錢，賊
人便要脫他的衣服，唐僧不願脫，賊人舉棍要打，此時，唐僧為了顧命，
便想穩住賊人，把矛頭引向徒弟，他編造謊言說：「二位大王，且莫動手。
我有個小徒弟，在後面就到。他身上有幾兩銀子，把與你罷。」不久，孫
悟空趕來了，賊人們被孫悟空打殺，解救了師父。沒想到唐僧反過來怪罪
悟空，怨他心狠殺人，怕的是賊人之魂到陰府告狀禍及自己。於是他讓八
戒埋了賊人之屍，他自己在墳前念了一段解脫自己的禱告詞：

　　拜惟好漢，聽禱原因：念我弟子，東土唐人。奉太宗皇帝旨意，上
　　西方求取經文。適來此地，逢爾多人，不知是何府、何州、何縣，
　　都在此山內結黨成群。我以好話，哀告殷勤。爾等不聽，返善生嗔。
　　卻遭行者，棍下傷身。切念屍骸暴露，吾隨掩土盤墳。折青竹為香
　　燭，無光彩，有心勤；取頑石作施食，無滋味，有誠真。你到森羅
　　殿下興詞，倒樹尋根，他姓孫，我姓陳，各居異姓。冤有頭，債有
　　主，切莫告我取經僧人。

對賊子極力討好，洗刷自己；為擺脫干係，既不講師徒情分，也毫無是非善惡之心。這就是唐僧的自私。吳承恩在唐僧身上，注入了貪生怕死的自私品性，從根本上講，是對佛教徒的嘲諷，以己之矛擊己之盾的手法，揭示了佛徒虛偽、自私的靈魂，表現出作者對佛教徒的深刻的認識。

揭示菩薩的殘忍和狹隘心胸是《西遊記》對佛教批判的重要內容。不管作者是有心還是無意，其筆下的幾位主要菩薩，表面上莊嚴妙相，口喊慈悲為懷，普度眾生，實質上並不那麼慈悲，也並不「空無」，有著相當殘酷的性格和偽善狹窄的心胸。

佛門對一切惡都應以感化的方式勸其棄惡從善，但在《西遊記》中，勸善往往並不起作用，真正起作用的是暴力，降妖如此，維持其地位亦如此。孫悟空被如來收伏，並非是受到教育的結果，而是如來以力、以暴的結果。觀音收伏聖嬰大王也是依靠的騙術和暴力。在第四十到第四十三回間，聖嬰大王擄去唐僧，此魔神通廣大，悟空一籌莫展，只好請來觀音。觀音不是以理服人，也沒有勸善之舉，而是用騙術，使狂妄的聖嬰大王坐上了她故意拋棄的蓮台——天罡刀所化的蓮台。小說以生動的筆觸寫出了觀音以殘忍手段迫使聖嬰低頭的過程：

> 他將楊柳枝往下指定，叫一聲：「退！」只見那蓮台花彩俱無，祥光盡散，原來那妖王坐在刀尖之上。即命木叉：「使降妖杵，把刀柄兒打打去來。」那木叉按下雲頭，將降魔杵，如築牆一般，築了有千百餘下。那妖精，穿通兩腿刀尖出，血流成汪皮肉開。好怪物，你看他咬著牙，忍著痛，且丟了長槍，用手將刀亂拔。……菩薩見了，……念聲「唵」字咒語，那天罡刀都變做倒須鈎兒，狼牙一般，

莫能褪得。那妖精卻才慌了，扳著刀尖，痛聲苦告道：「菩薩，我弟子有眼無珠，不識你廣大法力。千乞垂慈，饒我性命！再不敢恃惡，願入法門戒行也。」

當觀音退下刀後，那妖仍野性不泯，舉槍向觀音刺去，結果是，觀音給他套上了「金箍兒」，一念咒，痛得「搓耳揉腮，攢蹄打滾」；最後乾脆使法，將妖王雙手合掌當胸，永遠不能分開，使妖王再也逞不了凶。觀音對此妖的態度是兇狠殘忍的，全無菩薩的慈悲善良之心，暴力是她治服妖怪的唯一手段。觀音之所以下此辣手，一個重要的原因就是聖嬰曾假變觀音計賺八戒，當她得知後，惱羞成怒道：「那潑妖敢變我的模樣！」，氣得將手中寶珠淨瓶扔入大海。她的尊嚴受到挑戰，神聖的妙相受到侮辱，故下起手來就殘忍之極了。可見，在《西遊記》裡，以大慈大悲、救苦救難自居的觀音，既不能戒嗔戒恕，亦不會真正戒殺。其虛偽的一面徹底顯示出來了，其殘忍和本相，通過對叛逆者的懲治也暴露得明明白白。

報復打擊、心胸狹窄是《西遊記》中菩薩的常見形態。烏雞國國王在井中被浸泡三年是例之一。烏雞國國王本好善齋僧，如來派文殊菩薩度他歸西。文殊變成凡僧，以言語相難，激怒國王，用繩子將文殊綁了丟到禦水河中泡了三天三夜。如來知道後，就令文殊的從騎青毛獅子變成全真，哄騙國王，將國王推入井中，以報文殊「三日水災之恨」。朱紫國國王受「拆鳳三年，身耽啾疾」之難也是菩薩報復的結果，此乃例之二。朱紫國國王在未登基之時，極好射獵。一次他率人馬，縱放鷹犬，來到落鳳坡前。正好此時，西方佛母孔雀大明菩薩所生二子，乃雌雄兩個雀雛，停翅在山坡下。朱紫國國王開弓傷了雄孔雀，雌孔雀也帶箭西歸。佛母知道後，便

吩咐教他拆鳳三年，身耽啾疾。於是就有了觀音的金毛犼下界為怪，掠走皇后，使國王與皇后天隔一方，經歷相思成疾之苦，患上「雙鳥失群」之症。唐僧師徒到靈山後，因無金銀財寶打點，苦惱了管經人，結果得到的是無字經，此乃報復之例三。第九十八回，奉如來之命，掌管真經的阿儺、伽葉領唐僧等到藏經閣，看完經卷名稱，沒有當即檢經付與唐僧，而是開口向取經人要「人事」，他們說：「聖僧東土到此，有些什麼人事送我們？快拿出來，好傳經與你去。」唐僧他們自然沒有準備「人事」。二位管經人心中非常氣憤，不過還是傳了經——無用的無字經。後經燃燈古佛點破，四眾便到如來處訴苦；沒想到如來不僅沒有懲治索賄不成而舞弊報復的門徒，且還發下如下妙論：

> 佛祖笑道：「你且休嚷，他兩個問你要人事之情，我已知矣。但只是經不可輕傳，亦不可以空取。向時眾比丘聖僧下山，曾將此經在舍衛國趙長者家與他誦了一遍，保他家生者安全，亡者超脫，只討得他三斗三升米粒黃金回來，我還說他們忒賣賤了，教後代兒孫沒錢使用。你如今空手來取，是以傳了白本。白本者，乃無字真經，倒也是好的。因你那東土眾生，愚迷不悟，只可以此傳之耳。」

說完，便命阿儺、伽葉，將有字真經「每部中各檢幾卷」給唐僧。二尊者雖遵如來之令傳經，但仍要「人事」，唐僧只好將紫金缽盂雙手奉上，方才了局，終於得到了有字之經。這則故事一則寫出了佛祖及其門徒心胸狹窄，沒有「人事」便施報復；一則也撕下了佛的面紗，將其功利的嘴臉亮了相，神聖不可侵犯的慈悲是幌子，而以經撈錢則是實質。這樣以慈悲

為懷行善為宗的佛教，被自身的挾嫌報復和沾滿銅臭味的世俗慾望狠狠地抽了幾嘴巴，在矛盾的尷尬中，進一步顯露出虛偽的本質，因而這一節對佛祖及其學說，真是莫大之諷刺！

於是我們認為，在抽象的意義上，作者對佛是肯定的，在作品呂以詩宣揚佛教教義比比皆是；但一涉及到具體的人和事，其否定性的諷刺傾向就情不自禁地流露了出來，表現出了批判性的態度。這種批判與諷刺，一方面通過與現實社會相似的人與事的描寫，達到以宗教故事來揭示現實醜惡的目的，使作品具有隱蔽、含蓄的社會現實批判性。上述所涉及的佛門教徒以及佛祖、觀音的種種行徑，無疑是當時社會統治者中相似行徑的反映；一方面也肯定寄寓了作者對佛的認識。在作者心目中，佛教向善的教義理論是可取的，但真正實行起來很難，甚至可以說，在現實世界中難以行通，而佛教徒自身的虛偽與矛盾，更證明著佛教的理想具有非現實性，硬要實行，就不免落入虛偽和矛盾的泥淖。所以在小說裡，口喊慈悲者寸步難行，忍辱無爭者受盡欺凌，而戰鬥抗爭卻帶來生機無限；即使如來、觀音，他們也不放棄武力。因此，孫悟空被封為「鬥戰勝佛「本身就是對佛教教義的一種反諷。

總之，《西遊記》的宗教傾向是複雜的。作者既希望以佛教來抵制甚至清除病態的道教，又看到佛教本身的虛偽性，因而在作品中，作者自身也是矛盾的：對佛教的抽象肯定和具體描寫的否定便顯示出了全部矛盾性。

三、修身齊家治國平天下的人生理想

在許多人的心目中，《西遊記》主要宣揚的是佛法，企圖以佛教教義來教化人心，改良社會，使人性和社會向善。這自然不錯，上一節我們已

做過分析。不過這仍不是實質。從根本上講,《西遊記》不過是利用佛門取經的故事、借用了佛教中的概念,吸收了佛教中的一些思想,而表達的則是以儒家為基礎的人生理想;從佛教中引進的一切,不過都是為了儒家理想服務的,援佛入儒,通過佛門故事的外殼,裝的則是儒家的內容。

在骨子裡,吳承恩希望的是,建立起合乎儒家政治理想的封建王朝。所以,他在《西遊記》裡開出的藥方,不過是改良主義的:君,勵精圖治;臣,忠孝仁義的儒家藥方。忠孝觀念是儒家的主要人生價值內容,修身齊家的核心便是盡忠盡孝。

自覺盡忠是《西遊記》首要的人生理想。大家知道,唐僧四眾取經的本事是陳玄奘赴印度取經研修佛學的故事。本故事寫的是玄奘為了弄清佛學的各種學說,解決當時「莫知適從」的困惑在,「誓遊西方,以問所惑」。但當時大唐新建,國家不許百姓出蕃;玄奘曾上表請允西行,遭到拒絕。在這種情況下,玄奘私出國門,大膽違反國家規定前往天竺。從正統的觀點看,這是「叛國」之舉,與「忠」是對立的兩極。到宋元時期,取經故事將玄奘「抗旨」改為「奉旨」。《大唐三藏取經詩話》中的〈行程遇猴行者處第二〉是這樣敘述的:

> 僧行六人,當日起行。法師語曰:「今往西天,程途百萬,各人謹慎。」小師應諾。行經一國已來,偶於一日午時,見一白衣秀才從正東而來,便揖和尚:「萬福,萬福!和尚今往何處?莫不是再往西天取經否?」法師合掌曰:「貧僧奉敕,為東土眾生未有佛教,是取經也。」

　　由「抗旨」私出到「奉旨」西行，取經故事的佛教意義淡化了，向「忠」的儒學大大靠近。到吳承恩的《西遊記》，「奉旨」又改為「請旨」。

　　第十二回「玄奘秉誠建大會・鳳音顯象化金蟬」，寫唐太宗見了觀音的「頌子」，當即問聚集在生化寺的眾高人僧：「誰肯領朕旨意，上西天拜佛求經？」這裡的唐太宗沒有下令，沒有指派，而是徵詢，大概是檢驗眾僧自覺事君意識的一種手段。當他的問話剛落，唐僧就站了出來，表示願效犬馬之勞，取回真經，使大唐王朝江山永固。唐僧的主動「請旨」，是自覺地選擇，是忠君忠國的主動表現，而「奉旨」是被動的，其忠的程度和「請旨」是不同的。這一改，分明反映出了作者對君王對國家的忠誠意識，也是他把忠列為人生價值的自覺表現。這是其一。將取經之事與保證大唐江山結合起來，而不是將取經作為單純的佛事對待，說明瞭佛經的地位是服務於王權的，服務於國家的；唐太宗想取回真經的真正意圖就在於佛經有助力於統治和鞏固李氏王朝。從這個意義上講，作者這樣安排佛經與國家的關係，也是出於維護王權、忠於君主意識的反映，體現出的是「忠」的觀念。這是其二。

　　在《西遊記》裡，唐僧常常表現得貪生怕死，但要注意一個事實，他貪生怕死不是為了個人苟活，而是想保住生命，完成取經大業，以盡忠之責，用他自己的話，就是「留我殘生，求取真經」。所以，無論是自然險惡，還是虎豹豺狼；無論是吃人的妖魔，還是貌若天仙的美女；無論是好意勸留，還是強行扣押，雖然他內心恐懼、害怕，心驚肉跳，擔心一命不存，但有一條原則始終堅持：不管用什麼方法，只要留得性命，能繼續西行取回真經獻給唐王，便成為他的信念；無論面對什麼樣的情況，他取回真經的志向始終不改，一心向西是他悠悠萬事惟此為大的終極目標。這固然也

他自身探求佛理的韌性相關，但更重要的是他要感謝唐王的知遇之恩。「士為知己者死」的士大夫的文化心態，也是中國知識份子為主盡忠的意識表現。

忠，是中國人根深蒂固的觀念，是中國人普遍的價值準則。吳承恩通過唐僧的「忠」表述的正是這樣的普遍的人生理想和價值準則。唐僧，就其主要的意義而言，既是宗教為政治服務的忠實代表，又是為君為皇權奔走效勞的忠臣。

從唐僧形象完成可以說，《西遊記》所宣導的儒家人生理想，便是忠，為君主盡忠的忠；忠於君主，也就是忠於國家，在中國封建社會，皇帝所認可的秩序，所以，忠君正是儒家君為臣綱觀念的一種表現形式，唐僧的中心，自然就代表了儒家的人生理念。

孫悟空在形象上，同樣寄託了作者對儒家理想人格的肯定，因此，吳承恩在孫悟空身上賦予了較多的儒家倫理所宣揚的品格，通過這一形象，表現了作者對忠孝仁義人生準則的認同和讚賞，其價值取向是十分明確的。

未歸順唐僧之前的孫悟空，不講秩序，不顧尊卑等級，天性自在自由，無所顧忌，其身上難見儒家文化的影響；自踏入取經隊伍中後，情況發生了變化，在唐僧這位亦儒亦僧的師父的薰陶下，儒家忠孝仁義的影響日漸增大，其行為，整體上與儒家所宣導的理想人格相吻合，因而，這一形象，更能體現出作者的倫理取向以及儒家文化觀念。

孫悟空的忠孝觀念是通過他和唐僧的關係展現出來的。對唐僧的忠，自然是孝；以孝子身分對待師，當然是忠。對唐僧的忠，客觀上又是對王朝的忠，對君主的忠，是對君父的孝，因為唐僧不只是師父，而且是唐太宗的替身，是唐王朝的代表。所以，孫悟空的忠與孝，乃是修身齊家的結果，是治國平天下的道德基礎。

　　自覺盡忠盡孝是孫悟空對唐僧的根本態度，也是他性格中的重要組成因素。他不忘「一日為師，終生為父」的原則。為師九死而不悔，歷經生與死的磨練，他從無怨言，不發牢騷；即使受到師父的誤解，念咒語，下驅逐令，也總是人在江湖心存師門，念念不忘師父的安危，顯示出他對師父絕對忠誠和一心盡孝的情愫。

　　第三十二回，悟空派八戒巡山，八戒不僅不巡山，反而睡一大覺，回來還編造謊言，孫悟空氣得要揍豬八戒。唐僧一見，忙打圓場，讓悟空放他一次。悟空見師父開口求情，馬上說：「古人云：『順父母言情，呼為大孝。』師父說不打，我就且饒你。」第三十九回，孫悟空救活了烏雞國國王；國王感激零涕給唐僧下跪，唐僧說此事係徒弟所為，應謝悟空。悟空馬上說：「師父說哪裡話？常言道：『家無二主。』你受他一拜兒不虧。」第八十五回，八戒聽悟空講前面村莊人家好善，有齋供僧，便想捷足先登大吃一頓。悟空說：「兄弟莫題。古書云：『父在，子不得自專。』師父又在此，誰敢先去？」可見，他處處維護師父的權威，把孝師總是放在第一位置上的。

　　為了捍衛師父的生命，孫悟空常常不聽師父的勸阻，冒著忤逆師父意志的風險，打殺妖怪。表面看是「不忠不孝」，實則是大忠大孝，是真正在內心對師父的一片忠心和孝意。然而唐僧愚妄，善惡難分，是非不辨，不能理解悟空「犯師」的良苦用心，反而動用家法，懲誡悟空，念緊箍咒，有時恨不得疼死猴頭方解心頭之恨；往往動用特權，把孫悟空趕出門牆。面對師父的不仁不義，他不是以其人之道還治其人之身，而是忍受肉體與心靈的痛苦，甘心接受師父的處置。如五十六、五十七回，悟空殺了幾個盜賊，唐僧不容，先念咒語，痛得行者翻筋斗，豎蜻蜓，直叫饒罪；唐僧視而不見，裝聾作啞，不同情，反而要悟空走人。出於無奈，孫悟空只好

遵命。走到中途，師門難捨，又折回向師父求情，保證：「向後再不敢行兇，一一受師父教誨，千萬還得我保你西天去也。」唐僧心硬如鐵，絲毫不為所動，反而大念緊箍咒，顛來倒去，念了二十來遍，把悟空咒倒在地，箍兒陷在肉裡一寸多，並仍要悟空快走，否則，繼續念咒，直把「腦漿都勒出去」。在這種情況下，孫悟空沒有不滿，亦沒反抗，忍痛接受師父的旨意，展現了他對師父絕對忠誠和服從的品質。

孫悟空是一位頂天立地的英雄，英雄有淚不輕彈。然而，這位英雄，在西天路上，流淚卻不少，而這些眼淚，非為自己而落，而都是為師而下，其孝子心性由此可鑒。

第六十五回，黃眉怪假設雷音寺，困住唐僧，他仗「人種袋」之威，使孫悟空難解師危。在無計可施之際，孫悟空念及師父之難，不禁嚎啕痛哭：「師父啊！你是那世裡造下這頓遭難，今生裡步步遇妖精，似這般苦楚難逃，怎生是好！」第七十三回，百眼魔君以毒困住唐僧、八戒與沙僧，悟空雖未遭毒手，但一時難破魔法，想到師父又受苦，自己不能迅即救師，「止不住眼中流淚」。第八十三回，唐僧落入地湧夫人之手，悟空見師父又經大劫，禁不住雙淚如湧，放聲悲哭：「師父啊！我去時辭離人和馬，回來只見這些繩！」正是「見鞍思俊馬，滴淚想親人。」

孫悟空是寧折不彎的強頭硬身，但往往為了師父，忍辱負重；即使心內不平，委屈得熱淚縱橫，仍要為保師父西天取經。第三十四回，唐僧為金、銀角大王擒拿，準備蒸煮食之。孫悟空打死了二怪派去請老母赴唐僧肉宴的小妖，自己變成小妖模樣去請妖怪之母。按禮數，見面後，就得下跪。想到在老女妖面前屈尊下跪，不禁大哭一場。作者為此有一段議論和心理描寫：

　　你道他哭怎的，莫成是怕他？就怕也便不哭，況先哄了他的寶貝，又打殺他的小妖，卻為何而哭？他當時曾下九鼎油鍋，就燒了七八日也不曾有一點淚兒。只為想起唐僧取經的苦惱，他就淚出痛腸，放眼便哭──心卻想道：「老孫既顯手段，變做小妖，來請這老怪，沒有個直直的站了說話之理，一定見他磕頭才是。我為人做了一場好漢，止拜了三個人：西天拜佛祖，南海拜觀音，兩界山師父救了我，我拜了他四拜。為他使碎六葉連肝肺，用盡三毛七孔心。一卷經能值幾何？今日卻教我去拜此怪。若不跪拜，必定走了風訊。──苦啊！算來只為師父受困，故使我受辱於人！」到此際也沒及奈何，撞將進去，朝上跪下道：「奶奶磕頭。」

　　見玉帝也僅唱個「喏」的孫悟空，為了師父卻放棄寶貴的自尊，對他而方，確實是夠痛苦的了，豈能不悲不哭？這一哭一跪，將一個至情至性而又忠誠的孝子形象活脫脫捧到了讀者面前。作者之所以把孫悟空塑造成了一個忠臣──忠唐僧亦同忠君──和孝子形象，分明是在向人們暗示：修身齊家的力量無所不在，而人的人生選擇，首先就應成忠臣和孝子，這是文化的規定，也是吳承恩的價值選擇。

　　孫悟空做到了忠孝兩全，而且還是仁義雙修的典範。從對唐僧的態度來說，既體現出忠與孝，又體現了仁與義。從一定的意義上講，唐僧對悟空相當刻薄，缺仁少義甚至無情，動不動叱責咒罵，念緊箍咒，下驅逐令；而孫悟空根本不記恨，不怨不怒不反抗，可謂仁至義盡，無論是什麼時候，師父有難，總是死命相救，多少次險遭不測。唐僧與孫悟空的對比，使孫悟空仁義的特徵顯得異為鮮明，故沙和尚見到悟空被紅孩兒弄得心火攻心三魂出竅後，醒來的第一聲喊的就是「師父啊！時，感動萬分，說悟空是「生為師父，死也還在口裡」，大仁大義，感天動地，真乃仁義雙修。

　　孫悟空的仁與義，還體現在一路上愛管「閒事」上。管「閒事」是孫悟空的可敬之處。他往往路見不平便拔刀相助，驅妖除怪，救人民出於水火，解民眾於倒懸；他雖為此惹火燒身，吃盡苦頭，卻換來了別人的安寧和快樂；而且從不有恩於人居功自傲，幫助別人總是無私奉獻。高老莊捉怪，陳家莊主動代人受祭，祭賽國為僧鳴冤昭雪，風仙郡祈雨等等，都是自告奮勇，出於同情和正義的主動請纓，而非為錢財撈好處的功利驅動。如第六十七回，師徒到了駝羅莊。該莊百姓深入受妖怪之害。孫悟空聽說後，便主動請戰，為民除妖。莊上眾老說：「長老，拿住妖精，你要多少謝禮？」悟空說：「何必要甚麼謝禮！俗語云：『說金子幌眼，說銀子傻白，說銅錢腥氣！』」在風仙郡揭榜祈雨時，風仙郡人「願奉千金酬厚德」，悟空卻說：「莫說！莫說！若說千金為謝，半點甘雨全無。但論積功累德，老孫送你一場大雨。」這真是：錢財如糞土，仁義值千金。孫悟空正是這樣一位仁義雙修的好漢。作為主角孫悟空所體現出來的仁義美德，是中國傳統文化所認可所提倡的，是人修身的主要內容，因此，孫悟空形象的道德特質，與儒家道德理想有著根本的一致。

　　修身不是目的，而是手段和過程，真正的目的是治國平天下，這是儒家的人生和政治理想，是中國讀書人入世為國服務的最高目標。唐僧師徒取經，表層意義是取回佛經，傳播佛學，宣揚佛教信仰，用佛教教義來改善人心，勸善誡惡；深層的意義則是利用佛教學說正人心誡人意，使民眾成為國家的順民良民，保社會清寧和國家太平，使皇室永固，江山不移。顯然，這種動機並非單純為了佛經，而是治國平天下的需要。唐太宗之所以選派唐僧入西域，正是將取經作為治國平天下的大事對待的，不是單純的宗教行為，而更是政治事件。唐僧師徒不過是奉旨去完成這一政治任務，自然，

師徒四人也就成了治國平天下的實踐者，是實現這一人生理想的實踐者；他們最終取到佛經，得到正果，不過是這一人生理想實現的象徵和隱喻。

　　治國平天下途徑甚多，主要只要兩種，一是為統治者探求、傳播統治人心、征服人心的統治思想，即從意識形態入手，達到治國平天下的目的。這在《西遊記》中表現相當突出。取佛經正是這一特點的反映和表現。作者利用佛祖如來之口，間接地表達了利用佛教來糾正人心改良人性的思想。如來所說的話，究其實質，完全是儒家的口吻，與其說他是替佛門說法，倒不如說他是為儒教勸世。請看，他對唐僧所說的話：

> 你那東土乃南瞻部洲，只因天高地厚，物廣人稠，多貪多殺，多淫多誑，多欺多詐；不遵佛教，不向善緣，不敬三光，不重五穀；不忠不孝，不義不仁，瞞心昧己，大斗小秤，害命殺牲，造下無邊之孽，罪盈惡滿，致有地獄之災……雖有孔氏在彼立下仁義禮智之教，帝王相繼，治有徒流絞斬之刑，其如愚昧不明，放縱無忌之輩何耶！我今有經三藏，可以超脫苦惱，解釋災愆。

　　這是吳承恩以如來之口揭露社會現實，譏刺當世，種種社會痼疾展示無餘，人性墮落狀況條分縷析。然而，在這攻擊背後，隱藏著是一顆火熱的心：殷切盼望忠孝仁義的價值觀的恢復，熱切期盼社會和整個墮落了的人性得到全面療救。

　　作者沒有直接開出以儒家忠孝仁義治病的藥方，而是用的佛教這貼藥劑，似乎他不相信儒家的治世作用了。這千萬不要誤會。吳承恩是被儒教冷落的士人，是被社會正統拋棄的小吏，對社會的不滿是理所當然的。因

此，他利用佛教的軀殼而不是明確披上儒家的外衣來表達他療世救人的思想，自然是他不滿儒家和社會的反映；但他絕非儒家的叛逆，恰好說明他仍是儒家理想的信仰者，是力勸社會和人真正實行儒家思想的諍臣。他想掙脫儒家，企圖以佛教來取而代之，但實際上則回到了儒家，如來的話，就表明瞭他對忠孝仁義儒家學說的信仰。正因為如此，他在小說中無論是塑造人物，還是評價人物，其善惡標準看起來是佛教的，其實骨子裡還是儒家的，忠孝仁義才是他心目中的至高標準。於是，他利用小說，探索和傳播的，是治國平天下的儒家學說，是為治世救人確立正統的儒家思想系統。

治國平天下的另一主要途徑是武力。以暴力打天下坐天下是中國封建社會奪權固權的重要特點。《西遊記》中神與魔的鬥爭，不僅是神通過勸化征服魔改造魔，也是神以武力剿滅魔的過程。魔從宗教的意義上講，是惡的象徵，而從社會的角度看，則是危害社會安定動搖國家根基的力量。因此，斬妖除魔其實就是消滅與統治者與社會與人民作對的邪惡勢力。吳承恩正是以此來認識魔的社會政治性質的。國王身邊的許多妖怪，國丈、國師，幾乎都是挾天子以令諸侯的奸雄佞臣，他們專擅權柄，愚弄國君、危害人民，禍及官吏，順我者昌，逆我者亡，與現實社會中的奸臣毫無二致。當這些亂君亂國的魔妖被一一剿滅時，也就是天下太平國家安康之日。因此，孫悟空對他們的無情打擊，乃是「清君側」的「替天行道」。是治國平天下的壯舉。清佞除奸是忠君衛國，理所當然也是治平人生哲學信奉者的價值追求。盤踞在深山惡水的妖魔，如同隱藏在朝中的奸佞一樣，都是反社會反君反國的敵對勢力，他們嘯聚賊人、占山為王、霸水逞兇，危社稷，亂人民，壞事做絕，給國家和民眾造成極大危害。然而，在孫悟空的鐵棒下，難逃滅頂之災，最終都被一一清除，或被擒，或被送上斷頭臺。

這種格局，正是治國平天下的必然，是整個社會所希冀的結果，也是儒家思想的行動；而孫悟空對他們的剿殺，體現的既是統治者對異端邪惡的征伐，又代表了實現儒家治國平天下人生理想的過程。於是可以說，孫悟空雖不是儒家士人，但其行為地代表了儒家士人的最高理想。因此，對《西遊記》滲透的修身齊家治國平天下的人生理想還有什麼可懷疑的呢？吳承恩所追求的不正是儒家的終極人生目標嗎？

第9章　唐僧師徒結構的文化意義

　　關於《西遊記》大家都非常熟悉，自它問世以來，始終都引起人們廣泛的閱讀興趣，是一部長久不衰的經典小說，一些故事和人物甚至已經融入了我們的生活。比如說豬八戒倒打一耙、豬八戒背媳婦、你孫悟空再厲害也逃不出如來佛的掌心等都有可能出現在我們的各種語境中，變成了我們生活中的一個部分，也變成了我們意識中的一個部分。這就說明這部小說不僅僅是一部僅供閱讀的小說，它寫出了中國人的文化心理乃至我們的行為模式乃至我們的思維方法，從而引起我們精神上、思想上的共鳴，這就是小說的魅力。我們大家知道小說是一定要講故事的，但是小說又不僅僅止於講故事。如果一部小說沒有能給讀者留下深刻印象的典型性的、鮮活的人物形象，而僅僅是一個觀念性、思想性的作品，那麼無論多麼高深，在大多數讀者心中都將不可能對之留下持久、深刻的印象。如果《紅樓夢》中沒有賈寶玉、林黛玉、薛寶釵、王熙鳳這樣典型性的人物，它就不能夠引起那麼大的反響，引起讀者長久的興趣。同理，《西遊記》也是一樣，如果沒有像孫悟空、豬八戒、唐僧這樣的人物，沒有白骨精、蜘蛛精這樣的一些既可恨又很可愛的這麼一些很有性格的妖精，它也不會有這麼長久的藝術魅力。所以今天我主要是想對唐僧師徒這四個人的人物形象做一個性格上的文化分析。如像唐僧這樣一個高僧，從中國傳統文化角度這個大

格局看，或是放在我們生活的世俗社會裡面來看，他究竟代表一個什麼樣的身分？起著什麼樣的文化作用？小說這個體裁一千個人讀可能就有一千個不同的認識，今天僅僅是將個人的一些認識和閱讀體會，結合中國文化的一些問題進行的一些思考，借此機會與大家進行交流、分享。

　　《西遊記》寫的是唐僧率領三個徒弟到西天取經的故事，這種以師徒關係為結構的一個組合，用今天的話來講就是一個團隊或者一個項目組或課題組，它不是作者隨心所欲的偶然性的安排，我覺得它是帶有一種很深層的文化設計。大家知道中國傳統社會是農業社會，農業社會的基礎是小生產者的家庭，而小生產者的家庭實際上就是今天小農經濟的一個最基本的社會單元－家庭。我覺得西遊記安排這樣一個師徒組合實際上更契合的是中國傳統社會最基本的組織形式也就是家庭。大家知道中國傳統有這麼一個被普遍接受的觀念，即一日為師終生為父，師徒關係實際上就意味著父子關係。其實在所有的行當裡面都是按照家庭的模式來命名的。比如說在武俠小說裡面無論是師父還是下面的大師兄、二師兄等也是按照這麼一個家庭的方式來進行結構的，同時也是以家長的方式來進行管理的。唐僧師徒這四個人物結構裡面，唐僧作為師父無疑就像我們一般家庭中的家長。師徒關係並沒有直接的血緣關係，然而中國文化往往就把這些沒有血緣關係的這麼一些關係賦予它一種血源性的關係。如一日為師終生為父，同窗者手足等。取經的師徒結構實際上變成了一個家庭結構，而他們擔負起了取經這麼一個歷史性的任務，這對普通家庭來講就是完成一項生產的工作任務。在唐僧的帶領下，幾個徒弟由剛開始時的散漫逐漸成為一個團結的團體，到後來大家看到孫悟空不僅變成取經路上斬妖殺魔、神出鬼沒、神通廣大的英雄，而且是一個忠心耿耿、富有孝道、孝心的忠臣和孝

子。唐僧師徒由原來相隔十萬八千里互相不搭界，到後來走到一起，而且變成了一個具有凝聚力的核心團隊，我覺得小說作者是非常了不起的，寫出了一代泱泱大國的氣派。我們歷史上一開始有華夷之辨，孫悟空是東勝神州傲來國人，豬八戒是西牛賀州烏斯莊人，而沙和尚是流沙河人，把他們組合在一起就是了不起的。傳統的華夷之辨有一句話叫做：非我族類其心必異，這是一種挑戰、一種否定、一種批判。歷史上往往從大到國家小到一般的家族，直至小到家庭往往都有一個非我族類其心必異的這樣一個觀念。孫悟空、豬八戒、沙和尚都不是當時的唐朝的子民，但是他們三個人最後都願意秉善飯依、將功折罪、保護唐僧到西天取經，說明他們已經願意成為大唐的子民。大唐能夠把唐僧等人編在一起，也說明唐朝當時是願意把那些非我們族類的有用之士吸收進來，成就共同的事業。這一方面客觀說明唐代確實具有一種風範，同時也說明瞭作者具有一種超前的、開放性的觀念。這就是我對這個師徒四人結構做的一個簡單描述。

下面我來談談師徒形象的人格與文化內涵。

首先談談唐僧。唐僧在小說裡確實有讓人可敬的一面：忠貞不渝、堅韌不拔、不為美色金錢所利誘、能夠執著自己的既定目標、能夠不畏生命的威脅、不畏艱險。從今天來講他是一個具有崇高理想，為了崇高的理想而勇於獻身的這樣一個理想主義者。但是唐僧在小說裡尤其是對孫悟空的一些態度上，讓人覺得他比較迂腐，人妖不分、是非不清，經常給人一種討嫌、討厭甚至可恨的一面，這是屬於他的形象本身的人物多樣性的一個性格特徵。從文化的角度來講唐僧代表了傳統，小說裡面的唐僧實際上是帶有中國傳統社會的一個基本特點，是傳統社會三權合一的代表。哪三權？首先是他作為一個師父也就是作為一個家長所擁有的父權；第二是代表了

王權，因為取經是為唐王朝取經，他對孫悟空等人的管理不僅僅是一個父親管理兒子或師父管理徒弟，它還代表著王權在行使對一般人的管理；還有一種權利就是神權，因為唐僧取經是受到觀世音和如來佛的背後策劃，因此這裡又代表的是神權。所以唐僧不僅僅是一個獨特的個人身分，他是三種權力合一的一個代表。大家知道歷史上的唐僧就是玄奘，是一個探求佛法、捨身冒險、不畏艱難、為求得心目中的救世救人的方法而到西域去取經的一個歷史英雄人物。他是一位學者，也是一個溝通中外文化交流的一個重要的文化使者。吳承恩筆下的唐僧和歷史上的玄奘法師是兩回事。玄奘是個人的行為，而唐僧的行為用今天的話講叫國家行為。唐僧去取經、研究學理、探討佛法、救世救人的目的不是個人學術性興趣的使然，也不是簡單的普世救人的方式，而是帶著唐王朝要取回真經拯救東勝神州墮落人心使之得到改變的這樣一個普世性的偉大目的，要保證唐王朝的江山萬世永固。唐僧已緊緊地和唐王朝的命運和李世民的命運聯繫在一起。儘管唐僧是一個僧人，他本來可以超出三界之外不在五行之中，但是在中國古代僧人的骨子裡，他們也忘不掉修身齊家治國平天下的理想。唐僧是集三種權利於一身的代表，從文化的品格，從人物的性格分析或從人格上分析，他是堅定的有時候也是軟弱的；他是慈悲的有時候也是狠心的：他可能具有某種多元性。

　　接著談談孫悟空。在前七回的孫悟空和後面的孫悟空是不太一樣的。前七回的孫悟空在花果山的時候是一個不服麒麟管轄也不服鳳凰管的自在自為的英雄，後來發展到大鬧天宮、鬧地府、鬧龍宮、最後鬧得天庭地獄乃至四海龍王都不得安寧，這個時候的孫悟空表達出來自在自為的具有反叛性的性格特徵。但是在中國傳統社會，小時候的頑皮的性格最後都一定慢慢在家長的教育規訓之下最後變得講規矩懂道理。中國有一個成語叫做

少年老成，小的時候我們的父母親就希望把我們培養成一個穩重老成的具有成年人品格。孫悟空最終因不服管教被如來佛壓在五行山下進入萬劫不復的地獄，這是他向一切最高權威挑戰的結果。在中國的傳統社會，個人的力量無論如何也敵不過封建帝制的專制制度，要麼歸順，要麼殺頭，要麼永遠把你壓在五行山下。孫悟空走的道路實際上是走的一條由反叛到歸順最後成為忠臣的人生道路。這就是傳統社會對每個人要求的人生的正道，即修身齊家治國平天下的正道。唐僧慢慢對孫悟空進行人化的教育，對他進行道德倫理的教育，慢慢地將他從底層性的平民英雄最後變成為國家盡忠、為家長盡孝、為家庭盡責的英雄，變成了一個內心的自覺符合封建統治需要的人。這種影響是在取經路上慢慢被教育、馴化的結果。孫悟空走的這條路實際上也就是我們中國人普遍要求的尤其知識份子所要求的修身齊家治國平天下的過程。他在師父的教育下，從不講規則、不講禮數、沒有道德、沒有倫理的不開化、不文明的人慢慢變為有禮數、講規矩、尊老愛幼的人的回歸過程是修身的過程；他在取經團隊遇到困難把取經團隊團結凝聚起來的過程是一個齊家的過程；一路斬妖除魔取回真經是一路治國平天下的過程。孫悟空因為一路保護師傅取經成功，最後修得正果被封為鬥戰勝佛，功成名就有了歸宿。孫悟空走的路其實是一條傳統中國人想走的一條人生道路。孫悟空由反叛到歸順的過程，用現代人的觀念來看他的性格變化是帶有悲劇性特徵的。當一個人在自在自為的時候被強加了一個緊箍還有一個咒語，稍有不慎即被念得滿地打滾，還經常被趕走了事，相比以前在花果山自由自在的生活是多麼可悲。但是我們多數中國人想的還是修身齊家治國平天下。傳統社會裡要真正實現修身齊家治國平天下必須放棄個人的自由，必須接受王化的歸順管理。所以我認為孫悟空的性格

裡有很多東西值得進一步思考，中國人每一個個體的人生的道路跟傳統具有一致的一面，對個體而言走這條道路是傳統社會的正道，但是這個正道往往會犧牲個體的很多自由和獨立性。

豬八戒其實在西遊記裡應該是最逗人喜歡的。孫悟空那種七十二變和筋斗雲十萬八千里、上天入地、神通廣大的本事是普通人可望不可及的，而豬八戒可能就是你我或身邊的某個人，在他的身上保留了普通人的種種心理、行為方式和意識。豬八戒是農業社會的精靈，從接受程度來講小孩子特別喜歡豬八戒，他不光是憨厚的豬的形象，實是一個不可缺少的活寶，我們往往在他帶來的笑聲中獲得某種啟迪或自我關照。豬八戒是一個富有情趣的人，也是一個非常奇特的人。他是優點不少缺點一樣很多；他雖然常偷漱其實很勤勞，經常最苦最累的活都是他幹的；雖然心有小九九但他從來不去害人；他樸實善良但是有點小自私、有點小狡猾、貪點小便宜；他有的時候心胸很狹窄，經常在唐僧面前打孫悟空的小報告，遇到危險時不是衝鋒陷陣而是想拔腿開溜，但是在根本上他沒有忘掉做人的大義。說他是農業社會的精靈是因為他實際上是小生產社會中普遍人的一種代表。大家知道他善於勞動也能吃苦，在高老莊的時候他掃地通溝、搬磚運瓦、築土打牆、耕田耙地、種麥插秧、創家立業都是一把勞動好手，在西行路上的一擔行李差不多是他一個人挑到底，打探風聲、巡山問路、揮耙開路的活也沒少做。他雖然本領不大但卻又是一個不可缺少的助手。豬八戒的性格特點與我們自己有很多共性。目光短淺只顧眼前、意志不堅定、容易動搖、喜歡貪小便宜、心胸狹窄、幸災樂禍的性格，這些傳統的小生產者的特點也是大部分人的特點。但是豬八戒雖然有點小狡猾、耍點小聰明但他不奸詐，他貪小利但是不忘大義，他的生活總是充滿樂觀，對現實生活

總是抱著一種熱愛的情懷，這些是很可貴的。他沒有被很多的禮教束縛，沒有披上虛偽的外衣，他就是以一種本能的質樸和純真的那種狀態出現。為什麼這麼一個有嚴重人格缺點的人受到大家喜歡，當然可能從表達的形式上他的形象具有喜劇色彩，他本來就是一個喜劇性的角色，半豬半人的形狀本身就給人一種喜劇感，他時常滑稽的弄巧成拙的行為也讓人忍俊不禁，但是最核心的一點就是他性格中憨直從不掩蓋自己內心需要的那種單純、那種直率、那樣的不拘禮節、沒有繁文縟節的規則，是一個自在的一個傻頭傻腦的形象，因為他沒有那麼多精神負擔，沒那麼多的規矩，也沒那麼多的教條原則，他想到什麼就說出來，沒有大的慾望也沒有大的野心。他貪小利但是沒有今天講的那種欲壑難填，他的希望比較切合實際，絕不做虛妄的幻想，這就是我們中國普通大多數人的一種實際的狀態。他的可愛之處是因為他沒有道學家的虛偽、沒有士大夫的迂腐、沒有一般讀書人身上的酸腐之氣。唐僧還是能夠識人的，他對豬八戒有這麼一個評價：呆子啊，雖然是心性愚頑，卻只是一味憨子。所謂憨子就是老實、渾厚、憨直的意思。中華文明博大精深但是我們的文化確實也帶來某些過於掩飾自己內心觀念的一些教條。豬八戒這個形象的特點就是他很率真。在傳統的中國社會，在符合上流社會標準裡看起來是文明、文雅的東西，恰恰缺少的就是所謂農民式的粗俗即人性本真的東西，豬八戒的形象能夠體現出這種人性裡的本真。

　　沙和尚其實在取經的隊伍裡本事不算大，他是最後加入到這個隊伍的。論神通他不如孫悟空甚至比不上豬八戒：講功勞他確實也沒有什麼突出的功勞，他主要任務是牽馬，在與妖怪作戰的過程裡很多時候是留守在師父身邊看守白馬和行李並伺候唐僧。也有過出力流汗、出生入死的時候，但相比孫悟空和豬八戒無論是貢獻還是吃苦方面都談不上。功德圓

滿之時如來對他的評價：沙悟淨你本是捲簾大將，先因蟠桃會上打碎玻璃盞貶入下界發配到流沙河，傷身吃人造孽，幸歸我教、誠敬迎持保護聖僧登山牽馬有功，加身大至正果為金身羅漢。如來這樣的評語可概括為兩個字－誠敬，我覺得對沙僧的評價很準確。誠與敬是中國古代社會君子應有的道德品格。沙和尚確實具有中國傳統文化中對君子所要求的一些品格，因為中國古代對君子的要求是相同的，因此君子在歷代文學家的筆下其實都基本一樣。在西遊記裡有個性的是豬八戒和孫悟空，沙僧是沒有多少個性特徵的，這個形象的塑造是比較平面的，沒有什麼太多的豐富內涵。他本來是捲簾大將因犯下天庭死罪被玉帝貶到下界，在流沙河幹了很多傷天害理、打家劫舍的事情，但是他恰恰體現了佛教的放下屠刀回頭是岸的理念，他體現了中國儒家的過而能改、善莫大焉、改惡從善的思想，最後形成了令人肯定的一個君子形象。在西遊記裡面沙和尚的勸教、勸人、勸事的意義是非常明白的，教導人應當像他一樣即使個體是罪孽深重也能夠放下屠刀立地成佛，也能夠勇敢地告別過去成為新人。但是沙和尚沒有君子那樣的才能，他沒有飽讀詩書也沒有經世治國的能力，他有的君子的品格就是孟子說的富貴不能淫、威武不能屈、貧賤不能移，在沙和尚的身上表現得非常清楚。沙和尚作為一個君子的代表人物形象，他始終是堅定取經信念的，整個取經的路上始終是富貴不能淫、威武不能屈、心誠意定。豬八戒被歸順以後雖然他沒有忘大義但是經常嘴上說散夥、說分行李、說回高老莊陪媳婦，動搖人心離散隊伍，但是沙和尚從加入這一天起他就沒動搖過。吃苦耐勞、忍辱負重、默默少言，從來沒有半句牢騷，絕對是一個好的下手，服從安排、服從老師、服從師父、服從兄長，名利美色根本誘惑不了他，妖魔鬼怪用了種種方式也沒能亂他的志向。中國古代君子有一

些重要的原則，君子重然諾，傳統的所謂然諾就是我們經常講的一諾千金，就是一言既出馴馬難追。沙和尚就是這樣一個恩怨分明、秉正而行的人。孫悟空在沙和尚心目中是一位大智大勇仁義的兄長，但是孫悟空跟沙和尚的關係又不是這麼簡單的一個關係，因為沙和尚在情況不明的時候他絕對不盲從孫悟空，這就是我們講的中國傳統。孔子講的君子坦蕩蕩，他就是坦蕩蕩的那個君子。古代的君子要忠要孝，對兄長也應敬。沙和尚不僅對師父盡孝也處處是以非常尊重的態度以師弟的身分來對待兄長的，這就是孝悌，這個五倫孝悌的要求在他身上體現得非常好。當豬八戒對孫悟空有不滿的時候他處處站出來維護兄長的權威，又化解了老大與老二之間可能會發生的矛盾，這就是君子。在中國的傳統裡他起到了一個穩定協調的作用。當然這個沙和尚君子的品格帶有一種很濃厚的贖罪報恩的思想，但是捨身取義殺身成仁的精神、忍辱負重顧全大局的思想、恩怨分明誠實不欺的品質、執著信念堅定事業的態度、委曲求全堅持原則的德行在今天依然還是值得學習的好品德。西遊記的作者吳承恩之所以把沙和尚塑造成君子的形象，一方面是傳統的理想人格的要求，另一方面也確實寄託了作者對人生的一種理想。說真話，君子不太好做，如果人人都能成為君子這個社會也就真正的和諧了。沙和尚是個道德典範，他在取經隊伍裡面是一個君子人格的化身，他是一個粘合劑、調和劑，是一個穩定軍心的凝聚人心的一個重要力量。在一個傳統的社會裡面道德是立國的基礎，中國的社會是靠德來治理國家的，所以叫以德治人。在今天法治社會裡面僅僅靠道德治理國家是行不通的，不是人人都能夠按照道德的準則去行為處事的，因此還必須有法治。無論如何道德在今天依然是個人的修養是與人之間關係的重要的基礎和原則，今天依然還離不了像沙和尚這樣的君子、這樣好的品質。

第二輯

現當代文學研究

第1章　文學史分期與價值立場

一、文學史分期誤區批判與應然道路

「中國文學史」概念的內涵有廣義與狹義之分。廣義的「中國文學史」概念應包含從古代到當代的文學，狹義則僅指中國古代的文學，中國文學研究界正是在狹義的意義上普遍接受並使用「中國文學史」這一概念的。於是，在文學史的研究中，除了「中國文學史」外，還有「中國現代文學史」、「中國當代文學史」等概念。概念的建立基於文學史的分期，文學史的分期意識又來自社會歷史形態階段劃分的思想，劃分社會歷史形態階段的思想則立足在現代歷史不斷進步與時間的線性觀念。因此，無論是對歷史和社會的分期，還是根據這種分期思想產生的文學史的分期，都具有自身的合理基礎。雖然已有不少人對現代不斷進步的歷史觀念提出了質疑，但時至今天，歷史具有不斷進步的趨勢並未得到普遍否定，即使有人認為歷史不斷進步的觀念只是一種「神話」，但這種「神話」具有歷史事實的支撐，絕非單純的人類童年式的幻想。在特定意義上講，不斷進步符合歷史發展的一般規律，至少在經驗意義上，符合現代人對歷史的基本理解，符合現代世界主流的歷史意識。對文學史的分期，也應當具有這樣的理解。此外，這種分期還表現出處於當下階段的人和社會統治階級與「過去」歷史的差別意識，從而顯現自己的特色以及超越了「過去」的優越感。

在通常的意義上，這種意識和自我優越的感覺有其客觀的事實基礎。文學
史的分期同樣隱含著這樣的意識與感覺。這是合理的，不僅整體上與歷史
和文學發展的趨勢相吻合，而且滿足了當下人與社會統治者的思想情感需
要。文學史的分期是現代社會飛速發展所形成的社會分工日益細化潮流的
結果，是科技時代的內在強制的產物，從某種意義上講，具有時代的必然
性。就中國文學史的分期而言，正是現代中國社會與中國人接受科學時代
分工細化的強制與主動適應世界主流標準的思想反映，有其存在的合理的
社會歷史條件。

　　承認現行中國文學史分期的合理因素並不意味著對現行分期的全面
肯定。對於中國文學史的研究來說，「古代」、「現代」、「當代」的這種分
期誤區是客觀存在的。主要表現在：其一，人為地割斷了文學史的時間
連續性。所謂歷史，換言之，也就是人類活動在時間中的既有存在，文
學史，自然是既有文學在時間中的存在。「古代」、「現代」、「當代」這類
概念實質上就表明瞭文學存在的時間性，只不過表明的是文學階段性的時
間存在，而不是富有連續性的時間存在。中國文學史分期反映的就是孤立
靜止的文學在時間斷面的存在。根據這樣的分期形成的對文學史的時間割
裂，文學史的研究者們一般只能按照自己的學術興趣、知識背景，選擇一
段時間中的文學，進行封閉性的研究，而文學史的時間連續性，在多數研
究者那裡，被人為地中斷，文學自身的源與流的研究也就不可能得到足夠
的重視。其二，之所以出現上面的情況，在於文學史的分期帶來的文學史
研究視野的狹小。由於研究者僅僅堅守在自己所選定的領域，或古代，或
現代，或當代，對其他領域根本不予涉及或很少涉及，這就勢必形成固步
自封甚至畫地為牢的研究心態，使研究的視野非常狹隘，研究古代的一般

不涉及現代當代，研究現代的往往也不熟悉古代，研究當代的同樣少於涉及古代現代。即使一些研究者對它領域有所涉及，也是要麼流於表面，要麼採取實用主義的態度，難以在整體上從深層次上去理解二者之間的複雜關係。更有甚者，各學科之間因此產生了互不信任互相輕視的不良現象，「文人相輕」的陋習得到延續。研究古代文學的認為研究現當代文學的根本不懂學問甚至不是學問；研究現當代文學的則說研究古代文學的人只知道鑽「故紙堆」並缺少「思想」；對研究當代文學的，無論是研究古代文學或是研究現代文學者，都認為他們的研究不過是一種「時評」，且與「政治」、「權力」聯繫太緊，往往成為現實「權力」的附庸；研究當代的自然也有自己的說法，認為研究當代前文學的往往比較呆板，缺乏「當下性」，其研究與實際鮮活的人生相分離等。也許每一種態度都有片面的道理，但都缺乏足夠的存在理由。這正是分期帶來的消極後果。其三，與此相關的是研究者的知識結構的單一性。毋庸諱言，除了真正少數的文學史研究大家，多數文學史研究者，在文學史知識的儲備和知識結構上，都存在著嚴重的單一性。由於研究領域的自我封閉，各個領域的多數研究者往往只注重吸收本領域的知識，建構在所從事研究學科範圍內能夠應用的知識體系，研究缺乏知識基礎廣博深厚的充分準備。結果必然是「專家」隨處可見，「通家」鳳毛麟角。為什麼近五十多年來，文學史研究難以產生「大家」、「大師」，除開社會、思想、文化環境的客觀限制外，研究者內在的知識結構的單一性，顯然是一個重要的原因。這並非研究者自己的問題，而是產生「思接千載視通萬里」、通曉古今縱橫中外式的「大家」、「大師」的土壤，被社會分工引出的文學史「分期」所破壞。文學史知識的單一結構，必然造成研究者研究思想、方法的單一，也必然會局限研究者的學術

視野。在這樣的知識結構基礎上成長起來的「學者」，只能是「專家」，要成為「大家」、「大師」，只能是一種幻想。其四，這種分期在表像上似乎強調了分期的時間性質，在深層上卻內含著強烈的政治意識形態的權力控制，突出的是時段的文學意識形態性質，弱化的是文學的時間特性和時間的包容性。如果對中國文學史分期的內在動機進行深入分析，便會發現這一顯在的特徵。一個階段的文學，一個時代的文學，確實有自己的獨特風貌，在文學觀念、內容構成、藝術思維、表達手段以及時代與人的理想呈現等方面，都有與前與後不相一致的屬於自身的特色。但這種特色的概括不應簡單地運用政治意識形態標準。遺憾的是，中國文學史的分期恰恰是這種標準的典型實踐。在掌握分期權力的人心中，政治意識形態無疑是最高最終的標準。因此，「中國古代文學」是封建主義時代的文學，「中國現代文學」則是新民主主義時代的文學，而「中國當代文學」就自然是社會主義時代的文學。這樣的劃分有合理因素，但也相當危險。它將文學研究完全納入了政治意識形態的權力軌道，通過意識形態化，使文學研究自然成為政治意識形態權力的工具；它排斥了文學的豐富複雜的構成性質，使對過去文學的認識理解以及對當下乃至未來文學的引導都具有價值、意義單一化的傾向；它表現出強烈的後勝於前的政治意識形態的優越感，使不同時代的文學因政治意識形態的差別獲得了尊卑貴賤的不同地位，即使在同一時代中的作家和作品，也會因與當下政治意識形態權力擁有者關係的親疏遠近而獲得好壞高低不同的政治意識形態評價；它弱化了文學評價的美學尺度和內在藝術自律，使文學外在他律研究成為主流。

那麼，什麼是文學史研究的應然之路呢？回到文學史時間的連續性，打破目前的分期禁錮，將中國文學史作為一個連續性的整體來研究，這就

是我們的選擇。近幾年來，以章培恒先生為代表的一些學者，提出了文學史研究的「通觀」思想。這無疑是走出上述誤區避免文學史研究種種弊端的最佳道路。歷史是一條不斷的河流，文學史亦然。儘管出於研究者的學術興趣、主觀條件的差異或某種需要或目的，對文學史可作斷面的精深研究，但研究者應當也必須具有大文學史的思想及眼界，因為任何一段文學都不是孤立發生與存在的，它既是對過去文學的超越和發展，又是對過去文學的繼承與延續。去者是源，來者為流，源流本該一體，這是不言而喻的常識。所以，從事前時段文學史的研究者應當瞭解後時段的文學，否則不知對後世文學的影響所在，也就難以真正確定所研究時段文學的歷史地位；反之，從事後時段文學史的研究者，不熟悉此前文學的發展演變情況，便不可能把握所研究對象的發生之源，也無法真正理解前此文學影響的正負或大小。基於此，我們認為，明確中國文學史的整體的學科性質，建立中國文學史研究的「通觀」文學史觀，有利於改變研究者的單一的文學史知識結構，拓寬研究視野，走出過去的種種誤區，克服細分文學時段的諸多弊病，使「中國文學史」的研究回歸到文學史研究的應然之路。

二、研究價值立場的檢討與合理選擇

文學史的研究具有價值判斷和文學史研究者持有一定的價值立場應當是不爭的事實。誠然，文學史研究，尤其是對文學史上某一特定對象進行藝術研究時，價值評價主要限於藝術的美學的，而不是具有社會性的價值評判。但文學史的研究絕不僅僅是純藝術的研究，本身具有非常深廣的研

究內容，因為文學自身不僅僅是純藝術的存在，而是以藝術方式表現或再
現人與社會的存在。我們知道，人與社會都具有鮮明的價值傾向，人類以
及人類組成的社會，之所以不同於其他動物世界，正是在於人類與其組成
的社會具有價值性。弗洛姆非常明確地指出了人類的這一特性。他說：「價
值的根源就在於人類生存諸條件之中，因此，正是依靠有關這些條件，亦
即關於『人類處境』的知識，我們才得以建立其具有客觀效准性的種種價
值。顯然，這種客觀有效性僅當與人的生存相關時才會存在，在人之外則
決無所謂價值。」[1] 這就決定了文學在表現或再現人與社會的內容時，必然
會表現或再現人及其由人組成的社會中的種種價值。文學史研究的一項重
要任務，就是去發現、研究文學所內含的種種人與社會的價值，揭示文學
家對所表現或再現價值的態度及其選擇傾向。這是文學史研究應有價值評
價和研究者必然表現出價值立場的重要前提和合法性依據。上面討論的中
國文學史的分期問題，就已初步說明瞭分期具有的價值動機。

　　中國文學史研究的事實完全可以說明上述觀點。問題不在於文學史研
究是否具有價值的立場，而在於以何種價值去研究文學史上的各種對象。
因此，檢討近 50 多年文學史研究的價值立場，應是一件有意義的工作，
這也是本文所要討論的一個重要話題。

　　當我們反思近 50 多年文學史研究特別是新時期前研究的價值立場
時，不難得出這樣的基本結論：政治意識形態價值以及以此為基礎的道德
倫理價值是占絕對支配地位的價值立場。在中國古代文學研究中，只要是
對內容和思想加以評價時，運用最多的是「民主主義」、「人民性」、「愛國

---

[1]　馬斯洛，《人類價值新論》，石家莊：河北人民出版社，1988 年版，第 2 頁。

主義」、「封建主義」等政治倫理性強的概念，而「民主主義」是核心的政治概念，因為它是「封建主義」的對立，像「人性」、「人道主義」等這些相對獨立於政治倫理的概念則運用很少，直到上世紀 80 年代以來才較多使用。在中國現代文學的研究中，使用最頻繁最得心應手的是「革命」、「無產階級」、「民主主義」、「新民主主義」、「社會主義」、「民族主義」、「愛國主義」、「革命現實主義」等概念，其中的核心概念是「新民主主義」；雖然在新時期前研究者也運用「自由」、「獨立」、「個性主義」、「人道主義」等政治倫理色彩較淡的術語，但一是用得極為謹慎，一是往往將它們盡可能地納入現實政治與意識形態權力者可接受的範圍，作出合政治意圖的解釋，並力圖使一些偏於個體倫理的概念政黨倫理化國家倫理化。在當代文學的研究中，除了上面列舉的多數概念常常使用外，最能體現特色的是「社會主義」、「社會主義現實主義」、「革命英雄主義」、「社會主義集體主義」、「革命浪漫主義」、「共產主義」等概念，其核心是「社會主義」。非常清楚，這些概念幾乎都是政治意識形態性的，或是被政治意識形態化了的倫理道德概念，即使屬於創作方法範疇的，也被賦予了政治意識形態的品格。這種研究情況，從上世紀 80 年代以來，才有了較大的改變，尤其是在「文革」後成長起來的研究者身上，政治意識形態價值的評價方式並未放棄，不過已不純粹是狹義的階級、政黨利益為前提的政治意識形態立場，而是廣義的更富有文化性質的政治意識形態立場。當然還應當認識到，長期形成的一元獨斷式研究立場和思想定勢，對相當多的研究者而言，轉變也難。

顯然，這是一種一元式的獨斷性的研究立場。形成這種文學史研究的價值範式有其深刻的理由。一是最高政治權力者的現實控制需要。將所屬

社會中的一切置於自己權力的控制之下，是所有社會、國家統治者的共同
目標。所不同的只是控制方式可能有別，控制程度有高有低、範圍有大有
小。控制是必然的，確立控制的合法性基礎才是關鍵。這是所有社會、國
家統治者必須解決的難題，而通過價值的合法化便成為解決難題的重要途
徑。一般講，處於當下歷史階段的社會、國家的統治階級，都具有優於過
去的意識，這種自我優越感的產生，既基於一定的事實，又是自我想像的
結果，即理所當然地認為自己所代表的是一種新的歷史，一個符合歷史演
變規律的方向，更是一種超越了過去歷史的新的價值。於是，自己代表的
價值理應優先，成為統治、規範、約束、評價所屬社會、國家中的一切的
最高最終的價值。這就是在我們的社會與國家裡，舊民主主義價值勝於封
建主義價值、新民主主義價值又優於舊民主主義價值、社會主義價值必定
先進於新民主主義價值思想普遍存在的合法性所在。價值的一元獨斷性因
此成為必然。二是現代二元對立思維的泛化與二值邏輯判斷普及的產物。
在前現代社會，整體性模糊性思維是其主要特徵，而價值是一元獨斷的，
專制主義為基礎的政治倫理價值是整個社會、國家的最高最終價值，也是
人的價值終極。中國現代由於受到西方文化的巨大影響，思維向二元方式
轉變並逐漸成為主導。由此，現代中國人思維的明晰性與邏輯性增強了。
但是，現代思維方式的非此即彼的特徵，在價值的判斷上，與傳統社會政
治倫理價值的一元獨斷又有驚人的相似。西方價值的中心與主導地位，社
會主義與資本主義互視對方為洪水猛獸的價值傾向，就是價值一元獨斷的
標誌。兩種對立價值的二值邏輯性結果成為了一值邏輯性。所以，在傳統
與現代的基本社會框架中，一系列代表二值邏輯的二元對立的範疇進入現
代中國人的語言裡，成為思維的主要概念系統。先進與落後、革命與反動、

進步與保守、無產階級與資產階級、社會主義與資本主義、左派與右派、集體與個人、公與私等等政治倫理性價值概念，其指向皆是偏於一極，一元獨斷的傾向極其鮮明。而文學研究的具有價值判斷選擇性的理論術語、概念，往往不過是這種價值的派生，政治倫理性概念成為文學理論術語的核心「定語」，如前面所列舉的那些概念，無不如此。三是中國傳統文學研究注重政治倫理價值思想的自然延伸。中國傳統文學最主要的價值功能是「文以載道」，這為文學評論與文學研究用「道」的眼光去審視文學提供了可能性與必然性。「道」，在這裡，不是道家意義上的萬物產生的本體概念，而主要所指是政治倫理之道，是人生之道，是統治階級認可與普遍推行的社會及人生最高原則，即「道學家」的「道」。因此，以「道」——傳統社會政治倫理價值的代名詞——評判文學作品的社會人生價值，便是文學評點與研究的主要任務，並成為一種典型的文學批評方式。雖然有許多民間研究者力圖衝破這種方式的束縛，可惜並沒有成為文學評價的主流，也未能獲得官方正統的認同。到了現代，當文學研究成為獨立學科時，一方面，主要從蘇聯，也在一定程度上從西方吸收了研究的方法和價值評價範式；另一方面，中國傳統文學評價的政治倫理價值至上的思想得到了繼承；二者匯合，構成了現代的文學評價範式。如果深入追問，為什麼我們能輕易地接受前蘇聯文學評價範式，能毫不費力地移植諸如「黨性原則」、「人民性原則」、「社會主義現實主義」這些概念，除了特定的現實政治原因，再就是我們本土的文學傳統及其研究評價傳統的根深蒂固的存在和巨大影響。

在當下的中國文學史研究界，一元獨斷性的價值立場已經失去了廣泛的市場，儘管還有人對此狀況極為不滿，也有人希望回到獨斷時期，但在

價值日益多元化的時代，回到過去的可能性已不大。然而，新的問題又接踵而至，這就是許多人已意識到的價值混亂和價值真空。價值的一元獨斷是可怕的，價值混亂與真空同樣可怕。從上世紀 90 年代以來，與我們所處社會同步，文學史研究也出現了價值混亂甚至價值真空的現象。思想逐漸淡出研究，價值遭到放逐，在建立學術規範的口號下（這是非常必要的），「純學術」以及「價值中立」（實質是放棄價值）成為一些研究者的理想。對顛覆一元價值獨斷統治而言，這種研究態度有其存在的合理性。不過，不禁要問的是，文學史研究真的能做到價值中立或超然於所有價值之外？即使能做到文學史研究的意義還是完整的嗎？回答是否定的。那麼，在這樣的時代，文學史研究又應堅守什麼樣的價值立場呢？我的觀點是：回到人的價值的立場。文學是人學，離開人這個中心，世界沒有任何意義，一切「學」都沒有出現、存在的可能和必要。回到人的價值，既是文學本原的回歸，也是文學史研究的核心價值回歸。應當指出的是，傳統文學當然也是人的生活的表現或再現，只不過是較為單一性的人的生活的表現或再現，其顯現出的價值是一元的；過去文學史的研究也沒有離開人的價值和人的價值標準，政治倫理價值標準自然也是人的一種價值，問題在於只是突出了人的單一性的價值，人成了真正意義上的「單向度的人」。我們呼籲文學史研究回到人的價值，就是要回到人的全面性、豐富性的多元價值向度。就當下講，也就是要以現代中國人的價值目標作為文學史研究的基本立場。它包含兩個層面：一是現代中國人與人類價值相同的價值目標，即人們常說的人類的終極性價值；二是基於現代中國人的生存境遇而產生的特殊的價值目標。我以為，這是文學史研究價值立場的真正合理選擇，是保持文學史研究意義的本原所在。

第2章　價值範式、思想與文學研究
——對二十世紀90年代文學研究之反思

　　如果在新世紀，對上世紀的文學研究進行反省檢討並客觀地對其價值做出判定的話，不難得出一個結論：真正能震撼人的心靈，啟發人的思想，產生深刻影響，對社會、歷史、民族、國家和中國人在當下以及未來命運深切關懷的作品，是自覺承擔人的責任與良知的作品。魯迅的〈摩羅詩力說〉自不待言，即使像《中國小說史略》這樣的正宗學術著作，也蘊涵著深刻的價值關懷；周作人關於「人的文學」、「平民文學」的理論宣導，胡適的「國語的文學」「文學的國語」以及文學應表現個性解放要求的呼籲，陳獨秀的「文學革命」的吶喊是這樣，其他五四時期的文學研究者也是如此。從學理層面講，他們的某些研究也許還顯得粗糙簡單，停留在口號階段，但他們所開創的文化研究的價值範式，彌足珍貴，是文學研究者應當繼承的學術遺產。五四以後，在整體上，這種文學研究的價值範式是一以貫之的，不過，現實政治功利和特殊集團利益的誇大性強化，使這一價值範式內涵的精神、人性價值不斷衰減，其建立在理性基礎上的批判性以及對先進文化的吸收、傳播功能遭到破壞，文學研究的獨立性、自身的合法性受到粗暴踐踏，「立人」意識被簡單否定，文學研究成了單一觀念、價值的載體和傳聲筒。這種狀況直到二十世紀的 80 年代才有了極大改變，文學研究的五四精神開始回歸並得到了一定程度的繼承和發揚，關注中國的命運及其歷史走向，思考人的現實生存處境，反思歷史、文化

與現實生活的巨大而深刻的聯繫，關注中國人的現代化以及改革開放所面臨的種種問題，尤其是對人性、人道主義、人的生命價值等深層次問題，進行了深入的全方位探討，文學研究以自己獨特的聲音，在思想解放運動的新熱潮中，發揮了巨大的歷史作用。80年代是一個思想、探索的時代，是一個思想新啟蒙的時代，是一個多角度面對中國思考的時代，文學研究在80年代能獨領風騷，其原因正在於她以真正的理性進行思考，為中國人提供了思考現實問題的空間。因此完全可以說，80年代文學研究的核心意義，如同五四文學研究一樣，是其思考性。文學研究進入90年代卻發生了變化，80年代重新續接的五四文學研究傳統沒能得到延展，文學研究逐步放棄了思考，走向了非思考的所謂「純學術」。

形成這種狀況的原因是複雜的，既有文學研究和研究者之外的因素，也有研究和研究者內在的原因。從外部講：（一）80年代末中國出現的特殊事件，使中國人參與政治的熱情銳減，產生了普遍的政治、社會冷漠症，在這樣的社會心理氛圍下，放棄思考有其現實基礎；（二）西方後現代主義思潮的湧入，推波助瀾，加劇了這種心理的擴散，解構思想，推崇平面化成為一種文化時尚，在這樣的文化風尚中，思想退位不可避免；（三）隨著90年代中後期開放的擴大，經濟的發展，文化消閒主義彌漫開來，思考不再成為人們生活的中心，世俗性成了生活的主要目標。從內在看：研究界建立學術規範的呼籲，走向「純學術」研究的夢想，將文學研究從外在規定拉回到學術獨立的要求，淡化思想、突顯學術的理念，使文學研究中的思考地位受到挑戰和有效削減。從積極的意義上講，這是對以往文學研究過分政治思想化的反叛和消解，是對學術的「還原」。但這種學術意識的出現，又折射出文學研究與研究者更隱秘的複雜心理，這就是文學

研究界和研究者的雙重「媚俗」。放棄對現實種種問題的獨立思考，也往往意味著主動放棄學術研究所承擔的社會、人的良知、正義感、探討真理的勇氣等責任，意味著對學術之外的某些權力的退避，這是一種「媚俗」的態度，而對商業化的趨奉則是另一種「媚俗」。但文學研究與商業化畢竟有著質的不同，本身並不屬於商業化的對象，因此，把文學研究商業化就必然成為另一形式的「媚俗」。一些研究者既不是將學術研究視為「純學術」的活動，也沒有在研究的對象與過程中寄託自己的價值關懷，體現自己作為研究者的對社會、歷史、人自身的良知與責任，更不願面對中國的現實表達自己的深入思考，而是熱衷商業炒作，以所謂的新奇「理論」製造市場熱點，以讓人不知所云的種種「概念」，玄之又玄的「文學命題」，以與當下中國人精神、情感、思想毫不沾邊的甚至與文學的自律也無多大關係的所謂「真正的學術研究」，製造學術泡沫，兜售自己，以提高所謂「學術聲望」，取得在文學研究及其他領域進一步撈取種種利益的資本。正是在這雙重「媚俗」的影響下，文學研究界的有識之士有一個共同的認識：90 年代的文學研究和這一時期的文學創作一樣，無思想！這絕不是標新立異或危言聳聽，而是一個無法否認的存在。這正是放棄思考的必然結果。

沒有思想的民族、沒有思想的人，不僅是平庸的，也是危險的；沒有思想和思考的文學研究，自然也是平庸而危險的。於是，我們應該大聲疾呼：思想，魂兮歸來！文學研究面對中國思考，魂兮歸來！

今天的中國，存在著文學研究思考的深厚基礎。我們的國家正處在一個深刻的歷史與文化變革的過程之中，「現代化」是我們的進行時態，面臨的困難和問題眾多，民族和個人的生存環境依然艱難，對此，所有的中國人，一切文學研究者都不能也不應熟視無睹，以麻木不仁的態度超然處

之。我們的歷史包袱特別沉重，無論是幾千年的大傳統，還是近幾十年的小傳統，無論是政治文化傳統，還是觀念文化傳統，其負面影響依然沒有從現代中國人的身上真正消除，由這些傳統的消極因素滋生出的種種精神疾病沒有得到根治。更為嚴重的問題是：當我們一方面要努力排除一切阻擋現代化的內部障礙的時候，另一方面又不得不面對現代化自身所引起的新問題；一方面我們要繼續改革開放儘量與國際接軌，另一方面又要應對經濟、文化全球化帶來的巨大挑戰和壓力。在這樣一個「八面來風」和「四處出擊」的生存境遇中，作為人的文學，有何理由放棄思考？有何理由不去思考！

是的，文學研究有其自身的學科規定性，不應承擔政治家、社會學家等所擔當的責任，但當這一切演變為人的生存問題後，變為人自身必須正視和解決的問題後，變為人自身必然正視和解決的問題後，文學研究將不能置身事外。

一般講，文學研究包括自律與他律的研究，前者主要研究文學文本構成與藝術傳達的有效審美方式，後者則著重研究文學與社會、文化以及與文學活動相關的人類精神、情感等領域的關係；同時，文學研究還要注重文學自律和他律的互動性研究，等等。然而，不管是自律還是他律研究，都是為了總結人類文學活動經驗，探尋文學創作的表達規律，確立文學在人類精神情感生活中的位置，並把握文學之所以為文學的特質。因此，文學研究的最根本的目的是為了人自身，離開人是最高目的這一命題，文學研究便失去存在的依據和價值基礎。例如，研究文學的藝術規律，就必須回答這樣一系列問題：首先是研究藝術規律的目的，回答當是尋找更好的文學審美傳達形式，使文學更符合美的規律，更具美學的價值。這一回答

誰都不能講是錯誤的。如進一步問，文學的審美傳達應傳達什麼，符合美的規律應符合什麼樣的審美規律，其美學價值又是由誰來確定的？回答的具體方式與內容可能有較大差異，但核心的內容則肯定是一致的：文學傳達的是以人為中心的世界，其審美規律必然符合人的審美規律，文本的美學價值必須建立在人自身的價值基礎之上，必須得到人自身的認同。

如果上述觀點能夠成立的話，那麼我們當下的文學研究的目的應該十分清楚了。研究者可以根據自己的學術特長、興趣，選擇不同的領域與課題，或自律或他律研究，或文本形式或內容意義研究。但研究者都應有這樣的自覺意識：把文學研究與人的價值尤其是與當下中國人的價值需求價值建構緊密結合，達到深層次的統一。由於人的價值是一個普適性概念，中國人只能通過自己的經驗來體認，只能以自身的生存環境為基點來理解人的價值的真正意義。因此，面對中國人在當今的各種生存問題進行富有人性深度的思考，理應成為文學研究的重要責任，應該是每一個研究者的良知承諾，這才是真正意義上的「鐵肩擔道義，妙手著文章」。

要鄭重申明的是，筆者並不是主張以非文學研究的方式來實現文學研究的人的目的，用非文學研究的方式只能是使文學研究異化，面對中國思考，應當持正確的態度：當文學研究所涉及的問題與中國人在當下生存、精神價值、情感生活有直接相關性時，其態度應當是鮮明的；當文學研究所涉及的領域與現實中國問題相隔甚遠甚至在顯性層次沒有任何關係時，就不應牽強附會，生拉死拽。思考中國問題，關鍵在於研究者始終應在心靈深處懷有對中國人的生存境遇的關注，在於以終極關懷的立場去思考現實中國人的命運，在於直面現實人生的態度，而不是以局外人的姿態冷眼旁觀，須知，在中國，文學研究的命運並不完全取決於文學研究自身，她

與中國、中國人的命運緊密相連。學術獨立，價值中立，只具有相對意義；在絕對意義上講，沒有與人的價值相關的學術研究，不要也罷。在現實中，提倡學術獨立與研究的客觀立場，對於擺脫外在權力話語的控制，使學者「說什麼」「如何說」，「說」「還是不說」，把學術研究僅僅限定在知識學範圍，其價值是大可懷疑的。我們之所以強調文學研究的責任與良知，提倡面對中國思考，一個重要動機，就是針對上面這種研究的片面性的。我們希望，在中國文學研究界，建立起這樣的文學研究範式：真正的學術研究與深刻的對中國人的價值關懷的統一，學術獨立與研究者的社會歷史責任、良知的統一。

第3章　雲水相生：
　　　百年中國文學與科學掠影

　　1932 年，徐悲鴻曾經在《畫苑》中說：「科學之天才在於精確，藝術之天才亦然。藝術中韻趣，一若科學中之推論，宣真理之微妙，但不精確，則情感浮泛，彼此無從溝通。」[1] 在藝術大師眼中，藝術與科學雖然是兩回事情，但是一門藝術建立的基礎，卻離不開科學——所謂不知其「正」，也就談不上知其「變化」。這段話是針對美術而言，但是回顧百年中國文學與科學之間的淵源，也恰可以用這段話做一個注解：在推論的「精確」與「韻趣」的微妙之間，在「正」與「變化」之間，二十世紀的中國文學在古典文學、傳統文化與西方文化和近現代科學交互糾纏的大背景中一路走來，走出一番雲水相生的曼妙圖景，也催生出幾許困惑，幾片迷霧。

　　二十世紀之初，中國文學所面臨的最迫切的問題，是「正名」。如何在現代文化和科學的背景下，將傳統載道話語模式的文學觀，轉化為現代的文學觀念，以及現代的文學體制？這是一個亟需嚴肅以對和正面回答的問題。

　　事實上，如何讓文學成為文學，這是一個已經延續了數千年的話題了。文學誕生的上古之初，文學的概念等同於有文字記載的一切文獻。到

---

[1]　轉引自王澤慶《徐悲鴻論藝術與科學》，《美術》2003 年第 2 期。

了魏晉時期，從曹丕的「詩賦欲麗」和陸機的「詩緣情而綺靡」開始，文學的獨立地位和價值才逐漸得到肯定，強調文學自身注重情感以及美感等特質。但貫穿整個古代文學史的文學概念，始終是和「道」、「氣」聯繫在一起的，詩言志、文以載道的道統觀念從未離開過文學。在傳統文化背景下，儒家的經世致用思想始終灌注著中國文學的發展命脈。自隋而始的科舉文化、教育體系延續了一千多年，尤其是宋代科舉制度改革，以進士科為重，明代科舉更是只有進士一科，註定了「文人」與「儒生」、文學與功用之間的不解之緣。概言之，從文史哲混沌不分到文史哲糾纏難分，這是中國古典文學的宿命。但不可否認的是，也正因為這樣的歷史文化背景，文學本身和文學創作者、研究者的地位得到了相應的肯定，文學成就之高與文學傳統的延綿不斷，都使中國古典文學足以自傲於世界文學之林。

　　現代文學卻從一開始就面臨著「失神」與「失形」的危機。傳統文化理念在西方科技理性大潮的衝擊下節節敗退，現代漢語取代了文言，作為重要意識形態之一的文學也緊隨之處於一種尷尬的境地。清光緒三十一年（1905）諭令「所有歲科考試、鄉試、會試一律停止」，科舉制度被廢除，更加速了與之息息相關的文學發生翻天覆地的變化。取代科舉制度的現代教育體系，其核心目的就在於增加教育的「科學」、「技術」色彩，尤其是引進來自於西方的「聲光電化」等自然科學內容。「科學」一詞本身就有「分門別類之知識」之含義，在科學理性大潮影響下的教育體制改革首當其衝的變化就是分門別類，建立了人文科學、社會科學與自然科學等學科體系。如現代中國最早的國立最高學府京師大學堂，開設課程除了經學、理學、文學之外，在中國第一次設立了數學、商學、醫學、工學、礦學、政治學等二十五門課程，而這種分門別類的教育方式成為全國新式學堂的表率。具體到「文

學」的問題上，直接的結果就是：中國語言文學這一學科的初步自立，促成了文學的獨立價值再一次被明確提出。這是一次由形式到觀念的轉變[2]。

由於歷史局限，雖然文學的獨立價值被提到了觀念層面上，但是在具體歷史實踐中我們看到的更多的是形式上的變化：比如姚永樸在總結桐城派散文理論的基礎上結合京師大學堂的《奏定大學堂章程》中國文學門所訂文學研究法的規定，闡述了文學可分為敦本務實、有德有實有學、明道經世、胸趣心靜等等若干種類，就說明瞭當時的文學觀念尚拘泥於傳統母體之中裹足不前。形式的變化不可謂不重要，這種分門別類之文學學科的建立，已經可以看得出現代文學形式、文學史框架、文學學制的雛形。文學觀念的進一步清晰，還有待歷史的進一步推移，這個推移的過程與其說它直到今天也沒有結束，毋寧說它永沒有結束的一天。

也正是因為這種形式先於觀念的歷史局限，文學作為狹義上的文學這一觀念始終顯得虛弱無力。於是我們看到了這樣一個有趣的現象：在文學努力掙脫傳統文化母體的束縛，力圖獲得一種現代意義上的新生這樣一個過程中，科學或多或少地代替了傳統的「道」和「氣」，成為文學新的賦形根據和精神憑依。於是現代文學史上，在很長一個時期，都可以看到一片草長鶯飛的文學與科學「共生」的熱鬧景象。

自五四始，伴隨著「科學」、「民主」兩面大旗的飄揚，科學作為一種內在的核心力量，無形中成為一種新的文學評價標準。胡適曾在 1923 年這樣說道：「這三十年來，有一個名詞在國內幾乎做到了無上的尊嚴地位；……那名詞就是『科學』。」[3] 這個時期的「科學」包含著兩層含意：一

---

[2] 參見陳獨秀《學術獨立》，《新青年》第 5 卷第 1 號。
[3] 《胡適學術文集·哲學與文化》，中華書局 2001 年版，第 161 頁。

是指自然科學；二是指科學理性思維邏輯方式和科學精神。而後者，則成為一種對人文社會科學包括文學的「現代性」進行衡量的參照系。胡適在1917年的〈文學改良芻議〉中提出「歷史的進化的文學觀」，認為「一時代有一時代之文學」，提倡白話文學，活語言、活文學，確乎是受到了達爾文生物進化論的啟發。陳獨秀也在〈文學革命論〉中表達了相同的意見，他認為歷史上多次的文學復古運動「其伎倆惟在仿古欺人，直無一字有存在之價值。雖著作等身，與其時之社會文明進化無絲毫關係」[4]。文學不要復古而要創新，而且這創新應與「時代文明進化」息息相關，這是文學革命的中心意旨。文學革命運動的爆發，直接促生了文學的諸多變化：文學語言的白話化、文學題材的生活化與時代化、文學創作模式的類型化、文學思想的概念化、文學研究的邏輯化，等等。

　　文學語言的白話化或者說現代漢語化，是從言文一致、講究現代漢語語法開始的，也就是說要順應語言的社會規律和自然規律。這種語言變革的初始時期難免會造成語言的呆板、平白、散文化和缺乏文學性，如胡適早期的白話詩，被人譏笑為只有白話的一面，而忽略了詩的一面；但隨著時間的流逝，隨著對現代漢語語言學的深入探勘，現代漢語特有的文學之美被不斷地發掘、突破，不斷地帶給我們新的驚喜。對一種新的語言的認識和把握的過程，本身也是一種對新的文學的認識和把握的過程。比如新詩整個的藝術探索過程，幾乎可以說是對現代漢語的認知、探索過程：如何讓古典詩詞的格律轉化為現代詩歌的節奏？如何在口語和文學語言之間尋求一種微妙的平衡？如何把現代漢語最詩性化、最富有文學張力的一面

---

[4]　陳獨秀：〈文學革命論〉，《新青年》第2卷第6號，1917年2月。

挖掘、表現出來？這都要求對現代漢語「先知其正」，先有一種科學和理性的語言學認識，然後才談得上文學性的、感性的運用和變化的技巧。小說方面也是一樣，比如魯迅對文學語言張力的刻意追求，張愛玲對文學修辭、意境的苦心營造，沈從文、老舍別具特色的文學語言風格等等。對文學語言的銳意改革，提醒和促進了人們對文學語言自身的重視。尤其是在上個世紀 80 年代中後期出現的「語言學轉向」思潮的衝擊下，不管是文學創作者還是文學研究者都有意識地把目光投擲到「文學語言」這一特殊的話語層面上來，進一步審視文學與語言之間的關係，開闢出新的文學語言境界和新的文學研究思路。

　　對科學理性的推重同時帶來文學題材、文學寫作模式的變化。文學語言口語化帶來了文學題材的生活化、時代化，而且這些文學主題又在很大程度上與科技對社會生活的影響密切相關，也必然導致了一些寫作模式、文學理念的變化。1918 年，傅斯年說：

　　　　西方學者有言，「科學盛而文學衰」，此所謂文學者，古典文學也。人之精力有限，既用其精力於科學，又焉能分神於古典？故科學盛而文學衰者，勢也。今後文學既非古典主義，則不但不與科學作反比例，且可與科學作同一方向之消長焉。寫實表像諸派，每利用科學之理，以造其文學，故其精神上之價值有非古典文學所能望其肩背者。方今科學輸入中國，違反科學之文學，勢不能容，利用科學之文學，理必孳育。此則天演公理，非人力所能逆從者矣。[5]

---

[5]　傅斯年：〈文學革命論〉，《新青年》第 4 卷第 1 號，1918 年 1 月 15 日。

　　古典主義的文學變為寫實表像的文學，並且「每利用科學之理，以造其文學」，這裡面概括指出了在科學理性思潮的影響下，文學題材、文學內容、文學形式等多種文學因素的變化趨勢。譬如小說界革命掀起的科學小說、社會小說、政治小說等小說浪潮，都是把小說與社會生活實際、科學啟蒙思想緊緊地結合在一起的。正像梁啟超在〈論小說與群治之關係〉中指出的那樣：「欲新一國之民，不可不先新一國之小說。……何以故？小說有不可思議之力支配人道故。」[6]1920 年代興起的「問題小說」，是「提出一個問題，借小說來研究，以求人解決的」小說。這本身就有用科學理性眼光看社會人生，把複雜的社會人生問題概念化、邏輯化的趨向，至於在寫作過程中形成一個相對固定的模式也是在所難免。受到西方佛洛德精神分析學說的影響，1930 年代的海派文學如穆時英、施蟄存的作品，運用精神分析方法來表現現代都市喧嘩的背景下躁動迷惘的眾生百態，為現代文學提供了新的切入點。同樣是在 1930 年代後出現的、流行於左翼作家群的社會剖析派小說，更是明確地想把科學的社會理論與作家的創作實踐相結合，注重理性分析，以圖對社會現實的本質有所揭示。這些文學變化的出現都圍繞著一個中心——文學應該具備某種含蘊了科技理性精神的實際「功用」，或是在某種實際「功用」的啟發下創作或研究文學。而所有這些變化集合在一起，幾乎就成了文學「現代化」的一個階段性（顯然不可能是終極的）標誌。

　　至於科學對具體的文學創作主體和文學文本的影響，更是無處不在、俯拾即是，不過情形也就微妙複雜得多。現代文學史上許多作家和詩人都

---

[6]　梁啟超：〈論小說與群治之關係〉，《新小說》第 1 卷第 1 期，1902 年 11 月 14 日。

有著科學背景：比如郁達夫、徐志摩都曾拿過經濟學碩士學位；周作人學
習過土木工程學；胡適學習過農科；冰心學習過醫學；鄭伯奇學習過心理
學；丁西林在英國伯明罕大學專攻物理學與數學，並獲得理學碩士學位，
等等。總的說來，這種良好的科學文化素養和開闊的視野，對文學創作、
文學研究起著不可忽視的積極作用。魯迅棄醫從文，用畫過醫學解剖圖的
眼光來揣摩「狂人」的心理特徵，塑造「狂人」的「病態」形象，在文學
與醫學之間搭建了一座奇妙的橋樑，從而也成就了文學作品本身的深度
和力度。同樣有過學醫經歷的郭沫若，他的代表作〈女神〉被聞一多認為
是「富有科學的成分」，「詩中所運用之科學知識」和「那謳歌機械底地方
更當發源於一種內在的科學精神」[7]。即便是沒有明確的科學背景，我們仍
能從許多文學作品中讀出「科學」潛在的影子：比如卞之琳詩歌中經常出
現的科學意象，以及各種複雜的時空相對觀念等等，這些閃爍著科學理性
光彩的部分和詩人對詩歌語言、詩歌節奏精雕細刻的追求巧妙地結合在一
起，鑄造出一種獨特的「冷抒情」、「智性」詩歌風格。

　　科學在文學研究方面的影響就更為深刻，通常這個過程被稱之為文學
研究科學化，或者被直接稱之為文學科學化。中國傳統的文學批評大多是
印象式的評點，即便如《文心雕龍》這樣的專題文學理論著作，也更多地
採用一種譬喻、象徵式的言說方式，而缺乏具體的方法論、形式論的深入
探討。五四時期，由於對科技理性的崇拜，科學成了文學評價的最高標準，
茅盾就曾經以「自然主義」來取代現實主義，認為它是「經過自然科學洗
禮的最值得提倡的寫作態度和方法」[8]。到了 80 年代以後，文學批評和文學

---

[7]　聞一多：〈女神之時代精神〉，《創造週報》1923 年 6 月 3 日。
[8]　茅盾：〈自然主義與中國現代小說〉，《小說月報》1922 年第 7 期。

研究更多地是引進西方的現代人文科學方法論，比如佛洛德精神分析法、現象學、解釋學、馬克思主義文藝理論、結構主義等等，而心理學、人類學、符號學等相關的人文社會科學成果也都滲透進文學研究之中。譬如英美「新批評」派主張以文本為封閉的研究對象，利用各種「技術工具」進行分析，來尋求文學文本中所蘊含的普遍永恆的文學價值，本身就是一種深受科學影響的產物。所有這些都在一定程度上彌補了傳統文學研究的不足。但是文學畢竟不是科學。不管是文學創作還是文學批評，過度地強調其「科學性」、「科學化」勢必導致文學之文學性缺失的負面效應。譬如盛行於左翼文壇的「社會剖析派小說」，就因其文學審美價值的欠缺而不能產生更大的影響。文學批評領域內，對文學與科學之間關係的論爭更是從未停止過。不可否認，科學給文學帶來的不全都是積極的影響，負面的影響也是不容忽視的：大到科學從整個意識形態領域對文學產生一種逼迫，使文學在某個時期、某種程度上淪為科學或政治的工具，使「藝術」變成「技術」的附庸；小到在具體的文學研究方法上過度強調其技術化、精確性、量化的一面，而忽略了文學作為審美藝術的整體性價值。不管從自然科學、社會科學如心理學、哲學等任何一個角度來切入文學研究，最終都必須考慮文學本身的特性，以及文學與其他學科本來就存在的交叉性——文學始終是文學，不是任何一種自然科學或是其他社會科學，或是某一種方法論所能夠解釋得完全、包含得盡的。文學與科學之間，在過去的一個世紀中，由於特定的歷史原因如此親密地結合在一起，形成一幅雲水相生的闊長畫卷，但是無論怎樣，雲就是雲，水就是水，二者之間有可以轉化的共同成分，不代表雲要離開天空，水要掙脫大地。

　　所幸的是，今天的時代是一個全球化的、多元文化共存的時代。世紀之交的文學與科學之間的關係，與上個世紀之初已經有很大的不同。文學與科學之間已經可以有一種相對平等的對話，而不是一方對另一方毫無商量餘地的逼壓。這也是我們今天討論這個話題的意義所在，回顧是為了前瞻，總結是為了設想：文學與科學，這二者之間究竟可以走多近，又能相伴相依走多遠？

第4章　現實主義在現代中國的歷史命運及其文化成因

作為一種文學創作方法，現實主義自五四時期引入中國後，經歷了接受與選擇、變異與本土化、從一種方法到地位獨尊的過程，最終形成了被納入意識形態尤其是政治意識形態特殊軌道的歷史特點。

一、突顯的支配地位

五四時期，在西方文化的衝擊下，文學的現代轉型成為不可阻擋的歷史趨勢，現實主義、浪漫主義、象徵主義以及未來主義等具有現代主義濃厚色彩的創作方法也伴隨著西方近現代文化一道進入中國，並分別找到了存在的載體和接受主體，成為中國文學從傳統向現代轉型的思想、方法資源。但是，除了現實主義之外，其他創作方法，或者引入後根本沒有真正立足的土壤匆匆而過；或者僅僅在少數作家身上有所表現，並沒有形成廣泛影響；或者其形式被吸收而實質性的精神卻沒能得到發展和張揚。這些由浪漫主義及現代主義在現代的生存狀況，大體可見一斑。

浪漫主義在五四時期一度達到了高潮。創造社是浪漫主義在現代中國的文學代表，浪漫主義的文學形態及其文化精神在創造社作家群身上有著

非常鮮明的實質性表現；五四時期其他作家如魯迅、文學研究會等「為人生」的作家的創作，浪漫的色彩也不同程度地存在，因而把「五四」稱為「浪漫」的文學時期，顯然有相當的根據。五四新文化運動退潮後，浪漫主義逐漸消退，除了少數詩人、戲劇作家保留了浪漫情懷外，浪漫主義作為一個文學時代的個性標誌不復存在，到了三四十年代，情況大體沒有多大變化。新中國成立之後，浪漫主義的命運與五四時期更不可同日而語。雖然有過革命浪漫主義的引導，也曾經成為作家的某種時尚，但卻與真正意義上的浪漫主義相去甚遠，除了某些形式上的浪漫因素外，浪漫主義文學的自由主義精神，創作主體獨立的品格蕩然無存；到了上世紀新時期前期，浪漫主義似乎得以重現，可好景不長，很快又歸於寂寞。

現代主義在現代中國的命運也不例外。從歷史淵源講，現代主義與十九世紀興起的浪漫主義有極深的淵源。按我們的理解，現代主義在藝術形式上具有更大的創新性，表達方式更具有多元性，而在精神實質上，對現代性的反省與批判，對社會和人的異化的揭示與暴露，更加深刻。不過，從根本上講，現代主義與浪漫主義的文化精神，大體上可以說是異曲同工，只不過浪漫主義具有精神、文化建構的理想傾向，而現代主義更偏於對現實的批判性反省。同浪漫主義一樣，現代主義在五四時期就進入中國。小說中的意識流、象徵派手法，詩歌中的象徵主義等，便是現代主義在中國出現的顯明證據。進入三四十年代後，現代主義詩歌和散文創作中的現代主義因素以及少數小說家的現代主義傾向，也在一定程度上得到了顯現。但是，與浪漫主義的命運相似，現代主義無力成為文學創作方法主流，同時在觀念上，甚至連提倡也沒成為一種明顯的取向，大致處於自生自滅的狀態。直到上世紀 80 年代，隨著朦朧詩和一批現代主義詩人的

崛起，小說中現代主義表現手法的出現，以及一批先鋒主義作家的嶄露頭角，現代主義似乎成為一時潮流。然而，從代表社會主流的文學發言人的角度看，現代主義和上世紀三四十年代的情況大體一樣，既沒有被充分肯定，也難以真正充分表現，概言之，它不可能成為時代文學的創作方法主流。

　　現實主義的境遇顯然不同。自梁啟超在〈論小說與群治之關係〉中提出了「理想派小說」和「寫實派小說」的概念以後，現實主義作為一種自覺的文學創作方法便逐步在現代中國站穩了腳跟，並作為近百年來中國文學創作方法的主線而存在。在新文學運動的發生期，對現實主義的認識主要分為「寫實主義」和「自然主義」。從那個時候開始，現實主義就被推舉到很高的地位。陳獨秀在〈文學革命論〉中提出的「三大主義」，其中之一就是「建設新鮮的立誠的寫實文學」；後來他在〈現代歐洲文藝史譚〉中，更是明確指出「今後當趨向寫實主義」。其時，寫實主義和自然主義的提倡成為普遍性的觀念。魯迅不僅是現實主義的提倡者，更是現實主義的實踐者；文學研究會「為人生」的文學取向，在創作方法上，雖然並不完全是客觀的現實主義，但整體上是以寫實主義、自然主義作為基礎的，其追求的「真」，自然包含著現實主義的真實觀。以後，現實主義的地位隨著社會現實的變化而日益突顯。如果暫時拋開意識形態的政治性目的來看的話，現實主義一方面沿著五四新文化運動提倡的現實主義演進，一批作家依然遵循著現實主義的精神和原則進行創作，「為人生」的主題相當鮮明，如老舍、巴金、沈從文等；另一方面，革命現實主義、社會主義現實主義也開始興起，並成為左翼作家、革命作家以及後來解放區作家的不二選擇和必須奉行的原則。建國以後，沿著「革命」和「社會主義」現實

主義前進，便成為 50 至 70 年代的唯一方向。到了 80 年代，現實主義不再是簡單的「革命」、「社會主義」政治性規定的創作方法，在很大程度上，回到了五四時期甚至是十九世紀歐洲現實主義的本質原則，因此，那個時期，現實主義興盛一時；但是，以「主旋律」為標誌的「革命」、「社會主義」的現實主義依然是不可改變的方向。90 年代，伴隨著「新寫實」作家群的興起，現實主義又得到了較為充分的展現。當然，新寫實所奉行的現實主義原則較為複雜，既具有現實主義的本原性，又有「主旋律」所要求的現實主義的命意。綜上所述，近百年來，無論不同時期對現實主義的理解有何不同，不同作家所實踐的原則有著怎樣的差距，但「現實主義」這個概念及其蘊含的創作原則，則始終是一以貫之的。

二、本土化及其特徵

隨著現實主義創作觀念在現代中國的確立與深化，現實主義也經歷了從接受到改變的本土化過程，這一過程，既充分說明瞭現實主義在中國現代的特殊地位，也證明瞭任何從國外引進的觀念都必須在中國經受本土化的洗禮，必須與中國傳統、現實的內在要求相吻合才能有所作為的歷史規律。從創作者獨立自主地以批判性眼光觀察認識現實、再現現實，到服從現實並成為現實某種特殊的輿論工具，是現實主義在中國本土化的顯性路徑。

現實主義作為一種清晰的文學觀念和成系統、成熟的創作方法，一般認為是在十九世紀初期的法國形成的，其代表人物和代表性的宣言性文獻，就是司湯達及其《拉辛與莎士比亞》。司湯達在這部重要的文學論著

中，看似是以浪漫主義的身份發言，可深層上卻是在闡明並提倡現實主義
的基本原則，即作家應深入現實，關心社會現實，勇敢面向現實，其創作
應當「符合當前人民的習慣和信仰」，應學習歷史上優秀而偉大的作家「對
我們生活於其中的世界的研究方法，和為我們同時代人創作他們所需要的
悲劇的藝術」[1] 的精神。此後，現實主義的創作傾向與作家的現實主義的自
覺性日益明顯，最終成就了十九世紀歐洲現實主義文學的偉大傳統。

　　十九世紀歐洲現實主義文學思潮在中國新文學開端期就得到了廣泛傳
播和接受，現實主義創作方法很快落地生根且影響甚巨。中國新文學在發
生發展期為什麼會青睞現實主義，除了社會歷史變革的現實要求外，現實
主義的真實性，為人生的藝術取向，暴露和批判現實的精神無疑是最重要
的接受、傳播的理由，這與五四新文化運動的歷史使命具有內在的一致
性。所以，那個時候，寫實主義和自然主義往往相提並論，而並論的內在
基礎就是它們所具有的寫實與批判原則以及為人生的藝術取向。再者，
十九世紀歐洲現實主義特別是占主導地位的批判現實主義，表現出來的
作家的獨立品格以及與主流社會相對立的文化精神，與五四新文化運動所
提倡、追求的人的精神高度契合，在五四時期，以人道主義、個性主義為
基礎的批判現實主義文學取向，成為當時的主流。魯迅自不待言，文學研
究會諸作家也站在這樣的文學陣營之中，其他的作家同樣具有鮮明的批判
色彩。通過這種方式，作家們追求獨立與自由的人格得到了某種程度的宣
揚，也在一定程度上進行了實踐。魯迅是最具有代表性的現實主義的偉大
作家，他以理性為精神旨歸，以清醒嚴峻的態度，大膽看取現實人生和幾

---

[1] 《歐美古典作家論現實主義和浪漫主義》（二），中國社會科學出版社 1981 年版，第
78、80 頁。

千年的中國歷史，寫出了巨大而深刻的歷史真實，並從現實中活著的老中國兒女的身上揭示了人性和人生真實。其獨立的主體人格，深刻的批判意識，使現實主義在現代文學的發生期，就建立起了一座歷史的豐碑。

由於中國特殊的歷史境遇，現實主義一進入中國，就具有了程度不等的工具化傾向，它不是單純的文學命題，也非作家個人的方法性選擇。在五四時期，現實主義工具化特徵主要與思想革命的啟蒙主題與任務相聯繫，實質是精神性、思想性啟蒙的「工具」，承擔的是改良國民劣根性，實現「立人」以及在此基礎上建立「人國」的精神、文化性歷史目的。總體而言，這一時期的「工具化」沒有與現實實利主義相關聯，更無特殊的集團、陣營的利益訴求，應當說，這種「工具化」是合理的新的精神文化建構不可缺少的「工具」，其本質是思想和精神的，具有相對的超越性。不可否認，五四時期文學現實主義的「工具化」傾向，為後來走向直接的現實政治意識形態的「工具化」，起到了某種作用。服從啟蒙和思想革命的主題，聽前驅者將令的自覺意識，至少在觀念形態上，與後來的政治性、集團利益性的宣傳工具化有著某種歷史淵源。

「五四」退潮後，思想文化革命迅速退位而政治革命進入高潮。正是在這樣的社會歷史條件下，文學與政治聯姻，成為政治革命社會的組成部分。形成這種狀況的原因是複雜的，但提倡文學成為啟蒙性的思想文化革命的工具，成為民族國家走向新生的輿論代表，無疑有著關鍵性影響。況且，一些提倡思想文學革命的主將如陳獨秀等人後來又成為政治革命的主要宣傳組織和推動者，由是，把文學納入政治革命之中就具有思想和邏輯的一致性。即使是偏於藝術使命的創造社，在五四時期，其實也隱含著相當濃厚的文學工具化色彩，五四新文化運動後，他們也自覺地把文學納入

政治革命的軌道。郭沫若的觀點最有代表性。他聲稱：「我們的運動要在文學之中爆發出無產階級的精神，精赤裸裸的人性。」[2]

　　從 20 年代後期開始，文學的現實主義要求日益強烈，為現實服務的工具化呼聲更是愈發高漲。革命現實主義、社會主義現實主義口號在此時的提出，就決定了文學在現實中的身分和工具性角色的命運。郭沫若坦言：「我們所要求的文學是表同情於無產階級的社會主義的寫實主義的文學。」[3]

　　後來文學發展的歷史充分證明瞭文學現實主義革命工具化的歷史命運。無論是為工農兵服務，還是為政治理想的實踐而吶喊；無論是作為政治集團的喉舌，還是自覺成為中心任務的宣傳者；無論是「為人民服務，為社會主義服務」，還是作為「主旋律」的表現者……幾乎都是如此。在這裡，本文無意否定現實主義的工具化，不過是做一個客觀存在事實的描述，實際上，工具化也有著歷史和自身存在的合理性。必須指出的是，當作家只能成為政治性的特定「現實」的反映者，只能作為政治理想、政治利益集團的代言人後，不論它具有多大的現實和歷史的合理性，其帶來的問題是不容否定的。這就是放棄了普遍的社會和人的「現實」，而成為狹隘現實的傳聲筒；作家的主體獨立與批判性的立場被制約，而批判往往成為由政治立場出發的選擇性批判，作家和文學的現實眼光、觸覺變得狹小單一，缺乏更大更寬的視野和更多元的觸覺。

　　現實主義在現代中國本土化的另一鮮明特徵是被政治意識形態化。這一點從現實主義概念的演變可以得見。現實主義從「寫實主義」、「自然主

2　郭沫若：《我們的文學新運動》，載《文學運動史料選》第 1 冊，上海教育出版社 1979 年版，第 390 頁。
3　郭沫若：《革命與文學》，載《文學運動史料選》第 1 冊，第 446 頁。

義」逐步被不斷地加上前置限定詞，最後成為占主導支配地位的「革命現實主義」和「社會主義現實主義」。這種概念的變化，既是外延的變化，更是內涵的限定，其本質是被政治意識形態化。文學和作家是階級的立言者和輿論代表，是為特定社會制度、社會理想宣傳的工具，是代表特定階級、社會制度原則的忠實實踐者。於是，文學必須服從黨性、人民性原則，作家必須成為與「組織」相一致的角色；後來，現實主義往往成為「寫中心」「三突出」的創作方法代表，成為塑造政治所要求的高大全形象的簡單方法路徑。從上世紀 20 年代後期開始，一直到 80 年代以前，基本上都是沿著這一道路發展的，雖然其間也有一批傑出的作家仍然堅持現實主義的品格，尤其是那種批判性的特點，如巴金、老舍等作家；但大多數作家，尤其是在左翼作家、革命作家、社會主義作家那裡，「現實主義」文學變異非常明顯，甚至成了「偽現實」的製作者，成為廉價的「光明尾巴」的製造者。

文學不能真正離開政治和意識形態，它本身不可避免地具有政治和意識形態性。但是，文學整體上應當是相對獨立和自由的、精神性、情感性的活動，與政治、意識形態保持相對獨立的姿態是它的天命。如果和政治完全捆在一起，成為政治意識形態的簡單馴服的工具，那麼文學就只具有形式化的存在意義，其自身的精神性、情感性、超越性的品格也就幾乎不存在了。這是一種深刻的歷史教訓。

三、無法擺脫的文化宿命

作為一種自覺的具有觀念、方法體系的文學創作方法，現實主義的出現是後起的事，但其精神實質或者相近的觀念與方法，古已有之，中外概

莫能外。古希臘的「摹仿說」和後來歐洲出現的「鏡子說」，一直到席勒的「素樸的詩」，都是現實主義思想或方法在歷史上的以不同概念方式的存在。中國《詩經》裡的「饑者歌其食，勞者歌其事」的文學傳統，自然也是現實主義的開端。從中國文學史的發展過程看，具有深刻的現實情懷，關注現實，反映表現現實，始終是中國作家的顯著特徵。所以當茅盾等人認為中國文學的主流是現實主義的文學時，實際上做出的是一個相當準確而客觀的歷史結論。

　　人類的存在是以歷史、現實和未來為時間環節的，現實是人存在的基礎，是人類自我意識發生的根本條件，也是人全部實踐的載體及其證明。中華民族和其他民族都充分肯定和重視現實，這是人、人性的自然性和社會性本質所決定的一種意識。但是，中國人的現實感與歷史感更易結合，現實的中心地位主要和歷史相聯繫，歷史是現實的既往存在，現實不過是歷史的當下呈現；西方人主要將現實與未來相聯繫，在重視現實的前提下，又具有某種超驗性的思想和精神。從這種簡單也許並不可靠的區別可以看到，中國人的觀念中注重的是現實，對歷史的推崇不過是使現實更具有「過去現實」──「歷史」的品格。

　　於是，現實主義創作方法在現代中國受到尊崇並成為支配性主導性的文學思潮，也就不足為怪了，這也是浪漫主義等創作方法在中國往往只是曇花一現的根源所在。

　　在人類不同的民族、階級、利益群體乃至具有不同境遇的生命個體那裡，對現實的理解認識是千差萬別的。正因為如此，現實既可以是經驗世界的絕對存在，也可以是走向超驗的起點；既有統治階級的現實，也有被統治階級的現實；有真的現實，也有偽的現實。作為文學創作方法的現實

主義，在接受的過程中，必然受制於接受者先在的「現實」觀念，即接受者先在的現實觀念決定了現實主義被接受的程度和意向。在什麼意義上接受，一言之，決定著是否接受，並決定著現實主義的方向和特點。所以，現實主義在現代中國受到熱捧並呈現出「工具化」、「意識形態化」的鮮明品格，實質上是現代接受者先在的中國文化觀念決定的，是中國文化形成的對「現實」的特殊思想決定的。為現實服務成為現實的工具，是傳統文化對人的設計和規定，而一切個體的行為都必須以正統的階級意志、統治者的現實利益為轉移。所以，文學，無論是什麼方法創作的文學，整體上都應當是現實的一種工具，所謂「文以明道」，「文以載道」，所謂「徵聖」，「宗君」，就是「文」作為工具性存在的顯性要求和規定；什麼「興觀群怨」，什麼「主文而譎諫」，什麼「致君堯舜上，再使風俗淳」等，無一不是文學工具化的思想表現。現代中國從接受十九世紀西方現實主義開始，就自覺與不自覺地沿著傳統的文學道路在發展。雖然在五四時期，現實主義的「工具化」與傳統文學的工具性在本質上是不同的，但在邏輯路徑上又有著明顯的相似性。到後來為政治服務，為革命服務，為工農兵服務，為社會主義服務，為人民服務等口號的提出並全力實踐，文學及其現實主義文學，成為組織的文學和喉舌，在思想與形式上，與傳統文學觀真正走到了一起，形成了歷史與現實的合一。

政治、意識形態化的趨向，也是古已有之。中國文學的傳統是明道、載道。「道」是一個包容性極強、彈性極大的概念，但對「文」而言，「道」的所指又是非常明確的：即正統之道，統治階級之道。以儒家思想為主體的傳統文化之道，用古人的話講，就是「止乎禮義」，「禮」乃言與行的最高和終極標準。毫無疑問，「道」和「禮」都是意識形態化的，蘊含極其

濃厚的政治文化意識形態內容。實際上，在中國傳統文學中，文學在思想傾向上，表現、宣揚和維護的，正是符合正統的政治之道與倫理道德之「禮」，充滿了鮮明的意識形態化的色調。中國古代作家，除了少數者外，應當說具有相當自覺的意識，其作品所表現出來的意識形態尤其是道德、政治等文化意識形態傾向相當突出。在這樣的歷史、文化、文學傳統的影響和規定下，中國現代作家定在的文化身分和深藏在意識中的意識形態化傾向，一定會通過文學的方式呈現出來。如果說五四時期文學的意識形態傾向與傳統文學比較起來，其政治倫理道德意識並不特別明顯，也沒有直接的公開的政治倫理道德教化傾向，但為國家民族的新生而吶喊，並尋找精神動力的思想和文學動機，又使文學不可避免地烙上了國家主義和民族主義的印記。此時文學極力提倡和宣揚的人道主義、個性主義、自由民主和科學的思想，客觀上就是具有意識形態的選擇。只不過此時的政治意識形態是廣義的，人間的，或者說是人性的觀念文化形態，而不是狹義的政黨、政治集團或者統治者所肯定、所依賴的那些意識形態罷了。從 20 年代後期開始，五四時期的意識形態狀況開始發生了極大改變，政治性的意識形態化日益強化，即使屬於道德倫理形態，也往往是特殊政治的道德和倫理，政治意識形態成為最高的尺度甚至成為唯一裁判，「政治標準」成為第一標準，就是這種演變的必然結果。因此，當一種創作方法被「革命」、「無產階級」、「社會主義」等政治性詞語限定時，也就意味著文學被政治意識形態化的真正完成。

正如我們在討論「工具化」時一樣，文學在一定程度上具有意識形態性，甚至某種程度某種範圍被政治意識形態化，都有一定的必然性。問題不在於是否有，而在於被「化」的程度有多深，當文學成為政治性意識形

態的觀念傳播器，成為特定政治意識形態的簡單的只不過具有形象性、情感性的傳聲筒後，文學的獨立性被取消了，現實主義的精神性獨立、批判意識也就難以立足了，而「偽現實」、「粉飾現實」的假大空的文學便應運而生，歷史的經驗教訓已經證明瞭這一結論。

第5章　歐化對詩形的衝擊及對策

　　相對於古代漢語（文言系統），現代漢語已經發生了很大的變化，它是多種語言資源如古代白話、口語、文言、西方語言等綜合融會的結果。文學是語言的藝術，語言發生了變化，以語言為質料的文學必然發生相應的改變：正是因為語言由古代漢語變成現代漢語，文學才從古代文學變成了現代文學，現代詩歌——新詩[1]也才得以應運而生。在漢語從古代向現代的轉變中，歐化扮演了極為重要的角色。歐化既是漢語獲得「現代」品格的過程，也是現代漢語、古代漢語相區別的本質特徵。「從西方傳教士到晚清白話文運動，再到五四白話文運動，構成了一條歐化白話文的發展線索」[2]，這條線索直至今日還未完全中斷，仍有發展的趨勢。詩歌是一個民族語言的精粹所在，也是語言變革最難攻陷的堡壘。打上了「歐化」烙印的漢語向傳統以文言為質料的詩歌發起了猛烈的衝擊，受到衝擊最直接、最厲害的是詩形，其結果是造成了現在的格局：分行成了詩歌的唯一標誌，說話成了詩歌的最高追求。

---

[1]　如王光明等學者就徑直將新詩稱為「現代漢語詩歌」，強調的正是新詩的語言質料。
[2]　袁進：《中國文學的近代變革》，廣西師範大學出版社 2006 年版，第 91 頁。

一

　　詩形指詩歌呈現的形式。詩之為詩，正因其「像」詩，具有詩的「樣子」。詩歌形式包括外形式和內形式。外形式為視覺形式，指詩歌以物理形式展現出來的空間形態。內形式則是語音形式，包括格律、節奏、韻律等。歐化對漢語詩歌的內外形式都帶來了衝擊。

　　從豎行、無標點的書寫格式來看，舊詩其實並無直觀的外形式。但古漢語一個字就是一個音節，一個音節就是一個詞的特點，再加上中國古代的「均齊」美學觀讓人在頭腦中可自然分辨「四言」、「五言」、「七言」的詩行形式；「五言」、「七言」與律詩、絕句的詩體的結合又自然構造了一首詩的形制；宋詞、元曲的形制則由詞牌、曲牌決定。可以說，古詩尤其是近體詩大多是先有「形」後有詩的，如想寫一首「七律」，寫之前，這首詩的句數、聯數及每行的字數甚至何處要對仗何處須押韻都已經預先擺在那裡了；詞更是如此，「滿江紅」有「滿江紅」的「形」，「念奴嬌」有「念奴嬌」的「形」，只等「填詞」就行了。舊詩詩形的主要特點是：除「騷體」（實更近於賦）及少數雜言的古體詩，絕大多數舊詩都是「等言體」，即每行字數相等。如《詩經》就是「四言」的等言體；古詩中最經典的則是起於漢完善於唐的五言、七言等言體。宋詞雖為「詩餘」、「長短句」，每行字數不等，但卻有更為嚴格的詞牌來對整首詞予以規定，「調有定句，句有定字，字有定聲」，實則是每首詞都有「定形」。即便是雜言體，因平仄、駢偶的大量存在，也很容易辨識。中國古詩能有如此嚴整的形制上的規定，是由古代漢語本身的特點所決定的。古代文言體系中字、詞同一，

單音詞占絕大多數（雖也有雙音詞，但主要在口語中）；並且每字所佔據的物理空間相等，古典詩歌因此比較容易地具有了均齊的詩行和勻稱的詩節，即聞一多所說的「建築美」。

　　漢語的歐化對傳統詩歌既有的詩形定勢發起了強烈衝擊。歐化的表現之一是辭彙的歐化。辭彙的歐化一方面表現在辭彙傳達的思想歐化了，即通過改造舊有辭彙使之具有新的意義，如「科學」、「民主」、「自由」；另一方面辭彙形式也發生了巨大變化，最顯著的莫過於雙音詞及複音詞的劇增。王力認為：「複音詞對中國語法的影響——中國語向來被稱為單音語，就是因為大多數的詞都是單音詞，現在複音詞大量地增加了，中國語也就不能再稱為單音語了，這是最大的一種影響。」[3] 當然，漢語中並不是沒有複音詞，只是「不像現代歐化文章裡的複音詞那樣多。打個很粗的比例，古代近代和現代複音詞數目大約是一、三和九之比」[4]。辭彙的形制變了，以辭彙為基礎的文學尤其是高度形式化的詩歌的形式必然被改變。正如過去用茅草樹枝，現在則是用鋼筋水泥，造出的房子肯定不是一樣的房子了；用複音詞為主的現代漢語寫出的詩歌與以單音詞為主文言文作出的詩歌肯定具有不同的外形、樣式。

　　詩形受衝擊最初的表現是少數音譯詞尤其是三音節及以上的音譯詞「混入」到舊有的詩體中，雖未直接衝擊詩歌的外形，但對傳統閱讀的視覺期待帶來挑戰。漢字主要不是表音，而是表形表意，「字思維」的中國人習慣於「顧名思義」，見形求意。所以聞一多說：「……在我們中國的文學裡，尤其不當忽略視覺一層，因為我們的文字是象形的，我們中國人鑒

---

[3]　王力：《王力文集・第2卷》，山東教育出版社1985年版，第467頁。

[4]　王力：《王力文集・第2卷》，山東教育出版社1985年版，第461頁。

賞文藝的時候，至少有一半的印象是要靠眼睛來傳達的。原來文學本是占時間又占空間的一種藝術。」[5] 而音譯詞只是用漢字來記錄聲音，字的意義暫時消隱，我們「靠眼睛」無法知道每個詞的意思。如譚嗣同〈金陵聽說法詩〉（其三）就有這樣的詩句：「綱倫桍以喀私德，法會極於巴力門。」時人讀之，多不能解。因為「看」到「喀私德」、「巴力門」，每字都認識，但無法連綴成義，不能推斷、分辨其具體所指，幾個字抱成團形成一個需加注解的意思，這實際已經擾亂了原來由單字組合的「詩形」。後據梁啟超解釋：「喀私德即 Caste 之譯音，蓋指印度分人為等級之制也。巴力門即 Parliament 之譯音，英國議院之名也。」[6]「喀私德」、「巴力門」均為音譯的複音詞，兩個本來音節長度不等的英文單詞都譯成了漢語的三音節詞，才勉強使詩形得以對稱。如果將「Parliament」譯為「巴力門特」，真不知譚嗣同會作何處理。胡適也寫過「匹克匿克到江邊」的句子；而郭沫若的詩中，「時而 symphony，時而 pioneer，時而 gasoline，今日看來，顯得十分幼稚」[7]。歐式辭彙以音譯的漢語形式入詩對詩形均齊雖未造成直接衝擊，但詩形卻變得臃腫不堪。古漢語一個字就是一個音節也是一個詞，具有一個明確的所指，所以，即便是「五言」也有相當大的意義容量；而音譯詞卻要用三個甚至五個字（詞、音節）才能表示一個所指，意義空間自然狹小多了。古詩本是「惜墨如金」，每行詩的字數有著嚴格的規定，而如「匹克匿克」一個能指就占去七分之四，使得五言、七言詩幾無施展空間，最終詩行不

---

[5]　聞一多：《詩的格律》，《聞一多文集》，海南國際新聞出版中心 1997 年版，第 148 頁。
[6]　梁啟超：《飲冰室詩話》，《新民叢報》1903 年版，第 29 頁。
[7]　余光中：《余光中談翻譯》，中國對外翻譯出版公司 2002 年版，第 85 頁。

得不跟著變長。而像郭沫若那樣直接將英文單詞寫到漢語詩歌中，又使漢語詩形不倫不類。

越來越多的雙音詞、三音詞湧入詩歌，由單音詞為主的文言打造的經典的「五言」、「七言」根本無法容納，傳統的詩形被「脹破」。新詩的開創者胡適也談到：「新體詩句子的長短，是無定的……白話裡的破音字比文言裡多得多，並且不止兩個字的聯合，故往往有三個字為一節，或四、五個字為一節的。例如：萬一──這首詩──趕得上──遠行人／門外──坐著──一個──穿破衣服的──老年人。」[8]胡適在這裡也揭示了新詩詩體「大解放」──「長短無定」的真正原因是「破音字比文言裡多得多」，這實際上從語言變化的角度追到了文學革命的根。

歐化還使得「漢語句子的附加成分，像定語、狀語、補語明顯加長」[9]，以定語為例，王力發現「上古漢語的定語總是比較短的。唐代以後，雖然有了一些比較長的定語，但是，現代漢語的定語有了更大發展，無論在長度上，在應用的數量上，都遠遠超過古人，在定語的結構上（如結構上的複雜性），也往往有所不同」[10]。歐化句子的特點之一就是，無論定語有多長，只需一個「的」字就可將其與中心詞連接，操作起來十分方便，所以，在詩歌中也出現了大量的因「的」（早期用「底」）而變長的詩句，余光中稱其為「的的不休」。這樣的例子舉不勝舉，如：

---

[8] 胡適：《談新詩》，《中國新文學人系 · 建設理論集 · 第 1 集》，良友圖書印刷公司 1933 年版，第 305 頁。

[9] 張衛中：《20 世紀初漢語的歐化與文學變革》，朱競：《漢語的危機》，文化藝術出版社 2005 年版，第 119 頁。

[10] 王力：《王力文集 · 第 11 卷》，山東教育出版社 1990 年版，第 480- 486 頁。

懷鄉病，懷鄉病，／這或許是一切有一張有些憂鬱的臉，／一顆悲
哀的心，／而且老是緘默著，／還抽著一支煙斗的／人們的生涯吧。

——戴望舒〈對於天的懷鄉病〉

在「懷鄉病是生涯」的主句中加上了太長的定語，如「這或許是一切
有一張有些憂鬱的臉」長達 15 言，讀得讓人喘不過氣來。定語太長使詩
句冗長、散文化、板結化不說，整飭的詩形也破壞殆盡。

形的影響還表現在標點、分行、分段等手段的運用上。「白話詩的分
行和分段顯然是模仿西洋詩」[11] 的，也是歐化的產物。原因主要是五言、七
言的句式被複音節的歐化辭彙及「結構」脹破了，詩行被無節制地拉長，
辭彙的音節由單變雙甚至變成三音節四音節，加上可以長至無限的修飾語
使每一行詩不得不拉長而變成雜言，長的長，短的短，一眼看去，唯餘蕪
雜混亂。通篇都是雜言，而又沒有了對偶、平仄，要順利讀出一首這樣的
詩都是很困難的，所以必須借助輔助手段，如運用標點、分行、分段等，
這是對詩行長而亂弊端的一種無奈的補救。

詩行的膨脹又影響到了詩節。本來，「除了很特殊的情形之外，中國
舊詩沒有跨句（enjampment）；每一行的意義都是完整的」[12]。但由於音節拉
長而所指變小，詩行被「脹破」，新詩中大量出現「跨句」，「跨句」又「脹
破」了原有的詩節，「非但跨行，而且跨段」，而「跨行法乃是歐化詩最顯
著的特徵之一」。[13] 於是就形成了外形迥異於舊詩的「新詩體」。梁實秋很早

---

[11]　王力：《漢語詩律學》，上海世紀出版集團 2005 年版，第 785 頁。
[12]　葉維廉：《中國詩學（增訂版）》，人民文學出版社 2006 年版，第 330 頁。
[13]　王力：《漢語詩律學》，上海世紀出版集團 2005 年版，第 812 頁。

就不無憂慮地發現：「所謂『新的體裁』者亦不是『古詩』、『樂府』，而是『十四行詩』、『俳句體』、『頌贊體』、『巢塞體』、『斯賓塞體』、『三行連鎖體』，大多數採用的『自由詩體』。寫法則分段分行，有一行一讀，亦有兩行一讀。這是在新詩的體裁方面很明顯的露出外國的影響。」[14]西方語言如英語的單詞長短不等，音節各異，加上還得顧及繁瑣的語法規則，所以在詩歌的外在視覺形象上很難整齊劃一，這本為英語語言的特點，或者說是造型能力上的弱點所致，但因迎合「思想解放」的「自由思潮」被誤讀成了因「自由」所需。漢語雖被歐化，但仍是以漢字為本的語言（字本位），不顧這一事實盲目模仿音本位的西方語言的詩歌形式，其結果恰如新詩的現狀：非驢非馬。

二

　　歐化還對漢語詩歌的內形式帶來衝擊。內形式的主要表徵是節奏與用韻。舊詩的節奏主要是通過平仄來實現的。因古漢語以單音為主，語音不像拉丁語言有輕重之分；但漢字的字音有平、上、去、入四個聲調，所以又可通過音的平、仄組合使詩歌具有節奏與韻律。「依近體詩的規矩，是以每兩個字為一個節奏，平仄遞用」，而「平仄遞用也就是長短遞用，平調與升降調或促調遞用」，與西洋詩的輕重律、短長律相比，「它們的節奏的原則是一樣的」。[15]歐化讓漢語辭彙從單音節向多音節過渡。客觀地說，單音節詞給古詩選取平仄提供了更廣闊的空間，而現代漢語辭彙本已是複

---

[14]　梁實秋：《梁實秋文集·第1卷》，鷺江出版社2002年版，第37-38頁。
[15]　王力：《漢語詩律學》，上海世紀出版集團2005年版，第796頁。

音節，而複音節辭彙的構成並不遵循平仄原則，詞這個語言單位本身的平仄就被打破了；加上歐化的語言追求的是所謂「精密」，這就要求「講求文法」，詩句內部就不能輕易倒裝以實現平仄的搭配，所以，以平仄建構節奏對歐化了的漢語是一個再也無法實現的夢想。

另外，歐化還造成漢語詩歌音韻的大面積喪失。講究韻律本是中外詩歌的共通之處，朱光潛就認為詩是「專指具有音律的純文學」[16]；即便「在西洋，……韻的諧和與音的整齊畢竟被認為詩的正軌，所以自由詩常常被人訾議，而詩人們也沒有寫過極端自由的詩」[17]。但五四以降，歐化使漢語發生了極大的變化。如「漢語動詞的情貌（aspect）的產生，是漢語語法的一大發展。……詞尾『了』字表示時點，『著』字表示時面。『了』表示完成貌，『著』字表示進行貌」。還有「量詞的發展，名詞、代詞的詞尾的產生」等，[18] 這些變化已經對漢詩的用韻製造了很大的障礙。就以崇尚「音樂美」的聞一多的詩句為例：

> 浴人靈魂的雨過了：／薄泥到處齧人底鞋底。／涼颼挾著濕潤的土氣／在鼻蕊間正衝突著。

> ——聞一多〈春之首章〉

詩的好壞姑且不論，但這樣運用「動詞的情貌」，確實讓人無從押韻。還有因為歐化與白話、口語的天然聯繫，追求「作詩如說話」也讓詩歌的

---

[16] 朱光潛：《詩論》，北京三聯書店 1998 年版，第 254 頁。
[17] 王力：《漢語詩律學》，上海世紀出版集團 2005 年版，第 785 頁。
[18] 王力：《王力文集 · 第 11 卷》，山東教育出版社 1990 年版，第 1-2 頁。

韻律消失──有誰說的句句「話」都能押韻？

　　當然，針對歐化對節奏與韻律的影響，早期不少詩人敏銳地察覺到這一點並進行了積極探索。歐化了的漢語如何講求節奏？胡適在「玩過了多少種的音節試驗，方才漸漸有點近於自然的趨勢」，所以他提倡「自然的音節」，即「凡能充分表現詩意的自然曲折，自然輕重，自然高下的，便是詩的最好音節。古人叫做『天籟』的，譯成白話，便是『自然的音節』」。[19]「天籟」當然是「自然的音節」，但「自然的音節」是否就一定是「天籟」呢？如他所舉的例子：

　　　　熱極了，／更沒有一點風！／那又輕又細的馬櫻花須／動也不動一動！

　　　　　　　　　　　　　　　　　　　　　──胡適〈一顆遭劫的星〉

　　不能說這幾句詩音節不自然，確實和自然的白話幾乎完全一樣。但是，如果和白話、口語一樣就是「白話詩的音節」，就是「自然的音節」，那麼還有什麼是「不自然的音節」呢？還有什麼不是「天籟」呢？「動也不動一動」，怎麼讀都拗口，真不知何來自然？「天然去雕飾，清水出芙蓉」絕不是照實記錄「白話」就行了，而恰恰是千錘萬鑿、精雕細刻後複歸於平淡的最高境界。三十年前「看山是山，看水是水」與參禪三十年後「看山是山，看水是水」中的「山、水」並不是同一境界的「山」、「水」。同樣，生活中「自然」說出的話，與詩人千雕萬琢而無了無雕琢痕跡的「自然」

---

[19]　胡適：《嘗試集》，人民文學出版社 1984 年版，第 191 頁。

詩句也不是同樣的「自然」。所謂「自然音節」其實就是沒有音節。被朱自清稱為「第一個有意實驗種種體制，想創新格律」的陸志韋顯然就反對這一作法：「詩應切近語言，不就是語言。詩而就是語言，我們說話就夠了，何必做詩？詩的美必須超乎尋常語言之上，必經一番鍛鍊的工夫。節奏是最便利、最易表情的鍛鍊。」[20] 詩的節奏不能就是說話的節奏，需要錘鍊。胡適只看到「自然音節」，忽視了以音節為元素來創制節奏，這為後世的新詩作者開了一個很不好的頭；陸志韋看到的是「節奏」，眼光顯然比胡適要高。以無法把握的「自然」作為節奏的標準，事實上是取消標準，取消節奏。這恐怕是歐化對漢語詩性的最大衝擊。

詩句長短不均，即外形式受到破壞是否就一定會導致詩歌節奏的散亂呢？以詞為例，詞從某種意義上看就是對詩尤其是律詩外形式的破壞，但詞卻因為有著極嚴格的內形式作為彌補而仍能詩意盎然。「詞字的平仄，比詩字更為固定」，古代的詞律詞譜「對於每一字的平仄都有規定。除了指明可平可仄者外，都是平仄不可互易的」。[21] 詞衝破詩形，但以比詩更嚴格的平仄作為補償以維護詩的內形式。舊詩詞的節奏韻律是由嚴格的平仄實現的，但是，通過平仄來創制詩歌節奏與韻律對現代漢語詩歌而言已基本不可能。所以，也有人將西洋詩歌的重音、音步引進漢語詩歌，但畢竟語言差異太大，成功者少。「最早的系統的試驗白話詩的音節的詩人」是陸志韋，為模仿英詩的輕重音與音步，套用西方詩歌的「抑揚格」，陸氏居然專門或用圓圈或用重點號將每行詩的重音標出，但如同枷鎖，繁複不便，自然難以推廣。爾後聞一多對新詩從內外形式上都進行了有益的探

---

[20] 陸志韋：《渡河》，亞東圖書館 1923 年版，第 18 頁。

[21] 王力：《漢語詩律學》，上海世紀出版集團 2005 年版，第 565 頁。

索，其中在詩歌的內形式即格律上，聞一多認為「詩的所以能激發情感，完全在它的節奏；節奏便是格律」，他隨後提出了「音尺」的概念，對每行詩進行量化。規定一個詩行以四個「音尺」為宜，這四個「音尺」又可由兩個「二字尺」和兩個「三字尺」組合而成。如：「這是一溝絕望的死水／清風吹不起半點漪淪」就是由 2232/2322 的音尺形式所構成。這一探討本是療救新詩「無形」的良方，但在當時「自由」呼聲高漲的年代，講求詩形均齊的詩反而被譏為「豆腐乾」體。陸志韋、聞一多等人試驗、創制「新格律」的成就雖然有限，但我個人認為這仍不失為結合了現代漢語特點的有益嘗試。後來的卞之琳、何其芳、林庚等人也曾有過深入探討與實踐，但在「自由」壓倒一切的詩歌理論「指引」下，更多的詩人選擇了走胡適的「自然的音節」的道路，既回應了「時代精神」，也不必「撚短數莖須」來苦吟，但事實上是回避、放棄了對新詩節奏韻律的探索。詩歌的節奏與韻律被歐化的漢語沖決後，如何修補的問題基本讓新詩詩人束手無策。很多詩人不屑放下求新的架子向傳統借取，盲目西化又被證明不可行。分行成了詩歌唯一的標誌，其成果就可想而知了。魯迅就曾認為：「可惜中國的新詩……沒有節調、沒有韻，它唱不來；唱不來，就記不住；記不住，就不能在人們的腦子裡將舊詩擠出。」[22] 沒有了內外形式的新詩僅僅指望靠一個「新」字就想立足，恐怕並沒有那麼容易。

---

[22]　魯迅：〈致竇隱夫〉，《魯迅全集．第12卷》，人民文學出版社1981年版，第555-556頁。

三

　　理論與事實都證明：內容、形式二分，內容決定形式，形式從屬於內容的文藝觀應該被摒棄。從某種意義上講，形式就是藝術本身，「詩的真正的父親或使之成形的精靈是詩本身的形式，這個形式是詩歌的普遍精神的宣言；莎士比亞十四行詩的『生身之父』既不是莎士比亞本人，更不是那個令人討厭的 W・H 先生，而是莎士比亞所選擇的的創作形式，它是他的感情的主人兼情婦（mas-ter-mistress）」[23]。正是形式讓藝術成為藝術，我們不會認可扯開喉嚨「想唱就唱」就是歌唱藝術，揸開手指能將鋼琴敲響砸響就是鋼琴藝術，抬手頓足瘋瘋癲癲就是舞蹈藝術，但我們為什麼會相信「想怎麼寫就怎麼寫」寫出的東西就是詩歌藝術呢？意義並不純粹由內容生成，形式本身就有意味，形式也生成意義。詩歌存在的意義並不完全在於「寫了什麼」，相反，「怎麼寫」有時比「寫什麼」還要重要。注重形式並不等於「形式主義」。早在上世紀二十年代，以徐志摩、聞一多為代表的「新月詩派」就宣佈：「我們幾個人都共同著一點信心：……我們信我們這民族這時期的精神解放或精神革命沒有一部像樣的詩式的表現是不完全的；我們信我們自身靈裡以及周遭空氣裡多的是要求投胎的思想的靈魂，我們的責任是替他們構造適當的軀殼，這就是詩文與各種美術的新格式與新音節的發見；我們信完美的形體是完美的精神惟一的表現；我們信文藝的生命是無形的靈感加上有意識的耐心與勤力的成績；……」[24] 新月詩派的

---

[23]　弗萊：《批評的剖析》，百花文藝出版社 1998 年版，第 98-99 頁。

[24]　徐志摩：《〈詩刊〉棄言》，《晨報・詩鐫》1926 年第 1 卷。

目的就是探尋歐化了的漢語與詩歌形式──「詩式」之間關係，試驗並創建新的格律。

現代漢語被歐化並對漢語詩歌的內外形式形成衝擊，這是歷史發展的必然。漢語詩歌在被歐化衝擊得七零八落之後，仍然頑強地生存著，仍然有機會「待從頭，收拾舊山河，朝天闕」（岳飛〈滿江紅〉）。現代漢語如何修補並打造適合自己的詩歌形式呢？

首先要打破自由體（如果也是一種「體」的話）獨霸詩壇的格局。自由體與格律並不是絕對對立你死我活不共戴天的關係，以高度形式化的非自由體（格律體）為新詩的常態，也給予不講形式的自由體以足夠的生存空間。中國古典詩歌在嚴格的格律統治下，同樣也有長短不一詩形凌亂的「自由詩」，如陳子昂的〈登幽州台歌〉：「前不見古人，後不見來者。念天地之悠悠，獨愴然而涕下。」現在的情形是，只有事實上「無體」的「自由體」，而很少有受到廣泛認可的格律體。如前所述，詩歌沒有格律也就沒有形式，沒有形式也就沒有了詩歌藝術。確立格律體的地位是現在面臨的最急迫的任務。

其次，建立尊重現代漢語特點及漢民族共同的審美心理的詩歌形式，從「歐化」走向「化歐」。聞一多的「節的勻稱和句的均齊」的理論是很有指導意義的。比如，均齊、整飭是漢民族的審美心理，詩歌同樣是這樣。漢語雖然歐化，從單音節走向了雙音節甚至多音節，再以五言、七言為基準詩行容量顯然偏小，像林庚那樣運用九言、十言的等言體既解決了均齊問題，也使詩的容量加大。如林庚的十言詩〈北平情歌〉：

冰凝在朝陽玻璃窗子前／凍紅的柿子像蜜一樣甜／街上有疏林和凍

　　紅的臉／冬天的柿子賣最賤的錢

　　當然，要求詩行都像古典詩歌那樣的絕對「等言」是不可能也是不必要的，但做到「大致」整齊並非難事；另外，如果詩行的整齊難以做到，還可將範圍放寬，爭取詩節的勻稱。如余光中的〈鄉愁〉，每句雖不等言，但全詩四節卻相當勻稱。勻稱的詩節其實就是等言的放大。

　　再次，糾正對西洋詩歌的誤讀，化用西方的一些詩體。其實，即便是很受自由詩作者推崇的惠特曼的「自由詩」，形式上也不是絕對自由。以其代表作〈O Captain！My Captain！〉為例：全詩三節，每節八行，前四行較長，後四行較短，且依次縮進，極具「建築美」，彷彿乘風破浪的輪船側面，給人強烈的視覺衝擊。同時，該詩對韻式非常講究，每節均用aabbcded 的韻式，決不含糊。可見，西洋詩同樣是講究整齊的，只是「西洋詩行的長短不以字母的數目為標準，而以音節（syllables）的數目為標準。這裡，中西的標準是可認為相同的，因為漢語裡一個字恰是等於西洋的一個音節」[25]。由此看來，以為詩行長短不一就是自由詩，實在是對西方詩歌的誤讀。另外，也可化用西方的一些詩體，如十四行詩，在中國就曾受到過廣泛的歡迎，吳奔星在《十四行詩中國‧序言》認為這種詩體「排列適中，音律謹嚴，結構精巧，儘管格律較嚴，卻適合詩人感情的自然流露」，還有人提出了十四行詩起源於中國的假說。[26] 大量的詩人公開發表過數千首十四行詩，如能結合現代漢語實際加以化用，應該是有廣闊發展空間的。

---

[25]　王力：《漢語詩律學》，上海世紀出版集團 2005 年版，第 796 頁。
[26]　呂進：《中國現代詩體論》，重慶出版社 2007 年版，第 350 頁。

　　現代漢語的橫空出世砸碎了古代詩歌格律的枷鎖（我們是否可以反過來看，近體詩正是因為有了格律的「枷鎖」，才造就了那麼多的優秀的語言的「舞者」），我們必須重新用現代漢語打造一副新的「鐐銬」，並戴著這副鐐銬跳舞。從胡適的白話詩算起，新詩壓倒性地佔據詩壇已近百年，但漢語詩歌被歐化所破壞的內外形式的修復問題至今仍未得到較好解決，而且，更讓人憂慮的是，新詩形式問題越來越受到冷遇。「第 N 代」詩人熱衷於「解構」、「敘事」、「反……」、「拒絕」，並以借用既有形式為恥。我們可以斷言，新詩的形式問題一天不解決，新詩的藝術性就一天得不到認可。漢語被歐化已是不可逆的既成事實，如何直面現實，尊重現代漢語的語言特點，在內外形式的創制上多下工夫，是當下的詩歌作者不容回避的課題。

第6章　現實主義的恢復、深化、突破
——淺談近幾年的短篇小說創作

　　粉碎了「四人幫」，祖國大地開始復甦，文藝戰線也出現了萬木爭榮生機勃勃的景象。突出的標誌就是現實主義得以真正恢復，並逐步深化，出現突破。短篇小說創作在現實主義恢復、深化、突破的道路上，成績是顯著的。本文就談談這個問題。

一

　　號稱「史無前例」的十年浩劫，是中華民族遭受亙古未有的災難性破壞的十年，是祖國出現歷史的大倒退，瀕臨奔潰的十年，是億萬人民慘遭荼毒，傷痕累累的十年。面對這觸目驚心的現狀，每一個稍有民族感和正直良心的中國人都不會熟視無睹。因此，在撥亂反正、正本清源的時期，把國家、民族、家庭、個人所經歷的苦難再現出來，曉之於人民，讓人們永遠記住這歷史的教訓，就成了廣大人民的迫切現實願望。文學作為人們的眼睛，感應神經，就必然要表現人民的意志、情感。要更好地反映現實，現實主義這一源遠流長的優秀創作方法的恢復就一定會擺到每一個文學工作者的面前。所以，一批勇於正視現實的作家終於亮出了現實主義的旗幟，並在實踐上進行了勇敢的嘗試。這就是完美稱之為現實主義恢復的階段，在時間上，主要是指 1977 年底到 1978 年這一階段。

　　在 1977 年底以前，也就是說在《班主任》發表以前，文學創作的復甦只能算是一個醞釀時期。內容上雖然緊密配合了批評「四人幫」的鬥爭，但創作思想仍處於蛻變之中，各種思想禁區和理論枷鎖仍在禁錮著作家的創作思想。但是，一個重要的突破──現實主義的恢復卻正在形成。《班主任》的發表就是形成的顯著標誌。它一出現，就像在茫茫夜空升起的一顆新星，照亮了文學的道路。這是短篇小說創作思想從量變到質變的飛躍，也是整個文學創作思想的飛躍，它無愧於是當代文學史上具有重大轉折和劃時代意義的作品。

　　這篇小說的最大意義在於第一次把真正的現實主義的創作方法帶進了十年浩劫後的文學創作，把文學和時代、人民的生活緊密結合起來，反映了時代和人民的要求、願望。小說提出了如何拯救被「四人幫」坑害了的孩子這個事關千家萬戶乃至於關係到國家命運的重大問題。作者以敏銳的洞察力，抓住了青少年面臨的迫切問題──教育問題，集中塑造了「無知加流氓」的宋寶琦和「無知加僵化」的謝慧敏這兩個典型。而後者更是作品有力和成功之所在。謝慧敏這個形象對「四人幫」和那一條長期像魔鬼一樣纏在中國人民頭上的極左路線的控訴是十分深刻、有力、令人驚心動魄的。她是我們這個時代的作品為源遠流長的中國文學史提供的一個獨特的典型。在這個典型身上，除了有著單純無邪的素質以外，更重要的是在她的身上，作者發現和揭示了她性格中畸形的一面，這就是以教條、僵化的形態表現出來的愚昧無知。這是一個被嚴重異化掉了自己個性的扭曲了的人物形象。在她的身上，只有「四人幫」那一套「政治的共性」，她所表現出來的愚昧無知和思想僵化普遍存在於全社會中，不僅青少年中有，其他方面更是大有人在，而且特別嚴重。這種思想，恰恰又是實現四個現

代化的最大障礙，她那種近乎宗教信徒式的對「假革命」「假社會主義」的虔誠信念比宋寶琦身上所留下的東西更要可怕得多。因此，這個任務的意義就超出了形象自身，具有發人深省的、更為深廣的現實社會內容。作者在這個人物身上，充分體現了現實主義的巨大力量。但是，由於《班主任》是恢復時期的產物，一方面它顯示了新的發展方向；另一方面，也不免帶有舊有的痕跡。人物形象不夠豐滿，還不同程度地存在著概念化的缺點。如作者主觀上是想塑造張俊石老師這個正面形象，然而恰恰在這個人物身上，還帶有舊的特徵。而謝慧敏這個人物確實主觀意念外的客觀派生物。

　　人是現實生活的主體，文學不表現人就無存在的價值，這是一個起碼的常識，而個人和家庭命運在文學史上又是現實主義文學的一個重要主題。在這一時期，現實主義在反映個人和家庭命運方面，起到了真正的作用。這就是《傷痕》為代表的一批作品。如果說《班主任》是恢復現實主義的開路先鋒，那麼，《傷痕》為代表的一批作品就是在現實主義道路上進擊的勇士；如果說《班主任》提出了「救救孩子」這個嚴肅的問題，那麼，《傷痕》就是深刻地剖析了反動的血統論如何破壞人們家庭幸福的嚴峻事實。我們知道，在「四人幫」肆虐的年代裡，「老子英雄兒好漢，老子反動兒混蛋」成了一條鐵的定律，多少人家在血統論的大棒下，家破人亡，妻離子散；多少人含冤九泉，埋沒塵埃。《傷痕》的作者，以深刻的現實主義筆觸，第一次運用富有人情味的情節，通過王曉華個人和家庭的悲劇，無情地把批判鋒芒指向了罪惡的血統論。王曉華家庭及個人的悲劇，是千千萬萬個王曉華及家庭悲劇的縮影，這是社會的悲劇，是時代的悲劇，是國家和人民的悲劇。可以說《傷痕》是千家萬戶的血淚凝成的藝

術之花。《傷痕》的意義在於把現實主義神進了個人和家庭的角落，並且第一次使人道主義在現實主義文學創作中找到了一個位置。一花引來萬花開，繼《傷痕》以後，一批以反映個人和家庭悲劇的作品湧現了，出現了《墓場的鮮花》、《從森林裡來得孩子》、《姻緣》、《抱玉岩》、《命運》等作品。這些作品中，都側重於個人和家庭這個最小血緣社會單位，揭露了「四人幫」所造成的災難與痛苦，使文學作品和人民命運真正結合起來了。

　　這一時期，許多勇敢的作者，面對現實，干預生活，在題材上也有了新的突破。除上面所涉及的以外，還從不同的角度，廣泛地反映了社會生活，提出了許多事關重大的社會問題。《愛情的位置》提出了愛情在我們的生活中應當佔據一個什麼樣的位置和無產階級需不需要愛情這個關係到千百萬人的社會問題，《神聖的使命》從維護法制的角度抓住了為冤、假、錯案平反這一重要問題，此類作品還有《光明》、《翻案》、《看守日記》等，它們一致揭露了林彪、「四人幫」推行封建法西斯專政的罪惡，啟示人們去思考為什麼會出現「人妖顛倒」的現象，人民為什麼不能及時發現，揭露，打擊他們？在我們的社會主義國家裡，如何建立健全社會主義法制？怎樣才能防止野心家、陰謀家利用手中的權利肆無忌憚地草菅人命？這一時期，還有反映革命歷史題材的《我們的軍長》、《湘江一夜》，歌頌了老一輩革命家浴血奮戰的英雄業績；還有反映知識份子的《獻身》；反映老幹部的《最寶貴的》、《靈魂的搏鬥》，塑造了不同的人物形象；還出現了以描寫天安門事件為主的《弦上的夢》、《願你聽到這首歌》，塑造了並未沉睡，只是把青春的火焰用冷漠、嘲諷的外衣罩了起來，一旦時代需要，就投入偉大鬥爭洪流中去的一代新人和英雄，寫出了英雄的成長過程和他們的心靈世界；還出現了直接反映現實生活與四化建設的作品，如《上鋪

與下鋪》、《鎖王略傳》、《香水月季》等，這些作品反映出了時代的風貌和
進軍四化的偉大場面，使我們從這些作品裡，聆聽到震撼人心的前進的腳
步聲。

　　總之，這是一個恢復現實主義的時期。在內容上，具有鮮明的時代特
徵，把文學同廣大人民的現實思考要求和現實生活聯繫起來；作品從忠於
現實生活出發，而不是從概念出發，以不同的角度，從不同的方式，在不
同的領域，鞭笞了「四人幫」，提出了現實生活中的重大問題，指出了療
治現實「內傷」解決問題的嚴重性和迫切性；作者的筆鋒伸展到了生活的
最黑暗的角落和充滿各種尖銳衝突的生活深處，大膽揭示社會矛盾，努力
反映在新的條件下，社會矛盾的新變化；作品沒有粉飾太平，而是直面慘
澹的認識，真正體現了現實主義的思想。在題材上，也有了重大突破，有
許多像愛情這樣的禁區被衝破了，題材多樣，一反以前的單調。題材不僅
有現實的，也有歷史的；有反映個人和家庭命運的，也有反映法制方面
的；有青少年的，也有老一輩的；有暴露的，也有歌頌的，總之，百花齊
放的局面正在形成，為以後幾年的題材進一步多樣化開闢了道路，打破了
堅冰，疏通了航道。在人物塑造上，注意人物命運和性格的描繪，特別是
對英雄人物的塑造，基本上擺脫了寫英雄必須是「高、大、全」的動則山
搖地動，叫則山呼海嘯那鄭頭上繞著「靈光圈」的「神仙」式的人物。更
可喜的是，被視為絕對禁區的人道主義開始在作品中得到表現，使文學作
品有了更豐富的內容，並初步顯示了人性的深度。

　　這一時期的成績是肯定的，為短篇小說的進一步發展繁榮奠定了堅實
的基礎。當然，有些作品尚欠成熟，思想深度也還不夠，藝術上也沒有重
要突破，並不同程度地有公式化、概念化的傾向，但這已是支流問題了。

二

1979 年，是我國人民在政治生活中具有十分重要意義的一年，通過對實踐是檢驗真理的唯一標準的討論，促進了各條戰線、各個領域的思想解放運動，促進了人民對歷史和現實的思考，是廣大人民通過前期對「四人幫」及其極左路線所造成的「傷痕」的揭露，有了更深刻的認識，他們已不滿足於一些事實和現實的再現，而是要到更深、更廣、更遠的歷史和社會中去尋找產生「傷痕」的根源，並要求把現實和歷史所發生的一切都要放在實踐和理性的法庭面前給予審判。是的，林彪、「四人幫」是十年災難的直接原因，然而，產生林彪、「四人幫」的溫床是什麼？「極左」路線滋生的土壤在哪裡？他們為什麼會那樣猖獗並不可一世？幾個人為什麼就可以隨意強姦億萬人民的意志和奴役人民呢？人民的思考、社會的思考，推動著作家的思考。因此這一年的短篇小說在創作思想上又有了新的飛躍，現實主義進入了新的神化的階段。

這一年的短篇小說創作雖然在內容上還是在揭露林彪、「四人幫」所造成的嚴重危害，但和此前比起來，確有明顯的變化。這一時期的作品主要通過對歷史生活的重新認識和藝術概括，揭示了那些影響到我們黨和國家、影響到人民命運的隱患以及這些隱患禍害之所以產生形成的深刻原因。這些作品以歷史生活某些片段的巧妙結合，明確指出了「極左」路線和「現代迷信」是造成社會倒退、使人民失去主宰自己歷史命運能力的重要根源，而這一切只不過都是中國封建社會思想和農民小生產者舊習的惡性膨脹。作品提醒人們要記下這令人不堪回首的血的教訓，要人們重新認

識以往的一切是否符合人民的根本利益；這些作品把個人的命運和時代的命運緊緊結合在一起，告訴我們，只有充分讓人認識到自身的作用，尊重人的應有價值，讓人們能夠掌握自己的命運，才能在社會中組成和諧的關係和郵寄統一體，才能使社會向前發展。

《剪輯錯了的故事》是經過文化革命風暴沖洗以後的作家茹志娟痛苦地對歷史生活反思的結果。作品表現了過去曾經患難相助的、親如一家的共產黨幹部老甘和農民老壽，在社會主義建設中愈來愈隔膜、冷淡、對立的事實，揭示了之所以隔膜、對立、冷淡的基本原因是極左路線違背了人民的根本利益。作者進一步啟發人們去思考，在人類歷史的進程中，特別是社會主義社會裡，為什麼人民不能按照自己的意志去安排生活，去建設真正的社會主義？為什麼我們的黨的幹部只能付出極大的學費、包括無數人民生命的高昂代價之後才會想到人民？這是一篇很有深度的現實主義作品，它讓讀者自身在追尋歷史腳印的同時辨認應該走的道路。

在這一時期，還有一位重要的作家，就是高曉聲。他的作品主要是反映農民生活的。農民問題在我國現代是一個十分重要的問題。早在「五四」時期，魯迅就十分注意。高曉聲的作品焦點所集中凝注的是農民的命運，他致力於在人的命運中探求生活的真理，概括深廣的歷史內容，探索千百萬農民群眾切身的生活問題，熱情掛住他們的吃飯、穿衣、居住等情況，探求他們在坎坷的生活道路生精神境界的變化，並通過這些反應出我們農村的興衰際遇和令人深思的歷史經驗教訓。《李順大造屋》是這一時期的重要作品。作品通過李順大三次造屋的經過，表現了極左路線對廣大農民所帶來的悲慘命運，放映了「用最原始的經營方式去積累每一分錢！用最簡單的工具進行拼命勞動去掙每一顆米」的翻身農民，本來憑著這些，在

解放之後是可以把握自己命運、安排好自己的生活的。可是，時代的無情命運卻多次把他們拋向生活的深淵。作品的現實主義深度在於揭示出了在名曰社會主義的中國，為什麼容不下一個農民，為什麼許多人把農民當成收穫財務的源泉和工具？而為什麼我們多年的政策總是和農民處於尖銳的對立之中？難道我們對以前的所謂社會主義不應當作重新的認識和檢討嗎？作者的另一篇小說《陳奐生上城》更是飽含著同情的淚水，寫出了現時中國農民精神狀態和物質上的要求，正如人們所講的，陳奐生是一個當代的阿Q，這一切是值得人們深思的。

　　反對現代迷信，是這一時期的一個收穫，張弦的《記憶》就較為深刻地撕破了現代迷信的罪惡面紗。在那反常的年代裡，一尊偶像的價值遠遠超過了一個人生命的價值，多少人為偶像付出了生命和鮮血，在現代迷信和近乎中世紀神學的統治之下，人，在這裡失去了一切自由，成了任人蹂躪的東西，多少悲劇由之產生，這是多麼令人痛心的啊，這就是《記憶》的意義所在。

　　人應當是大寫的人，可是在專制主義橫行的年代裡，一切都被顛倒了，《青青的木蘭溪》中的追求個性解放和婚姻自由的主題，是一個資產階級早就提出來了的問題，然而卻在今天社會主義條件下的中國重新提出，這難道不是說明封建主義的餘毒在中國是多麼根深蒂固嗎？此外，像《羅浮山血祭》、《小鎮上的將軍》都是通過人們命運的描寫，追求人應當有的價值，其中描繪的場面是令人驚心動魄，催人淚下的。

　　《內奸》也是值得一提的作品。作者完全打破了那種標籤式、臉譜式的創作方法，以真正的現實主義態度，寫出了一個商人——一個普通中國人身上的愛國主義精神，作者力圖證明一個具有民族氣節和正直良心的中

國人，比起那些喪失了氣節和做人的應有品德的「共產黨幹部」要高尚得多，這篇作品為人物的多樣化作出了榜樣，開始結束了不敢和不能寫「中國人物」的歷史。

這一時期，還出現了一批反映文化大革命的作品，《重逢》、《楓》是其代表作品。這些作品揭示了一批純潔無邪的青年怎樣在宗教運動的股東下，各自走向內戰的疆場，為現代迷信的製造者們充當了炮灰，成了後來「四人幫」的替罪羊的殘酷事實。

工業題材方面也有了新的的發展，《喬廠長上任記》是一篇力作。作品寫出了人民強烈要求改變現實的熱切願望，痛擊了官僚主義的危害，把官僚主義暴露在光天化日之下；更重要的是作者把人們一向認為枯燥乏味的工廠生活，寫的如此情趣盎然，引人入勝。關鍵在於著重寫人，寫人的命運，通過人物形象反映生活，塑造了一個具有強烈個性解放要求不受任何羈絆的改革闖將和有著豐富精神世界的廠長喬光樸。喬光樸是一個實幹家，又是一個富有人性的普通人。作者在用現實主義如何反映新廠長征路上的人物的精神風貌以及幹四化的宏偉場面，走出了新的路子。

《愛是不能忘記的》是這一時期影響較大、爭論較多的作品，作者要揭示的主題是以鐘雨和男主人公之間的戀愛生活悲劇作出借鑒，提醒人們在婚姻問題上要採取鄭重、嚴肅的態度，既不要像鐘雨那樣因為生活的不美滿生出很多不必要的煩惱，也不要像男主人公那樣僅僅出於某種階級的責任感和道義，在沒有深厚的感情基礎上草率結婚；作者特別強調不要讓婚姻作為僅僅是遵從法律和道義來承當彼此的義務，使婚姻成為一種傳宗接代的工具。作品向傳統的道德提出了挑戰，寫出了真正愛情和現實道德的衝突和矛盾，作者解決矛盾的方法是人性的解放，認為「人性的回歸」

才能擺脫婚姻和愛情的分離。這是一種大膽的值得肯定的有價值的探索。當然，在現實生活中，由於商品對人所引起的異化，以及由此而產生的政治對人的異化，作者的願望只不過是一種痛苦的理想主義。

這一時期的短篇小說，既面向現實，又面向歷史，把對現實的批判和對歷史的認識，甚至是對將來的展望，巧妙有機地結合起來，把現實主義的創作方法推向深化；通過對人的命運的反映，探索人的價值，認識人的價值，探討造成人不能掌握自己命運的社會歷史的根源，為豐富和發展社會主義時期的現實主義作出了應用的貢獻。

在題材上，比前期反映的生活更加廣泛，特別在農村，工程和文化革命等方面，又有了更深入的法杖和突破。

在藝術表現手法上，作家並不停留在傳統的現實主義表現手法上，意識流的手法開始出現，茹志娟的《草原上的小路》已初露端倪，王蒙的《布禮》、《夜的眼》標誌著意識流作為一種中國文學領域的表現方法的開始形成。一個表現方法上的重大突破就要來到了。

三

進入 80 年代，短篇小說的創作又進入了一個新的階段，在創作思想和表現手法上都有了新的突破，這就是以王蒙為代表的作品。在內容上，前期作品是以提出問題，探求產生問題的根源為主的；而王蒙的小說，則是在暴露黑暗、解刨黑暗的基礎上尋求戰勝黑暗、驅散黑暗的光明，作者在作品裡，通過對歷史的反思和對現實的披露，通過對人、人的性格和人的命運的描繪，繼續提出了迫切需要解決的問題，並更深刻地把創作思想

推到關於人為什麼被異化，如何防止人的異化的具有較深化意義的境界。費爾巴哈曾經說過：「要克服宗教的異化，人就應該崇拜自己。上帝的本質就是人的本質，在人之上沒有更高的東西。人是人的最高本質，不要相信上帝，要相信人自己。要崇拜的話，崇拜自己，要愛的話，就愛人類。人應該把異化為上帝的本性收回來還給人，克服異化。」王蒙正是尋求這些東西，他力圖恢復真善美在人們和社會中的地位，使之成為改變現實的真正動力，我們可以肯定地說，這是現實主義創作思想的重要突破。在表現形式上，作者已不拘泥於傳統的現實主義表現手法，力圖尋找一種似乎沒有典型環境和典型人物的新途徑，更多地學習意識流的手法；但作者在學習的同時，又並未完全擺脫現實主義的章節，而是融合一起成了一種新的風格。

王蒙小說的新穎的，新就新在解放了人們的意識，著意描寫人的主觀感覺和心裡活動、思想情緒，縮短人的精神世界與現實生活的距離。他的作品通過對人的靈魂和心裡的刻畫，更深入地提出了許多有價值的社會和哲學理論上的問題。在《風箏飄帶》裡，作家著力描繪了兩個青年人佳原和素素的形象，廣泛觸及了社會風尚，青年戀愛，理想志趣，幹群關係，官僚主義，特權思想，不正之風，人的本質異化和人性複歸等方面，揭露了林彪，「四人幫」那條「鬥、鬥、鬥」的極左路線造成的人們精神上的異化；揭示了互相猜忌，互相戒備和不相信人世間還有真、善、美的流毒至今還在影響社會風氣和人與人之間的關係的現實。同時，作者在他們身上，又充滿了美好的理想，主張一個人應該有智慧，有良好的品格和能力，體現了祖國的未來。很明顯，真、善、美才是防止異化，重新聯結社會中人與人之間的關係的紐帶。

　　追求真、善、美是文學的歷來傳統，也是現實主義的一貫目標。王蒙的作品就是以追求真、善、美為己任的。他說過，「文學本身就代表著對於真、善、美的追求，對於光明的追求，代表著這種肯定，這種愛，如果沒有這種追求，這種肯定和愛，沒有對於光明的信心，文學創作活動就失去了意義和活動。」《布禮》中區委書記老魏有這樣一段話：「說來歸真，我們太愛惜烏紗帽了，如果當初在你們這些人的事情上敢於仗義執言，如果我們能更清醒一些，更負責一些，更重視事實，而不是重視上面的意圖，如果我們絲毫不怕丟官，不怕挨板子，挺身而出，也許本來可以早點克服這種「左」的專橫」。這是一段對假、醜、惡懺悔的真心話，從這段話裡，我們不是看到了王蒙解決「左」的專橫的辦法是真、善、美嗎？這不是說明作者大膽追求和肯定真、善、美的目的了嗎？

　　王蒙作品新就新在表現手法上，這是對現實主義變現手法的真是突破。它們有一個共同的地方，一般不重視情節的連貫性，而特別重視心理刻畫，重視描摹人的感覺，重視作品的線條、色彩和音響效果；寫法上往往採取時間上的交錯，直接或間接的內心獨白，聯想和幻想相結合的方式。雖然他的作品大都有一個故事情節，但它不是按照情節發展的時序和邏輯去組織，好像故意把一個完整的故事打碎，然後按照新的原則──人物情緒，感情的強烈對比，把它們重新聯結、粘和起來。《春之聲》就是利用嶽子峰在坐車回鄉的幾個小時裡通過沿途觀感，寫出生活的前途、希望、轉機，作者充分發揮了聯繫來結構小說。無疑，在探索人物的心理，抒發人物內心生活方面，採用的是西方現代派的「意識流」的表現手法；但他同時重視描寫外界的物質環境和人物的行為，因而又是現實主義的。它們既寫人物的感覺印象、聯想，又寫清醒的思考、判斷和理性；它們運

用內心獨白、象徵暗示等「意識流」手法，但又不乏現實主義的敘事、描寫介紹；既面向主觀世界，又面向客觀世界；既探索人的心靈，又描繪現實的生活。真可謂中西合璧「土」洋結合，洋洋大觀。這一切就說明瞭它既是傳統的現實主義手法，又不是追求那種盡力去加以觀察和表現的，不是影響或決定人物行為的，並和人物行為不可分離的那種思想「意識」，而是思想意識本身的純意識的方式，這種表現方法上的新穎獨到的風格，不能不說是對傳統表現手法的以此革命和突破。像這類作品還有李國文的《月食》等，但限於篇幅，就不一一敘述了。

產生王蒙這樣的作品並不是偶然的，不論是創作思想上的變化，還是表現形式上的革新都與深刻的現實社會背景分不開的。

我們知道，30 年來，我們的國家和民族所走過的歷史道路，特別是十年浩劫的倒退歷史，促使人們在血泊和痛苦之中去思考這一切的根由究竟在哪裡，要實現四個現代化，哪些是主要矛盾？在新的社會條件和新的社會生活面前，「古代作家的性格描繪在我們的時代是不夠用了」，「複雜化了的經歷，思想、感情和生活需要複雜化了的形式」。王蒙「故國八千里，風雲三十年」的經歷，促成了他深入思考，並取得了對生活的獨立見解。懷著赤字之心，嘗試著在作品中運用線條，甚至是放射的結構，而不拘泥於一條「主線」，試圖用突破時空限制的心理描寫，來充分展示廣闊複雜的社會生活，把自己的思考，聯想，情感，通過文學作品告訴讀者。因此，找到這樣一種自由、開闊、無拘無束的表達思想的方式，是社會的必然。

其次，是新時期的人民，隨著生活結構的急劇變化，生產力的發展和日新月異的時代飛躍，人們的生活節奏加快了，精神需要必將日益增長，那種傳統的比較保守的少變化的形式已不適應人們的需要，人民迫切要求

與自己生活節奏相結合拍的新的藝術形式。王蒙的近作,正是順應人民的需要問世的,也可以說是人民生活需要的必然結果。

再其次,就是文學革新的浪潮已勢在必行。新的時期,社會必將出現新的額改革,這就促成了文學的變革。這在文學史上市屢見不鮮的。各門藝術爭相革新,特別是電影、話劇的表現形式上的突破,有力地督促著小說的革新,而王蒙正是這場變革大軍中的一員闖將。

有人認為,王蒙的創作是對傳統的現實主義理論的挑戰。王蒙認為這種說法既對又不對,說對,是因為王蒙的近作無法確定諸如典型環境和典型人物那樣的東西,然而他的作品又確實是藝術作品;說不對,那是因為我們對現實主義理論理解的片面和教條主義。現實主義應當是一個開發的體系,可以說,王蒙的創新是對我們尚未開發的現實主義體系的以此開發的嘗試,是對現實主義的豐富和發展。究竟如何,還待今後的社會實踐來檢驗。

近四年來得短篇小說在恢復、深化、突破現實主義方面取得了一定的成績。隨著時代的飛速發展,現實主義將會開出更加絢麗的花朵,這就是幾年來短篇小說創作給我們所展示出的希望。幾年的創作,顯示著歷史轉折時期的特點,充滿了思考、套索和追求。她以嚴謹的現實主義面對現實,解刨生活,力求在矛盾衝突中反映社會的某些本質方面,以推動歷史前進。這是思想解放的產物,隨著時代的飛躍發展,現實主義將會得到進一步豐富和發展。

第7章 新時期前期文學浪漫主義潛流論

引言

　　新時期文學在觀念、思想內涵和結構形式方面，用一種既定的、固有的規範和模式去概括，顯然是笨拙而毫無意義的。在一個文學開放和自身解放的雙向運動中，文學觀念和形式本身就是多樣化的。傳統的觀念、方法的界線和堡壘在這裡都被打破，而出現的是相互滲透，共存共榮的局面。現實主義的深化和浪漫主義的昇華，現代西方文學觀念和表現手法的引進，以及各種文學觀念和方法的相互滲透與交叉，顯示出了新時期文學的蓬勃生機和巨大活力，多方面多層次和多元化已成為新時期文學繁榮和成熟的標誌。然而，多樣化和多元化並不排斥某一方法和風格在某些作家中的主導地位，也並不否認文學觀念和文學精神的主流流向。本文主要是通過新時期前期的中短篇小說，捕捉新時期文學河流裡激濺著的浪漫主義浪花，分析其歷史文化背景，指出其內涵和基本特徵，並與古代和西文浪慢主義作一些比較。

一

　　新時期文學滲透和充溢著浪漫主義情緒，形成了一股巨大的、方興未艾的潛流，有其深刻的歷史和社會文化背景。在歷史走向上，它與我們時

代的歷史發展的規定性和現實的選擇必然性是一致的，因而有其特定的歷史和文化內涵。然而，這種浪漫主義情緒亦是人類生生不息的生命力和創造精神的昇華，因此它與所有的浪漫主義文學在精神結構上又具有驚人的一致性。

　　浪漫主義作為情緒不僅是一種文學思潮，而且也是一種文化精神，是人類積極向上和文化發展過程中必不可少的精神環節，是人類建構新的生活方式和創造新的文化的一種內在力量。從人性的角度而言，它是人的主體意識超越現實，向未來突進的創造精神的反映，它的英雄主義理想主義和自覺的主體意識，是人類走向自我完善和解放的精神動力。僅此而言，如果缺少了浪漫主義的主體意識和超越昇華現實的創造力量，失去了對理想和英雄人格的現實肯定和追求，歷史和人類就會黯然無光，陷入一種畸形的庸俗的片面性，使得人的內在心靈世界殘缺不全，成為外在物質世界的附庸。所以每當歷史處於變革從而使物質取得巨大進步的時代，浪漫主義總是以一種歷史的創新形態出現，成為推動歷史，改造現實的精神和情感力量。浪漫主義開放的、動態的、富有開拓精神的文化心態，與歷史的自覺和變革要求在精神結構上是完全一致的。在中外文學史上，浪漫主義的出現總是與歷史發展的轉折和過渡時期相對應的。歷史的自覺和自由的文化精神必然會引起人的主體意識的自覺。在歷史發展的過渡和轉折時期，相對來說是一個自由的散文式的主體和個性得以確認和發展的時代，別林斯基就認為，浪漫主義這一類的抒情性藝術，一方面是時代出現了自由的散文式的趨勢所產生的；另一方面是人的主觀性得以發揚，而成為浪漫主義的催產婆。從泛文化背景來看，新時期文學的浪漫主義與此精神形態是一致的。

　　我國戰國時代是一個轉變的歷史時期。相對的開放和自由形成了「百家爭鳴」的局面，方向選擇和理想追求的多元化為浪漫主義準備了文化精神，以屈原為代表的浪漫主義便應運而生。他在對人生宇宙的深沉思索中昇華出來的憂患意識，對理想「雖九死而猶未悔」的孜孜不倦地追求以及自身充滿悲劇精神的人格力量，都對後世浪漫主義產生了深遠影響，建構了一種浪漫主義的文化「原型」，成為許多人反叛傳統，超越現實的精神支柱。明清時代是中國向近代嬗變的時代，後期封建主義的強化與萌興的市民階級的衝突，預示了一種新的社會力量及其與之相適應的文化精神。李贄的「童心說」，公安三袁的「獨抒性靈」的理論宣導，傳奇，神話，志怪等浪漫形式的大量出現，也組成了一股浪漫主義洪流。然而從嚴格的意義上講，真正能體現新的文化精神和人的自覺則是「五四」時期。這是一個具有相對完整意義的新文化運動和思想解放運動，是中國走向世界並在這過程中獲得了改造已凝固和僵死的傳統文化的力量。科學與民主的旗幟，自由，平等的理性理想王國，提供了一個與傳統文化截然不同的「參照系」，啟發和強化了人的主體意識和個性要求，從而掀起了一個驚天動地的浪漫主義狂濤巨浪。自我意識的覺醒，前所未有的個性解放要求，內心熾熱情感的宣洩，對理想的多元追求和反叛傳統的精神，無不是立足對現實不滿的浪漫主義精神和情緒的反映和昇華。雖然從微觀上看，作家與浪漫主義文學發生聯繫與他的氣質、個性和選擇密不可分，然而從宏觀的社會文化背景來看，浪漫主義的產生並不是一個或幾個作家心血來潮的偶然選擇和主觀情感的任意宣洩。我們回顧歷史不過是為了加深我們對現實的理解，找到解開新時期浪漫主義文學之謎的鑰匙。新時期文學的浪漫主義的出現和崛起完全是基於祖國和民族在經歷了巨大災難以後對現代化，

對幸福與進步的渴求這種歷史的自覺的現實土壤，體現了覺醒了的中國人對新的生活方式和文化精神的選擇與渴求。

新中國的建立本來是中國歷史自覺的結果，是中國人民主體意識的覺醒和創新開拓精神的標誌。但是，由於傳統，歷史和現實的種種羈絆，這種主體意識和創新開拓精神非但沒有得到深入發展和發揚光大，反而逐漸喪失和泯滅，以致演成了成為民族巨大災難的十年浩劫。然而，正如恩格斯所說：沒有一種巨大災難不是以歷史的巨大進步作為補償的。十年浩劫也並不純粹是非生產性的開支，這巨大的歷史災難也帶來了巨大的歷史進步作為補償，那就是徹底否定了扼殺個性和自我的「神」，而在現代意義上重新肯定「自我」和個體，並在這種自我意識的強化和深化中重新喚醒那與生命存在本身相聯繫的感性動力和青春激情。尤其是改革雖然很艱難，然而又是不可逆轉地席捲中國大地，對外開放不僅帶來了經濟活力，也帶來了精神活力，一種開放的，具有創新意識和進取意識的文化心態出現了。所有這些，不僅構成浪漫主義賴以產生的精神基礎，而且也是它的重要表現內容。

自我意識的覺醒和重新確認以及由此延伸出的個性發展和人格獨立，是浪漫主義賴以產生的一個精神契機。歷史是在不斷發展的過程中前進的，人的自我意識也是在隱蔽與發現、壓抑與昇華的矛盾運動中不斷張揚和更新的。沒有「人」的地位的十年浩劫無疑使自我意識受到長期壓抑，然而正是由於壓抑得太長，它在人們心裡積聚的心理能量也就越大，因而復甦和覺醒也就來得猛烈和持久，遠不是以人的主觀意志為轉移的。人的價值的肯定，人的尊嚴的恢復，個性解放和人格獨立構成了人的自我意識的基本內涵。以人的主體性去克服人的受動性，以個體性否定虛幻的「集

體主義」，以情感衝擊畸形的理性，以理想照亮沉睡的現實，以人性、人道要求去批判專制與獸性，建構了一種新的文化精神，這種新的文化精神在作品中集中體現為一種反叛和不滿足於現狀的情緒。所謂反叛是對傳統的反叛，所謂不滿也是對傳統及其造成的現狀的不滿。改革和對外開放也正是在這個必然而非自由的基礎上提出來的。這種反叛和不滿的浪漫主義情緒一直是貫穿在所謂「傷痕文學」、「反思文學」、「改革文學」以及其後的多元化文學之中。劉心武正是在人的自我意識要求之下率先發出了解放個性和救救被「四人幫」毒害了心靈的孩子的吶喊。《公開的情書》中的真真要「衝破一切枷鎖」，莊嚴地宣告「我是個人，我應該有人的尊嚴，我應該有和別人一樣的權力。」《蝴蝶》和《月食》則要求在傳統和現實的異化中回歸到人自身。《沒有紐扣的紅襯衫》的安然立足於自我意識而「用我的眼睛看世界」，蔑視一切不合理的陳腐傳統和虛偽的世俗觀念。李陀《願你聽到這支歌》中的楊柳，張抗抗《夏》中的岑朗，張一弓《流淚的紅蠟燭》中的雪花，汪浙成、溫小怪《春夜，凝視的眼睛》中的左麗，鄭萬隆《紅燈，黃燈，綠燈》中的李暉，張潔《愛，是不能忘記的》中的姍姍，也都是在覺醒了的自我意識的基礎上，反叛傳統和世俗的各種束縛，尋求一種更有意義的人生和更合理的生活方式。這些人物，都不是作家嚴格按照生活的本來面目塑造出來的，而是凝聚著作家的審美理想和社會理想，滲透和充溢著浪漫主義的情緒。尤其是《我們這個年紀的夢》、《在同一地平線上》和《黑駿馬》、《北方的河》的主人公各自對《我們這個年紀的夢》內在心態世界的坦蕩暴露，以及對內在生命力的渴望和尋求，散發著的則完全是作家理想人格之光，是主體的精神世界的昇華。黑格爾認為，浪漫主義的基本原則是「精神返回到它本身」，即所謂內在主體性原則。因為

浪漫主義的精神表現不是從外在的感性事物去找它的對象，「它只有在離開外在界而返回到它自己的內心世界」，從而超越不能充分表現自己的外在現實這一「實際存在」，達到「認識到自己的真實」，構成「自在自為的內心世界作為本身無限的精神的主體性的美。」[1]新時期浪漫主義文學的產生及其特徵也是依賴於人的主體的自我意識的確認和精神的內在主體性原則的確立，它從作家內在的精神世界昇華出了生命和美的光輝。

　　由自我意識的深化而探尋與生命存在本身融為一體的感性動力和青春激情，構成了新時期浪漫主義文學產生的心理動力。1978 年後期開始的思想解放運動以及隨後的對外開放，使每一個人在精神上都重新獲得了一次生命，感性動力和青春激情得到了一次新的沸騰。活躍在新時期文壇上的作家，就是以中青年作家為主的。在遲到的春天裡，人們長期受到壓抑而積聚起來的感性動力和青春激情在萌動，騷亂，都豁要把長期壓抑在心頭的熱情，力量，痛苦和歡樂，愛與恨，淋漓盡致地表現出來。這一個時期，「人們興奮熱烈，繃緊了全身力量，為了離開他們的處境，為了沖到實際世界那一邊去，藉以消耗在他們腦袋裡沸騰著的、過於活動的熱情。」[2]一種因獲得新生和自我意識而要求表現內心世界的心理慾望，構成了一種主導的社會心理趨向，使他們「總是嚮往於浪漫主義」，「它讓靈魂淨化，讓它變得高尚起來，它把獸性和粗野的願望從心裡排除出去；心靈在這光明而聖潔的幻夢的大海裡，在這扶搖直上天國仙境中，受到洗禮，展開翅膀，讓自己身上偶然的、暫時的、日常的因素得到糾正。」[3]新時期的浪漫主義

[1]　黑格爾：《美學》第 2 卷，北京，商務印書館，1982 年版，第 275 頁。
[2]　《拉法格文論集》，北京：人民文學出版社，1979 年版，第 193 頁。
[3]　赫爾岑：《科學中的一知半解》，引自伍蠡甫等編《西方文論選》下冊，上海：上海譯文出版社，1979 年版，第 395 頁。

文學正是從自己的精神世界昇華出一種改造現實的力量，糾正日常生活中的世俗觀念和傳統文化積澱的不合理因素。我們在《公開的情書》、《駝峰上的愛》、《沉歇的荒原》、《這是一片神奇的土地》、《黑駿馬》、《北方的河》、《大林莽》以及《蝴蝶》和《布禮》中，不難看到這種傾向。

歷史要求「走向世界」和文學與「世界文學」合流的趨勢，也是新時期浪漫主義文學產生的重要的、不可忽視的文化背景。追求與世界的飛速發展同步，如何對人類文明的發展作出應有而獨特的貢獻，渴望溝通不同民族之間的精神與文明聯繫，是時代發展的基本走向。這不僅需要一種民族自身堅強不息的英雄精神和感性動力，同時更需要一種包容性、同化力強的文化心態。《公開的情書》中老久就體現了這樣一種富有進取意識和創造意識的文化心態：「我們仍然要拼命睜大眼睛，去觀察，尋找和發現世界上我們同時代人在自然科學和社會各個領域裡所取得的有歷史意義的進展」，因此，我們「應該是個探索者，……要以自己畢生的努力和創造性的工作，去開拓新世界。」以探尋民族久遠的文化的「根」和原始生命力為己任的「尋根」文學思潮，也是基於在對世界進行縱向掃描以後而渴求真正能與世界文學對話的心理願望。他們在作品中顯示出的在自足封閉的環境中形成的保守，封閉和病態的文化心態，也在逆反方向上確證了建構一種開放的文化心態和富有進取和創造意識的文化精神的重要性。開放的文化心態造成的精神世界的多樣性和豐富性，就為浪漫主義文學準備了充足的精神食糧，成為取之不盡，用之不竭的源泉。

文學自身的解放也促使了新時期浪漫主義文學的產生。自「五四」以來的中國新文學，在觀念和形式上都獲得了空前解放，然而這種解放並未按照文學自身的規律向縱深發展，自律為它律所完全規定，以至文學被納

入政治鬥爭的軌道，喪失了自身應有的獨立性。單一、靜止、封閉的文學格局成為多年來文壇的主宰。文學自身的空間狹窄了，時間的流動性僅僅成為現實空間表現的附加物，而空間的延伸則為封閉的現實時間所制約，立體成為平面、多元化為單一，動態成為靜止，開放成為封閉，從觀念、方法到形式都是「我花開後百花殺」，「一花獨放花枝俏」。隨著歷史的自覺和人的自覺，文學本身也走向自覺，自律則成為文學繁榮和發展的一種支配力量。觀念、方法和形式多元化的格局，開拓了文學的思維空間和審美空間。因此從社會到自然，從外在感性到內在心靈，從理性到感性，從現實到歷史，都成為可把握的審美空間，而神祕的蠻荒原野，古樸原始的民風習俗，甚至死亡與恐怖，也都成為審美對象。這種審美空間及審美趣味的拓展，也就為浪漫主義情緒表現提供了廣闊的空間，而這種浪漫主義情緒反過來又促進了文學自身的解放。

二

　　時期浪漫主義文學與落後的現實和沉重的歷史有著深刻的聯繫，並與我們祖國，民族的未來有著血與肉的精神紐帶。從總體上看，它不是作家個人氣質規定所作出的偶然選擇，而是屬史，現實和未來與作家個人主觀因素相交織，相統一所產生的巨大合力的結果。改變現實的要求，對中國進步，人民幸福的渴求作為新時期浪漫主義文學產生的心理內驅力，使得新時期浪漫主義文學具有強烈的現實感和歷史感，而較少有廉價的理想表現。高、大、全式的英雄人物，光輝燦爛的未來理想圖景，脫離現實的廉價樂觀情緒，在新時期浪漫主義文學都不佔有主導地位。相反，由於對落

後現狀和惰性文化傳統的憂慮與危機，使得新時期浪漫主義文學充滿著憂患意識與悲劇精神、哲學和文化反思意識，並在人的主題的深化和強化、揭示人的複雜的深層心態世界中，透露出對理想人格和英雄精神的追求與嚮往，與此相適應，遼闊，悲壯，神祕，恐怖的自然形象和大量怪異的民歌，傳說，神話交織在一起，又賦予了新時期浪漫主義文學以力度和崇高感。

深刻的憂患意識和悲劇精神是新時期浪漫主義文學典型的情緒特徵，這種憂患意識與悲劇精神本身與浪漫主義有著天然的精神聯繫。拉法格認為，浪漫主義開闢了嚴肅，憂鬱的文學描寫時代。然而，嚴肅憂鬱的浪漫主義文學應當歸結於歷史和社會本身的憂鬱。就我們的現實處境而言，沉重古老的文化傳統與現代文明的衝突，封建意識與人的解放的矛盾，劣根性的滯重與理想人格的尖銳對立以及在自我意識的深化中所意識到的現實與理想、主觀與客觀、個性與共性、短暫與永恆、有限的個體生命和無限的人類歷史的矛盾和衝突，都在人的內心世界裡，以極其豐富的形式相互衝擊，碰撞。個人的命運，祖國前途和民族發展的命運成為人們最為關心的問題。這一切，必然會在敏感和易於激動的作家，尤其是年輕一代作家的心靈裡引起騷動、不安、痛苦和仿徨。「我是誰，我來自哪裡，我要走向何方」的心靈疑問引起的內心焦灼和不安，就成為新時期浪漫主義文學憂患意識的最先表現。李陀《願你聽到這支歌》中的「我」對「我」的腦袋應該長著什麼樣的腦袋，是我的還是受別人支配的心靈反省和「我屬於誰」的焦灼設問，就顯示了對自我和個體生命存在價值的憂慮和危機。《公開的情書》中的真真對自己是「主角」還是「配角」、「觀眾」的令人焦慮的痛苦思索；《在同一地平線上》的畫家對自己奮鬥的原動力的探源，那種奮鬥，競爭的如猛虎般的性格，是自身「原有的生命力呢？」還是「純

夢幻的理想在現實中變態地追求？還是摻雜了在競賽場上越拼越眼紅，身不由己的勁頭？」都是一種自我憂慮，即在一種不明確的騷動不安的自我衝突中憂患自我。

當代人不僅考慮著自我個體生命存在的意義和價值以及進行自我選擇和自我奮鬥的方向和準則，同時對自己所處的現實環境與理想的衝突，也是有一種深深的憂慮。王安憶《本次列車終點》的主人公對上海里弄擁擠重壓的煩躁和壓抑而作出了回到另一廣闊天地的痛苦抉擇；張辛欣《我們這個年紀的夢》中的女主人公為平庸生活所圍而出現的內心焦灼以及一時找不到自己理想歸宿的精神痛苦；孔捷生《南方的岸》，張承志《黑駿馬》，馮苓植《沉默的荒原》對人的生命價值和意義的實現機制和適宜不同人生長的環境所進行的痛苦思考和選擇，都呈現出濃烈的壓抑和憂鬱感，滲透著強烈的對人生，對社會的憂患意識。也許這一代人背上肩負的包袱和責任都過於沉重，他們的追求不能或暫時不為社會和人們所理解，他們的奮鬥和選擇往往會遭到各種非議和嘲笑，甚至根深蒂固，愚昧無知的世俗偏見會粉碎他們的追求和理想之夢。有些過於敏感的青年作家對這一點意識得過於清楚，也過於憂慮，所以故意與值得憂患的現實和人生拉開一段距離，以荒誕的遊戲態度對待人生和現實生活中的悲劇。劉索拉的《你別無選擇》、徐星的《無主題變奏》也就表現了這樣一種審美傾向。這兩部作品的主人公試圖放棄一切社會責任，也放棄對自己的責任，既嘲笑社會和人生，也嘲笑自己和生命，在他們的眼中，一切神聖的，崇高的，有價值的東西都不存在了，剩下的就只有「無所謂」。然而，在他們內心深層世界裡，仍然有對現實人生和社會的憂患，仍然有一種精神的痛苦和靈魂的掙扎。他們之所以不願選擇為傳統文化和大多數人認同的生活方式，在於

他們的內心渴求著一種更真實也更有價值的人生。表現形式是荒誕的，鬧劇式的，然而表現的情緒內涵卻仍然有浪漫主義的憂患意識。不然就沒有因愛情，事業，知識之間的衝突而引起的煩惱，也沒有不同選擇之間的痛苦和心靈搏鬥。

　　無論是《本次列車終點》、《南方的岸》所隱藏著的感傷情緒，還是《你別無選擇》、《無主題變奏》所外露著的玩世不恭，虛無頹廢，在新時期浪漫主義憂患意識中都不佔有主導地位，而更多的是勇於為自己的理想和追求獻身的精神。在新時期具有浪漫主義情緒的作品中，我們可以看到很多為尋求自己理想而犧牲自我的崇高的悲劇精神。《公開的情書》中的老久公開宣告「從不因為追求真理要付出巨大代價而逃避真理」，即使是犧牲自己也心甘情願：「我們應該而且能夠超越自己社會地位的限制，這使我們成為解放的人，新時代的人。我們個人的結局也許是不幸的，但是我們相信，我們為之奮鬥的繁榮富強的新中國會出現在我們下一代人面前。」《紅燈‧黃燈‧綠燈》中李暉直面傳統和為現實的大多數人認同的道德規範和價值標準，義無反顧地選擇了自己的道路：「我想探求一種新型的婚姻愛情關係。它應該是一種維護個人尊嚴、保證個性自由的生活方式。也許它永遠是一張藍圖，但我甘願為它做出犧牲。」而《黑駿馬》中的「我」為了讓「我們的後代得到更多的幸福，而不被醜惡的黑暗湮滅」的精神，也是一種自我實現，自我昇華的理想人格精神。新時期文學的浪漫主義從憂患「自我」到昇華「自我」，產生了一種開拓和創造精神的悲劇意識。沉重的歷史的使命感和社會責任感使他們寧願背上沉重的十字架。在《這是一片神奇的土地》、《今夜有暴風雪》、《北方的河》、《迷人的海》等作品中，在一代墾荒的知識青年身上，新一代大學生身上以及海碰子身上，都體現出了崇高的

悲劇精神以及作家賦予其作品人物的深刻的憂患意識。張承志在《北方的河》「題記」裡這樣寫道:「我相信,會有一個公正而深刻的認識來為我們總結的;那時,我們這一代人獨有的奮鬥,思索,烙印和選擇才會顯露其意義。但那時我們也將為自己曾有的幼稚,錯誤和局限而後悔。更會感慨自己無法重新生活。這是一種深刻的悲觀的基礎。」顯然,這一代人的追求在憂患意識中有深刻的悲劇性,但這已是一種自覺的悲劇精神,是一代人思考現實,反思歷史,探索未來,選擇奮鬥方向的一種崇高的自我犧牲。

這種自覺的悲劇精神是在現代意義上對具有憂患意識傳統的中國文化的超越。思想史上,孔子對周禮盡喪的憂心忡忡,所產生的「克己復禮」並遊說諸國的「知其不可為而為之」的實踐行動老莊出於對現實和人生的憂患,為時人開出的回到自然,順其自然的「無為」藥方,並以原始理想作為社會理想,都是基於對社會和人生的深刻的憂患意識,並且成為中國文化憂患意識的原型而積澱下來,成為民族文化心理結構的一部分。但是,無論是孔子還是老莊的憂患意識都是有缺陷的。孔子出於對周禮喪盡的憂患,提出的「克己復禮」,以「禮」作為社會的規範來約束制約個入,扼殺和淹沒了個體生命存在的地位和價值。老莊出於對現實人生的憂患而要求人絕對地「無為」,把不食人間煙火的「處子」,「真人」作為人生效法的榜樣和理想,則把個體生命價值導向了「虛無氣這兩種憂患意識都淹沒,扼殺和否定了現實的個體生命存在的意義和價值。與之不同,新時期文學的浪漫主義所表現出來的憂患意識首先是對失去「自我」,失去個性和獨立人格的憂患,並在這過程中充實井昇華「自我」,使現實個體生命存在的意義和價值得到張揚。這樣一種新的文化精神顯然是對文化傳統的一種超越,它表現了新時期浪漫主義文學的憂患意識不是導向過去和「虛

無」，不是一種廉價的非歷史的感傷主義情緒，而是與現代化的歷史進程同步的。它本身是傳統文化與西方文化衝擊，碰撞的結晶，不難看出有西方文化的基因。

然而，民族文化原型畢竟鑄造了民族文化心理結構的基本模式，所以無論新時期浪漫主義文學如何強調尊重個性，發揚個性和張揚個性，如何尋求人格獨立和自我解放，但其骨子裡仍然是一種天生的群體意識和社會意識。所以對自我奮鬥，探索的憂患，實際上也只是通過自己的眼光對歷史、現實、未來的探索與反思，最終必然要超越自我和個體的界線，而上升到哲學的整體和民族文化的宏觀審視。由憂患意識延伸為哲學意識和文化反思意識，似乎是新時期浪漫主義文學的必然發展。憂患意識本身就是有哲學意味的，對個體自我的憂患必然上升為對民族文化過去的反思及其對其現狀和走向未來的憂患。正是這種哲學意識和文化反思意識，使得新時期浪漫主義文學作家不是近距離地按照生活的本來面目來觀照生活，而是按照對生活的理解去表現生活，在形式上與現實生活拉開了一段距離。因此，急功近利地從這些作品中尋找真實客觀的生活本身是徒勞無益的。在這類文學作品中，誠如別林斯基所說：「別在他的作品中尋求生活，而是去尋求思想。思想是他的靈感的目標……他也是根據幻想，為他的思想創造形式。在這種情況下，他的前程是不可限量的，他面前展開著整個現實和設想的世界，整個想像的豐饒王國：過去與現在，歷史與離言，傳說，民族的迷信與信念，地面與天空與地獄！毫無疑問，這裡有他的邏輯，他的詩的真實，他所矢忠不渝的可能性與必然性法則。」[4]

---

[4]　別林斯基：《論俄國中篇小說和果戈理君的中篇小說》，見北京大學中文系編《文學理論學習資料》下冊，北京：北京大學出版社，1980 年版，第 482 頁。

　　中國向何處去？中國以什麼樣的面目出現在世界大舞臺上並對人類應作出什麼樣的貢獻的哲學沉思，已成為新時期文學中憂患意識所昇華的哲學意識。所謂「尋根」文學思潮也就是在這種文化背景下試圖對中國文化進行審視，反省和重新估價。這種尋民族文化之「根」在思想上與浪漫主義有著歷史性的聯繫。勃蘭兌斯在評述歐洲浪漫主義文學時說道「為了救亡圖存，所有遭受威脅的民族，或是本能地或是有意識地，都在從本民族的生活源泉中汲取使自身重新振作起來的活力。……正是這種愛國精神，導致各個民族都熱切地研究起它們自己的歷史和風俗，它們自己的神話和民間傳說。對於一切屬於本民族的事物產生強烈興趣，引起人們去研究並在文學上表現。」[5] 這樣，浪漫主義「把我們的想像引回我們生平最原始的情欲，直到在我們的想像周圍喚起那童年的可怕的迷信，從而把想像的火炬帶到我們歷史的遠古年代的黑暗中去……在祖國遼闊的廢墟中間追憶祖國的偉大往事和偉大聲譽；在檢閱過純樸而又偉大，但卻被我們形容為野蠻的蒙昧時代的這些儀仗之後，收集無愧於繆斯的重大事變。」[6] 這種「尋根」當然是探尋民族的活力，但是它並不是一種戀舊情緒要求人們回歸傳統，而是立足於民族未來與發展的現代意識去重新審視傳統，以挖掘我們這個民族核以生存和發展的生生不息的「力」，並按其文化互補的精神尋求一種與現代化相適應的新的文化心態和文化精神。「尋根」熱潮的出現是基於迫切要與世界文學進行對話的心理願望，它的前提是縱向開放而不是關閉，因此它不是關起門來「尋根」，而是循著走向世界和現代化的歷史走向。

5　勃蘭兌斯：《十九世紀文學主潮》第四分冊，北京：北京人民文學出版社，1984 年版，第 1 頁。

6　中國社會科學院外國文學研究所編：《歐英古典作家論現實主義和浪漫主義》〔二〕，北京：中國社會科學出版社，1981 年版，第 65-66 頁。

「尋根」雖然是在 1985 年才形成一股文學思潮，然而它的前奏可以追溯到「反思」文學，如果我們把「尋根」文學看成是遠距離的哲學和歷史文化「反思」，那麼「反思」文學則就是近距離的政治歷史性反思。這一階段總起來看還是比較著眼於現實的。他們批判保守沉重的文化傳統所帶來的缺乏進取和創造的勇氣，力圖喚起民族的創造熱情和拼搏精神。《春夜，凝視的眼睛》裡的左麗哀歎那內向、壓抑的民族性格。《願你聽到這支歌》裡的「我」則痛感那缺乏主動和首創精神的國民劣根性。《在同一地平線上》的畫家立足於強烈的自我意識而產生了緊迫感和危機感，然而在他的周圍卻是「共同生物鐘，平穩緩慢是正常的節奏」。歷史進程的節奏是如此之慢，以致那日出而作，日落而息，男耕女織，繁衍後代（《爬滿青麟的木屋》中的王木通就是一個典型代表）的生活方式，至今還是很多人所夢寐以求的理想生活方式我們看到，這種理想生活方式又是與愚昧，專制（如王木通那樣）、野蠻（《流淚的紅蠟燭》對新媳婦採取武力同房）聯繫在一起，不由不使作家感到憤怒而要執著於對這種落後現實的批判。然而，作家們更為關注的是改造這種落後的現實，因而必然又要賦予作品以一定的理想因索。《爬滿青膝的木屋》的盤青青對王木通的反叛和對現代文明的揭幕，顯示了作品對人的尊嚴的召喚和對突破封閉，走向開放的肯定。《流淚的紅蠟燭》中雪花「我是人」的呼喊，也顯示了新一代農民自我意識的發現和人的尊嚴的覺醒。正是這種現代文明的可能性與潛在性作為一種未來圖景與落後、愚昧、保守、野蠻的現實的對比，使這些作品也充滿了浪漫主義的情緒。

在經過一個近距離的反思－一個揭露和批判的激情時期以後，文學發展也就進入了遠距離反思，即「尋根」階段。這是一個更具浪漫意義的時

期。我們的民族和國家幾千年來發展的步伐是那樣緩慢而沉重，但畢竟沒有從世界舞臺上被排擠出去，當今又升騰了改革的活力，以新的面貌和姿態走向未來和面向世界。這樣一個歷史之謎困惑了新一代作家，迫使他們從民族歷史的發展和民族文化的積澱中去尋求民族文化之根：生命之根、個人發展之根，發掘出民族文化中生生不息的「力」。誠如阿城所說，年輕的一代開始從肯定的角度表現中國文化心理。（當然在「尋根」作家中也有複雜、矛盾的情況）。然而，他們尋求民族文化活力的視野沒有限於作為中國文化正宗的儒家文學，而更多注目的是與儒家文化有時處於互補地位，有時又處於對立地位的道、佛文化和充滿原始生命力的民間文化。這種選擇本身也就是一種浪漫精神和情緒的表現。阿城筆下的人物，無論是《棋王》裡的王一生，還是《樹王》裡的蕭疙瘩，《孩子王》裡的代課教師「我」，從表層上看，都是非英雄的小人物，大多平和知足，安時處順，然而在他們那卑微乃至猥瑣的外形裡，卻蘊含著一種頑強的內在力量，因而不時本能地「煥發出光彩來」，產生了某種「英雄行為」。這顯然也是對一種理想人格的內在渴求，是作家從歸於「虛無」的道家文化精神中昇華出來的一種人生理想。阿城經驗世界裡對西南各民族民間文化的深切體驗，使他的作品也充滿著對久已遺忘的民間文化的嚮往，並希望從中挖掘出民族賴以生存的生命活力。這種傾向在很多作家的作品中可以發現。在李杭育葛川江系列小說中，他從最能體現民間文化精神的最底層的人民身上，探尋民族賴以生存的內在活力《葛川江人家》中的秦寨人，充滿了粗獷原始的野性，但是正是他們面對死亡和生存的選擇，洋溢著生的意志和豪情。數代人在「玩命的營生」中面對著「葬生魚腹」和「壘壘新墳」，以及不定那天，還得死在這條既是他的搖籃又是他的祖墳的大江底下的冷

酷現實，仍然「渾身是」，「渾身是勁」。在這種悲劇性的性格命運中，滲透著一種生存，發展的生命活力。賈平凹的商州系列小說，也執著地在「蠻野自由的民俗民風」中，謳歌蘊含著民族蓬勃生機的活力，崇尚大漢之風。但在他的作品中，也注意到尋求古老文化凝結的生命活力與現代文明的契合點。在小月桂蘭等具有新質的人物身上，傳統的堅韌和對新的生活方式的渴求逐漸和諧起來，成為一種新的現代文明的表證。

　　大量民歌，傳說，神話等文學因素直接進人作品，作為一種內在的文化潛流取代了對古老歷史的直接描繪，從而在相當自由靈活的時間和空間上，把傳奇與現實融為一休，以此來加強民族文化的積澱和歷史感。劉艦平《船過青浪灘》伏波將軍降妖伏波的傳說以及他的三千人馬葬身青浪灘化為紅嘴黑身的五寸河鴉的故事，顯示了人們征服自然的美好願望，也象徵著歷史在今天的沉重壓力。鄧剛《龍兵過》那莊嚴肅穆充滿宗教意味的出海儀式，鄭義《老井》裡關於宋太宗扳倒水井的傳說以及設壇祭雨和綁龍祈水的悲壯儀式，就是以「現實，歷史與一系列神話，傳說，構成千年村史」，從而使人們一方面感受到歷史沉重緩慢的步伐和人們的保守，愚昧與迷信，另一方面也使我們領悟到民族生存的理想和力量——一種在今天仍需要發揚光大的生命力的裸泉。李杭育《沙灶遺風》中關於隋揚帝為娶父親的兩妃子而形成的火把節的傳說，馮苓植《駝峰上的愛》關於駝發瘋的傳說，都具有意蘊豐富的文化含義。至於民歌，也常常反覆出現在作品中，與傳說，神話交相輝映，使這些作品的藝術世界更為光怪陸離，神祕莫測。《北方的河》所引用的岡林信康的歌，是作品強化人的主體意識的重要媒介和象徵物，《黑駿馬》裡的民歌，不僅是主人公尋找故鄉，友誼和自己過去的情感紐帶也是草原人民對理想的憧憬和對愛情的理解。

《老井》孫仙旺的山歌和趙巧英的民歌交替出現，前者代表了對過去的愛的刻骨銘心，後者則表現了對愛情的忠貞不諭，使《老井》的藝術世界充滿浪漫色彩。李杭育「葛川江」的船工小調，馮苓植作品中的草原民歌都與作品本身融為一體，增加了作品的厚度，豐富了作品的內涵。傳說、神話民歌在一系列作品中用得相當自由靈活，與現實主義情趣大相徑庭，本身就體現著一種浪漫主義的自由精神。它們常常與人物的性格，命運融為一體，成為人物命運的象徵，也給這些人物性格基因注進了生命活力而這正是作家們在對民間文化的探尋中表現出的一種意願和理想。然而儘管在道、佛文化和民間文化組藏有內在的生命活力，但是占統治地位的畢竟是儒家文化，其基本特徵是封閉性，單向性，求同性，對人性的自然慾望採取壓抑和扼殺的態度，而且把人的社會慾望也納入一種單向的為封建政治理想服務的軌道之中。十年浩劫更是無情地壓抑和扼殺人的自然的情感和慾望。因此，新時期文學的浪漫主義一開始就千方百計，以各種各樣的方式來宣泄和表現那因壓抑得太久而有些變態的自然情感和慾望。他們渴望情感和慾望的內在真實無保留地披露。《願你聽到這支歌》中的楊柳和「我」對祖國、民族、自我認識的代價，完全是在這樣的激情中衝動下的宣洩；《公開的情書》中的幾個主人公苦苦地探索祖國、人民的前途和學業的價值，愛情的真諦，痛苦地反省著鮮為人知的內心意識中的陰影，嚴格剖析自己的靈魂世界。《我們這個年紀的夢》，《在同一地平線上》中各自對自我內在深層心態的坦蕩暴露，《北方的河》、《黑駿馬》中主人公對內在生命力和愛的渴求和靈魂的自我昇華，都是那被壓抑的自然情感和慾望的一種曲折表現。因為歷史和自我的解放還沒達到能坦率大膽地暴露這自然情感和慾望的程度，所以這種表現往往以祖國民族事業的形式出現。

在這些作品中。我們不難感受到作家無意識地暴露出來的對自然的情感和慾望的渴求。如果我們把這種對自然情感和慾望的渴求放到禁慾主義的歷史文化背景下，它的合理性，必然性以及對人的解放意義都是可以理解的。

　　歷史和自我的自覺從客觀和主觀兩方面為進一步自由而大膽表現人的這種自然情感和慾望準備了條件，新時期浪漫主義中對「性」的探索和表現就更加直接和強烈的表現了出來。從道德的角度評價這種對性心理的表現是否健康是膚淺的，我們應該看到它更為內在的方面，即它所組含的社會歷史內涵。這種「性」文學思潮的出現，是對禁慾主義和畸形理性的反動，是人進一步走向解放的必然階梯。它並不是為了表現性心理而表現性心理，而是企圖通過這種表現，肯定人的感性，並發掘出人賴以生存和發展的生生不息的感性動力和創造熱情、創造本質。從生命本身的角度看，「性」是創造和力的本源。如果我們不為道德所囿而能以自然而合乎人性的態度看待這種現象，它本身既不神祕，也不卑下，可怕的只是道學家掩藏在道貌岸然下的陰暗心理和人性變態。張賢亮《男人的一半是女人》從整體上象徵世界的構成和聯繫的紐帶是基於「性」的生命本原。男女任何一方如果缺少或是失去了這種生命本源就會使自身失去平衡。男主人公對喪失性功能的痛苦與自卑，恢復性功能的熱情和喜悅，乃是對創造力和生命力喪失的哀歎與創造力和生命力存在的歡欣，也是「性」的創遭和生命本源轉化為社會熱情和創造力的一種哲學象徵。因此，肯定人的感性存在和感性地位，肯定人作為自然生命力的本質，也是對人的創造力和創造熱情的呼喚。鄭義的《老井》正是把這兩方面結合和統一起來加以表現的。孫旺泉與趙巧英刻骨銘心的愛情，只有達到了肉體接觸時，他才「感到世界和他溫熱的肉體一樣，存在而結實」，只有在這頃刻，「一種強

烈的生活慾望不可抑制地奔湧起來，像青龍河的山洪，像六月的擠雨，正月的狂風一樣碎然來臨。」當孫旺泉在事業上愛情上遭受不幸，幾乎喪失了生活意志的時候，是趙巧英刻骨銘心的愛給他生活的勇氣和信心；正是在與趙巧英「性愛」的生命衝撞中，生的意志和創造慾望壓倒了他軟弱、妥協和自卑的意識，而使生命之並流出了涓涓泉水。可見，新時期浪漫主義文學對「性力」的渴求對「性」的壓抑，也就意味著對生命熱情和創造慾望的壓抑。正是在這種層次上新時期浪漫主義文學表達了對「人」的理想，因此它已超越了倫理道德的含義，而有了一種人類生命本體的意義。

　　如果說新時期浪漫主義文學對愛情和性力的肯定是在感性層次上表達了對人的理想，那麼更高一級的追求，乃是對建立在此基礎上的蘊含有英雄精神和悲劇精神的理想人格的追求。與虛偽的浪漫主義不同，新時期浪漫主義文學的理想主義和英雄主義不是與廉價的樂觀主義情緒相聯繫，而是與憂患意識和悲劇相聯繫，蘊含著痛苦，自我犧牲和毀滅。

　　《公開的情書》通篇貫穿著一個主題，追求人的尊嚴和價值，追求祖國與民族的未來，這一切都必須以英雄主義為心理動力，以理想主義作為指路明燈。老邪門呼籲人應當為「一把火」，「一把劍」，「我願同風基比一比力量，把最後的瞬息交給戰鬥，我不願掙扎著登上沉寂的海岸悲哀地計算身上的傷口。」這種勇士豪情和英雄壯志，與「立意在反抗，指歸在動作」的拜倫式浪漫主義精神是吻合的他們莊嚴地宣告為自己和祖國的理想而奮鬥。老久說得好：「我勇敢地追求自己的理想，勇敢地為事業犧牲」，「我們要成為握著真理之劍的戰士」，「我們必領改變世世代代壓在我們民族身上的這個把人變成庸人的貧困落後的環境。」豪情與理想，個人追求

真理與祖國和民族的命運緊緊地聯繫在一起，表現了新一代人的英雄主義和理想主義。《北方的河》中的那位大學生，正是在「北方的河」的英雄主義品格的衝擊下，心靈得到了昇華：「在他的筆下漸漸地站起來一個人，一個在北方阿勒泰的草地上自由成長的少年，一個在沉重勞動中健壯起來，堅強起來的青年，一個在愛情和友誼、背叛與忠貞、錘鍊與思索中站了起來的戰士。……我感激你，他想，我永遠感激你，北方的河，你滋潤了我的生命。……他明白這宣洩而下的傾訴應當有一個深刻的結束，這結束應當表現出巨大的控制力和象徵能力，它將使全部詩行突然間受到一種奇異的強光照射，魔幻般地顯現它的深蘊的一層更厚重含蓄的內容，這個結尾應當像北方大河一樣，粗悍清新，動人心魄。」作品中自由的少年，健壯、堅強的青年，思索的戰士，乃是一代人理想人格的造型，所追求的正是真正具有男子漢氣魄的人格理想。主人公為這種人格理想的不懈追求與獻身，顯現了一代新人的內在靈魂，成為青年一代的楷模。

通往理想的道路是不平坦的，其間充滿著悲劇性和自我犧牲，從而使得這理想散發出異彩，而不管能在多大程度上實現自己所追求的理想。鄧剛《迷人的海》中的老少兩代海碰子，就是在這樣一種追求中，體現了生命價值的自我實現。老海碰子無疑象徵著民族過去的英雄精神，而小海碰子則體現了新一代人的選擇和追求。老海碰子為了實現世世代代從未實現的理想，面對數代人葬身浪濤裡的悲劇的歷史，無畏地選擇了「富有男子漢氣魄」的大海，作為他「搏擊，拼殺，奪取和尋求」的戰場，「就是死在這裡也值得」。小海碰子在天性上比老海碰子更加自信，面對大海的艱難困苦根本不屑一顧，在「狂妄」得有些嚇人的氣魄裡，體現了新一代人的無畏精神和英雄品格。李杭育《葛川江人家》，劉艦平《船過青浪灘》

也都是在殘酷，悲劇的人生和環境裡，著力表現我們民族的堅韌精神和英雄品格。用《船過青浪灘》裡的胡小源的話說：「想不到這個世界上，還有一種這麼嚴酷的生活！還有這麼一群勇敢的人們。他們就像這湯湯的辰河脾氣暴烈而又秉性寬容，有短時的渾濁，更多的是清澈，從古至今，奔勞不息，默默地養育著兩岸的村鎮和田野，生命從來未曾乾涸過！它來自藍天，來自山間，流人洞庭，湧入長江，匯入大海。」正是在這種勇敢，寬容的英雄精神的激發下，「我」——一個喪失了生活意志的人，靈魂在這裡得到了洗禮和淨化，決心摒棄窩囊的生活，生要堅強，死亦壯烈，從而勇敢地選擇了一條面向真實人生和生活的道路。在梁曉聲「北大荒」的系列作品中，我們看到了王志剛曹鐵強等一系列英雄群象，作為青年一代的縮影，為歷史留下了光輝燦爛的一頁。。王志剛為戰友，為開墾北大荒而獻出了自己的生命；裴曉雲肩負著沉重的精神十字架，以生命的最後熱情，塑造了一座英雄冰雕；曹鐵強為了繼承父輩的遺志，甘願獻身於拓荒事業，在這種默默的獻身中實現和昇華自己的生命價值和理想。不管歷史會對他們的選擇和事業作出什麼樣的評價，他們為自己的理想獻身犧牲的悲劇性精神本身，卻是不朽的，並不會因歷史的發展和進步而泯滅其光輝和價值。

　　新時期浪漫主義對這種充滿獻身和犧牲精神的理想人格的追求，實際上也是對支撐民族生存和發展的民族脊樑精神和性格的呼喚。就像北方的河一樣，在「一大塊一大塊凝著的，古樸的流體裡」，呈現出「老實巴交，但又自信而強悍」的性格，「它」就是我們的「父親」，能給人以「粗糙的撫慰」和「誘人的勇敢」，在沉靜，含蓄，寬容的腳襟中，蘊藏著深沉而堅韌，永不屈服的意志和沖決一切「礫石戈壁」的原動力。這也就是《北

方的河》所理解的我們民族的性格之根，即魯迅先生所肯定的民族脊樑精神。就像鄧剛筆下的海碰子，頑強自信，不屈不撓地追求著自己的理想，一次一次地破滅，一次一次地面對死神的威脅，都決不後退，堅忍不拔；就如《老井》中的村民一樣，雖然面對的是「老井無井渴死牛，十年九旱水如油」的惡劣的自然條件和「洗了臉，洗山藥，洗了山藥餵豬喝」的生活環境，但卻不屈服，不喪失生存的意志，多少年來，人們就在「祖先，故土，家的照翅下，」在任何絕境之中，都保有生活下去的勇氣。「這雖然是一種悲劇的人生，但他們為著一種理想——儘管是一種眼光不遠，境界不高的本能的——生活下去的力量，乃是我們民族堅韌頑強的品格，是我們民族之所以生存的內在精神動力。正因為具有這樣堅韌頑強的品格，在古老的「老井」底下，集聚著噴薄欲出的生命的清泉，人們只要發掘來，貧瘠的大地就會獲得生命的養分。在孫旺泉身上，就蘊藏著這樣一種旺盛的生命之泉。在這個人物身上，無疑體現了作者對我們民族精神和性格的一種理想。我們在李杭育烏熱爾圖和賈平凹的作品裡，也都不難看到這樣一種理想表現。然而，他們也並未對這種民族脊樑精神作盲目的崇拜而且也深挖出了落後、保守、愚昧乃至近乎迷信的一面，在浪漫主義的熱情中也保有一種冷靜的理性思考。《老井》也真實地寫出了那愚昧保守，落後的環境和文化傳統如何無情地扭曲了孫旺泉的心靈和靈魂，通過他「由人變一口井，一塊嵌死於井壁的石」的悲劇人生，揭示了傳統文化與人的衝突和對立。《老井》還通過趙巧英的行為實踐告訴人們：「老井」也並非是枯寂的老井，並非無波，新的文明之風已經吹動了「老井」中的漣漪，一種自由的，合乎人道的具有現代文明和開放意識的文化心態正在新一代人身上滋生起來。在新時期浪漫主義文學裡，理想人格應當具有這種開放性

的文化心態。因為如果沒有這樣一種文化心態，就不能打破「單循環的封閉的軌道」，英雄精神及其悲劇的崇高性就會變質，變態，而成為畸形，片面發展的怪胎。新時期浪漫主義文學所追求的理想人格應當是全面發展的，應當有對他人的寬容，對各種文明和文化形態的寬容以及大膽汲取他人和其他文化的優點和長處的胸襟這一傾向在新時期浪漫主義文學作品裡已越來越明顯和明確。

　　憂患意識，哲學文化反思和對理想人格的追求使新時期浪漫主義文學與現實主義在審美境態和情趣上都迥然相異。遼闊的境界，悲愴的情緒和崇高、恐怖的自然美組成了新時期浪漫主義文學的審美世界。大自然不僅作為人的對立物而且也作為人們的主體意識和力量的參照物進人浪漫主義的藝術世界，通過它來確證人是一種更強大，更崇高的存在，從而使人的主體性地位得到張揚，由此來展示人的內心世界的無限廣闊。張承志筆下的遼闊無垠的草原以及那永不停息，生命長存的大河形象，鄧剛筆下那寬廣的大海，梁曉聲筆下的深不可測的「鬼沼」，孔捷生筆下的「大林莽」，烏熱爾圖筆下的原始森林，鄭義筆下的太行山，李杭育筆下的葛川江等自然形象作為「浪漫主義詩歌的道具」（盧森堡語），暗示著人的心靈和力量的無限性。在這裡，草原森林具有空間的遼闊性，大河則具有時間的延伸性，人的心靈則包容兩者，在這永恆的時空中，不斷地激發人對精神無限性的追求與渴望。作為生命的人生是短暫的，體積也是十分渺小的，但是人類則是永恆的，崇高的，作為個體的人亦能在瞬間中獲得永恆，以渺小求得巨大和崇高。因此，在新時期浪漫主義文學作品中，遼闊壯麗的自然形象是人的心靈的物質載體，是強化人的主體意識的參照物。正如斯達爾失人所說「孤寂的森林，無垠的海洋，燦爛的星空，差堪表達充滿人們心

靈的永值感與無限感。」⁷

　　確證人的主體力量的強大和意志堅定，平靜和睦的小橋流水，明月松澗是難以完成的，因此，新時期浪漫主義文學常常賦予自然形象以恐怖色彩，一方面，它反映了人與自然的對立，在人與自然的對立中顯示人的主體性；另一方面，它更顯示了人們征服自然，戰勝自然的意志。亞歷山大・封・洪堡曾經指出：「古人只是當自然在微笑，表示友好並對他們有用的時候，才真正發現自然的美」，但在浪漫主義作家那裡，他們「發現自然在蠻荒狀態中，或者當它在他們身上引起模糊的恐飾感的時候，才是最美的。黑夜和峽谷的幽暗，使心靈為之毛骨驚然、驚慌失措的孤寂，正是浪漫主義者的愛好所在。」馮苓植對那神祕而令人恐怖的草原之夜的描寫（《沉默的荒原》、《駝峰上的愛》）；梁曉聲「北大荒」荒原中的「鬼沼之地」；孔捷生大林莽中的泥潭，疾病，荊棘與狂風；鄧剛大海中的冰冷與嚴酷，漩流與暗礁，《老井》中殘酷的自然條件，葛川江的急流險灘，以及烏熱爾圖原始森林的神祕與變幻莫測，王鳳麟《野狼出沒的山谷》中的「死亡之谷」，都有一種恐怖的氣氛，尤其是他們大膽把筆觸引向死亡主題，與荒原的黑夜，森林的幽渾，江河的險峻融為一體，更使人驚心動魄。正如斯達爾夫人所說，這種恐怖與死亡「會使庸夫俗子失魂落魄，卻能使天才格外大膽無畏。大自然的美好與破壞力的恐怖相交織，引起一種無以名狀的幸福與懼怕的夢吃，而沒有這，就無法理解、描繪世間的景象」⁸。但這一切都只是為了有助於「從哲學的角度刻畫一個偉大的性格或者

7　斯達爾夫人：《德國的文學與藝術》，北京：人民文學出版社，1981 年版，第 28 頁。

8　斯達爾夫人：《德國的文學與藝術》，北京：人民文學出版社，1981 年版，第 44 頁。

一個深刻的情操，」[9]而不僅僅是為了展示恐怖和死亡。如鄧剛筆下大海的恐怖是為刻畫老少兩代海碰子為理想而獻身的性格；梁曉聲筆下「死亡之沼」的恐怖乃是映襯一代青年征服蠻野的英雄豪情；《老井》中惡劣的自然條件，乃是顯示人在征服自然中所表現出來的堅忍不拔的生命意志和力量；馮苓植《駝峰上的愛》的恐怖景象，也是為了映照人世間最崇高的愛的理想。

　　然而，在人與自然的衝突和對立中，一方面固然可以看到人的堅強意志和力量，另一方面，自然的永恆與生命的短暫相對照，又使人產生一種自卑意識，從而面對大自然，發出生命渺小短促的感歎。張承志《北方的河》的主人公面對永恆，壯麗，崇高的大自然，不由感到人在自然中的渺小和生命的短促。因此，以有限的生命去與無限的大自然相抗衡，以拼搏的意志去實現在無限長河中的目標，必然要蘊含一種力不可及的悲愴意識。《大林莽》中的邱霆，深信人類定能征服自然，人類永遠是大自然的主宰，然而卻沒想到在「征服自然」的過程中，破壞了自然的生態平衡，受到大自然的無情懲罰和報復。人類幾千年來忽視了上蒼的這一啟示，所以使自身陷入了一種難堪和悲劇性的境地。當《大林莽》反思人與自然的關係時，就反映了一種自卑意識和悲愴意識。在大自然的懷抱中，「人在其中卻茫然若失，渺小孤單想到這幾個如蟻生命的存亡，在永恆的大自然中不過是生命循環物質交換瞬間完成的程式，真叫人不寒而慄。林莽浩瀚，樹梢紋絲不動，冷酷地與闖入者對峙。寂靜中含蘊著無窮的奧秘，蕭穆的神感。」但是意識到這一處境並不把人導向徹底地悲觀和絕對地絕

9　中國社會科學院外國文學研究所編：《歐英古典作家論現實主義和浪漫主義》〔二〕，北京：中國社會科學出版社，1981 年版，第 54 頁。

望,而只是喚起那種「知其不可為而為之」的悲劇精神,使短暫,有限的生命獲得某種永恆的意義,正如《大林莽》中所說:「人生從來是短暫的,在短暫中求永恆。唯有不懈地蛻變更新,這過程不是一個人能自我完成的。生命的火炬需要經很多很多人的傳接。」正是個人生命的短暫與有限,人類才要組織起來,成為一個「類」的存在,把一代一代有限短暫的生命連接在一起,構成無限的生命歷史,與大自然同享永恆和無限。新時期浪漫主義文學,在象徵意義,表達出了這一意識。《迷人的海》老海碰子及其他的上輩小海碰子及其他的下輩,正是構成了這樣一個無限生命的鏈條,顯示了人類追求自己理想的力量的無限性。「老井」人,葛川江人,「商洲」人也正是依靠這樣一種力量,「靠一種古老而神奇的本領生存不衰,繁衍下去」。人類生命與大自然一樣,也是永恆和無限的;在人類生命的鏈條中,個體生命依靠自身類的意志和力量,方能獲得一種「永恆」。新時期浪漫主義文學在無意識中所表現的「類」意識,顯示了對個體生命的超越,從而把個體的人格理想延伸為民族乃至人類的理想。這種理想,與憂患意識,文化反思意識融為一休,是我們在其他作品中所看不到的,它顯示了新時期浪漫主義文學獨特的審美意識審美觀照和審美開拓。

三

相似的時代往往會產生相似的文學思潮,但特定的時代和歷史的具體要求不同,又使相似的文學思潮具有不同的特徵。新時期浪漫主義文學作為時代的產兒,「不自覺地服從於一個使他們就範的歷史必然性,不得不

追隨這個歷史必然性的潮流。」[10] 因此，它的基本內涵和傾向必然滲通和反映著這個時代的色彩，因而與其他任何時代的浪漫主義文學相比，便呈現出不同的特徵。

　　基於深沉的憂患意識，新時期浪漫主義文學雖然也呈現出一種憂鬱和悲劇性的特色，然而其情緒的主導傾向仍然是樂觀主義的。中國古代浪漫主義由於歷史本身發展的不完善，作家的主體意識也不能充分發展，因而在社會的巨大客體的重壓下，必然使作家帶上悲觀，絕望的烙印。屈原的理想是博大而崇高的，然而這理想於他來說永遠是一個無法實現的夢，所以雖然他有著「雖九死而猶未悔」的為理想而獻身的精神，然而支配他行動的深層情緒卻是悲觀絕望的，最後只有用生命去實現自己對理想的追求，給後人留下了一首悲壯的詩。李白作為一代「詩仙」雄姿英華，慷慨激昂，但在險惡的社會和人生道上，也不得不發出「蜀道之難，難於上青天的哀歎，只好「明朝散髮弄扁舟」，在自我安慰中嘲諷，遊戲人生。在他那「天生我才必有用」的自信中，掩藏著的卻是一種悲觀情緒和意識。辛棄疾縱有「氣吞萬里如虎」的英雄豪氣，但在整個社會萎靡不振，不思進取的條件下，也只好陷入了「紅巾翠袖，搵英雄淚」的絕望之中。蘇軾凌雲縱筆，開一代豪放之風，但在他豁達的人生態度中，卻蘊含著強烈的懷才不遇的苦悶和心靈哀傷。超脫實際上是一種現實抑鬱之下的逆反心理，是悲觀情緒的變態表現。縱觀中國古代浪漫主義作品，一種無法消除的悲觀絕望情緒始終是深層心理情緒的核心，不管其外在表現形態是如何不同。《牡丹亭》在「生可以死，死可以生」的理想表現中，貌似樂觀，

---

[10]　勃蘭兌斯：《十九世紀文學主潮》第二分冊，北京：北京人民文學出版社，1984 年版，第 110 頁。

實則也是出於對現實的絕望所產生出的一種虛幻理想。傳統的大團圓其實也只是因悲觀絕望而產生的一種逆反心理，是不敢直面慘澹的人生和社會的廉價樂觀主義和理想主義。

在西方浪漫主義，尤其是早期的作品中，人生不可避免的悲劇性以及由此產生的感傷主義情緒，始終纏繞著作家。高爾基曾經指出：十九世紀浪漫主義作家的基本主題是「這樣一種人生悲劇，這種人覺得生活是狹小的，感到自己在社會裡是多餘的。池在社會裡替自己尋找舒適的地方，然而找不到——於是受苦、死亡，或者是同他所敵視的社會妥協，或者是墮落到酗酒，自殺。」[11] 基於此，他們或者是拜倒在宗教的祭壇下，把生命和幸福寄託在虛幻的天國，或者逃避現實，沉醉在田園牧歌的自我陶醉之中，這在夏多布里昂和湖畔派詩人的作品中，表現得十分強烈。即使像拜倫，雪萊這樣具有強烈叛逆精神的積極浪漫主義作家，也不可避免地打上悲觀的烙印。盧卡契就認為：在海涅的一些作品中，尤其是像《羅曼采羅》這樣的抒情詩，邪惡的勝利往往成為主調，而這恰恰是極端的悲觀主義的頂點。

新時期浪漫主義文學與中國古代和西方浪漫主義文學不同，它有一個深刻樂觀的基礎，那就是建立在現實和歷史發展基礎上的理想的此岸性，中國古代和西方浪漫主義所表現的理想，本質上是不可實現的，是彼岸世界的，它永遠是一個夢，是在現實生活受苦難和折磨的靈魂的避難所。正是由於這種理想的此岸性，使得新時期浪漫主義文學對前途的意識是樂觀的。正如張承志在《《北方的河》題記》中所說：「對於一個幅員遼闊歷史

---

[11] 《高爾基論文學》，北京：人民文學出版社，1978 年版，第 125 頁。

悠久的國度來說，前途最終是光明的。因為這個母體裡有一種血統，一種
水土，一種創造的力量使活潑健壯的嬰兒降生於此，軟弱的病態呻吟將在
他們的歡聲叫喊中被淹沒。從這種觀點來看，一切又應當是樂觀的。」《北
方的河》的主人公正是通過自我反省，努力擺脫歷史與現實的重壓，從而
為自己在社會中找到了一個合適的位置，有了一個樂觀的結局－這是一種
整體上的象徵性的結局。《迷人的海》中老少兩代海碰子開始由於各自經
驗和意識的片面性，在理想的道路上，只憑自己的力量，始終難以實現自
己乃至無數代人夢寐以求的理想；後來他們終於攜起了手，老一輩人的執
著和新一代人的自信、樂觀以及現代化的技術手段結合起來，使他們走向
了陽光照耀的大海，那一輪紅日的冉冉升起不正是未來光明的一種象徵
嗎？在梁曉聲和孔捷生的作品中，你當然一方面可以感到人在險惡無常的
大自然面前的壓抑和自卑，另一方面你也可以感到人的主體意識和力量的
強大，因為那險惡無常的大自然終究「是被碟在腳下」。為著理想的實現，
隨時隨地都可能有犧牲，但這犧牲也絕不是無謂的，無價值的，它恰恰是
通向光明和未來的。

　　在李杭育、賈平凹的作品中，歷史的沉重根深蒂固的傳統以及險惡的
自然環境，是那樣觸目驚心和令人悲觀，然而，那洋溢在作品裡的生生不
息的生命力，又給人一種積極的情緒和精神。《葛川江人家》中的四嬸在
船破後的樂觀以及「不以成敗論英雄」的豪情，大黑對舊船毀滅的絲毫不
惋惜，而是以造新船激勵自己，不正是體現了我們這個民族賴以生存並走
向光明未來的力量嗎？賈平凹的商洲系列小說，顯示了新的文明的曙光已
投射到了蠻俗沉睡的大地上古老文明沉積的地帶，已煥發出了對現代文明
的追求。這是一種在現代的衝擊下從民族的母體裡所發現的一種活力而產

生的樂觀主義，是實實在在你可以感覺得到的一種現實運動，而不是導向彼岸世界的虛幻意識。

基於群體意識，新時期浪漫主義對個人奮鬥的肯定和對個性的追求並沒有導致極端的個人主義，而是在個人的主體性意識裡面，滲透著祖國和民族意識，把個人奮鬥，個性發展和人格獨立與祖國和人民的未來有機地結合了起來。因此，新時期浪漫主義雖然也不時地流露出孤獨和個人主義，然而在本質上與古代浪漫主義的孤獨感和西方浪漫主義純個人主義的擴張有所不同。孤獨感是古代浪漫主義無法擺脫的基本情感傾向。古代浪漫主義作家往往在思想意識上超越了他同時代的大多數人，因此高山流水，難覓知音就成了他們的心理隱患，從而造成孤獨感，屈原有「眾人皆醉我獨醒，舉世皆濁我獨清」的孤獨的苦悶他的周圍全是讒媚奸詐的小人，「美人香草」只能在虛幻的理想中相會。他獨自上天入地，訪賢問古，到頭來也只能發出「鷙鳥之不群兮，自前世而固然」的嗟歎。在李白、蘇軾、辛棄疾的作品中，那種鶴立雞群，空懷壯志而不為人理解的孤獨情緒也十分濃厚在西方浪漫主義那裡，由個人孤獨帶來的個體的自我擴張表現得尤為突出。拜倫筆下的哈樂德在很大程度上是他自己的化身，就是一個孤獨者，「是一個最不適合與人群為伍的人」。他超越他的時代太遠了，以致聲稱自己「愛好一切孤獨」，以無以倫比的個人反抗去與他的時代相抗衡。雪萊一生的悲劇，如勃蘭兌斯所說，就是太理想化而不為人所理解，從而形成了雪萊的孤獨他們筆下的個人奮鬥，就多少帶有自我的無限擴張并把自我與社會，與群眾相對立。新時期浪漫主義文學因為有其群體意識的內在基礎，所以表現了對孤獨和個性的超越。《黑駿馬》表現出來對草原的懷念和對人民的熱愛，就已經超越了個人的孤獨；「我」已意識到只

有土地，母親和人民才給人以真正的勇氣和力量。張承志在他的《〈黑駿馬〉寫作之外》一文裡，表達的正是這樣的認識，他說「真實的，人民的人生不會欺騙你們。我願和你們一塊熱情地走入她們的生活和命運中去，我堅信我們最終都會感到很大的充實和快樂。」是的，在祖國和民族面前，正如《公開的情書》在經過心靈痛苦以後認識到的那樣：「個人的一切變得多麼微不足道啊，我沒有理由長期糾組在個人感情，個人出路之中艱苦的工作在等待我們，激烈的戰鬥在召喚我們，我卻陷於個人的痛苦中不能自拔，這是多麼渺小啊，——我看見了光明，——我們這一代人對祖國和人民負有義不容辭的責任。我們決不把自己的命運交到別人手中！」正是這樣，新時期浪漫主義文學不是著力渲染個人的孤獨感，也不是把個人塑造成超凡脫俗，傲世獨立的英雄，而是強調個人命運與祖國，民族命運的血肉聯繫。《老井》中的孫旺泉，固然可以為著自己的幸福和前途離開貧瘠的山村，這是合理並應給予鼓勵的；但他最終還是放棄了個人幸福把自己的命運與「老井」人的命運聯繫在一起。鄭義在一篇題為《太行牧歌》的文章中，且更加清楚地闡明瞭這一思想作家深深地意識到「若無一代接一代的」集體主義精神和英雄主義精神，「歷史之河便遺失了平緩的河道，無從流動，更無從積蓄落差，在時代的斷裂處令人驚異地飛躍直下。」《天山深處的「大兵」》中的鄭志桐，一方面清楚地意識到我們民族至今還存有封建的桎梏，把人變得自卑和奴顏媚態，安於現狀，不求進取創造和開拓，因此他呼籲「我們這代人身上培植起這種民族性格——富於開拓，進取，探險，敢於競爭」，並堅定地表示「用自己的身子鋪在通往國防現代化的理想之路上」。這種把個人奮鬥和追求自我價值的實現與祖國的命運和民族的前途聯繫在一起，表現了新一代人不僅要有相當強的個性意識

和獨立意識（他們都意識到自己與周圍大多數人的差別，並堅定地走通過自我選擇的理想之路），而且也有相當強烈的群體意識和社會責任感。

　　基於社會和人類不斷發展和進化的現代意識，當新時期浪漫主義文學把熱情的目光投向大自然時，既沒有古代浪漫主義的「返璞歸真」意識，也沒有西方浪漫主義的「回歸」意識，因此他們所追求的不是與自然的表面和諧，而是在人與自然的衝突和對立中達到人與自然的更高層次地統一。「他們訴諸人的活生生的心靈，心靈向他們啟示的只是他們自己或他們的同時代人感受到的東西，以及從他們生活的時代的全部文明總體產生的東西。」[12] 因此，自然在他們筆下獲得了一種現代意義，它不是對現代文明的否定，而是對現代文明的補充和完善。

　　古代和一些西方浪漫主義作家不管是追求與大自然的和諧，還是著力表現大自然的雄偉與崇高，都有一種美化自然，崇拜自然的宗教情緒和與社會，現代文明的對抗意識。他們認為，文明的發展破壞了人的美好的天性，因此人性在社會中總是處於被扼殺和否定的地位，而在自然中才能喚醒和得到肯定，因此有一種強烈的回歸自然，返回到自然的傾向。新時期浪漫主義文學則把自然納入人的主體意識之內，使自然成為人的本質力量的延伸和擴展。他們把自然放到與人的對立和衝突之中，從而在更高層次的意義上顯示出人的更強大，更崇高的生命力量。滔滔的江河大海，茫茫的荒原，貧瘠的土地，恐怖的峽谷，暴風雪，山洪，乾旱，烈日，疾病，神祕的原始森林和險峻的高山，都是映照人的主體意識的參照物，並成為人性和人的本質力量的一種精神昇華。可以說，古代和一些西方浪漫主義

---

[12]　中國社會科學院外國文學研究所編：《歐英古典作家論現實主義和浪漫主義》〔二〕，北京：中國社會科學出版社，1981 年版，第 157 頁。

作家在和諧寧靜中去求得自然與人性的統一，反映出的則是對社會和現代城市文明的逃避；而新時期浪漫主義則是在對立中求統一，表現出的則是人要從自然中汲取激情與力量，把自身自然生命的原質上升為社會的創造慾望，進取精神，從而改造自然，改造社會，也改造自身。所以，他們不是厭世主義者的隱遁自然，不是迷戀和美化田園牧歌式的自然生活，而是把自己內在的自然生命力昇華出來，從而成為走向現代文明的心理動力所以在歌頌自然的同時，他們渴望著人類的文明知識，渴望著現代文明，肯定了現代文明的合理性和必然性。艾略特曾經認為：詩人保留了民族歷史的完整層次，在邁向未來時，繼續在精神上與自己的童年以及民族的童年保持著聯繫，因而「藝術家比其同時代的人更為原始，也更為文明。」[13] 新時期浪漫主義作家及其作品正是在與自然的對立統一中，實現了原始和文明這兩極的合一，使現代文明通過原始蠻荒的自然也折射出光來，與社會歷史的運動和文明進程保持了同步。從這個意義上我們可以說，新時期浪漫主義是高度自覺的文學，他們「不自覺地服從於一個使他們就範的歷史必然性，」然而又自覺地「追隨這個歷史必然性的潮流」。因此，新時期浪漫主義文學必然是有生命力和導向未來的文學！

---

[13]　轉引自韋勒克・沃倫：《文學理論》，三聯書店，1984 年版，第 79 頁。

第8章 「寫真實」：
一個口號的歷史考察

　　作為一個已經退隱的文學口號，「寫真實」已經被很多人漸漸遺忘。單從字面上看，這個口號確實不具備理論性，它所指的是對創作的某種藝術期待或要求。由於與二十世紀中國文學中「現實主義」思潮之間千絲萬縷的聯繫，經過半個多世紀的風雨，它已不是一個空洞的能指，歷史已經賦予了它豐富的內涵，已經構成二十世紀現實主義思潮在中國演變的一條顯性線索。

一、口號的誕生

　　現在，很多人已經認同這個口號是由史達林首倡，而由胡風在《關於解放以來的文藝實踐的報告》中首次引入。這個文本於 1955 年 1 月 30 日作為《文藝報》第 1、2 期合刊附冊公開出版，原文如下：

　　　　拉普派底指導「理論」是：要求作家首先具有工人階級即共產主義
　　　的世界觀，要求作家用「唯物辯證法的創作方法」去創作。拉普派
　　　的統治對那以前的蘇聯文學起了嚴重的危害作用，為了清算拉普派

底這種「理論」（當然還有作為這「理論」底原因和結果的宗派主義），史達林提出了社會主義現實主義的口號。那本質的意義就包括在史達林底談話裡面：「寫真實！讓作家在生活中學習罷！如果他能用高度的藝術形式反映出了生活真實，他就會達到馬克思主義。」（註：見《聯共（布）第十七次代表大會速記錄》，我當時是從日文介紹讀到的。）[1]

　　胡風的這段表述至少可以作兩種理解：一是「寫真實」並非他所獨創，而是由史達林首倡，這也許本身包含著胡風的政治策略；二是表明「寫真實」與「社會主義現實主義」的關係之密切，點明「社會主義現實主義」的本質就是「寫真實」。從口號的誕生上來看，胡風的轉引被後來的很多人證明是不實的，有代表性的是吳元邁和程繼田的考證。

　　吳元邁對史達林關於「寫真實」的提法則是在《K·捷林斯基回憶錄》中找到蛛絲馬跡的：「……藝術家首先應該真實地反映生活。如果他不能真實地反映我們的生活，那末他在生活中就不可能不覺察到、不可能不反映使生活走向社會主義的東西。這就是社會主義藝術，這就是社會主義現實主義。」[2] 這段話雖然不能證明胡風所點明的第一點，但可以證實胡風所要點明的第二點，也是關鍵的一點，即「寫真實」與「社會主義現實主義」的密切關係。

　　程繼田則進一步對「寫真實」口號的起源作了探究，基本上澄清了這個口號從一出生就引發的小小誤會：

---

[1]　胡風：《胡風選集》（第1卷），四川人民出版社，1996年版，第495頁。

[2]　吳元邁：《蘇聯三十年代「寫真實」口號提出的前前後後》，《蘇聯文學》，1981（1）。

「寫真實」，並不是史達林的原話，而是論述者的話。關於史達林論述「寫真實」的中文譯文，最早見於李相崇譯的葉爾米洛夫寫的〈社會主義現實主義理論的幾個問題〉一文，那段譯文是：

> 寫真實——史達林同志關於社會主義現實主義的本質問題就是這樣回答的。
>
> 「讓作家在生活中學習吧！如果他能以高度藝術形式反映生活真實，它就一定會達到馬克思主義。」……這裡，寫真實也沒有冠以引號，是作家根據史達林的意思概括的話。後來胡風在他的《關於幾個理論性問題的說明材料》裡，也用了這段話，並以此作為他的「寫真實」論的主要理論根據。……然而，如前所述，俄文版裡，在「讓作家向生活學習吧」之前，並沒有「寫真實」三個字。這就可以看出，那種認為史達林提出「寫真實」口號的說法，是缺乏有力根據的。[3]

吳程兩人的考證過程，在表面上否定了「寫真實」這一口號是由史達林首先提出來的，對胡風的引述從字面意義上進行了推翻，而從考證的實際內容看，他們又證實了史達林對「寫真實」與「社會主義現實主義」之間密切關係的認可。從史達林本身作為一種政治符號的象徵來看，「寫真實」一詞已經不可避免地陷入到「政治性話語」與「文學性話語」兩種話語的合流與對抗之中，而隨著「現實主義」這一概念在中國的不斷改寫而

---

[3] 程繼田：《「寫真實」口號異議——馬克思主義文藝思想學習札記》，《山西大學學報》，1981（1）。

遭遇了一種特殊的語境。

二、「寫真實」：政治話語與文學話語的合流

　　至今仍然沒有人能夠為「現實主義」下一個明確的定義，但毫無疑問的是，在作為敘事的一種基本原則來表述人與世界的關係時，「寫真實」早已成為它的題中應有之義。「現實主義」基本上成為二十世紀中國文學中最具影響力而又最曖昧性的詞語，成為人們無法逃避的話語圈：一則因為沒有人能逃離生活本身而存在，追求所謂真實已構成人的某種本性和價值；一則因特殊的政黨與政治利益的需要以及政治生活在現代中國的主導性地位。所以現實主義以及與之緊密相關的「寫真實」口號能成為二十世紀中國文學的主流話語，具有歷史與現實的必然性。

　　這個口號在其知識的來源上確實有著過於複雜的過程，為了弄清脈絡，我們還是從胡風那裡開始。

　　胡風引述史達林語錄，提倡「寫真實」，其意圖之一是為了推銷自己的現實主義觀。他認為作為審美範疇的現實主義，其核心內容就是「寫真實」。他說：「任何內容只有深入了作者底感受以後才能成為生活的真實，只有深入了作者底感受以後才能進行一種考驗，保證作者排除那些適合自己胃口的歪曲的東西，那些同於某種計算的人工的虛偽的東西（更不論那些生意眼的墮落的東西）而生髮那些內在的真實的東西。」[4] 在怎麼「寫真實」這個問題上，他又提出自己的看法：「一方面，歷史是（人民）創造的，另一方面，文藝是寫人的，如高爾基所說的是『人學』。脫離了精神，

---

[4]　胡風：《胡風評論集》（下冊），人民文學出版社 1985 年版，第 200 頁。

就不能在真實性上寫出人來。」[5] 這可以看出胡風所提倡的「寫真實」就是要寫出歷史進程中人的真實與真實的人性，這仍與「五四」時期提倡個性解放的人道主義啟蒙思潮有著淵源關係。如果說胡風仍然代表著「五四」時期的啟蒙現實主義觀，那麼我們作一次歷史的重播，看看中國現代文學是在何種情形下選擇了「寫真實」。

這一時期的現實主義包含著複雜的意味。

一方面，從當時話語實踐的語境來看，「賽先生」作為五四精神的另一面旗幟，象徵著理性、精確和真實，就如李澤厚所說，「科學的、理性的人生觀更符合嚮往未來、追求進步的人們的要求，承認身、心、社會、國家、歷史均有可確定可預測的決定論和因果律，從而可以反省過去，預想未來，這種科學主義的精神、態度、方法，更適合於當時年輕人的選擇。」[6] 這使得「寫真實」很快進入中國現代文學的視野之內。

另一方面，作為從西方引入的創作理論，現實主義強調客觀再現，高度關注社會生活的原生態，強調對現實的認識，強調對生活現象的真實呈現，正好符合當時中國的特殊政治歷史語境。現實主義（當時譯為「寫實主義」）被引入中國，不僅僅是一種文學類型的選擇，更是代表著歷史進步勢力對舊的衰腐文化的衝擊。陳獨秀提出的文學革命「三大主義」中，「寫實文學」就與「國民文學」、「社會文學」並駕齊驅，而其發展情形就如南帆所說，「當寫實主義與『為人生』的口號結合起來時，否認寫實主義勢必成為推卸責任的同義語；當寫實主義成為抗拒形形色色頹廢主義的旗幟時，放棄寫實主義無異於投入資產階級的懷抱；當寫實主義被當成唯

[5] 胡風：《胡風對文藝問題的意見》，《新文學史料》，1988（4）。
[6] 李澤厚：《中國現代思想史論》，東方出版社 1987 年版，第 59 頁。

物主義或者科學的標本時，脫離寫實主義就是認可種種可疑的唯心主義哲學陣營。經過一系列複雜的理論運作，寫實主義——後來易名為現實主義——成了一個享有特權的重要概念，它終於從一種文學類型轉變為一種進步文化、正確世界觀和先進階級的標誌。」[7]。

更進一步講，中國傳統文化中起支配作用的實用理性精神，是現代文學與現代中國政治突出強調並突顯現實主義和「寫真實」的內在文化動機。在現代中國，政治具有強烈的實用功利性是不言自明的，而文學，從其發生到後來的發展，也具有鮮明的救國救民的功利目的，這就在深層次上為現實主義、「寫真實」的出場並最終成為主導提供了先在基礎。

因此，無論從哪個方面來講，以「寫真實」為核心的現實主義一旦進入中國特殊的社會語境之中，它就不再是一個單純的文學問題，更是一個政治問題了。即使現在看來，在「救亡壓倒一切」的時代，文學被納入政治話語，仍然是一種歷史的必然選擇。而正是由於文學話語獨立性的喪失，使其後來成為政治的工具，又成為另一種悲劇性的必然。

三、重返「真實」：文學話語對政治話語的反抗

作為中國現代文學主流話語的現實主義，從一開始就與中國政治話語形成共謀，這就勢必導致文學為政治話語所奴役，這在毛澤東 1942 年發表〈在延安文藝座談會上的講話〉之後，情勢變得更加嚴重。尤其在建國之後，文學的真實性被不斷變換的意識形態話語遮罩，文本完全成為政治話語的延展，文學的「傾向性」比「真實性」更為重要，如周揚所言，「判

---

[7]　南帆：《文學的維度》，上海三聯書店 1998 年版，第 48 頁。

斷一個作品是否社會主義現實主義，主要不在於它們描寫的內容是否社會
主義的現實生活，而是在於以社會主義的觀點、立場來表現革命發展中的
生活真實。」[8]

　　然而，在文藝家們認識到文學世界已經為政治話語所全面佔領時，他
們開始了有策略的反抗，意圖使文學話語「回歸」。「寫真實」作為奪標的
口號而最終演變為一個重大的理論問題與政治問題，其導火線就是胡風。

　　如前所述，胡風引述史達林的「寫真實」口號，其意圖之一在於宣揚
啟蒙現實主義觀，也就是恢復五四時期的啟蒙精神，在某種程度上也是為
了恢復文學的獨立話語權，為文學話語去蔽。於是，1954 年 3 月到 6 月，
在路翎、徐放、謝韜、綠原等人的積極參與下，胡風寫成了《關於解放以
來的文藝實踐情況的報告》（通稱「關於文藝問題的意見書」或「三十萬
言書」）。同年 7 月，胡風向黨中央提交了這「三十萬言書」，試圖為自己「翻
案」，再加上舒蕪上交了胡風寫給他的私人信件，批判胡風的運動就升級
了，1955 年 5 月，由對胡風文藝思想的批判轉變為肅清胡風反革命集團的
鬥爭，《人民日報》就此發表社論《必須從胡風事件吸取教訓》。這是理論
家們通過「寫真實」來與政治意識形態進行的第一次正式對抗。

　　「胡風」事件之後，1956 年黨內提出「雙百」方針，理論家與作家們
以為重新找到了恢復「寫真實」的契機，於是紛紛出手。在理論界，以秦
兆陽的《寫真實》、《論尖銳之風》和《現實主義——廣闊的道路》、陳湧
的《為文學藝術的現實主義而鬥爭的魯迅》、劉紹棠與叢維熙聯名所寫的
《寫真實——社會主義現實主義的生命核心》、周勃的《論現實主義及其在

---

[8]　周揚：《社會主義現實主義——中國文學前進的道路》，《人民日報》，1953-01-11。

社會主義時代的發展》為代表，對以「寫真實」為核心的現實主義創作方法進行恢復，對以「社會主義精神」為原則的社會主義創作方法進行批評、修正甚至否定；在創作界，以王蒙《組織部新來的年輕人》、劉賓雁《在橋樑工地上》、鄧謙《趙部長的一日》等作品為代表，重新進行批判現實主義的話語實踐。

拿著這些證據，1957 年 10 月文藝界主要以《文藝報》、《文藝學習》為陣地開始了對「寫真實」第二輪壓制。這一次涉及的理論問題及文學話語實踐兩個層面，主要聚焦於新舊兩大問題：

（一）一個新問題：「寫真實」與「暴露陰暗面」的問題。這時候，強調「寫真實」的理論家們，包括曾經批判過胡風的陳湧，此時觀點都幾乎與胡風保持一致了，都要求「寫真實」，文藝應該「積極干預生活」，勇敢地「暴露陰暗面」。這當然要受到來自主流意識形態的抨擊。茅盾此時提出的看法幾乎代表了主流意識形態的觀點：「右派分子叫囂的『寫真實』，其實是『暴露社會生活陰暗面』的代名詞，……問題不在陰暗面應不應當寫，問題在於你用怎樣的態度，站在什麼立場去寫那些陰暗面，……『寫真實』這句口號在本質上實在和胡風的『到處有生活』的謬論完全一樣。」[9]

（二）一個舊問題：如何「寫真實」、「寫真實」與「社會主義」的關係問題。這就是當初胡風受批判的主要問題，因此批判本身毫無新意。茅盾、駱賓基、艾蕪等人站在主流意識形態的立場上，對「寫真實論」者們進行攻擊，但多少說得有些隔靴搔癢。以群對政治性決定「真實性」的論述則更為直接：「革命文學工作者從來不諱言真實，而且一向重視文學的

---

[9]　茅盾：《關於所謂寫真實》，《人民文學》，1958（2）。

真實性；革命文學工作者所強調的文學『服務於政治』以及文學的『政治性』和『思想性』，正是為了加強和加深文學的真實性。」[10]

　　周揚在第三次文代會的報告中繼續批判「寫真實」，強調傾向性與階級性，並把「寫真實」劃在修正主義的範圍內。直到 1962 年，邵荃麟提出「現實主義深化」，再次為「寫真實」正名。隨即「現實主義深化」挨批，寫了「中間人物」的作品被打倒，直至 1966 年 2 月，在江青等人的〈林彪同志委託江青同志召開的部隊文藝工作座談會紀要〉中，「寫真實」被作為「文藝黑線專政」的「黑八論」之首被徹底批判。

　　這一次反抗，以主流意識形態話語的全面勝利而告終，重返「真實」已然成為一種被壓抑的文學願望，沉寂在動亂的歲月中。

四、走向退隱

　　二十世紀 70 年代末，「寫真實」重新回到新時期學術界話語之中，其導火線是劉賓雁發表的〈人妖之間〉。《紅旗》、《北京文學》、《人民日報》、《光明日報》等多家刊物組織了關於「寫真實」問題的討論，各地的文聯組織也紛紛召開相關的研討會，大概可分為三派觀點：（一）周忠厚[11]、暢廣元[12]、譚好哲[13] 等人認為「寫真實」是馬克思主義文藝理論的基本要求，是現實主義文學的基本特徵，反映了真實也就是反映出了生活的本質：

---

[10]　以群：《談陳湧的「真實」論》，《文藝報》，1958（11）。
[11]　周忠厚：《「寫真實」不容否定》，《延河》，1980（1）。
[12]　暢廣元：《否定「寫真實」是錯誤的》，《陝西師大學報》，1980（3）。
[13]　譚好哲：《略論「寫真實」與「寫本質」》，《江漢論壇》，1982（2）。

（二）李玉銘[14]、計永佑[15]、程繼田[16]等人認為「寫真實」容易導致創作中的自然主義傾向，文藝必須反映生活的本質，而不能僅限於描寫生活；（三）程代熙[17]、陸貴山[18]則認為「寫真實」固然重要，但也不能只是寫真實，要注重現實主義文學中的真善美統一。總體看來，理論界對「寫真實」已經達成共識，多數文章肯定了這一口號存在的合理性，雖然在細節上有差異或爭議，但已經開始進入文學語境中對文藝問題進行探討了。此時，李準從理論上對「寫真實」進行了分析，基本上點明瞭現實主義在中國的前途：「一個文藝作品能否達到『本質的真實』，關鍵不在於它所描寫的是一些什麼樣的社會生活現實，而在於怎麼寫。」[19]

　　經過這一番洗禮，「寫真實」等問題在表面上得到瞭解決，而解決問題的前提本身也是建立在「『寫真實』本是現實主義題中應有之義」這一無需證明的前提之下，事實上這個過程宣告的只是「文學話語」在「政治話語」壓迫之下的某種解放。既然問題本身是不證而自明的，那麼之前的問題都可以稱作「偽問題」了。

　　80年代中期，中國開始出現了與「新時期小說」完全不同的「新寫實小說」創作熱潮，80年代末西方理論中「所指」概念的引入，實際上是從新的起點對現實主義進行再「還原」，在還原的過程中對「真實」這一概念進行了全新的闡釋，實際上對傳統認識論中的「真實」範疇進行了一次徹底的顛覆，此中情形正如南帆所說：「批評家將『所指』作為以往客觀

---

[14]　李玉銘、韓志君：《對「寫真實」論的質疑》，《紅旗》，1980（4）。
[15]　計永佑：《對「寫真實」這個口號的一點澄清》，《天津日報》，1981-02-14。
[16]　程繼田：《為「寫本質」一辯》，《山西大學學報》，1982（1）。
[17]　程代熙：《現實主義的真實和作家的同情》，《文藝報》，1980（5）。
[18]　陸貴山：《怎樣理解「寫真實」》，《紅旗》，1980（9）。
[19]　李準：《對「本質真實」的一點理解》，《人民日報》，1980-08-27。

真實的代替，這是對『真』的涵義作出了相當徹底的顛覆。……真實與否的裁決不是文學與現實之間的相互衡量，而是語言與讀者期待之間的相互衡量。」[20]

與此同時，人們也意識到，科學的有效範圍也不是無限的，它也只是一套認知體系，在面對所有問題時，它也表現出自身的局限性。這一切在無形中消解了人們對傳統「真理性」範疇中「真」的崇拜。在這一歷史瞬間，人們建立在此之上的價值觀出現了分裂，走向消解，對「真理」與「真實」的認識出現多元化狀態。此時，作為一個不再合乎時代語境的口號，「寫真實」完成了使命，退出了歷史舞臺。

總之，「寫真實」口號在一次次歷史事件中促進了現實主義在二十世紀中國文學史上進行不斷地改寫，文學也由「政治性話語」向「真實性話語」轉變。但隨著語言的轉向（或提問方式的轉變），現實主義的未來卻不在作家或理論家們的預測之中，而且其中情形愈來愈加微妙。我們要言說的「真實」究竟為何物？這也許就是下一個等待著文學去解決的問題。

---

[20]　南帆：《文學的維度》，上海三聯書店，1998 年版，第 61-62 頁。

第9章 「鄉下人進城」母題的文化解讀

　　「鄉下人進城」由來就是一個豐富的話題，它「把現代社會人的空間轉移引出的諸種可能性都包含在內」[1]，已經成為底層敘述中最龐大的一支。從上個世紀初潘訓心《鄉心》中的阿貴、老舍《駱駝祥子》中的祥子、王統照《山雨》中的奚大有等「城市外來者」的奮鬥，80年代路遙《人生》中的高加林的被迫還鄉，本世紀初尤鳳偉《泥鰍》中的國瑞、鐵凝《誰能讓我害羞》中的送水少年等人的城市遭遇，「鄉下人」不斷地向城市進攻，不斷失敗。「鄉下人進了城，個人的橫向的空間經驗轉移與縱向的歷史身分變化形成了巨大的心理壓力，而農民式的堅忍與難以承受的境遇之間的張力成了小說敘事的一個巨大情感、精神領域。」[2]在當下語境中透視「鄉下人進城」，主要聚焦於對現代性社會結構轉型過程的審視，對時代變遷下的城與鄉之間的對立與融合、現代工業文明與傳統農耕文明之間的較量以及由此引發的倫理與價值危機的思考。

　　閻連科的中短篇小說《柳鄉長》以椿樹村為敘事空間，從權力視角講述了一個關於「鄉下人進城」的故事。柳鄉長接管了無藥可救的窮村——椿樹村，為了撈取政治資本，他用「斷腸草」來以毒攻毒，將全村的青年

---

[1] 　徐德明：《「鄉下人進城」的文學敘述》，《文學評論》2005年第1期，第107頁。
[2] 　徐德明：《「鄉下人進城」的文學敘述》，《文學評論》2005年第1期，第107-108頁。

男女趕到城市裡，用最原始的資本與手段對城市的資本進行掠奪與轉移，從而獲取政績。而掠奪者以物質充斥了鄉村之後，「現代」取代了鄉村原有的特質，傳統的倫理道德在物質面前潰不成軍。鄉村的本質被轉移過來的城市資本塗抹得面目全非，在「掠奪」的背後完成了本質上的「被掠奪」。

一、槐花：我們為什麼要進城？

……放下鐮刀／放下鋤頭／別了小兒／別了老娘／賣了豬羊／荒了田地／離了婚／我們進城去

我們進城去／我們要進城／我們進城幹什麼／進了城再說……

——謝湘南《在對列車漫長等待中聽到的一支歌》

不同於以往的敘述，《柳鄉長》對「鄉下人進城」的寫作已經由寫實主義進入寓言化寫作階段。相對於以往的進城故事，它是一種承接，在接著寫的過程中體現出不同於前文本的時代印跡；相對於同時期的同主題文本，它是一種概括性的寫作，文本裡沒有一個完整的故事，卻可以倒映出所有互文本的影子。在文本的表層，不再刻意描寫鄉下人進城的種種實體性遭遇，而是開始對「進城」的原因進行探究。

開頭是一段間接引語：

鄉長這個人喲，屌兒哩，說好著去縣上向新來的縣委書記彙報鄉裡的工作呢，可是，可是到了半途卻又猛地打道了，折身返著了，說為了全鄉人民喲，我不能丟下工作去見一個縣委書記去，要

拜呢，也該去拜我那柏樹鄉的人民哩。

去拜哪個人民呢？

去拜椿樹村叫槐花的姑娘了。

槐花是幹啥兒哩？

原是在九都市裡做難兒那種營生呢。[3]

　　一個極有諷刺意味的開頭，由兩個人的對話指出兩個中心人物──柳鄉長與槐花，也指出兩層關係──表層的是鄉長與人民，隱層的是鄉長與妓女。鄉長不見給他考評政績的縣委書記，卻去見「原在九都市裡做難兒」的人民──槐花。槐花是椿樹村裡進城青年的一名，也是「最有成就」的一名，她是柳鄉長樹立的致富「模範」。而就整體的文本而言，槐花不再是個體女性的稱謂，而是所有進城者的集體稱謂，完全可以在表層與深層意義上與柳鄉長所說的「人民」重合。

　　柳鄉長的「人民」是怎樣進的城？是幾年前被柳鄉長以市裡來招工的名義騙到城裡去的，而且進城一條不歸路，因為「鄉長下了車，給每個椿樹村的人發了一張蓋有鄉裡公章的空白介紹信，說你們想咋兒填就咋兒填吧，想在這市裡幹啥你們就去找啥兒工作吧……總而言之哦，哪怕女的做了難，男的當了鴨，哪怕用自家舌頭去幫著人家城裡的人擦屁股，也不准回到村裡去。」[4]柳鄉長把這些人丟在城市裡，「像做爹的扔了媳婦野生的孩娃樣，像把一群羔羊扔在荒茫茫的乾草野坡樣」[5]，不管不顧。

3　閻連科：《柳鄉長》，《上海文學》2004 年第 8 期，第 102 頁。

4　閻連科：《柳鄉長》，《上海文學》2004 年第 8 期，第 103 頁。

5　閻連科：《柳鄉長》，《上海文學》2004 年第 8 期，第 103-104 頁。

　　柳鄉長讓槐花們進城，表層原因是椿樹村的「窮」讓人震撼。「家家都草房泥屋的椿樹村」，白天裡村民們到「下溝幾里地去挑食水」，夜裡家家點著的「一搖一晃的煤油燈」。這種與「現代」完全搭不上邊的生活，表明瞭椿樹村人的底層命運及男耕女織的傳統農耕狀態。對於習慣了貧窮，從未見識過現代生活的村民來說，這是一種與生俱來、理所應當的狀態，習慣貧窮就是習慣生活。而這對柳鄉長來說絕不是一件好事。作為鄉村政權實體的代言人，鄉長是基層行政長官，需要完成國家下達的種種「硬指標任務」與「軟指標任務」，能夠超額完成任務的話，便可以得到政府賦予的更大權力，比如職位的升遷，反之則會被政權淘汰。柳鄉長之所以要槐花們「進城」，其中奧妙就在此處，即以「政績」來維護甚至獲取更高的職位與權力。

　　而柳鄉長能讓村民們進城，也是由於其身分原因。柳鄉長接受任命之後，對椿樹村的實地考察與關心，都表現出一個傳統父母官的標準樣板，得到村民的信任與依賴，取代傳統社會中的族長權威，成為一個新的「家長」。如果說鄉長需要按政策行事，一切按規定來辦事，那麼「家長」對家族的統治則是一種獨裁的、絕對的、不容辯駁的，即使是錯的，連哄帶騙的，家庭的成員也要服從。這兩重身分往往是衝突的，卻又能在柳鄉長身上轉換自如。正如上文提到的，柳鄉長先是憑藉政權，以政策的方式將村民們騙到「幾百里外九都市火車站旁的一個角落裡」，然後換上家長的面孔，「像做爹」的丟掉野孩子，像牧羊人丟掉「一群羔羊」。

　　這種丟棄在本質上是一種「放逐」。聖經上說，人類原是上帝的羔羊，由於本身的原罪而被上帝放逐到人間來受苦。在文本中，槐花們進城也是由於他們的「原罪」──與生俱來的窮，無法自救的窮。與傳統的倫理價

值中心相對，「現代社會是以科學性、合理性、世俗性、經驗性和進步性為特徵的」[6]，這指明瞭現代性本質是功利的，非人性的。在這種語境下，「窮」成為一種罪過，人們只有選擇富的權利，不能淪落為「窮人」，一旦成為窮人，便作為弱勢群體而遭到社會的拋棄。那麼，負罪的「羔羊」們被要求贖罪，其方式就是被放逐到他們所不瞭解的異質文明——城市去獲取財富，拯救椿樹村的窮。

那麼，「槐花們」進城，其目的不同於祥子、高加林等人，想要在城市裡獲得個人生存的空間與個人的身分認同，由「城市外來者」變成一個「城市人」，而是帶著被「現代化」判的原罪，被放逐到城市來贖罪。這種進城是非自願的，是被強勢文化與強勢政權逼迫的，是「人治」與「現代化」合謀的結果。

從這個意義上講，《柳鄉長》中的「進城」模式，是一個承文本，是對上個世紀 30 年代到 80 年代小說中「鄉下人進城」模式的深化而不是模仿。槐花們進城，不是為了獲得個人的身分認同，其目的獲取城市裡的經濟資本。而獲得資本的手段，在前文本裡經過祥子、阿貴、甚至高加林等人的驗證，腳踏實地地在城市的角落裡耕耘是不可能實現的。因為他們擁有的資本——無論是經濟資本、社會資本還是文化資本都是脆弱的，在短時間內是絕不可能與現代城市文明抗衡的。槐花們在城市裡「男盜女娼」的命運，在被送到火車站之前，其實已經被決定了。而「鄉下人進城」所遭遇的這種命運，在當下眾多的以「鄉下人進城」為母題書寫的文本裡面都提供了可供參考的個案，如孫惠芳《歇馬山莊的兩個女人》和《民工》、

---

[6] ［美］希爾斯：《論傳統》，上海：人民出版社，1991 年版，第 27 頁。

尤鳳偉《泥鰍》、鐵凝《誰能讓我害羞》、劉慶邦《家園何處》、喬葉《我是真的熱愛你》和《紫薔薇影樓》、吳玄《髮廊》、邵麗《明惠的聖誕》等。《柳鄉長》中槐花們的命運，正是對這些個案作了綜合性的敘述，因此它可以被看做是「鄉下人進城」敘事的一個總文本。

二、城市：鄉下人的異度空間

農民是一種身分／不是一種職業／這是我們大地的怪胎／鄉村和城市畸形瘋長／要選擇／意味著你還沒有出生

——陳勇《農民——獻給秦暉教授》

《柳鄉長》將視角始終停留在椿樹村，對其短短幾年來的變化作了深刻的對比。在槐花們進城前，椿樹村既沒通車也沒有通電，行走與吃喝都成問題，而現在呢？

日光像文火一樣暖在山梁上，椿樹村就顯擺擺地展在那明晃晃的日光下，像一個巨大的、假樣的村落的模型兒擺在山腰間。說是假兒哩，可又的確確著是真的，各家的房子是可以看到的，門樓和牆是可以摸著的，街上的老人和孩娃，是可以隨意兒問東說西的。[7]

這段話並沒有具體地描繪出椿樹村的實體面貌，而是用「真」與「假」來進行對村落的評價。「像一個巨大的、假樣的村落的模型兒擺在山腰間」，「假」在哪裡？新起的樓房門樓就有「一丈八」，樓外鑲的瓷磚在省

7　閻連科：《柳鄉長》，《上海文學》，2004 年第 8 期，第 105 頁。

城買回來的，而且「那瓷磚是坐輪船、搭火車票從外國弄進省城的」。[8] 槐花家則更為奢華，「像一座新式兒的廟院出現在村落正中央，一畝地，坐西向東豎著一棟三層的樓，樓房的磚都是半青半灰的仿古色，窗子孝是如木雕一樣的鋼花兒，鋼花中還不時地鑲著一些紅銅和黃銅，像花葉裡邊的花蕊樣。院牆呢，因為有鐵藝，就成了城裡公園的圍牆了，牆下又都種了花，種了草，雖然是冬季，可那本就長不高的地龍柏和臥塔松，還有本就四季碧翠的冬青樹，就在那黃蒼蒼的冬日裡綴下了許多藍綠色。」[9] 家裡的瓷磚不僅僅是用船從國外運回來的，還轉乘過飛機，更為高級一些。槐花家的現代化，讓全鄉的村長幹部們「都呆住了，在黑鴉鴉的一片人頭下，滿是一張張愕愕著的臉，愕了半晌兒，竟然沒有一個人能夠說出話來，只有一聲又一聲的『哎喲』、『哎呀』、『天呀』的被嗓子壓住的驚歎兒」[10]。也許讓人驚歎的不僅僅是槐花的家，更是現代城市的物質文明。儘管小說中很少或者基本上沒有對城市文明景象的描寫，而椿樹村的現代化明顯就是對現代都市文明的複印與抄襲。

「在以往，中國社會的軸心和中國文化的軸心乃是鄉村，典型的農夫生活往往跟城市絕緣甚至從未見過城市而保持到最後，但每個城市人卻以各種各樣的方式跟鄉村存在直接關係」[11]。同時，在傳統中國或者說在整個人類史上，「城的起源都不是因為工商業的需要，首先是軍事需要，次而由軍事需要演變為政治需要，並在相當長的時間裡保持著這種軍政性

8　閻連科：《柳鄉長》，《上海文學》，2004 年第 8 期，第 105 頁。
9　閻連科：《柳鄉長》，《上海文學》，2004 年第 8 期，第 106 頁。
10　閻連科：《柳鄉長》，《上海文學》，2004 年第 8 期，第 106 頁。
11　李潔非：《城市文學之崛起：社會和文學背景》，《當代作家評論》1998 年第 3 期，第 38 頁，第 40 頁。

質」[12]。中國的現代性轉變真正開始於十一屆三中全會，其主要表現是「由農業的、鄉村的、封閉的或半封閉的傳統型社會向工業的、城鎮的、開放的現代性社會的轉變」[13]。城市不再僅作為軍政需要而存在，而是作為經濟發展的主力，率先開始「現代化進程」，而鄉村仍停留在前現代。城鄉的對立勢態及城市的快速現代化，完全是由於政策重心的偏移以及在此過程中對農村利益的損害所產生的。因此，在現代功利性的指引下，城與鄉兩個異質的空間展開的是對資本的爭奪，而爭奪的條件，是以它們各自已有的資本為基礎的。

按法國學者布迪厄的說法，資本不僅僅是指經濟資本，至少包括經濟資本、文化資本與社會資本三個最基本的類型。「社會資本和文化資本可以合稱為象徵資本，它們往往不具有物質資本那樣的可觸摸性，但在社會支配與社會關係的生產與再生產中同樣十分重要。……它所起到的作用是掩蓋統治階級的經濟統治，並通過表明社會地位的本質以及使之自然化，而使社會等級制合法化。」[14] 布迪厄認為，這些不同類型的資本不僅可以相互交換與轉化，而且資本與資本之間還有強弱之分。毫無疑問，城市的各種資本都要比鄉村的資本強勢，可以說，城市在各方面的高高在上，已經成為鄉村不敢奢望的高峰，是弱勢象徵資本下不敢嘗試的「異度空間」。

而在一個以「現代化」為共同目標的遊戲下，城市對鄉村的侵略是先在的、合法的、隱性的、長期的，這個領跑者永遠在鄉村面前拿走了最好

---

[12] 李潔非：《城市文學之崛起：社會和文學背景》，《當代作家評論》1998 年第 3 期，第 38 頁，第 40 頁。

[13] 鄭杭生等：《當代中國城市社會結構》，北京：中國人民大學出版社，2004 年版，第 37 頁。

[14] 陳立旭：《都市文化與都市精神：中外城市文化比較》，南京：東南大學出版社，2002 年版，第 7 頁。

的資源。在「鄉下人進城」的不斷嘗試中，殘酷的現實讓鄉下人開始明白，在這場並非勢均力敵的現代戰爭中，如果進行正常的較量，這就是他們的必輸之戰。因為「決定一個人在遊戲空間中的地位與遊戲策略的不只是他（她）擁有資本的數量，而且還要看他（她）擁有什麼性質的資本以及這種資本在特定時間中的比值或兌換率。」[15] 在這場被迫捲入的戰爭中，面對城市的合法侵略與強勢資本，鄉下人基本也是沒有任何可以翻本的資本，除了投降就是掙扎。而徹底的投降是不可能的，也是不被允許的，之前我們已經闡述過「窮」已經是一種罪，鄉下人在政治權力的干涉與現代化的侵略下，已經沒有選擇繼續貧窮的權利了。

於是，「鄉下人」百折不回地再次進城，「原來在九都給人家壘雞窩、砌灶房的小工兒，轉眼間他就變成了包工頭兒了，名片上也印著經理的字樣了。原來在理髮館給人家做下手的，入了夜裡要去侍奉男人的姑娘呢，一轉身，她就是理髮館裡妖豔豔的老闆了。侍奉男人的情事就輪到別的姑娘了，事情就這樣輕易哩，把椿樹村的人趕鴨樣都趕到城裡去，三年後村裡就有些城裡模樣了」[16]。在文本中，城市的侵略性隱去，聚集於鄉下人是如何利用自身最原始的資本來對抗那些本身不平等的象徵資本與經濟資本，並通過這種原始的資本掠奪而使椿樹村成為現代城市物質文明的複製品。在表層看來，在柳鄉長與槐花們的努力下，貧窮村落成功地被納入了現代化的軌道，成為現代農村的典範，而實際上這顯示出的是現代城市文明強大的輻射功能，它不僅使作為邊緣文化的農村在經濟上、政治上附屬

15 陳立旭：《都市文化與都市精神：中外城市文化比較》，南京：東南大學出版社，2002年版，第8頁。
16 閻連科：《柳鄉長》，《上海文學》2004年第8期，第105頁。

於城市，而且也使農村變成城市文化的「殖民地」。而這個「殖民地」骨子裡的前現代性，使得椿樹村在現代化的初始生長中更像「一個巨大的、假樣的村落的模型兒」擺在村落聚集之中，成為一個非城非村的此在。

現代化的實現，決不是這麼輕易的一個過程，「真」與「假」的鄉村現代化之間存在著本質的隔膜。傳統與現代之間的對抗，並沒有真正被消解。

三、傳統：被拯救還是淪陷？

傳統與現代是水火不相容的，前者代表著人性，而後者代表著非人性。現代化與反現代化思潮間的衝突正好代表著人性與非人性的衝突，不易消解。

——［美］艾愷《世界範圍內的反現代化思潮
——論文化守成主義》

在離開鄉村之後，柳鄉長敢說「哪怕女的做了雞，男的當了鴨，哪怕用自家舌頭去幫著人家城裡的人擦屁股，也不准回到村裡去。」但在鄉村仍然沒有人敢公然地指出槐花們在城市通過「男盜女娼」致富的事實。反之，槐花們所帶回來的資本是通過傳統倫理下所能接受的解釋而變得「合法化」的。

在開現場會的過程中，鄰村的幹部們向村民詢問進城的「孩娃」在九都市幹啥時，回答是通過蹬三輪車而成為運輸隊的老闆，將財產的來源洗得清清白白，既合法，也非常符合傳統的勤勞致富原則。「送貨竟送出個

車隊來，蹬三輪車竟蹬成一個老闆兒。人家沒說自家孩娃原是在九都城裡做過賊，偷車子幾次被送回過槐樹鄉，人家說孩娃吃苦呢，原是城裡的三輪車夫哩。雖然這車夫和老闆兒那天壤的雖處讓人有著疑……」[17]至於做了「雞兒」的槐花則被柳鄉長樹為典範，柳鄉長在其他村的幹部面前號召向槐花學習，從政治上提高槐花的地位：「她不光把自己的妹妹從椿樹村裡帶了出去了，還把同村、鄰村的好多小夥、姑娘帶了出去了。一幫一，一對兒富；十幫十，一片兒富──這就是我們要走的共同富裕的社會主義道路呢，就是我們日常間說的集體主義、共產主義精神哩。」[18]這話雖然聽起來有些諷刺意味，但對鄉村的「現代化」來說確實也是指明瞭一個方向。

　　對於槐花所從事的行業，柳鄉長也是避重就輕，在虛實相生中變相地洗清了槐花的「案底」，「你們說，你們村有誰像槐花姑娘那樣能幹哩？你們知道不知道？槐花剛到九都才是一個理髮店服務員，專門把腰弓著在地上掃頭髮，給洗頭的男人、女人倒熱水。有一次，她把有些熱的水澆在一個女人頭上去，那女人一口痰就吐在了槐花臉上了；還有一次掃頭髮，掃到一個男人鞋裡了，那男人硬是讓她趴在地上用舌頭把他的皮鞋舔了舔……」[19]這番有血有肉的敘述讓人們感受到了城市對鄉下外來者的壓迫，也能感受到槐花創業的艱難，從表層上看是使槐花的奮鬥與收穫「合法化」了，但其中難以自圓其說的地方也會讓人思量。處於共同的困境中的鄉下人，也許早就心知肚明，只是說的人、聽的人一相情願地在共同生活的傳統鄉村倫理中將它「合法化」。

---

[17]　閻連科：《柳鄉長》，《上海文學》2004 年第 8 期，第 106 頁。
[18]　閻連科：《柳鄉長》，《上海文學》2004 年第 8 期，第 107 頁。
[19]　閻連科：《柳鄉長》，《上海文學》2004 年第 8 期，第 106 頁。

　　而表面上承認其「合法化」不代表內心的認同，甚至整件事情的主謀
——柳鄉長本人在內心深處是絕不認同的。在給槐花立碑之後，眾人散
去，柳鄉長「睜開眼，望望西去了的白色，望望空曠的田野，望望身後靜
了下來的椿樹村，最後把目光落在了為槐花樹的碑上去，看著那刻上去的
大碗公大的七個字：學習槐花好榜樣。盯著那字看了好一會兒，柳鄉長忽
然朝那碑前吐了一口痰，就像三年前他去九都市裡領那些脫了衣裳的姑娘
時，那員警在他面前吐了一口惡痰一模樣」[20]。這一口痰想來是不僅僅吐給
槐花的，也是吐給自己的，他吐在了自己主張樹的碑面前。反過來想，柳
鄉長何嘗不也是鄉村現代化進程中的犧牲者？槐花們犧牲的是青春與身
體，而作為一位擁有強勢象徵資本、可以呼風喚雨的鄉村「土皇帝」，他
犧牲的是他生而俱有、作為本質而存在的傳統倫理道德。

　　從文化對抗的角度來看，這是一場現代對傳統的征服之戰。但如果從
傳統本身來看，這種改變似乎更具積極意義一些。希爾斯在《論傳統》中
談到傳統變遷的內部因素時，作了如下闡述：「傳統得以存在，是企圖擺
脫它的有限能力和力圖繼續保留它的願望的雙重作用的結果。人類社會
保存了許多他們所繼承的東西，這不是因為人們熱愛這些東西，而是因
為他們認識到，沒有這些東西他們就不能生存下去。……傳統是不可或
缺的；同時它們也很少是完美的。傳統的存在本身就決定了人們要改變它
們。……當一項傳統處於一種新的情況時，人們便可以感受到原先隱藏著
新的可能性。」[21]這裡面談到了三個問題：一是傳統就是在與現代的兩極對
抗中得以存在的；二是傳統不可少，卻並不代表著它是完美的；三是基於

---

[20]　閻連科：《柳鄉長》，《上海文學》2004 年第 8 期，第 108 頁。
[21]　希爾斯：《論傳統》，上海：人民出版社，1991 年版，第 285 頁。

傳統本身的不完美性，其本身就隱藏著改變的可能性。那麼我們在表層的
新舊文化傳統中可以窺見傳統是一種生存的必需品，在其適應的時代，如
傳統中國，儒家倫理道德給以農業為主的社會帶來了可以生存與發展的人
倫秩序，並使之維持幾千年。而在現代的工業化轉型過程中，傳統文化的
那些只適應「禮俗社會」的部分，甚至包括倫理道理，都已經成為社會轉
型中的強大阻力。也就是說，柳鄉長與槐花們所面對的所選擇的「現代
化」之旅，雖然與以「法理」為主導文化的城市和以「禮俗」為主導的鄉
村都有抵觸之處，而其選擇就代表了一種鄉村想要融入現代化進程之中，
不願被淘汰的態度。從這個意義上講，柳鄉長與槐花們既是城市資本的
鄉下掠奪者，也是現代化進程中的「祭品」。他們殊途而同歸，就如小說
在結尾處意味深長、餘韻繞樑的敘述，「槐花臉上的羞紅淡去了，恢復了
她的白嫩白潤了，就那麼靜靜地看著柳鄉長，像看著一個自家不太熟的
哥。柳鄉長呢，也那麼靜靜地望著槐花，像望著一位自家不太熟的妹，望
著望著呢，槐花在柳鄉長眼前便有模糊了，漂亮得成了真的蓮花，真的牡
丹了。」[22]

　　由此看來，在傳統與現代的對抗中，無論是處於強勢還是弱勢地位，
人都必定成為二者爭鬥的祭品。傳統與現代的對立本質是永恆的，現代生
於傳統的薄弱處而必須擺脫傳統，人生在現代卻無法擺脫傳統的束縛。而
單就傳統而言，與其說它在拯救中淪陷，毋寧說它在淪陷中被拯救。

　　《柳鄉長》作為當下「鄉下人進城」母題中特定類型的總文本，從「鄉
下人」進城的原因開始挖掘現代城市文明與傳統鄉村文化的對抗，試圖來

---

[22]　閻連科：《柳鄉長》，《上海文學》2004 年第 8 期，第 108 頁。

展現在社會轉型過程中，現代性的侵略性與鄉村倫理道德的淪陷所可能造成的社會失範，也意在強調一種體制的建立，有著深遠的探索性意義。

　　無論是鄉下人與城市人的對抗，還是鄉村文化與城市文化的爭奪，抑或是現代工業文明對傳統農耕文明的征服，在這個歷史的當下，沒有人也不可能有人能給出一個完整的答案與評價。槐花們與傳統文化，究竟是在拯救中淪陷，還是在淪陷中獲救？仍然是一個有爭議的問題。因此，作為當下「鄉下人進城」的概括性文本，《柳鄉長》對「鄉下人進城」的敘述有著階段性總結的意義，同時所具有的豐富文化內涵，使之具有了文學史意義。

第10章 「先鋒小說」：
文學語言的革命與撤退

當我的與眾不同／成為一種時髦，／而眾人都和我差不多了，／我便不再唱這支歌了。／別問我為什麼，親愛的。

我的路是千山萬水。／我的花是萬紫千紅。

——紀弦《不再唱的歌》

　　「先鋒（avant-garde）」也譯為「前衛」，源自法語，原屬軍事術語，指主力部隊前面的偵察隊。十九世紀中葉，波德賴爾首次在貶義層面上使用該詞，通過「先鋒文人」、「先鋒文學」等名詞將「先鋒」引人文學領域。半個世紀之後，「先鋒」一詞才在文藝界及評論界得到認可與通過，《劍橋百科全書》開始對它進行定義：「先鋒派（avant-gardrde），最初用以指十九世紀中葉法國和俄國往往帶有政治性的激進藝術家，後來指各時期具有革新實踐精神的藝術家。」由此可知，「先鋒」一詞應與「常態」相對應，其本質是反叛的，其狀態是流動的、開放的，它的存在是以對主流的叛逆、超越為起點的。而我們今天所談的「先鋒小說」則是指1985年前後崛起的一種特定的文學創作形態，具體指向馬原、洪峰、蘇童、余華、北村等一批南方文人的「新敘事話語」實踐。

　　而今,「先鋒小說」已成為一個狹義而固定的指稱,指向 1984 — 1989
年這段時間內以馬原為首的一批年輕小說家的創作形態。《中國當代文學
史》(洪子誠著)與《中國當代文學史教程》(陳思和主編)兩本教材將其
作為一種既成事實,納入文學史的軌道。這些創作「與西方現代哲學思
潮、美學思潮及現代主義的文學創作密切相關」,「並且在其直接影響下」
產生,「從哲學思潮到藝術形式都有明顯的超前性」[1]。其產生首先引起的是
命名的混亂,當時除了「先鋒小說」這一稱謂,評論界人士還根據各自的
口味進行了命名,如「新潮小說」、「現代派小說」、「實驗小說」、「探索小
說」、「後現代主義小說」等。

　　作為文學史的短暫存在,他們力圖突破現有的文學觀念及創作套路,
以個性化的感受和獨特的話語風格對故事及其意義進行消解,創作了一大
批具有實驗性質的文本。這種探索「一方面是向文學表現形式極限的挑
戰,另一方面是向文學既定規範的挑戰」[2]。有強烈的革命性。如果說「五
四」新文學運動是中國現代文學史上的第一次語言革命,那麼「先鋒小說」
的出現則意味著對文學語言形式的「第二次反叛」。在語言層面上,如果
說第一次革命是蓄意的,顯性的,那麼第二次革命則是自發的,隱性的。
這一次反叛以「文革」末期的「朦朧詩潮」為語境而發生:1978 年 12 月
出現的(今天)雜誌及其伴隨而來約「朦朧詩潮」,1979 年發生在北京的
「星星美展」與首都機場女子裸體壁畫事件,1982 年在北京人民藝術劇院
上演的「實驗戲劇」《絕對信號》和《車站》等,在中國傳遞出先鋒主義

---

[1]　李兆忠:《旋轉的文壇──「現實主義與先鋒派文學」研討會紀要》,載《文學評
　　論》,1989(1)。
[2]　陳曉明:《筆談:九十年代中國先鋒文學創作與批評──關於九十年代先鋒派變異
　　的思考》,載《文藝研究》,2000(6)。

的信號。1982 年，詩人徐敬亞在其學年論文《崛起的詩群》中首次使用「先鋒」一詞來評論「朦朧詩」——「他們的主題基調與日前整個文壇最先鋒的藝術是基本吻合的。」[3] 詩人駱一禾則直接以《先鋒》為題寫詩，凸顯出先鋒反叛而決然的姿態。

　　正是在這種語境下，似乎是對詩人大聲疾呼的「我不相信！」的回答，年輕的小說家們走向了反叛。同時，與詩歌保持一致，即對現代漢語表達方式的突破，是他們的主攻方向和顯性特徵。在文學藝術領域，如果說異端便是正統的話，那麼反叛則是文學的常態，「先鋒小說」們的「新敘事話語」便是一種「內在反抗」的方式，他們直接從外在反抗中強調的「寫什麼」轉到「怎麼寫」，將文學行為由「創作」直接讓位給「寫作」。但是對於「怎麼寫」這個問題的思考，最初建立在對西方資源的直接嫁接之上，「自 80 年代中期以來走紅中國文壇的『先鋒小說』，曾深受西方現實主義和後現代主義文學的影響，尤其是拉美『魔幻現實主義』的感召」[4]，因此，從反抗意識與強度來看，如果說西方的「先鋒」意識源於對自身的懷疑與否定，具有很強的主動性，那麼中國的「先鋒」意識則是從外部社會開始的，具有被動性，無論是「五四」時期還是「新時期」。同時，中國新時期「先鋒小說」的語言革命意識起源於對「文化大革命」以及傳統文化的反思，但在操作過程中卻是直接借用現成的西方意識或概念進行治療。「事實上，中國的『先鋒派』成為一種新奇的混成物。這就是產生在中國土地上的，具有中國傳統人格、情感、意識的，沒有西方社會歷史文化基礎的，

3　徐敬亞：《崛起的詩群》，載遼寧師範學院校刊《新葉》，1982（8），刪改稿續《當代文藝思潮》，1983（1）。

4　王一川：《借西造奇——當代中國先修小說語育的審美特徵》，見《外國美學》，第16 輯，北京：商務印書館，1999 年版，第 50 頁。

從西方移植的、混合而形成的一種雜交。是既有中國血統，又有西方『異質』的混血兒。」[5]

　　具體而言，中西方所面對的語境是不同的，西方現代主義面對的是資本主義時代機器大生產所帶來的生存競爭、都市化及其對人的「異化」，而中國的先鋒派們則是在經歷「文革」之後，急於讓文學掙脫政治的束縛，重返「想像中的自身」，因此「他們的主要目的是試圖借用文本的形式和文化理論建構一個新的文化和新的自我（主體意識）」[6]。如果說西方「先鋒派」是以「破壞」為目標，通過對自身文化的破壞與裏讀來獲取新生，拒絕成為「經典」，拒絕被認同，那麼中國「先鋒派」恰恰與之相反，他們以「建構」為終極理想，希望被「歷史化」、被「經典化」，從而獲取認同與成功。因此從這個意義上講，中國的「先鋒派」們只是希望在淪陷處獲救，在絕望處逢生，是被動的「先鋒派」。就如馬原所說的，先鋒文學之所以能夠誕生和發展，根本不是為了使文學健康發展，而是文學走人困境之後一種無奈的選擇。正是由於被動，他們不敢在政治與道德、思想與情感方面有越軌之舉，這就直接導致了其「語言革命」的表層化及不徹底性，也使他們背離了真正的「先鋒」精神，也預示著後來「大撤退」的必然性。

　　就命名問題的混亂到統一而言，評論家們當時只是竭盡所能地尋找一頂帽子來送給這幫在創作傾向上具有不約而同的一致性的年輕人，並沒有考慮到他們是否需要，或者帽子本身是否合適。可以說，先鋒小說家們創作之初也不可能想到對自己創作的命名問題，需要名份的只是文學史罷

---

[5]　尹國均：《先鋒試驗——八、九十年代的中國先鋒文化》，北京：東方出版社，1998年版，第 11 頁。

[6]　尹國均：《先鋒試驗——八、九十年代的中國先鋒文化》，北京：東方出版社，1998年版，第 39 頁。

了。而余華也坦言：「當我們最早寫小說的時候，對當時現存的文學不滿意。那時除了莫言、馬原、殘雪，還有更早的張承志、韓少功、王蒙、汪曾祺等以外，大部分的文學作品在敘述上和中學生作文一樣，而我們則用我們認為緩真實的表達方式，我們用離事物很遠的描述來寫作。現在這種方式已成為一種傳統，所有的人在用這種方式，有的人寫文章說自己是先鋒派，我知道他們的先鋒是什麼內容，他們什麼都沒有。」[7] 由此看來，對「先鋒派」的命名倒是比「先鋒派」本身更具有遊戲性與顛覆性。

先鋒小說家們的語言革命，也可被看作「語言反抗」，即通過重組敘事話語，以「文學不是什麼」的方式發問，企圖把政治權力這一非文學性的成分從文學自身排除，以此來維持文學話語本身的獨立性，這是他們最初的文學期待。有些人認為這種「形式革命」徒有其表，其實也是一種誤解。余華等人一再強調通過「虛偽的形式」尋找的一種本質的真實，其創作是從外部描摹的真實轉向為內心感受的真實，暗含對「真實」的重新定義。

很多先鋒派作家都大膽地承認他們最初的「形式革命」帶有刻意與強制的成分，如格非自我反思的那樣，「那時我對現實生活進行把握的時候沒法同那些現實主義作家區分開來。我要表達一個不同的想法就必須通過變形、新的手法表現出來……而我現在就不用那麼複雜的結構可以簡單、輕鬆地表達出來，可以寫得更大氣一些，不用那麼小氣，但我仍然不會放棄在形式上的探索，更不能為簡樸而簡樸，小說寫到現在是一個水到渠成的過程，讓表達方法更接近內心的想法，更有效。」[8] 這種說法恰恰也證實了

---

7 許曉煜整理余華訪談：《我永遠是一個先鋒派》，見「文學視界」網站，2000-1-26。
8 張英：《新的生活需要新的文學探索》，見《文學的力量：當代著名作家訪談錄》，北京：民族出版社，2001年版，第315頁。

一個簡單的道理：文學的革命需要語言革命的支援，而語言革命同樣也是文學革命的最直接體現。作為形式的語言與具有超越精神的文學內容保持著一致性，先鋒小說家們深邃的生命體驗、獨特的審美感受、尖銳的人生思索，都借助一種更為獨特而恰當的敘事話語來進行傳達，而這就急籍改造現有的語言形式，使話語更能表達出那個被深深掩蓋在雜質話語之中的文學「自我」。因此，語言的重要性便凸顯出來，「不存在只有形式自身的形式，也不存在只有內容自身的內容，每個成分都同時起到對於被它所統屬的內容而言是形式，而對於比它高一級的形式而言又是內容的作用」。[9]先鋒派小說家們首先把握住了語言形式對於寫作的重要性，「講故事」的重心放在「講」上面，只可惜大多數作家並沒有意識到另一個問題：在新異的敘事話語背後應隱藏著主體的思維深度與敘事智慧，只有主體的超越性才能讓形式具有獨一無二的品格。在他們沉醺於自己的敘事迷宮時，往往會忽略了「形式的獨一無二」與「思想的獨一無二」之間的對應關係，在將語言實驗推向極致的同時暴露了主體本身的蒼白無力，使最初的「語言反抗」變成「語言遊戲」，而現代漢語傳統本身的積累不夠，這也間接導致先鋒最初的反叛性與革命直接為無深度無內涵的遊戲性所取代。

　　同時，從外部接受的角度來看，他們當時發出的「反抗之聲」具有與「五四」時期相同的時代「斷裂」性，但沒有及時得到認同與理解。其原因有二：一是評論界的「失語」。在傳統的學術話語未得到相應改變的情形下，先鋒小說家們已經率先邁開了腳步；直到1989年先鋒小說接近尾聲之時，評論家們才到場，通過對他們創作的回顧進行總結，對批評進行

9　　皮亞傑：《結構主義》，倪連生、王琳譯，北京：商務印書館，1984年版，第24-25頁。

批評。「近些年出現了一批所謂『先鋒小說』……從馬原開始轉換，到孫甘露、格非、余華、蘇童等形成的一股先鋒潮頭，沒有『宣言』與各種張揚，沒有各種理論的概括，在孤冷而寂寞的途中不知不覺地登上了令人矚目的前臺。他們似乎還把批評界甩開了整整一圈，使今日的討論成為盆測發展中的文學態勢的一種『補償』行為。」[10] 這是一場冷清的革命，倒是革命之後的喧鬧更讓人深思。二是「語言革命」本身的先鋒性，使得先鋒小說的沉寂與喧鬧並未走向歷史的縱深處。這場語言革命，由於缺乏思想革命作鋪墊，在橫空出世之後更像一場「技術革命」。對於評論家來說，要去理解已經需要費一番周折了；對於那些普通讀者來說，語言所帶來的閱讀障礙更加難以逾越了。理解本身具有難度，接受革命更是難上加難了。

這就直接引發了小說家們對形式探索的集體遺棄（當然還有少數作家仍然在堅持）。1989 年，被評論家們看作是中國先鋒派小說「謹慎地撤退」的一年。小說家們開始減弱文本形式實驗，中止語言遊戲，主動地開始了對現實人生的關注與書寫。而且，在經歷了種種創作體驗之後，他們已經有能力用簡單的形式來表達自己對現實的獨特把握。余華在這一年創作了他的武俠小說《鮮血梅花》，採用「零度寫作」的方式來保證故事的客觀性，不作任何評價與引導，不預先告之結局，放棄一切價值判斷，但故事本身的悖論與語言的悖論仍然表現出先鋒派的顛覆性，如「沒有半點武藝的阮海闊，肩背名揚天下的梅花劍，去尋找十五年前的殺父仇人」，這樣的句子使傳統武俠所承載的倫理意義不復存在，取而代之的卻是先鋒派們對命運的思考：即命運本身的荒謬與理想的虛無。隨後的《細雨與呼喊》

---

[10] 吳秉傑：《「先鋒小說」的意義》，見《人民日報》，1989-04-04。

則描寫了一個貧民的兒子——孫少林少年時期的孤苦無依的人生經歷，兇殘的父親、陰險的祖父、告密的兄弟所織成的家庭陷阱，讓少年以成人之心來承受生命的磨難，表達出對個人生存艱難體驗的關注。《活著》被看作是余華對「先鋒派」的完全背離，完全站在「民間立場」上來進行現實主義的創作，表現出「苦難與救贖」的主題——福貴在遭遇了無數次非人的遭遇與不幸的命運之後仍然頑強地活著，以不屈服的意志力對抗苦難，「活著」成為他自我救贖的力量與超越苦難的信念。可以說，以 1991 年蘇童的《米》和余華的《呼喊與細雨》為開端，先鋒派作家重返現實，從對意義的消解轉向對理性深度的追求。從積極意義上來說，先鋒小說家們是從狂躁的形式遊戲中冷靜下來，從對單一技巧的推崇轉為對生存苦難意識的思考，把「講故事」的重心文從「講」回歸到「故事」本身，追問的是人生的終極意義，從日常生活的本質裡窺出人的精神及人生所需遭遇的苦難，有著難得的自省意識。這是從過度的形式實驗之後的「重返」，表現出作家們對想像中的「文學自身」的再理解。

同時，先鋒小說家們也意識到了形式既是有力的，同時也是有限的，光憑形式本身其實也是無法拯救文學的。在重返的過程中，一些作家在放棄形式探索的同時也選擇了與大眾的妥協，將眼光投向市場，物質利益的引誘直接導致作家們撤退出未完成的探索，走向「媚俗」，迎合市場。其沒落與轉變的姿態，正如詩人于堅在《短篇之 97》中所描述的：「這一代人已經風流雲散／從前的先鋒派鬥士／如今挖空心思地裝修房間／娃娃在做一年級的作業／那些憤怒多麼不堪一擊／那些前衛的姿農／是為在鏡子上獲得表情／晚餐時他們會輕蔑地調侃起某個憤世嫉俗的傻瓜／組織啊／別再猜疑他們的忠誠／別再在廣場上捕風捉影／老嬉皮士如今早已後悔莫

及地回／到家裡／哭泣著洗熱水澡用絲瓜瓢擦背／七點鐘他們裹著割絨的浴巾／像重新發現自己的老婆那樣／發現電視上的頻道……」

　　然而，無論是重返還是撤退，在這一場沒有硝煙與爭吵的語言革命中，「先鋒小說」已然在歷史上留下「翅膀的痕跡」。首先，它利用特殊的歷史語境，通過「語言」所進行的文學內部革命，使得文學漸漸脫離政治影響與權力企圖的束縛，回到「想像的自身」（因為無人說得清「文學的自身」為何物，它仍然是文學界的某種想像與期待）。其次，先鋒小說家的「話語實踐」對「真實」進行了重新定義，以荒誕文本中的「內在感受真實」取代了文學的「外部描摹真實」，使小說的創作獲得了空前的自由。正是基於此，作家的想像力得到了應有的尊重。可以說，先鋒小說以其「殉道式」的「語言挑戰」開始「恢復文學的想像力」，在強調「怎麼寫」的過程中對小說形式的開拓具有不可抹殺的先鋒性。而當其先鋒性為大眾所接受時，它必然成為一首不再唱的歌，停留在文學史的編年中。

第11章 藝術表達與追尋生命文化之根
——論余光中散文的文化情結

余光中是一位享譽海內外的詩人，亦是一位成就卓越的散文家。閱讀余光中的散文，不同的人，因閱讀興趣、審美觀念和生存經驗的差異，所獲取的意義自有不同，享受到的美當然也不會一致，這是作家給讀者提供的廣闊閱讀空間所致，語言的彈性、內容的張力、風格的多樣性，為接受者的解釋留下了極大的餘地。但，對於我這個讀者來說，最令我激動、令我擊節、讓我沉思的是他筆下的一組對中華文化苦戀的散文，他那悠悠不絕、情感至深的對生命之根的追尋，一言之，他永遠無法割斷的民族文化情結。他的藝術話語，他的情感系統，塑造了一個典型的「尋根者」的自我形象；浪漫情懷與現實境遇、孤獨遊離與熱切執著的內心衝突，展示了一個「尋根者」的焦慮與渴求。

一、文化之「根」：尋覓者顯在與潛在的中心意象

每一個人都有自己的生命之根。生命之根主要有兩個層面：一是自然之根，由種族、種性的血緣基因的遺傳所決定，這是一個人無法選擇的自然法則，也是一個人種族、種性歸宿的自然決定，它從外觀、形體等方面決定著個體自然生命的類屬；一是文化生命之根，這是由民族文化建立起來的迥異於其他民族文化的價值精神結構，是一個人從內心認同文

化的根本依據，也是一個人氣度神韻、行為方式、思維指向、情感呈現的內在源泉，這是人超越自然人的動力所在。如果說，自然生命的遺體是個體無法把握和選擇的話，那麼，生命文化的遺傳同樣具有自然的法則性。從表面看，個體對文化的認同是可選擇的，生在某一文化系統的個體似乎完全可以放棄自己文化的價值，從而接受另一文化，從語言到行為以至價值觀念，看起來都可以使個體真正在文化上「脫胎換骨」。其實，這仍是一種現象。我有一個信念：文化是可以遺傳的，與自然生命的遺傳相比，不同的是遺傳路徑不同，文化基因的複製對每一個人的程度不同。因此，我認為，即使一個人從出生之日起就與本民族文化隔絕，生活在另一文化系統之中，但他的骨子裡，血液和靈魂中，從父輩那裡就已接受了本體文化的某些基因。雖然他與本體文化群中出生的人相比，文化基因也許要少得多，但他的父輩身上所帶有的本體文化的基因總是在有形無形地影響著他，因而，只要是在同一種族成員結合中誕生的生命，無論是生活在本文化系統還是異文化系統，他都會以不同的方式，不同的程度，接受本體文化的暗示。要不然，多數旅居海外數代的華人子弟，為什麼心中總會有炎黃子孫的情結呢？這自然是一個難以實證的命題，也許僅僅是一種暗示，但這又是一個客觀存在的事實。文化的暗示力量是無處不在的。

　　余光中出生在祖國內地，長大成人後才到臺灣及海外。在他的身上，不僅僅流淌著中國人的血液，而且迴盪著中華民族的文化精神。對於他而言，對民族文化的認同，是真正的宿命，是誰都無法更改的價值選擇。美國著名文化人類學家露絲·本尼迪克特在其名著《文化模式》中指出：「個體生活歷史首先是適應由他的社區代代相傳下來的生活模式和標準。從他的出生之時起，他生於其中的風俗就在塑造著他的經驗和行為。到他

能說話時，他就成了自己文化的小小塑造人物，而當他長大成人並能參
與這種文化的活動時，其文化的習慣就是他的習慣，其文化的信仰就是
他的信仰，其文化的不可能性亦就是他的不可能性。」這就是文化的力
量，正式這種力量，使人獲得了文化生命之根，余光中，也正是在中華文
化的系統裡，為自己的生命確立了位置，中華民族已經深植根在他的生命
之中。

　　然而，認為的力量使余光中失去了文化之根賴以生長得土壤。他一度
漂流在海外，猶如無根之浮萍，就像一印第安掘根部落的諺語所表達的情
緒：「創世之初，上帝賜給每人一杯土，人們從杯裡吸取生命的養料，但
現在這只杯子破了。」當余光中離開文化生命之根存在的土地，民族文化
所給予他的生命之杯也就破碎。然而，他又想極力修復這只破碎的文懷之
杯，要想法設法續接他生命的支撐點——民族文化之根。文化之「根」，
既是他生命的寄託，又構成了他散文中的顯在與潛在的中心意象。在其散
文裡，「根」，可以用實體之根來暗示文化之「根」，但更多的則是一種思
念企盼的情思造成「根」的潛在意象。「根」對余光中而言，無處不在，
尤其是存在於他的心靈深處。在《伐桂的前夕》裡有一段話，便是余光中
尋根意識的真切顯現：「他也是一棵桂一張楓葉，從舊大陸的肥沃中連根
拔起。這島嶼，是海鑲邊的一種鄉愁。在新大陸無根的歲月裡，他發現自
己是一棵植物，鄉土觀念那麼重那麼深的一棵樹，每一圈年輪都是江南的
太陽。」使得，一棵被連根拔起的樹，離開了生命存在的土壤，自然是不
幸的於是，對那塊土壤的懷念也就成了余光中這棵離土外遷的「樹」的中
心情結，也就是對中華文化苦戀的情結，《蓮戀蓮》中表達的情結正是這
種情緒。蓮戀蓮，這是一個主謂賓結構，「戀」的主人自然是作者，是前

一個「蓮」，是余光中自我人格、處境的物化符號。以蓮自喻，既顯示出了余光中對「蓮」這一具有豐富中國文化式人格氣質內涵之植物的欽慕與崇敬之情，表達的是作者自身對愛、美、神的追求，又恰當地以連徑拔起飄飛而去的「蓮」的狀態，傳遞著一個漂泊者的生存境遇。後一個「蓮」，自然是中國，是中國的文化，是中國那片廣袤而深厚的土地。顯然，這一題目的結構形式正是余光中內心尋根的形式化，這是一個對他而言真正有意味的形式。從語言角度看，「蓮」與「憐」同音同調，「蓮」與「戀」，音同而調異。這三個字連在一起就具有了豐富的意義。「蓮乎蓮乎，戀乎，憐乎？」，這是余光中的追問，而答案他通過文詞已經給出。他認為，蓮不僅僅是一種君子，還是愛、美、神三位一體的象徵物。在他的心中，愛，就是中華文化對人的一種博大的終極關愛，沒則是蓮體現出的高潔氣質，而「因蓮通神，而迷於蓮」，核心在於「神」是中華文化的精氣和神韻，是余光中本人賴以生存的根本養料。「憐」，在古文語中，既有當「可憐」講，這也許是餘自身境遇的一種曲折表現，是自然悲憫睹蓮思根的一種失落、一種悲憫的情緒；又可作「可羨」解，因此，「憐」，又成為他崇敬傾慕「蓮」──中國文化的一種心態。「戀」，自然是動詞，是作者主體之「蓮」對客體之「蓮」──中國文化的愛、美、神特徵的懷念與期盼。由「蓮」而生「憐」，生「戀」，生命在這裡獲得了多重體驗，而核心則是對文化的苦戀，是對「根」的尋找。余光中在文中說到：「移情作用，於蓮最為見效」，而「蓮心甚苦，十指連心，……今年的蓮莖連著去年的蓮莖連著千年前的蓮莖」。所以在他 36 歲的「蓮之旅」的時候，他寫下了這篇《蓮戀蓮》。這是文化尋根的宣言，也為他一系「尋根」散文定下了情感主調。請看下面的文字：

　　迷失的五陵少年，鼻酸如四川的泡菜。曾經啊，無寐的冬夕，立在雪霽的天空下，流淚想剛死的母親，想初出生的孩子。但不曾想到，死去的不是母親，是古中國，初生的不是女嬰，是「五四」。

　　當我懷鄉，我懷的是大陸的母體，啊，《詩經》中的北國，楚辭中的南方！當我死時，願江南的春泥覆蓋在我的身上，當我死時。

〈逍遙遊〉

　　他撫摸二十年前自己的頭髮，自己的幼稚，帶著同情與責備。世界上最可愛最偉大的土地，是中國。踏不到的泥土是最香的泥土。這些豈能當歸，豈能當歸？……烏鴉之西仍是烏鴉是歸巢的烏鴉。惟他的歸途是無涯是無涯是無涯。

　　……

　　一個幼嬰等認她的父親，有一個父親等待他的兒子。因為東方的大蛛網張著，等待一個脫網的蛾，一些街道，一些熟悉的面孔織成的網，正等待你投入，去呼吸一百萬吞吐的塵埃五千年用剩的文化。

〈咦呵西部〉

前，無古人，後，無來者，一任蒼老的風將我雕塑，一塊飛不起的望鄉石，石顏朝西，上面鐫刻的，不是拉丁的格言，不是希伯萊的經典，是一種東方的象形文字，隱隱約約要訴說一些偉大的美的什麼。

〈登樓賦〉

我立在湖畔，把兩臂張在不可能的長度，就在那樣空無的冰空下，一剎間，不知道究竟要擁抱天，擁抱湖，擁抱落日，還是要擁抱一些更遠更空的什麼，像中國。

〈丹佛城〉

在異域形成的迷惘與失落，在他鄉產生的孤獨與無歸，一種典型的天涯淪落人的無根之情結，是多麼濃厚。然而，余光中更熱烈更渴望的是一種回歸，一種思鄉，一種對故土的懷念之情，在他的生命裡，必須有自己的文化之根才能使生命有存在的理由，個體的價值必須依賴文化的價值才能成立和顯現，於是，他苦戀著，尋覓著，苦戀這尋覓著生命之根——中國文化，這就是他散文中傳達出的一個漂泊者的文學意義。

二、生命文化意象：強化再現尋根意識的藝術內核

文化不僅僅是寫在書上的人和事，文化存在於每一個活著的具體人的生命經驗中，人實質上是生存其中的文化系統中的歷時與共時的文化動物。民族文化的歡樂與痛苦，幸與不幸，都會在每一個活著的成員中留下或顯或隱、或大或小的印記，在記憶的螢幕上，文化的既有存在是誰都難以一抹而淨的，記憶便成為人與文化的過去相聯繫的最重要的一種仲介，歷時性的文化通過人的記憶在現時中獲得共時的表現。

　　記憶，在余光中的散文裡，與聯想一道，構成了他展現中華文化，追尋文化之根的藝術仲介，並且是不斷地以強化的形式複製著記憶中的母體文化，而中國文化中的種種生命文化意象，也就成為他從文化記憶庫中源源不絕地輸往筆下的藝術內核。在其散文中，藝術手段可謂多種多樣，抒情、說理、敘述、象徵、比喻、對比等等常見手法隨處可見，這一切，都可以說是為了表達他內心的文化情結，以此企圖暫時消解因地理的隔絕造成文化聯繫相對中斷所形成的內心憤懣悵惘。不過，余光中最突出的藝術思維是以記憶為中心，並通過聯想與對比，以密集的富有生命文化質感的意象，來實現他的尋根之夢的。

　　這是完全可以得到合理解說的方式。由於離開內地，定居孤島，又曾離開臺灣，到更遙遠的異域生活過，於是，海峽的空間隔斷與浩瀚太平洋的無涯之距離，使之與本土文化的主要載體——內地形成了雙重的空間隔離。要調整自己因空間距離造成的文化孤獨和生命寂寥的情緒，必然要以記憶的方式，以時間（隱含著歷史和文化）的記憶來彌合、縮小由空間導致的文化疏離，時間的記憶——文化歷史的記憶，顯然是消釋空間疏遠構成的情感憂鬱和異化的不二法則，普通人如此，對一個詩人式的散文家而言，更是無法選擇。余光中散文的意義，就在於他以凸顯的方式，將其轉化為藝術創作的思維形態，且把它推到了讀者的面前。於是，他思接千載，視通萬裡，悠悠千載的歷史上的人與事，在他的筆下不絕如縷，遼闊萬裡故土中的種種物象，在其字裡行間奔湧而出，繁複的生命文化意象，強化了生命文化尋根意識，並構成了余光中散文獨特的藝術個性。在作者筆下，歷史名人和文化事件，古典詩詞的縣引與隱引的運用，地域名物，在對照與聯想中，在追憶與現實的對比中，將鄉情、鄉愁、鄉思表現得淋漓

盡致，把作者現時內心的情懷與記憶中歷史文化聯結得緊密無間，完成了
作者與文化的歷時與共識的統一。

　　在「龍種流落海外，《詩經》蟹行成英文」的異域的境遇裡，「誰謂河
廣，一葦杭之」（〈逍遙遊〉），余光中企圖在陌生空間和異質文化的氛圍
中，周到飛渡大洋，回到本土和母體文化的「一葦」。他找到了，找到了
不是實體的「葦」，而是虛擬的「一葦」，即記憶中的文化生命意象，從而
實現了他心靈中的飛渡，也可以稱之為意念暗渡。在〈逍遙遊〉這篇散文
裡，密集的中國生命文化意象的顯現，展現的正是作者的「尋根」意識。
其筆下的人物、地名、事件已經超越了自身，而具有豐富的生命和文化質
感。李白、李賀、徐光啟、聖人、吹簫客、蘇武、武陵少年、長安麗人、
遣巫陽招魂的帝、海南島上的蘇軾、宋朝的第一任天子、范蠡、王國維、
董卓、安祿山、黃巢、始皇帝、莊周、唐寅、杜牧、王國維、楚客、北京人、
這是人物意象；平曠的北方、瘴癘未開的雲夢、有吹簫客的吳市、江南、
嘉陵江、後湖、蜀江、海南島、衡山、長安、長城、運河、不周山、揚州、
嘉定、盧溝橋、重慶的山洞、四川、高淳古剎、拉鋸戰的地區、太湖的蘆
葦叢中、寶丹橋、上海法租界、赴香港的海上、滇越路的火車上、富良江
岸、昆明、海棠溪，悅來場、巴山秋池、吳江、楚天、北國、南方、東南、
昆侖山、黃河，這是地名類意象；雲夢的瘴癘、梅、蔓草、鳳凰、麒麟、
龍、八佾、龍種、一葦、鷓鴣、黃鸝、雁陣、孔雀、駝隊、朝菌、裹腳布、
阿Q的辮子、鴉片、冥靈、蟋蟀、泡菜、骨灰、銅鐘、桃花、黃魚、渡船、
山路、草鞋、油燈、桐油燈、巴山雨、蕭蕭紅葉、木蘭舟、碧雲天、黃葉地、
春泥，這是物類意象；〈逍遙遊〉、「摽有梅野有蔓草」、「誰謂河廣，一葦
杭之」、「人人盡說江南好，遊人只合江南老」、「哀江南」、「雁陣驚寒」、

「知晦朔的朝菌」、「南有瘴癘靈，以五百歲為春，以五百歲為秋」、「上有青冥之長天，下有淥水之波瀾」、「長風破浪，雲帆可濟滄海」、「行路難，行路難」、「巴山秋池」、「無限長的楚天」、「冷碧零丁的吳江」、「悲哉秋之為氣也，僚栗兮若在遠行」、「碧雲天，黃葉地」、〈登樓賦〉、《詩經》、《楚辭》、「維北有斗，不可以挹酒漿」，這是詩文類意象。意象之密集可說前無古人，後無來者。雖然過於繁複的意象少了一種單純明淨之美，給人以「濃得化不開」和壓人喘不過氣來得感受，但對於一個要著意尋根的漂泊者而言，這也是可以理解的情理中事。

值得注意的是，作者不是簡單地羅列，而是一種有意的安排，或者說，是記憶釋放的壓力不得不如此的藝術表達。這些意象，每一個都有一段故事，它們體現的是中國的歷史和文化，它們記錄了中國歷史和文化的幸福與苦難歡樂與憂傷，表現了中國人的生命歷程。歷史和文化正是由這些活生生的人、事、物構成的，離開了它們，歷史就是一具沒有生命之氣的僵屍，而文化也就沒有了精氣神韻。這些意象，每一個都能喚醒炎黃子孫的文化記憶，都能強化人們對母體文化的追思懷想與反省之意識。誠如作者所言，這些意象回答的正是「我是誰」這樣一個生命的疑問：「五千年前，我的五立方的祖先正在昆侖山下正在黃河源濯足。然則我是誰呢？我是誰呢？呼聲落在無回音的，島宇宙的邊陲。我是誰呢？我──是──誰？一瞬間，所有的光都息羽回顧，蝟集在我的睫下。你不是誰，光說，你是一切。你的魂魄烙著北京人全部的夢魘和恐懼。只要你願意，你便立在歷史的中流。」（〈逍遙遊〉）比如「江南」這一概念，在他的短短的一段文字裡就出現了七次：「人人盡說江南好，遊人只合江南老。今人竟羨古人能老於江南。江南可哀，可哀的江南。惟庾信頭白在江南之北，我們頭白在

江南之南。」（〈逍遙遊〉）自魏晉南北朝以來，江南一帶就成了中國文化
的又一中心，因此，「江南」成為文人騷客流連忘返之地，也是詩情美感
之源，「江南」在一定意義上講，超越了地理概念，而具有了文化的特殊
所指。你可以想到鶯飛草長、湖光山色的江南，也可以聯想到嘉定三屠、
胡馬渡江時國破山河碎的江南，自然，你也可以想起秦淮歌舞、人傑地靈
的江南，於是，這一概念與中國文化的榮辱興衰發生著聯繫，似乎已成了
中國文化的又一代名詞，猶如「龍」這個物名概念一樣。當余光中在使用
這類意象時，表達的正是這樣的意義，其意象的顯在和隱在的指南都朝著
一個目標：中國文化。再如〈四月，在古戰場〉這篇散文。他在文中說道：
「我的春天啊，我自己的春天在哪裡呢？我的春天在急湍險灘的嘉定江上，
拉縴的船夫們和春潮爭奪寸土，在舵手的鼓聲中曼聲而唱，插秧的農夫們
也在春水田裡一呼百應地唱，溜啊溜連溜喲，咿呀呀得喂，海棠花。他霍
然記起，菜花黃得晃眼，茶花紅得害初戀，嚶嚶的蜂吟中，菜花田的濃香
熏人欲醉。更美，更美的是江南，江南的春，江南春。春水碧於天，畫船
聽雨眠。」故鄉的物事意象大密度的出現，目的只有一個，表現出「他的
中國不是地理，是歷史的」這樣的文化意識。在〈鬼雨〉、〈塔〉、〈下游的
一日〉、〈焚鶴人〉、〈丹佛城〉、〈山盟〉、〈聽聽那冷雨〉等文中，這種意識
和上面的散文一樣濃烈。聽雨聯想到故鄉之雨，登塔憶及故國之塔，爬山
登高則想到家鄉之山，在對比與聯想中，情感昇華為追尋文化之根的境
界，思想超越了時空，回到了歷史和他生命之根的疆域。

三、結語

　　「文化尋根」意識是中國文化的一個傳統。從孔子「吾從周」，祖述堯舜就定下了這樣的文化基調，老莊對原始時代的羲黃之風的欽慕；《詩經》裡的頌詩對周王朝祖宗歷史的記述以及對血緣的追溯，屈原對彭鹹遺則的身殉，都帶有「尋根」的意義。因此，從思想到文學層面，這一傳統在中國都經久不息的。換一個角度看，「尋根」是人類的一種本能性的意識，是一個民族強化我族意識、傳遞民族精神價值的必有和應有的文化心態，不過這一特徵在中國人和中國文化身上表現更為突出罷了。所以，「尋根」的文學意識的建立，並不是余光中的獨創。他的價值在於，在現代以文學形式強化了這種意識，以突出集中的方式，為漂泊者立了言，展現了失根者的「尋根」情緒。因此，余光中的價值是應當充分肯定的。然而，在其濃厚的母體文化情結裡，也體現了某些與現代人相逆的觀念。過於濃烈的本土文化意識往往沖淡了對異質文化的接受，極度的鄉土觀念自然也就有意無意地表現出對現代工業文明的懷疑和否定，深入一點看，從「中體」思想到新儒家的理論再到新保守主義的一些觀念，似乎都與之有一些聯繫。再進一步看，與中國文化的向後看的時間歷史意識，與中國文學家的「復古」情結，也有難解之緣。自然，在余光中的散文裡，也有理性的清醒，他嚮往前封建時代的「詩經」時代的多神、歌唱、自由戀愛，他也曾表示要「攻打中國人偏見的巴斯底獄，解放孔子後裔的想像力和創造的生命」（〈塔〉）。但從整體上講，其現代意識較淡，缺少一種現代人應具備的世界文化胸懷和世界人的氣度，結果，自然是對本體文化中的不適宜現代人生

存的人和事，以及他們體現的文化價值，給予了整體的肯定，其理性的批評意識就幾乎見不到。這也許是苛求，或者是筆者的偏見，但作為一個現代人，能否完全以「亡靈」和「過去」來支撐發展自己的生命呢？

第12章　中國當代流行文化的興起、「繁榮」與政治文化心理解讀

　　從二十世紀 80 年代開始，港臺武俠小說、瓊瑤的「言情」小說以及港臺的通俗音樂相繼在大陸登場且風靡開來，因其與過去中國人所接受、認同的「主流政治文化」有著完全不同的風格，為長期生活在另一種文化生活環境中的中國人帶來了新的異樣的感受，故受到大眾特別是年輕人的廣泛歡迎。也就是從這個時期開始，「流行文化」在當代中國的文化生活空間找到了立足的一席之地；隨著電視的普及，娛樂性節目的逐步增多，「流行文化」更堂而皇之地走進了當代中國人的生活；到了 90 年代，「流行文化」更以其迅猛擴展的姿態，全方位登臺亮相，滲透到中國人的日常生活領域，並以其難以拒絕的「誘惑」，引領著生活的潮流，對近 20 年來中國人的生活態度、行為模式與價值觀念發生著極其重要的影響。簡言之，以感官刺激與享受為目的、以消費消閒為中心的流行文化真正在中國紮根且迅速擴展，從「精神」、「情感」到物質生活兩個方面，不同程度地滿足著人們的需要，為當下中國人慾望的宣洩、能量的釋放開闢了各種通道。

　　問題不在於描述已有的現實，而是尋找流行文化風起雲湧的現實理由。原因自然很多，但筆者以為其中最重要的一條是政治文化心理。正是在特殊環境中產生的特殊政治文化心理，為流行文化的興起與「繁榮」提

供了心理能量，為排解因特殊「政治事件」造成的特殊文化心理提供了有效的形式。

在 80 年代末和 90 年代初，中國的政治環境發生了很大變化，流行文化之所以在上世紀 90 年代得到迅速發展，與政治環境的這種變化有著直接的聯繫。無論從哪個角度講，「廟堂」或「廣場」，「權力者」或「民間」，國家民族或個人，政治環境變化產生的影響都是巨大而深遠的，客觀地看，正面與負面都存在，這恐怕誰都難以否定。對流行文化興起與「繁榮」發生影響的是因政治環境變化而產生的消極性政治心理。

（一）排解政治環境變化所積聚的痛苦，被動地從「政治中心」撤退，放棄參與干預政治、影響社會進程的激進思想，是知識份子「精英」的普遍心理，並促使他們走向傳播流行文化之路，為流行文化推波助瀾鋪路搭橋。在 80 年代的思想解放的熱潮中，多數知識份子為了國家與民族的現代化，紛紛以各種方式投身到現實改革之中，並將目光主要集中到思想觀念和政治體制變革領域，表現出了極大的參與政治的熱情。如文學界的「反思文學」、「改革文學」便是此種文化心理的典型反映，尤其是當時轟動的一些電影、話劇、詩歌、小說以及理論性的探索文章，都證明著時代的主流傾向，體現出知識份子積極入世、「治國平天下」的政治抱負。然而，當現實社會環境有了很大改變以後，知識者、文化界的「精英」們便將精力轉移到流行文化，走進消閒與娛樂，在客觀上放棄了對社會的主動的價值引導，為流行文化的擴張樹起了一面面旗幟。思想文化界的對消費主義的熱情推介，對產生在消費文化土壤中的後現代主義的特別青睞，文學界的「肥皂劇」、「泡沫劇」的風靡，「小女人」式的「軟性散文」的大量生產，「市民文學」的極度流行，以及本土化的流行音樂，等等，構成了一個個

流行文化的典型符號，80年代重思想、重政治傾向的「所指」幾乎蕩然無存，充斥的則是官能刺激的「能指」。

（二）走遠離政治的流行文化之路，是知識份子自我邊緣化的一種途徑。當代知識份子多數人沒有回歸田園、遁跡山林（此條件在現實中幾不存在），而是要麼在書齋裡進行「純學術」研究，要麼投身到喧囂的都市，使都市承載、傳播流行文化的功能得到發揮，自覺擔任發展流行文化的領路者。這顯然是一種邊緣化，目的在於既能正常地生存，又能在非中心的領域裡「發言」，在一定程度和範圍內繼續發揮知識者的作用；這也是一種實現人生價值的策略。

（三）上述兩種心理，皆是被動的，帶有無可奈何的特徵，但如深入一步，就會看出流行文化的興起，隱含著的是以「後現代」的方式對政治權力的解構，正如王朔用「痞子」的方式消解「英雄」、「崇高」一樣。從心理學上講，這完全是逆反心理的表現，也是「阿Q」式的消極「反抗」（本文討論的是心理問題，至於心理指向、反抗與消解是對或錯，另當別論，特此說明，以免發生誤會）。通過以上的簡單分析，可以明確地做出結論：90年代流行文化的興起與「繁榮」，與特殊的政治文化心理關係非常密切，是研究流行文化者理應也是必須重視的課題。

從流行文化與政治文化的關係而言，流行文化是一把真正的雙刃劍，在積極意義方面，它有效地弱化了中國人過於濃厚的政治意識，使人的生命有了較多價值選擇的可能，使人的生命、生活形態顯得豐富了，尤其是在開發人的本能的享受方面，有其不可忽視的作用：人不再僅僅為理想的實現而活，不再將自己的一生僅僅交給「學而優則仕」的夢想，人還應該全方位地享受生活並極力開掘人內在慾望滿足的各種可能性。

　　但是，流行文化的興起與繁榮，帶來的不都是人和社會的福音，它有著明顯的消極性。注重感官享受，誇大一切文化符號的表層的刺激性，使文化應有的深度性的意義被消解，藝術也失去了震撼人心、啟人思想的內在魅力。英國的邁克·費瑟斯通在《消費文化與後現代主義》中指出：「藝術與日常生活之間的界限被消解了，高雅文化與大眾文化之間層次分明的差異消彌了；人們沉溺於折衷主義與符碼混合之繁雜風格之中；贗品、東拼西湊的大雜燴、反諷、戲謔充斥於市，對文化表面『無深度』感到歡欣鼓舞；意識生產者的原創性特徵衰微了；還有，僅存的一個假設：藝術不過是重複。」這一概括，用於分析中國的流行文化也是合適的。各種「文化」的氾濫運用，大量生產的種種「藝術」品，其數量是空前的，然而真正有思想、藝術價值，能產生廣泛、深刻、持久影響的又有幾個？所以90年代流行文化的風行，使80年代的文化的思想性特徵幾乎被掃蕩盡淨，思想情感的「無深度」就是流行文化的突出風貌。這還不是流行文化消極性的主要所在。更可怕的是它在解構以政治為中心的意識形態和思想時，也同時消解了人們對國家、民族、社會以及對人類自身的責任感。

　　出於上面的分析，文化人應該對流行文化有更清醒的認識，在流行文化面前，張揚什麼，擯棄什麼，必須作出自己的回答；在中國特殊的生存條件下，文化人應當在推動流行文化發展時，以我們所需的價值目標和國家、民族、社會的正確發展方向去積極引導，使流行文化獲得應有的價值意義與必要的思想情感的深度。

第三輯

理論與學術評論

第1章　文化人類學和文化模式

　　隨著改革與開放，中西文化碰撞衝突的問題，繼「五四」之後，又一次掀起了高潮。由此，文化問題成了熱點。文化、人類學、文化人類學等概念大量出現。弄清文化人類學的基本問題，對我們有關文化的討論和建設適應現代化的文化格局，具有理論補課和實踐的意義。

一、文化人類學的基本問題

　　要理解和把握文化人類學，首先必須弄清楚文化、人類學的定義。

　　文化的定義。在現代科學的意義上，文化一詞的含義甚廣。文化概念是人類學上極為重要的概念。在西方，文化一詞為人類學正式採用之前，它主要指「農耕」的意思，最早用於人類學中的是英國人類學家泰勒（E・B・Tylor）。他在 1865 年所著的《文明早期歷史與發展之研究》一書中，率先使用了具有現代意義的「文化」這一概念。六年之後，他在《原始文化》一書裡進一步將文化的意義系統化並作為中心概念而運用。他認為「從廣泛的民族志意義而言……文化或文明乃一複雜為整體，包括知識、信仰、藝術、道德、法律、風俗以及作為社會成員之個人而獲得的任何能為與習慣。」

　　隨著人類對文化認識的加深與擴展，文化的定義也日益繁複，從不同角度為文化下定義的達百種以上。美國文化人類學家克羅伯（A‧L‧Kcoeber）和克魯克洪（C‧kluck hohn）曾就六十多位人類學家、社會學家、精神病學家以及其他學者對文化的定義作了分析，並歸納為六大類。（一）列舉描述性定義。這一類定義認為，文化包括一社區中所有社會習慣，個人對其生活之社會習慣的反應，及由此而決定的人類活動。文化是包羅一切的整體，列舉文化內容的每一方面是此類定義的基本標準。（二）歷史性定義。主要強調文化的社會遺傳性和傳統性，文化即社會遺傳。作為普通名詞，文化指人類的全部遺傳；作為特殊名詞，則指社會遵傳之某一特殊傾向或氣質。（三）規範性定義。強調文化是具有特色的生活方式，或是具有動力的規範觀念及影響。認為文化是由社會環境所決定的生活方式的整體，包括意識、價值、規範及其三者的互動關係，其整合與非整合，可具體表現於外在行動及文化傳播的工具上面。（四）心理性定義。意指調適、學習、選擇的過程、主要把文化視為是滿足欲求、解決問題及調整環境與人關係的制度，文化包括傳統上解決問題的方式。文化由反應組成，具有成效並為社會成員所接受，一言以蔽之，文化是學習解決問題的道路方式構成的。（五）結構性定義。此類定義以每一文化的系統性質及可陌離的文化現象之間具有組織的相關性為中心。在這裡，文化成為抽象的東西，必須建立在概念模型上用以解釋行為，而文化本身則不屬行為之列。他們認為，文化是歷史上因生存需要所作的或明或隱的設計體系，該體系為一群體的全部或部分成員所共有。（六）遺傳性定義。所關注的是文化的起源以文化存在和繼續存在的理由。重點是遺傳，認為團體中過去行為之累積與傳授的結果便是文化。

　　文化的定義多種多樣，但在當代能為多數學者所接受的文化定義是克羅伯和克魯克洪所下的綜合定義：「文化乃包括各種外顯或內隱的行為模式，借符號的使用而習得或傳授，且為構成人類群體之顯著成就；文化的基本核心包括傳統（即由歷史衍生及選擇而生）觀念，而以觀念最為重要。文化體系雖可被認為是人類活動的產物，又可視為限制人類作進一步活動的限制」。

　　人類學的定義。顧名思義，人類學是研究人的學問，它是研究人之為人，怎樣做人，人做些什麼的科學。換言之，它是研究人體結構和發展及其行為業績的科學。美國著名文化人類學家露絲・本尼迪克特在其名著《文化模式》一書中給人類學所下的定義是：「人類學以社會創造物的人類作為研究對象，它將注意力集中在那些屬於不同傳統的體質特徵、工藝技術以及區別於其他社會的習俗、價值觀念等方面。」

　　人類學的研究最早可上溯到亞里斯多德所處的古希臘時代。但這一學名直到 1501 年。始由德國馬格奴斯・洪德特（Magnus Hundt）提出用這個名稱來為他所著的研究人體解剖和生理的書為人類學，在以後的 300 年間，一般學人都把它當作研究人類自然歷史的學問。直到 1863 年，英國創立倫敦人類學學會，1879 年，美國創立華盛頓人類學學會，才使人類學包括了對文化的研究。1871 年，英國把專門研究人類體質的部分稱為「體質人類學」；1901 年把專門研究人類文化的部分命為「文化人類學」，至此後，人類學的研究對象得到了基本的確定。

　　人類學通常分為體質人類學和文化人類學兩大類。體質人類學包括人類化石學、人類進化學、人體測量學、種族人類學、體質構造人類學等分支。文化人類學所包括的分支有：考古學、民族志、民族學、民俗學、語

言學、心理人類學、經濟人類學、政治人類學。除此之外，還有利用體質
人類學和文化人類學研究之成果，分別用以處理社會、政治、經濟等問題
的「應用人類學」或「行動人類學」。

　　無論在方法上或概念運用上，人類學都要借助於人文科學、自然科學
和社會科學。這門學科有四種一致的因素：（一）一個焦點－求知人類在
其各方面的異同；（二）一個觀點－比較異同；（三）一個信心－認為歷
史、人類體格、環境情況，人生之道以及語言，都是在可發現的模式上相
互關聯的；（四）一個前提－把人類理性的和非理性行為加以共同研究。
總之，人類學研究的中心旨趣，主要在求有關在人類體質和文化上發展的
一套原則，以達到解答以下問題。（一）人類在體質上為什麼有許多變化？
（二）人類雖然是同一來源，為什麼有許多不同的類型？（三）如果人類文
化和語言的差異不是因生物遺傳的結果，那麼，如何解釋多種不同的文化
和語言？（四）文化的本質是什麼？（五）文化如何變遷？（六）人類的社
會和文化行為之間存在著什麼關係？（七）各個人如何應付由他們的文化
所規定的理想和目標？（八）文化和人格之間有什麼關係？這幾個基本方
面就構成了人類學的基本任務。當然要完成這一任務，只有經過對人類學
各個分支學科的深入研究，才能發現瞭解我們表現於行為上、業績上以及
心靈上的完整的人，才能據此推測人類進步發展的取向，以實現探求全體
人類幸福這一崇高的目的。

　　文化人類學是人類學的主要分支，它主要是為了區別人類學合一主要
分肢體質人類學而創立的。簡單而言，它是研究人類文化的科學。主要研
究整個人類文化的起源、成長、變遷和進化的歷程，並研究及比較各民族、
各部族、各國家、各地區、各社區的文化同異，藉以發現文化的普同性和

個別的文化模式。自從本世紀三十年代以來，文化人類學主要的研究項目有三種關係：（一）人與自然的關係，特別涉及生存經濟、工藝和物質文化或人工製品的關係；（二）人與人的關係，主要涉及社會組織、結構、制度、習俗和社會文化或社會事實的關係；（三）人與其自身心理上的關係，主要涉及人基於知識、思想、觀念、信仰、態度、價值等所顯示的或隱示的行為及採取的行動和精神文化或心理事實的關係。這三種關係都是人類的適應體系或技巧，是解決人類生存的基本需要或問題的基本關係。由於這三種適應需要的交織關係的相互作用、相互協調和整合，而形成了各社會的制度化的人生之道或行為規範，從而形成了各種文化模式，因之，研究上述三種關係以及由這些關係建構的文化模式就成了文化人類學研究的主要內容。

二、文化相對性理論

文化相對性理論是指任何一種行為，必須首先尤其在一獨特文化結構中所處的地位以及與此文化的價值系統等關係來加以判斷，因此它具有系絡論的原則（Priniple of contextual-lism）。有時候這一術語又用來指下面的觀念，即文化專案（如道德規範之類），只能在它斯處的文化系絡中來加以判斷。由於它們的特殊性，所以那些比較性的批評都必須避免。

文化相對論最早的提出見於英國學者 Ew-estmarch（E· 維斯特馬赫）於本世紀初出版的《道德觀念的起源與發展》一書。這一理論出現以後，大為一般具有史學傾向的文化人類學家和民族學家以及文化功能派學者所接受。而在宣傳這一理論的重要人物有美國著名的文化人類學家 T·Boas

（博阿斯）及其門徒 R · 本尼迪克特等人。博阿斯曾經明白而重複地宣稱，人類學的主要興趣是在歷史上人類創造的分歧性，至於共同的人性，應當讓位心理學家。因之，一種文化的每一方面的特點的地位，從語言的聲調乃至於婚姻的形式，都必須放在它所發生的整個結構系絡中來考慮。本尼迪克特繼承了老師的這一理論，並把它推向了極端。她認為，上帝創世之日，就給了每人一杯土，人們就從這杯裡吸收生命的養料。所以，人類從現有的生存原料中，為自己創造的各種生活模式具有完全同等的效力。

由於對這種系絡論的極端強調，溫克（C · Winck）對文化相對論下了這樣的定義：「每個人根據其自身的背景、關涉的構架及社會規範來解釋其經驗的一種原則，而那些因素也影響觀感和評價，因此，沒有一種單一的價值量表可資衡量所有的社會。」另一位學者赫斯克威特思（M · J · Herskovits）也認為，文化的判斷：是以經驗為基礎，而對經驗的感受則視個人所受文化之濡化而定。」萊德費爾特（R · Redfield）說得更明白：「文化相對論的意思是，對任何文化所表現之價值的認識及評定，都取決於保持該文化的民族對於事物的看法。」

顯然，從這些定義來看，文化相對論包含幾個連鎖的基本思想：（一）文化或文化形貌是取決於保持該文化的社會群體或民族的獨特表現；（二）對人類各文化的評價沒有放之四海而皆準的價值標準；（三）對任何文化或某一文化的評判只有放到該文化的整體結構中才有意義；（四）每一生活模式和文化模式都有其存在的價值與合理性。

但是，這一理論出現以後，也受到了西方一些人類學家的批判，從而以文化的普同性觀點與文化相對性理論進行了爭論。這一思想自四十年以來，已成為一股很強的勢力。這種文化普同性思想認為通過時間和空間的

作用，人類境遇中的相似性可以產生文化的普同性。就連曾宣導過相對性思想的博阿斯本人就說過，形成現代社會生活的動力，一如數千年前形成的生活動力。美國另一位人類學家 R・林頓也指出：「在文化模式似無止境的紛歧性之後，存有一種基本的統一性。」另一些學者則以人性的共同性來強化文化普同性，以此批評文化的相對論。他們認為，「自有人類以來，其心理的基本狀況大體是相同的：即社會、文化、象徵的互動、及生物機體的潛能等是在社會化的基本過程中互相作用的。所有社會心理學家都承認這些普遍情況和過程的存在。但他們對社會與社會之間文化差異的事實所有的印象，卻未能探究出一個普遍而且必然存在的現象，那就是人性。」他們還認為，「支持倫理相對性（按：在英國，文化相對性等同於倫理相對性）的人甚至斷言任何一種道德標準必然是獨一無二的。・且以審美的感覺性來支持此一論點，但它在邏輯上既不能令人信服，也非科學的結論」。

另外一批人似乎抱有一種中立的態度，即既承認相對性又承認普同性。克魯克洪曾經這樣說過：「除非有人說明文化內容具有極端普遍的形式，否則其中很少有真的統一性，……但在所有的文化中都可發現相當多的範疇及結構原則。」英國一位叫 R・Money-kyrle 的心理分析學家的觀點與克氏相類似。他說：「道德的基礎既非玄學家所謂基本的和普遍的，亦非重要哲學家及人類學家所謂徵驗的及相對的，但就徵驗及普遍的兩種意義而言，道德毋寧是一種性質，其對人類之普通性正如人以兩眼的視覺或強力的拇指一樣。」他的觀點最終還是承認了普同性的客觀性。

誠然，文化相對性理論學派忽視了人類文化普同性的一面，它強調的只是特殊和獨特的文化價值標準，而沒有注意到特殊與普遍的辯證關係，

這不能不說是理論的偏頗。但是，如果我們放在政治歷史的背景中，放在本世紀行學的潮流中去考察，它無疑是必然的。

在哲學上，文化相對論是本世紀哲學多元化思想在文化研究上的反映，它突破了文化一元進化論的局限，本質上講，它是開放的，多元的。

在民族文化關係上，它是對民族自我中心偏見的反動。所謂民族自我中心偏見，指的是抬高本群意識及本群價值系統而相對貶抑他群及其價值系統的偏見。也就是說，以自己群的主觀態度觀察及衡量一切事物，認為自己的傳統為最佳的傳統，一切別的不合於自己傳統的均是一種錯誤。它們固執於自己文化的生活方式，形成偏狹的優越感，從而過分高估自己而蔑視其他民族的語言、宗教、文化、人口。長期以來，歐洲文化中心論，西方文化中心的觀點曾經在人類文明文化史上佔據了統治地位，這種民族自我中心的偏見必然導致文化的偏見。因此，文化相對論的提出對於突破這種文化中心的絕對論偏見，形成和平共處的民族關係的平等寬容原則，是有其理論與實踐意義的。所以，文化相對論的學者認為：「研究社會生活的學者必須經常對抗民族自我中心的偏見，社會學之研究在分析不同群體的生活方式，故須遵循文化相對性之原則。」這種理論在實踐上是否能真正完全遵循，研究者是否能真正擺脫至少是否能真正擺脫潛在的民族自我中心意識，那已是另一問題。無論如何，文化相對性學說的進步的意義是不容抹煞的。

民族自我中心偏見必然會引起種族歧視。種族歧視在歷史上的血腥事實是那樣怵目驚心，希特勒對猶太人，白種人對黃種人和黑種人，以及大民族對弱小民族的歧視，在本世紀已達到駭人聽聞的地步，至今，種族歧視的問題仍沒有得到根本解決，在美國仍然存在這一問題，在南非更是嚴

重存在。如果人們能在一定程度上接受文化相對性的學說，是不是可以減少或消滅種族歧視這種非人道的野蠻行徑呢？由此看來，文化相對性理論並非一種詭辯式的相對主義哲學，而是具有一定現實意義的民族關係的準則，至今仍不失其有益的價值。它不僅僅是文化人類學家所宣導的一種原則或方法，而且也是政治家調整國家、民族之間關係的一種可資參考的原則和方法。

為了深入理解認識文化相對理論的實質，在這裡，我們將重點介紹美國文化人類學家露絲・本尼迪克特的《文化模式》[1]一書的主要觀點。

三、本尼迪克特和她的《文化模式》

露絲・本尼迪克特（Ruth Benedict）從 1921 年開始了她在人類學方面的研究，被公認為是人類學界最傑出的女性科學家，多數人類學家都會承認她是數一數二的人物。在人類學、社會學和心理學這些學科的不同部門之間，建立較為鞏固的聯繫問題上，她是貢獻最多的一個學者。她和這幾種社會科學的其他開拓者相比，向前推進了一步：除了用有關的技術處理人類學資料以外，她還把有關這門科學的心得應用到我們這個時代的基本問題上，從而對應用人類學作出了貢獻。

1931 年，本尼迪克特出版了《科契提印第安人的故事》。1932 年又發表了《北美文化形貌》，並且提出了「形貌探討法」，也就是把文化形貌或模式界說為文化中的支配的內驅力，「這種力量樹立在人類經過選擇的某

---

[1] 以下所引用的原文皆出自筆者與人合作翻譯的該書原稿，原書係 1960 年美國「門托」版。

些特質上，而使人類其他的特質失去作用。」1934年，她寫了《文化模式》一書。在本書中她把文化看成是一個綜合的整體，進一步創建了文化模式的理論，而且把通常用於個人的那些心理分析的概念和心理學概念應用於團體的研究。故此書也曾被人視為是團體心理學的研究。同時，此書的發表，使作者又成了文化相對性學派的主要人物之一。

　　1939年，當世界的自由受到納粹種族主義的威脅時，她潛心研究，花了一學期的課餘時間，寫下了《種族——科學與政治》的專著，於1940年正式出版。在本書中，她通俗地概述了科學家對種族的認識，並且分析了她所謂的「種族主義」，對種族優越論進行了考查和駁斥。一位評論家寫道：「對於所有那些真誠希望解決不斷產生的種族問題的人們（不論這種問題是有關黑種人的、閃族的、北歐的，東方的、或純粹美國的），本尼迪克特都是表示感激的。」所以大多數學者都贊同她的著作中的基本思想，雖然對一些細節仍不乏異議。

　　第二次世界大戰期間，她竭盡其能，與當時提供資訊的同事合作，進行文化分析，對各種處於戰爭條件下的文化——羅馬尼亞，德國、荷蘭、泰國，還有日本等國，進行了難得的研究。戰爭結束時，她寫下了《菊花與刺刀》，期望通過對日本人試圖開闢新道路能力的認識，使美國人在戰後與日本的關係中更為明智。這本書的一些思想變成了一個堅強的信念，一直影響著綜合性研究和制定方針政策。這類研究，尤其是文化與人格的理論以及文化模式的觀念，受到人類學界的普遍尊重，並稱此類研究為國民性研究。本尼迪克特不僅是著名的人類學家，還是著名的作家，演說家。1948年9月17日，本尼迪克特逝世了，但她所作出的貢獻，至今仍不可磨滅。

　　《文化模式》寫於 1934 年。出版後人受歡迎，被譯成了 14 國文字。僅美國門托版就累汁發行了 80 多萬冊，成為非虛構性著作中的暢消書。

　　自 30 年代以來，精神分析學家就開始在原始人種種戒律及其發展趨勢中，尋求解釋複決文明行為的答案。本尼迪克特博士便是最早利用專門資料、完善這些理論的人類學家之一。《文化模式》一書出版後，因其作者熱情洋溢和富有爭論性的研究，在學術界產生了很大反響。《紐約時報》曾這樣評論道：「就教育、職業和主要興趣來說，本尼迪克特博士是一位人類學家，但是她在這部書中把人類學、社會學、心理學和哲學四種學科綜合起來了，這部書具有精確的理解，而且詞藻華麗。」她的一位同事赫斯考維茨（Melville Herskovits）對本書的評論是：「撇開本尼迪克特博士的論點不談，她的這部著作代表著令人振奮地恢復了早期人類學文獻的那種卓越的寫作傳統。」她的學生、良友，當代美國人類學界另一著名的女學者米德評價更高。她認為，「現代社會對文化這個概念已是多麼熟悉、運用自如，以致『在我們的文化裡』這種話對受過教育的人，可以說是脫口而出，輕而易舉，就如談及時間、地點這樣的詞語一樣，這很大程度應歸於這本書。」

　　《文化模式》一書的哲學基礎是與絕對論對立的相對論，是與文化一元論相對立的文化多元論。從她在本書對人類學的目的的認識、文化模式理論的理解以及對社會本質和社會與個體文化模式與個人之間等關係的分析上，無不滲透著她的這一哲學思想。

　　關於人類學的目的。在本書一開始，本尼迪克特就鮮明地指出，「人類學的顯著標誌是除了研究我們自己的社會外，還包括對其他社會的嚴肅研究。」人類學是要「說明任何社會的婚配和生命再生產的原則與我們自

己社會的具有同等重要的意義，即使它是與我們的文明沒有可能歷史聯繫的達維克人」。她認為，作為人類學家，不應當抱有偏見，感興趣的「不僅僅是由某一社會（如我們自己的社會）傳統形成的人類行為，而是所有傳統構成的人類行為，他醉心於從各種文化中發現習俗的全部進程；他的目標是理解辨析這些文化變遷、變異的途徑，以及各自表現出的不同形式和不同民族機能以個體生活構成風俗習慣的方式」。

出於這樣的科學研究的態度和目的，她以文化相對性的思想為武器，尖銳地批判了西方文明中心的觀點，對那些以白種人為上帝寵兒的偏見給予了無情地揭露與批判，並分析了西方文明之所以在一定時期影響較大的歷史原因，從而十分中肯公正地提出了文化寬容的思想。她認為，即使是西方文明中的一套風俗和某一新幾內亞部落的風俗，有可能是「用來解決同一問題的兩種社會模式。」因此，「有必要首先達到不再以我們自己的信仰同鄰人迷信相對照的牽強附會的程度，有必要認可這些基於同一前提的各種習俗制度」。

她指出，「無論是帝國主義的觀點，還是種族歧視和偏見，或者是基督教與異教之間的比較」，西方人仍「一心一意為獨特所支配，而不是廣義的世界人類的習俗」。她批判了白種人是世界的代表，是人類本性的代表，她認為這一切皆是出於一種歷史的偶然。由於西方文化經過殖民主義的作用，在世界範圍的影響，從而使西方人「被引入了人類行為的一致性這一信念」，也就是說「人類本性與自己的文化標準是等值的思想」，並總是去維護，並企圖證明自己的局部行為和人類行為，自己的社會化習慣與人類本性具有同一性」。所以她語重心長地呼籲，「文明堅持更需要那些真正具有文化意識的人，那些客觀地、毫無畏懼公正地理解它民族在一定社

會條件下的行為方式的人」，只有打破「偶然屬於我們民族與時代的那些習俗的無比高貴的優越感」，並意識到其他習俗的可能的方式的多樣化，「都將大大有助於促進建立一個合理的社會秩序」。

在此基礎上，她提出了文化寬容的基本主張。她指出，「我們必須想像出一道巨大的弧，它排列著由人類年輪或環境或人的各種活動提供的各種可能的關係。」而任何「文化的本體，依賴於這道弧上環節的選擇。每個地方的人的社會在其文化習俗中，都做了這樣的選擇。」由於各個文化依據自己的實際情況，在人類弧圈上做出了適於自己文化生存發展的選擇，因此「可能結合的差異無窮無盡，適當的社會秩序能夠毫無差別地建立在這些基礎的多樣形態上。」文化的差異這一客觀存在本身是各文化選擇的結果，它理所當然地具有存在的合理性。所以她進一步地提出了這樣的思想：「事實的真理是：在文化單純或複雜的每一層面上，可能的人類習俗和動機不可計數，智慧在於對文化差異採取巨大而日益增長的寬容」。

如果說批判種族歧視與偶見，打破某一文化中心論是屬於文化之間的寬容的話，那麼對於文化內部變化的寬容，也就是如何看待傳統與變化的關係，是本尼迪克特文化相對寬容思想中的又一富有價值的觀點。如前所述，她肯定了每一文化都是生存需要所做出的選擇，任何文化都是用以解決人類面臨的共同問題。但是，可貴的是，她沒把這種觀點極端化和絕對化，相反，她的思想中包含了對各文化相互滲透參與所引起的文化變化的必然性的肯定，也就是說，各文化傳統必須對自身的變化和外來文化引起的變化保持寬容的態度，並通過選擇，納入自己的文化模式之中。她說道，「對許多流行的抬高傳統習俗的論點做出徹底的改變。這些論點通常基於這樣的認識：沒有這些特殊的傳統形式，人就沒有起作用的可能性。」

針對這種觀點，她認為，「我們必須記住，儘管困難重重，變化卻是不可避免的。對習俗中甚至細微改變的憂慮通常是完全錯誤的。比起任何人類權威曾有的改變文明的意志力和想像力，文明可能改變得更為徹底，而仍然完全可用。」如今，那些引起眾多譴責的細小變化，如上升的離婚率，城市中日益增長的世俗化，年輕男女愛撫會（Petting Party）的盛行，以及其他許多方面的變化，可能極易被吸收入一種稍微不同的文化類型中去。一旦成為慣例，它們將被賦予與上幾代人中的老式類型同樣豐富的內容，同等的重要性和價值。」在對待外來文化的問題上，她一方面指出本文化的傳統作用是決定性的，另一方面，她要求生活在一種文化中的人「仍能承認在自己文化中所意識到的外來文化的參與具有同樣的意義。」簡言之，無論是什麼文化，只要是有用的能為本文化所吸收的，就不應當排斥拒絕，而應當視同己出一樣，因為在本質上，它們都是人類文化巨弧上的環節。總之，作為一個西方文化傳統中成長哺育起來的人類學家，能夠打破種族優越的偏見，且敢於對自己傳統中的錯誤思想作出批判是難能可貴的，也具有進步的意義。

　　文化相對性的理論同樣表現在她創建的文化模式的理論上。在本書的結尾，作者這樣總結了她的基本觀點：「承認文化相對性有其自身的價值，它不需要絕對論者的哲學那樣的價值。它向習慣思想挑戰並引起了養成這些思想的人揪心的劇痛。它激起悲觀主義是因為它將舊的陳式搞得一片混亂，而不是由於它包含了任何事情的內在困難，只有新的觀念象習慣信條一樣受到歡迎，它就會成為美好生活和另一種可依賴的保障。那時，我們將獲得一種更為現實的信仰，把它當作希望之地，成為容忍共存的新的基礎，並使人類為自己從生存原料中創造的各種生活模式具有完全同等的效

力。」從這種文化相對性的思想出發，她認為，每一種文化都建構了適應
自己生存、解決生存問題的文化模式。從方法上，這種對文化整體考察的
模式理論是完形心理學（格式塔心理學）在文化人類學方面的運用。本尼
迪克特認為，現代科學在各個領域強調，整體不僅是部分之和，而是引起
一個新實體的各部分此一種獨特安排、相互聯繫的結果。因此，「文化，
也不只是它們各特性的總和。我們可能對一部落的婚姻、宗教舞，青春期
儀式的形式分佈狀態瞭若指掌，然而卻毫不理解作為一個為自己目的利用
這些元素的文化整體。這種目的從可能的周圍地區的文化特質中，選擇能
為自己所用的特質，放棄不能利用的特質，將其他特質重鑄為與自己需要
一致的統一體。」所以，一種文化，像個體一樣，或多或少是一種思想與
行為的一致模式，每種文化內部，總有一些具有個性特點，沒有必要為其
他社會分享的目的存在。出於這些目的，每一民族愈益深入地強化整合它
的經驗，這些趨向越緊迫急促，行為的異質狀態就會愈來愈多的構成一致
形式，極不協調的行為被完全整合的文化接受後，它自身常由極不可能的
變態引起的特有目標，會變得更有個性。只有首先通過對那個社會情感與
理智的主要動機的認識，來採用我們能理解這些行為的形式。」這一段話
實質上就是對模式的基本定義，也反映出作者創建文化模式理論的基本動
機。顯然，作者是這樣來認識的，任何文化模式都有它自己知目的和動機。
「不同文化追求的相對立的物品，基於它們制度習俗的不同意向，才是理
解不同社會秩序和個體心理的根本特點。」也即是說，「一個社會中的這些
目標和方式不能以另一社會的條件來判斷，因為本質上它們是不可比的。」
不可比的理由就在於它們各自所處的具體生活環境的差異從而引出的生計
道路的選擇差異，「任何文明中的文化模式都利用了一種潛在的人類目的

和動機大弧上的斷面……任何文化都利用了某種選擇過的物質技術或文化特質」，從而形成了適應自己的文化模式。很顯然，這種對獨特的文化模式的理解是基於作者文化相對性這一主導思想的。

由此，在本書中，她比較了由一種主導動機支配的三種文化。通過對這幾種文化整合了的文化價值系統的具有支配力的文化模式的分析，具體闡述了她的文化相對性思想。這三種文化都屬原始文化，截然不同，但又完全適應自己的需要。新墨西哥州的祖尼印第安人，以節制中和、崇尚禮儀、個性沒入社會之中形成自己的文化模式的主體，作者稱這種文化為阿波羅型（日神）文化。與祖尼形成對比的是溫哥華島上的誇庫特耳人，偏好個人競爭，追求迷狂經驗，對於莊嚴宏偉有著偏執狂似的幻想，作者為之命名為狄俄尼索斯（酒神）型文化。而美拉尼西亞群島上的多布人，猶如莎翁筆下的伊阿古，隱秘、執拗冷酷，鬼鬼祟祟，反覆無常，在個人與惡劣環境的衝突中看取人生，對自腳懷有精神分裂症式的恐懼，對鄰人也持有病態的懷疑，作者便稱他們的文化為「妄想狂」型。儘管這些文化與西方文化相比，是那樣格格不入，甚至可說是變態的文化，但作者卻認為，就其他們的生存觀念生存環境和傳統方式而言，與自身的目的是相吻合的。因此，我們不必大驚小怪，更不要把它們視為人類之外的局外人。這就是她的基本態度。

承認並肯定文化模式的相對性，並不否定模式的變化和發展。因此，永恆的模式是不存在的，不變的模式也是不存在的。強調文化模式相對性的最本質意義在於認可各種文化，而不是把自己的文化視為唯一的、絕對的、終極的標準。即使就模式本身而言，也是相對的，它也並不是包容了該文化的一切文化行為細目。

　　她認為，「沒有理由假設，任何一種文化都採用了一種永恆的健全精神並作為人類問題的唯一答案立於歷史之中。」那些繼續在萬物的本質中把自己的文化作為終極的絕對的思想，把自己的文化當做一種人類理想的文化標準不過是烏托邦似的幻想，至善至美的社會結構和文化是不存在的。所以，作者在書中反覆強調，任何文化，尤其是西方文化，要「盡我們之可能，把我們自己的文化作為無數人類文化的多樣形貌中的一例加以思索」，而且要提高自己的文化意識，要經過艱難的訓練，「養成對我們文明主導特質給予判斷的能力。對在其影響力下成長起來的人來說，認識它們相當困難，而更大的困難還在於我們很難對自己對它們必然性的偏好」作出實際的褒貶。因此，要清除民族文化的自我偏見，要破去自己文化模式是最完美的不需改變的世界性標準的觀念。她說道：「我們的文明必須處理我們眼皮之下的文化標準以及那些從地平線的暗處升起的新標準。我們一定要樂意考慮變化中的標準，即使會引起道德問題。正如在處理倫理問題時一樣，只要我們堅持道德的一種絕對定義，就會處於不利地位。在處理人類社會問題時，只要把我們局部的標準與不可避免的生存需要視為同一，也會受到阻礙。」平心而論，這種文化觀至今仍有它的一定的現實意義，在我國，在新的中西文化衝突的面前，體會認識一下本尼迪克特的思想，對我們要做出的選擇態度不是大有裨益嗎？

　　除此之外，在個體與文化模式之間的關係中，作者也是以相對性的思想來分析理解並提出了雙向適應寬容的基本主張，並且在一定程度上體現了辯證的思想。

　　首先，她開宗明義地說明大量團體行為不過是個體行為，團體的行為是每一個人各自以不同形式出現並從中創造自己生活的世界。因此社會文

化與個人作用之間並沒有「絕對的對抗性」，這就反駁了社會與個人總是處在衝突中的片面觀點。她說道：「社會和個體並非互相敵對。社會文化提供了個體生活的原料，如果提供不足，個體就會受罪；如果提供豐富，個體就可隨機應變」，這是問題的一面，即社會對個體的鑄形力量。她認為，社會傳統文化對個人的影響是強大的，「大多數人之所以被鑄入他們文化的形式中是由於他們本能原質中的巨大的可塑性。面對他們出生社會的鑄形力量，他們是柔軟可塑的。……總之，廣大的個體極其容易地接受了提供給他們的形式。」但是，在另一方面，個體在文化間的作用也是巨大的。「沒有個體要參與的文化，任何人都無法達到哪怕是屬於自己的潛力之門。相反，沒有上述分析中個體所貢獻的文化原素，文明也就失去了基礎」，她十分機敏地反問道，「除了一個男人，一個女人或一個孩子之外，還能在其他地方找到任何文化特質嗎？」因為任何文化的載體不是抽象的歷史中的時間空間，而是活生生的人的具體行動，是人體現出了文化的主導方向和文化標準。而且人總是在變化的過程中，在生活和歷史的具體實踐中，積極主動地體現並創造著自己的文化原素，為自己的文化不斷提供新的東西。所以本尼迪克特認為，只要對其他文化經驗背景有所瞭解的人類學家，都會相信，個體並不是純然自發地執行他們文明的意志，也沒有哪一被奉行的文化能夠消除構成文化的諸個人氣質的差異。由此，她認為，文化與個人，社會與個人是一種相互的「授－受」關係。強調文化與個體間的對抗而不強調它們相互的加強與互補，個人問題也就不能得到清楚的闡述。不重視文化與個體心理的關係，討論文化模式也將不可能。顯然，從個體出發討論文化模式是本尼迪克特的基本的重要的出發點，所以有人把她的文化觀概括為「個性的無限擴張」，不能說沒有道理。

在肯定社會文化與個人沒有絕對對立的前提下，她著重分析了個體與文化模式之間的偏離與矛盾的現象，並提出了她的解決辦法。

她認為，「為了理解個體行為，不僅僅需要把個人生活歷史與個人資質以及反對任意選擇標準的那些尺度聯繫起來，還必須把他的同質反應與從他自己文化制度中挑選出來的行為聯繫起來。」也就是說，不僅要考慮文化的尺度和文化選擇的標準，也更要考慮個人的天賦氣質；不僅要重視與文化標準模式相一致的同質反應，而且要重視為文化所拒斥的行為。這就是文化的常態與異態的問題。如何看待文化中出現的異質狀態以至被認為是變態的行為，就成為了文化討論中的和社會採取何種態度的關鍵問題。本尼迪克特認為，常態和異態都是相對的。絕對的好與壞的概念是不成立的。一種行為在這一文化中是常態，而在另一文化中也許就成為異質的行為或變態。她舉了一個例子說明瞭這個問題。性倒錯和同性戀即使在西方文明中也是屬於變態的反應，與文化的價值標準是衝突的，但是，在一些少數民族中，在另一些文化中，「同性戀者絕非一成不變地與社會環境不相適應」。

她同時認為，被一種文化視為變態越軌的行為，往往會作為一種新的文化特質而發生作用。問題的焦點是文化如何發現並利用它們。因此，對有爭議的個體行為不應一概拒絕打擊，而應儘量讓它們適應社會文化以便發揮應有的功能與作用。她說道：「文化可以重視并從社會角度使甚至高度不穩定的人類類型變得有用。如果它選擇把他們的特質作為人類行為極有價值的變體，有爭議的個體就會應對自如，善處難局，並履行他們的社會作用。……在任何社會不能適當起作用的人，並不是那些帶有某種固定『變態』特質的人，而恰好是其反應在他們文化制度中不受支持的人。

這些異態者的弱點很大程度上是一種虛構。它不是源於他們缺乏必要的生力，而是來於他們的本能反應補不到社會再肯定的個體。」

如何解決這種問題呢，她提出了以下的辦法。對被視為異態的人，也就是不適應自己文化環境的個人，她的態度是：「可以按自己的嗜好養成一種較大目的的興趣，並學會如何以更泰然的方式對待自己與文化模式或軌道的偏差。如果他學會認識到自己受苦的程度乃是由於缺乏傳統精神風尚的支持的話，他就可能逐漸通過自我教育，以較少的痛苦態度，接受自己與眾不同的事實。」這樣，「勇敢承認自己的嗜好和天賦長處但不受支持的個人，能夠獲得一種可行的行為方式，從而使他沒有必要逃避到自己形成的狹小天地，他能逐漸取得一種更獨立，更少痛苦的態度來正視他的偏離，並以此可能有能力建立一種適宜的並起作用的生存方式。」

對文化或社會而言，與上述異質者自我教育保持同步的應是「對少數異常類型的逐漸增長的寬容。」作者尖刻地指出，「傳統猶如神經質的患者一樣，它對偏向偶然標準的過分擔心使其遵從了所有精神病人的通常定義。」

最後作者滿懷信心地展望了未來，「將來的社會秩序會把這種對個人差異的寬容和鼓勵比我們已經歷的任何文化都推得更遠。」

本文對文化人類學的幾個問題和文化相對性及其代表人物的觀點做了一些介紹。在中西文化衝撞的時刻，如何冷靜地看待文化的各種問題，如何看待自己民族文化與外來文化的關係，如何解決傳統模式與新的文化價值的矛盾，如何解決流行的定勢與少數越軌的新的行為，一言以蔽之，如何建立一個適應現代化的文化格局和「內之仍弗史國有之血脈，外之亦不後世之潮流」的具有自己特點，適應我們生存發展需要的文化，瞭解一

下文化人類學要解決的基本問題，認識文化相對性的意義，應當說是有作用的。本文的目的也就在這裡。

第2章　試論作家感情的獨特性

　　文學創作是一種主觀性較強的精神生產。它與哲學等其他社會科學的顯著區別，就是作家在創作的過錯中，傾注著自己強烈而鮮明的感情，歷史上任何有成就的作家，不論是現實主義的還是浪漫主義的，其作品都是作家感情的甘露澆灌出來的藝術之花。歌德在談到他的《塔索》時說，他是用自己骨裡的骨，肉裡的肉來寫作的；對《少年維特》，他又說，維特是這樣的作品，「我像鵜鶘一樣，是用自己的心血把那部作品哺育出來的。」[1] 所以，感情是作品的血液，是構成美感經驗最活躍、最有生命的細胞；沒有感情，文學也就失去了它本身存在的意義。

　　文學創作要以感情作為基礎，這是不容置疑的。但是，一個作家和另一個作家的感情並不全等，他們的作品也不是一個模式鑄出的產品。因此，我們往往見到這樣一種情況，感情在眾多的作品中，有的如洶湧的狂濤，有的像淙淙的泉水，有的似羊角狂飆，有的如春風楊柳。不同作家的特定感情，我們稱之為作家感情的獨特性。

---

[1]　《歌德談話錄》，北京：人民文學出版社，1980 年版，第 17 頁。

一

　　獨特感情的成因，極其複雜。它稱為一種心理現象，有主觀和客觀兩類形成條件。它既是有機體的種族高度發達的結果，又是人類社會歷史發展的產物。要真正瞭解作家感情的獨特性，只有把這兩者結合起來，對感情的認識才會更深一步。

　　感情在每一個人身上，都具有獨特的主觀體驗的形式和外部表現形式。現實事物對每個人總是具有一定的意義，每個人對這些事物也就有相應的各種態度。人對客觀事物的態度與人對事物的認識有所不同，它總是以帶有特殊色彩的體驗的形式表現出來，喜怒哀樂愛憎，都是人的具有獨特色彩的體驗，即我們通常所說的感情。感情的差異，首先可以在發生感情的有機體本身找到依據，因為感情具有複雜的神經、生化機制，它是有機體心理和生理許多水準上的整合。

　　從生理學上講，任何人感情的活動度是大腦皮層下神經過程協同活動的結果。皮下神經過程的作用處於顯著地位，大腦皮層起著調節、制約的作用，它包括整個有機體內部器官和效應器的活動，神經過程和生化過程共同參與其中，實現著神經系統各個水準上的整合。從過程來看，凡是人都沒有區別。可是，天然的生理結構組織在能力的發揮上，對每一個具體的人來講，都有著和別人並不完全相同的差異，這也就從生理方面，給人的心理造成了一定的差異。這種差異主要表現在性別、身材、體質和神經系統的強度、平衡性、靈活性諸方面。高達健全和矮小有缺陷的人，體質強和弱的人，在心理上就有一定距離。就性別而言，男性一般感情粗獷奔

放，易於簡單，意志樂觀堅強；女性一般則感情細膩、豐富、溫柔、意志脆弱，多愁善感。為什麼會有這種差別呢？據美國亞特蘭大精神研究生證明：因為人體血液內含有能誘導精神活動和抑制急躁的微量化學物質。這些化學物質，一種叫甲腎上腺素，另一種叫血清素。甲腎上腺素能使人急躁，易於激動，富於挑釁心理；而血清素則相反，它能抑制情緒的急躁，使人顯得和氣、溫順。一般來講，每個人的血液中都含有這兩種物質，不過比例不完全相等。美國一些科學家調查分析了男女血液這兩種物質的含量，結果發現在被調查的 85％的女性中，血清素含量高於男子；相反，80％的男性中，甲腎上腺素的含量都高於女子。這就在一定意義上揭開了男女感情差異的生理奧秘。另外，據有人統計，近幾年活躍在美術、音樂等方面有一定影響的中青年藝術家，女性比例也高於男性。這不能不使人想到這些藝術門類的工作與女性感情和氣質上的特點，如感情細膩、豐富並長於形象思維（幻想）有著內在的聯繫。當然，這也不是絕對的。再從神經系統來看。心理學家認為，從高級的神經活動類型來分，人可以大致分為活動型、安靜型、不可抑制型、弱型四類。當人受到現實生活中的各種影響時，這四種類型神經系統的強度、平衡性、靈活性對人的反映顯然起著一定的作用。由於各種類型的差異，反映為人對外界事物刺激作用的經受程度的差異，長此以往，也就形成了不同氣質和感情的不同類型，心理學家歸納為多血質、膽汁質、粘液汁、抑鬱質等四類。據說，普希金就屬於膽汁質。這種氣質的人在情緒方面以興奮性高和外傾性強見長。可見，他作為一個詩人式有生理、心理基礎的。

　　生理是人們獨特感情活動的自然基礎，也是形成作家感情獨特性的自然基礎。心理感情活動總是伴隨著生理活動進行的。然而，人是社會關係

的綜合。人的感情的直接來院和屬性在於社會。感情並不是單純地有生理
喚醒狀態決定的,而是生理和客觀社會現實的合金。

客觀社會現實對於作家來說,有廣義和狹義之分,前者指整個時代社
會生活環境,後者則是指個人生活的具體的外部條件。

社會生活本身具有五光十色的感情色彩。這就為整個時代的每一個人
體驗出某種獨特感情提供了可能。人類社會物質和精神生活,如果具有相
當高的水準,社會道德比較完善,藝術完美繁榮,環境安定,這就會給人
以諸如愉快、滿意、讚賞、幸福、正義、安全、積極向上的肯定性感情;
反之,如果社會物質和精神生活遭到了破壞,人們掙扎在物質和精神的飢
餓線上,世風與日俱下,兇暴行為泛起,侵略戰爭,專制的血型統治,就
使人產生哀愁、憂慮、忿恨、恐怖、不快、壓抑等否定性感情。社會提供
的各種帶著感情色彩的生活素材,使作家一方面能從中激發出自己的特定
感情,另一方面,也使他可能在作品中表現社會情緒。但是,在五光十色
的社會情緒面前,作家會被哪些情緒所激動,他應合什麼,抵制什麼,就
必須取決於作家本人的具體生活環境、生活道路和思想發展。感情伴隨意
識、認識一齊產生,認識和意志的活動又因感情的變化而發生變化。在這
樣一個相互滲透、影響的活動過程中,作家的感情處在複雜的複合體之
內。然而,作家的感情並不是被動地接受複合體內其他因素(諸如意志、
意識)的支配,它還具有能動的催化作用和淨化作用。特定感情可以加強
或者削弱意志,也可以加深或抵消認識主體對客體某一對象的印象。感情
本身甚至獨立地保持這直觀的判斷事物的能力。一般來說,感情是比其他
的心理因素活躍得多的,不過,活躍並不意味著雜亂無章。作家在長期的
生活歷程中,通過自覺與非自覺的方式,逐漸把那些偶然的、不穩定的、

與自己生活經歷和生活意願不相吻合的感情因素排斥掉；同時，在這一過程中，就漸漸積累沉澱為一種穩定的、與自己生活方式和意志、認識相適應的主導性感情。這種主導性感情，對於作家來說，已不是他對個別事物的偶然的暫時的情緒反應。它作為作家感情生活的基本方式，是同作家的人生觀、世界觀相適應的，它決定了那些個別的暫時情緒反應，它把自己的特殊色彩附加到一切事物上面。感情基本生活方式一經形成，就具有相對的穩定性和持續性。它無時不影響著作家的創作。魯迅的創作就可以證明這一點。儘管他一生經歷了從明主主義者到共產主義戰士的思想轉變過程，但不論早期反映農民以及知識份子的小說，還是後期的雜文，都始終貫穿著「橫眉冷對千夫指，俯首甘為孺子牛」的強烈而鮮明的憎愛感情。作家形成的感情生活方式同他的世界觀保持著色彩上的和諧。有的作家皺著眉頭看生活，有的卻含著微笑看生活，有的則懷著仇恨和現實生活對抗。曹操蒼涼悲壯，李白浪漫無羈，杜甫沉鬱博大，蘇軾豪放灑脫；托爾斯泰的憤世嫉俗中雜著基督教的愛，果戈裡的幽默裡含著心酸的淚。為了有助於理解作家主導感情的形成，我們來分析一下南宋詞人李清照作品中的「愁」情。

李清照的詞，除了少量的早期作品，表現了清新、爽朗、活潑的情致外，多數詞是寫對愛情的相思和亡國奴生活的心靈痛苦，哀婉淒愁之情如滿紙密佈的煙雲。

李清照所處的時代，是理學猖獗的時代。統治階級變本加屬地用封建禮教控制女性，扼殺女性的才能，窒息人性。相對於男性來講，李清照和廣大婦女一樣，頭上就多了一層「愁」的陰雲。再者，李清照出生在一個書香門第的仕宦之家。她有自己的理想，抱負。當她要尋求更廣闊的生活

境界時，就一定會遭到社會環境的約束，於是，才能不得施展，抱負無法實現。這比生活在低層的平民婦女就又添了「一段新愁」。同時，李清照個人經歷並非一帆風順。年輕時，夫妻曾南北相離；中年後，丈夫病下黃泉，她孑然一身，形影相弔，叫人豈能無「愁」？況且她後半生遭逢戰亂，背井離鄉，飄零江南。故土被外族侵佔，祖國半壁河山為焦土，被迫而為亡國奴，這對於稍有民族正義感的人，都會有說不完的「愁」，李清照又怎能例外？再說，她還有「生當作人傑，死亦為鬼雄」的為國捐軀的志向。在苟安一隅，甘為兒皇帝的南宋小朝廷統治下，在「直把杭州作汴州」的時代，投降派沐猴而冠，愛國者帶鐐作囚，她怎能實現自己的夙願！報國不成，欲罷不能，這就使她在心頭鬱結起一段排解不開的「愁」。現實社會的、個人的各種愁，一齊向她湧來，佔據她生活的各個領域，也就形成了她的以「愁」為基本特色的感情生活方式。

當然了，有了「愁」並不能說明她非要以「愁」的方式來組成詞的感情主調，也可以用憤怒抗爭的方式表現。如同樣表現愛國主義，辛棄疾，陸遊奏出的就是雄渾、悲壯的交響曲。難道他們沒有愁？他們和李清照之所以感情上有那麼大差別，除了前面所涉及到的男女生理差異外，主要的仍是個人社會生活條件所造成。簡單地說，辛、陸二人都是朝廷命官，本身就具有一定的責任感；再者，社會對男性的壓抑畢竟要小得多，使他們就能夠在一定範圍暢懷抒情；還有社會現實和人民的災難，國家遭受外族蹂躪，使他們的正義感得以激發，把他們推到了時代的前列。而李清照個人處境和他們恰恰相反，社會的壓制，上層女性的氣質，使她不能站在時代的前沿，只能站在一個普通的亡國奴的立場上來體驗現實生活。她作為一個詞人，把這種經過體驗的感情表現出來，也就只能是哀愁的小夜曲。

二

上面我們簡單論述了作家獨特感情的成因，下面我們將著重談談感情的獨特性在作家創作中的地位及其意義，以及獨特感情和真實、普遍性的關係。

托爾斯泰曾給藝術活動下過一個定義，應當說，這個定義算是抓住了藝術活動的實質和關鍵。他說：「在自己心裡喚起曾經一度體驗過的感情，在喚起這種感情之後，用動作、線條、色彩、聲音以及言詞所表達的形象來傳達出這種感情，使別人也能體驗到這同樣的感情——這就是藝術活動。藝術史這樣的一項人類活動：一個人用某種外在的標誌有意識地把自己體驗過的感情傳達給別人，而別人為這些感情所感染，也體驗到這些感情。」[2] 這個定義有一下幾層意思：一、藝術史情感的活動；二、這種感情是藝術家「曾經體驗過的」，也就是自己的獨特感情；三、這種感情要用外在的標誌——形象來表現；四、只有獨特的感情才能打動感受者，實現感情的交流，達到藝術的目的。

在這個定義中，獨特感情和相應的表現形式是其核心。托爾斯泰把獨特感情看得非常重要。他說：「所傳達的感情越是獨特，這種感情對於感受者的影響就越大」，讀者和感受者「也就越加容易而且更加緊密地融合在這種感情裡。」[3] 可以看出，獨特感情是真正動人心弦的藝術的本質力

---

[2] 列夫・托爾斯泰：《什麼是藝術》，伍蠡甫等編《西方文論選》下，上海譯文出版社，1979 年版，第 433 頁。

[3] 列夫・托爾斯泰：《什麼是藝術》，伍蠡甫等編《西方文論選》下，上海譯文出版社，1979 年版，第 429 頁。

量，只有在這種本質的力量中，作品本身的感染力才會得到真正實現。除了托翁所指出的這種意義外，我們還想指出幾點。首先，獨特感情是作家獨特風格，創作個性形成的一個十分重要的條件。作家創作風格，創作個性在作家創作中的地位是舉足輕重的。

馬克思就特別欣賞法國啟蒙時期作家布封的一段話：「淵博的知識，奇特的事實和新穎的發現，其自身均不能確保永恆……它們皆是人的身外之物，風格才是人。」[4] 既然風格對於一個作家意義這樣重大，那麼風格是怎樣形成的呢？我們認為，作家只有在獨特感情的基礎上，才能對上火有自己的獨到感受和見解，才能選取符合這一感情的現實生活的內容，也才會創造出獨特新穎的藝術形式。從內容到形式，構成自己創作風格和個性，使自己和其他作家區別開來，從而在作家群中，建立自己的位置。感情不獨特，觀察生活就不會有敏銳的目力，作品在內容上就會人云亦云，形式上也會落入俗套，因而也就不可能揭示生活本質和創造出生動新鮮的形式。第二，承上而來，滲透獨特感情作品才具有歷史的認識價值和審美價值。由於作者是站在他那個時代的特定的角度，懷著強烈的感情，我們才能從他們的作品中體會出時代的風雲，人民的情緒和以先進作家的思想感情表現出來的社會潮流。倘若作品在思想感情上沒有個性，那就會像許多應制詩文一樣，哪怕可以顯赫一時，也終不能不被歷史淘汰。第三，使藝術表現的感情生活世界豐富而生動。獨特的感情可以使作家創作出有獨特感情生活世界豐富而生動。獨特的感情可以使作家創作出有獨特感情的作品，無數個這樣的作家，眾多的這類作品，使文學的百花園，姹紫嫣紅，

---

[4]　轉引自《外國文學研究》，1979 年第 1 期。

千枝百態。人們可以在這裡尋覓適應自己感情需要的那種鮮花，得到美的享受和性情的陶冶。從作家這方面來說，可以促進他們表現生活的深度和廣度，開拓藝術形式發展的廣闊天地。隨著社會生活的豐富和發展，人們的感情生活也更加複雜、細微和深刻，這往往會促使作家去體驗新的生活，探索新的額表現形式，從而出現百花齊放的繁榮局面。

上面幾點，可以基本確定獨特感情在作家創作中的地位極其意義。

我們強調作家感情獨特性的意義，並不一味著排斥感情的真實性和普遍性。相反，我們認為，離開了真實和普遍性，獨特也就不成其為獨特了。

獨特和真實是有機的統一體，親密無間，永遠相伴，真實感情是獨特感情的基礎，真實的一定會獨特，獨特的也一定會真實。歌德曾經說過，獨特性的藝術才是唯一真實的藝術，只要它從內在的、完整個性的獨立感情出發，來作用於周圍，不管甚至不意識到所有與它無關的東西……它就是完整的和有生命力的。列夫・托爾斯泰也說過類似的話：「因為如果藝術家很真摯，那抹他就會把感情表達得真正像他所體驗的那樣。每一個人都和其他的人不相似，因此他的這種感情對其他任何人來說都將是很獨特的；藝術家越是從心靈深處汲取感情，感情越是懇切真摯，那抹它就越是獨特。這種真摯能使藝術家為他所要傳達的那種感情找到清晰的表達。」[5]這兩位前輩的經驗，恰恰指出了真實與獨特之間的辯證關係。這裡，我們從表面上看，兩位作家都只強調了作家個人內心的真實、主觀的真實，好像與客觀現實的真實、社會的真實無關。其實，這正是他們的深刻之處，這是他們深刻地把握了共性只能由個性顯現的哲學原理的結果。作家個人

---

[5]　列夫・托爾斯泰：《什麼是藝術》，《西方文論選》下，第 440 頁。

內心的主觀真實相對於客觀社會真實而言，就是感情的個性。因此，我們認為，凡發自內心的獨特感情，就發源本體來說，無論如何就具有該範圍內的真實性。如果把這種個人感情放到社會情緒中去考察，就會發現，它或多或少地反映著社會的情緒。那麼，這種獨特的感情便從社會的意義上取得了真實性。即使像李後主「問君能有幾多愁，恰是一江春水」那樣的詞，都是這樣。如果作家感情的發生毫不獨特，那麼，就個人來說先就沒有了真實性，更無從談到社會的真實性。像宋初西崑派作家楊億寫的一首題為〈淚〉的詩，不過是把歷史上一些有關於淚的典故堆砌在一起，毫無真實感情的內在聯繫，也就失去了社會的真絲性。所以真實和獨特的感情是作家溝通主客觀的橋樑，只要作家情動於中，有感而發，就會達到一定的社會真實，反映著一定的普遍性。別林斯基對此作過精彩的論述，他說，一個具有偉大才能的人，充滿內心的、主觀性因素，這就是他富有人情的標誌，你對這種傾向用不著害怕，它不會欺騙你，不會引導你陷入迷誤。一位偉大的詩人講到自己，講到自己的我，也便是講到普通的事物——講到人類。因為他的天性裡包含著一切人類賴以生活的東西。因此每一個人都能夠在他的哀愁中認出自己的哀愁，在他的魂靈中認出自己的靈魂，不但把他看做是詩人，並且也把他當做是人沒事自己的人類通報。每一個人一方面承認他是不可以比擬地高於自己的人；另一方面，又認識到自己和他是有血緣關係。

那麼，有人也許會大驚小怪，認為這是明顯排除了作家感情自覺性的作用。事實不是這樣。偉大作家這種本能的和社會情緒相通的，非自覺性感情，是長期感情生活積累的結果。在長期的生活歷程上，作家隨時感受著生活。在感受的同時，他就收到了社會的影響。持續的耳濡目染，在感

情上不知不覺地於社會情緒保持了基本一致，至少在某些方面是這樣，這是感情積累過程中的非自覺的一面。另一方面，偉大的作家總是站在時代的前列，或者深深值根在現實生活之中。在和時代、現實的接觸中，他還會去敏銳地、自覺地感受社會情緒，把握它的主導方向。作家感情和社會情緒相通，歸根到底是作家在現實生活中與時代、與人民保持了密切的關係，直至在感情上融為一體，也就是杜勃羅留波夫所說的那樣，詩人的品質，一方面取決於在他的心裡的詩的感情，究竟強烈到什麼程度；另一方面，也取決於它究竟面向哪種對象，並且面對這種對象的哪些方面。很明顯，作家只有精密地和時代、人民保持聯繫，才能在自己感情上面打上時代和人民主導感情的烙印。這種感情積累是創作的基礎，也是具有普通真實的先決條件。在實際的創作過程中，這種打上了時代和人民感情烙印的、作家自己體驗出來的獨特感情就會對作家形成潛在的支配力量，往往使他的感情在不自覺的過程中能和社會、人民情緒相通。在這個時候，作家創作錢的思考、認識、理性的因素就被感情所包容起來。作家創作的時候，他鄉在作品中表現某種掛念，從而他是狗目的並且自覺地行動著的。可是，不管是概念的抉擇或是它的發展，都不依存於他那被理智所支配的意志，從而他的行動是無目的的和不自覺的。這種作家的本能，朦朧的、不自覺的感覺，那是常常構成天才本性的全部力量，是唯一忠實可信的嚮導。如果在創作過程中，不是以感情為引導，而是靠運用概念、判斷推理，就會導致作品的完全失敗，這又怎麼能反映出社會本質和社會情緒的真實性和普遍性呢？

另外，我們還必須指出，有價值的獨特感情，如前面所說，是作家置身在社會生活中，受到社會情緒濡染而形成的主導性感情，它不是與社會

生活隔膜的，與社會情緒無關的感情。如果一個作家，脫離現實，在生活中找不到確定的位置，那麼他再感情上也不能形成他的主導傾向，他的感情表現就會是無定性的，無思想內容，無聊的。這樣的感情，失去品質的羽毛，隨處可起可落，當然也就談不上有什麼獨特的價值。

最後，我們還想談一點，就是如何表現獨特感情的問題。托爾斯泰說過，只有當藝術家找到構成無限小的因素時，他才能感染別人，而這些因素只有當一個人沉醉於感情中才能找到。這裡的無限小因素，就感情而言，比較正確的理解是回復到作家最細微的本能反映和本能表現；從感官與客體的關係而言，是最細微的感覺，任何一個人在感覺外界事物時，都是帶著特定感情的，如托爾斯泰在小說《復活》一開始，就寫春天來了，萬物都在享受著春天的快樂，可是人呢，仍舊在欺騙自己而且欺騙別人，折磨自己而且折磨別人……。緊接著，出現了省城的監獄和法庭審判的場景，以驚人的力量和深度揭露了沙皇法庭草菅人命的罪惡。這種憤怒的感情滲透在作家對自然界和社會現象的每一個最細微的本能反映和感覺當中。傳達出來，就形成作品的描寫細節，特別動人。無限小因素，從作家創造的人物內心來說，是內心最細微的心理動作，與他們發生關係的一切對象，又都是他們心靈的投影。《復活》中聶赫朵夫的整個精神復活，心靈淨化的過程，完全可以說是作者獨特感情和願望的再現。在差不多的人物的心理動作上，在整個心靈辯證運動的過程中，我們都可以找到作者本人感情的影子。從人物和意志行為來說，無限小因素時指最細微的言行。在人物的言行之中，必然體現作家自己的愛憎。還是以《復活》為例，托爾斯泰通過聶赫朵夫的口說到：「老百姓赤貧的原因……那就是，唯一能養活他們的土地，卻給地主從他們那裡奪去了。」因此，他大聲疾呼：「土

地不能成為什麼人的財產；它跟水、空氣、陽光一樣，不能買賣，凡是土地給人類的種種利益，所有的人都有同等享受權。」這種空想的農民平均主義思想，是作者基督教愛的感情溶合在一起的。

所以我們說，不論從內容到現實，作家都要把自己的獨特感情，細分成無限小的因素，真正滲透進作品當中去。只有意識到自己的情感狀態並作為客觀對象來處理。這種處理也就是通過客觀化的物質形態把它傳達出來。所謂客觀化的物質形態，也就是通過想像所喚起的生動形象予以物質材料的表現。

結語

感情問題是創作中的重要課題，多年來，不僅沒有引起我們的重視，反而被當成「禁區」，特別是極左路線的干擾，片面強調理性對創作的指導作用和為政治服務，而根本忽視文藝創作中作家的感情因素，使創作實踐和理論研究都處於一種畸形的狀態，創作的個性遭到扼殺和否定，千人一面和千部一腔，成了人們挖苦文藝創作的口頭語。因此，我們認為，加強對感情的研究，是有實踐和理論意義的。它對於培養作家的感情個性，認識和掌握文藝創作的自身規律，糾正文藝批評，文藝鑒賞中的庸俗社會學現象，都會有一定的作用。本文就是企圖從生理和社會客觀生活對作家獨特感情的形成及其在創作中的實踐意義作以初步探討。但學歷有限，很難做出完整的回答，只不過提出問題，請大家共同研究。

第3章 論物質生產與藝術生產的總體歷史平衡性

　　人類每一思想、理論的問世和完善發展，都是痛苦的。痛苦既表現在總結實踐時的困難，也體現在發展過程的爭鳴。這是一種追求真理的痛苦。真理只有經過十月懷胎的苦痛，嘔心瀝血的培養，才能成為指導實踐發展的準則。建國以來，有關馬克思在〈政治經濟學批判導言〉中提出的物質與藝術（精神）兩種生產不平衡發展命題的幾次討論，儘管眾說紛紜，各執己見，難於一統，但對於這一理論命題的認識，真正把握兩種生產的內部聯繫、意義是明顯的，為討論向深度和廣度發展，開闢了道路。不過，縱觀討論，一些參與討論的同志在方法上表現出了程度不等的片面性。有的認為兩種生產的不平衡是一條規律，甚至說它是馬列文藝理論的基石。這實質上是矛盾絕對性、無條件性原理的機械而簡單的運用；有的不注重考察整個歷史發展過程中兩種生產的本質關係，只從一個時間斷面、從上層建築其他領域對藝術的影響入手，以偏概全，從而作出不平衡是一條規律的簡單結論。反對將不平衡作為兩種生產之間的規律的學者，其研究方法，往往就事論事具體分析較多，缺乏歷史的總體把握，說眼力因而也不太強。

　　馬克思主義是一門嚴肅的體系嚴密的科學，實用主義的閹割和教條主義的硬套都將適得其反，「如果不把唯物主義方法當作研究歷史的指南，

而把它當作現成的公式，按照它來剪裁各種歷史事實，那末它就會轉變為自己的對立物。」[1] 這已是為歷史所證明的事實。因此，運用馬克思主義的基本原理，完整、歷史地分析兩種生產之間的關係，就成為討論這一問題的基本前提。本文正是基於這樣的研究思路來參加討論的，不當之處，請專家學者批評指正。

一、兩種生產的不平衡是特殊現象而非普遍規律

所謂規律，是指事物間的普遍聯繫，規律一旦確認，就具有相對的穩定性、客觀性、和不可逆轉性。人要生存，必須吃飯，這就是規律，它不以任何人的意志為轉移，也不為某一階段、某一特殊偶然因素所否定。我們所說的規律，是排斥了偶然的易變因素的普遍的本質抽象。誠然，在社會生活規律裡面，一種規律不可能窮盡生活的各種現象，規律在人的認識可能範圍內，只能是相對的總結概括，而不是絕對的包容一切細枝末節，規律是質的規定。由此出發，我們認為，把不平衡概括為兩種生產的基本規律，是不符合藝術發展的歷史事實的。但是，困難在於，當討論者在規律前面加上特殊這一定語後，事情就變得複雜化了。讓人困惑不解的是，既是特殊的，又怎麼能成為概括整體的規律？它是相對什麼而言？是對於兩種生產自身嗎？根本不成立。因為我們說特殊的，或者說是普遍的，必須有一個對象，否則就難以成立。因此，用特殊規律這樣的字眼本身就含混不清，它說明兩種生產之間既有普遍規律，又有特殊規律，也就是說同一事物在發展過程中有兩個規律在起作用，這怎麼能說明問題呢？猶如生

---

[1] 《馬克思恩格斯選集》第四卷，北京：人民出版社 1972 年版，第 472 頁。

存必須吃飯的普遍規律和生存不應吃飯的特殊規律同時並存一樣。所以，既是特殊的，它就不可能是普遍的規律，它只是整個過程中的偶然情況，是一種非本質的次要現象。當然，特殊能夠反映一般，一般寓於特殊之中，但是，特殊並不等於一般，更不能否定一般，那些以「特殊規律」來概括兩種生產之間的關係的討論者，其根本點，就在於混淆了一般和特殊的關係，將特殊與一般劃了等號，概念的混淆，必然得出不科學的結論。因此，澄清概念後，再來考察兩種生產之間的內部普遍聯繫，就不至於誤入歧途了。

馬克思的〈政治經濟學批判導言〉這篇文章是為寫一部經濟學巨著所擬的、而沒有完成的〈總導言〉草稿，他提出兩種生產發展的不平衡命題是為了反擊當時資產階級經濟學家鼓吹的資產階級合理永恆的謬論。命題本身的提出具有極大的現實意義和深遠的歷史意義。不過，因馬克思在這篇文章中，只有綱領性的結論，沒有詳盡的論述和分析，這就造成了後世理解的困難。但只要認真研讀，結合馬克思的其他論述，不難發現，他只是指出兩種生產的不平衡現象，並未上升到規律的地步；值得注意的是，在指出不平衡現象的同時，還始終貫穿著物質生產制約藝術生產的思想，這就是我們和其他研究者理解的不同所在。

馬克思指出：「關於藝術，大家知道，它的一定繁盛期決不是同社會的一般發展成比例的，因而也決不是同彷彿是社會組織骨骼的物質基礎的一般發展成比例的。」[2] 首先，從句式上看，馬克思在前一分句的基礎上，用了「因而也」這一表示遞進關係的關聯詞，這就明確表明「社會的一般發展」和「物質基礎的一般發展」不是同一概念，二者界限非常清楚。馬

---

[2] 《馬克思恩格斯選集》第 2 卷，第 112 頁。

克思筆下的「社會的一般發展」指的是社會生產關係以及上層建築的各個領域的一般發展（這裡不包括藝術），而「物質基礎的一般發展」則指的是社會生產力的一般發展。如果這一理解是不錯的話，那麼馬克思要講的是，由於藝術生產和物質生產雙方在發展的過程中，受到了生產關係以及聳立其上的上層建築等仲介的影響，並考慮到了由於這些仲介對藝術生產的影響，使得物質與藝術生產二者的關係不呈直接聯繫，而是間接狀態；特別是在特定歷史階段上由於上層建築相對獨立的發展，有可能造成精神生產和物質生產的不平衡現象。可我們必須清醒地看到，馬克思是把藝術的繁榮和物質生產發展之間的不成比例放在「一定的」時期來講的，只有符合了這樣的條件，不平衡才會出現。正是在這個意義上，我們說，不平衡現象並不是無限的、普遍永恆的存在於一切社會中的兩種生產的歷史過程之中，因而它不是規律，更談不上是什麼馬列文論的理論「基石」。它只是一種在一定歷史條件下出現的特殊現象。

其次，我們繼續研究原文，馬克思所提出的「現代人」並與過去時代的比較以及希臘神話的不可複返，恰好為上面的理解提供了有力佐證。

「我們先拿希臘藝術同現代的關係做例子，然後再說莎士比亞同現代的關係。」[3] 這是什麼關係？其含義是什麼，確實費解。如聯繫上文的「例如，拿希臘人或莎士比亞同現代人相比」這句話以及命題本身內含來看，它是指的古希臘、莎翁時代同「現代人」在兩種生產之間的比較關係。困難不在於理解它們的比較，關鍵全在於如何理解馬克思在這一對比中，是否說明瞭兩種生產的不平衡是規律或者是特殊現象這一核心問題。要明確

---

[3] 《馬克思恩格斯選集》第 2 卷，第 113 頁。

這個問題，就必須搞清「現代人」的確定含義。

　　「現代人」，在我們看來，在文藝上是指當時資產階級正統文藝的代表，是資本主義商品生產制度下意識形態的反映者，是被金錢異化了的文藝生產。只要對古希臘、莎士比亞兩個時代稍加分析，這個結論就很自然。

　　希臘藝術是古希臘奴隸社會民主政治統治下的產物，它集中體現了當時統治階級政治的、審美的理想。無論從荷馬史詩，還是希臘神話，以及戲劇和雕塑，我們都可以看到這一時期的時代面貌和當時統治階級的精神狀態。從這點講，希臘藝術是奴隸主階級中的正統文藝代表。再看莎士比亞時代。這個時代是歐洲資本主義蓬勃發展的時期，資產階級雖還未成為時代的主宰，但它以強大的力量登上了歷史的舞臺，其思想、理想已經滲透在社會時代和人民群眾之中。文藝復興的高峰出現在這個時候就足以說明資產階級影響的廣度和深度。莎士比亞的作品，典型地反映了上升時期資產階級的進取精神和樂觀主義，他作品中充溢的以「人」為中心的人文主義精神代表了這一時代文藝創作的基本思想傾向。就這而言，莎士比亞代表的文藝高峰，在本質上就是上升時期進步資產階級主流思想的反映。

　　因此，我們認為，馬克思所指的「現代人」，是指十九世紀資產階級在文藝上的正統代表，即被資本、金錢異化的文藝及作家藝術家 · 如果這裡的「現代人」不是指的資產階級正統代表文藝，而是整個時代的文學藝術，那麼，就產生了一系列麻煩。如：怎樣解釋馬克思稱之為「時代旗幟」的狄更斯、喬治 · 桑等人的成就？如何理解巴爾紮克的創作是「現實主義的偉大勝利」？是不是需要重新認識和評價批判現實主義、積極浪漫主義以及其他各門藝術對人類文化的貢獻？歐洲文學史上的第三個高峰是否要降低高度？等問題，就不好解決。所以，我們說，「現代人」是當

時資產階級的正統文藝代表，準確地說，是資本主義商品生產所造成的被資本、金錢異化了的文藝。按照馬克思的思路，十九世紀是資本主義迅猛發展的時期，然而似乎並沒有產生像古希臘、莎士比亞時代那樣的、難以企及的藝術，因而使馬克思在比較的過程中，發現了在高度發展的資本主義社會，物質生產的高度發達，並沒有帶來藝術的高度繁榮，出現了不平衡的問題。但是，需要進一步說明的是，馬克思僅僅指出了這一存在的現象，而並沒有從整體上對十九世紀兩種生產做出不平衡的結論。事實上，十九世紀文藝主流，在文學方面，是高爾基稱為「浪子」的這一批作家，他們的整體成就，完全可和以前任何時代媲美。單從小說看，就大大超過了以前所有時代。這種繁榮，正是資本主義生產力發展所致。只有高度的工業化，才會有高度的商品化金錢化；只有在以商品金錢為中心的時代，才會產生批判金錢，揭示異化，提倡人道的文學；而正是一批暴露資本主義時代的文學大師的出現，才形成了批判現實主義的輝煌。結果是原因造成，不是憑空而來，這一原理，恐怕誰都會承認。

其次，雖然馬克思用了一些篇幅將希臘神話人物和現代的一些先進技術進行比較，意在說明兩種生產的不平衡現象，說明高度發達的技術時代並沒有產生像希臘那樣的、具有永恆魅力的神話藝術。但是，馬克思緊接著就得出了希臘藝術產生的社會條件已一去不復返的肯定結論，非常明確地表明瞭兩種生產總體平衡的思想。馬克思說道：「任何神話都是用想像和借助想像以征服自然力，支配自然力，把自然力加以形象化；因而，隨著這些自然力之實際上被支配，神話也就消失了。」[4] 這就是說，一種藝術

---

[4]　《馬克思恩格斯選集》第 2 卷，第 113 頁。

的繁榮與衰退，她特有的內容和形式，都有其產生的特殊的社會物質條件，即通過對物質生產力的一般發展的分析，把握到藝術生產的一般發展規律，一言之，物質生產的發展制約著藝術生產的發展。

最後，談談希臘藝術的永恆魅力的問題。馬克思在文章中指出：「困難不在於理解希臘藝術和史詩同一定社會發展形式結合在一起。困難的是，它們何以仍然能夠給我們以藝術享受，而且就某方面說還是一種規範和高不可及的範本。」[5] 這是一個富有挑戰性的命題，為什麼在物質生產不發達的古希臘時代，能產生輝煌的藝術？因此，理解這一命題，不僅是理解以前的藝術為什麼具有無窮的魅力的問題，而且也是理解兩種生產不平衡命題的不可缺少的必要環節。大家知道，希臘藝術是人類童年的產物．童年時代，充滿幻想，幼稚可愛，天真純潔，保持著質樸自然的狀態。當一個人到成熟的中年、壯年和龍鍾的暮年時，尤其是在生命的晚年，最喜回首往事，追憶兒時的生活，把自已帶到那充滿稚氣、幻想和創造力活躍的時期。一方面會感到兒時的可笑，一方面又會在心靈中蕩起童心式的嚮往純真的美好情懷。這種人類心靈的返璞歸真情愫，往往使人通過對古代藝術的欣賞，來召回自己童年的生命，並使自己的精神與人類的童年保持不絕的聯繫。另外，人類是一個連續發展的整體運動過程，猶如奔流不息的江河。長期的生命經驗和人類社會的發展，使人類形成了對真善美的追求意識，並積澱為普遍的心理。而人類的藝術，即使是早期的藝術，都體現了追求真善美的價值取向。因此，不同時代的人，儘管在思想觀念、價值尺度、審美理想等方面，有著極大的區別，但在對真善美追求方面，在

---

[5] 《馬克思恩格斯選集》第 2 卷，第 114 頁。

人類某些共同道德方面，在對諸如正義、勇敢、和諧等範疇方面，有著某種一致性，存在著一定範圍內的共同檢驗標準，從而在藝術上也就具有一定程度相同的審美趣味、美學標準、以及思想價值尺度，這也是古代藝術能打動後世、具有永恆魅力的重要原因。

再者，藝術的時代差異形成的藝術陌生感以及與其他時代的鮮明對比性，往往會在其他時代人的心靈中產生巨大的新奇感。一方面，以往時代包括人類童年時代也會產生天才的藝術作品，因而會使其他時代的人發出由衷的讚歎。一方面，由於社會結構的不斷變化，生活也就會發生質的變更；生活的變革，必然要求藝術內容和形式必須同時代生活相適應。這就會產生差異。因其差異，我們往往會感到過去時代某種藝術的內容和形式對於令天是那樣陌生而又新鮮，似乎是不可複返並且高不可及，甚至認為她就是這一藝術形式的範本（如果需要利用這一形式的話）。形成這種意識固然與過去時代的藝術所取得的成就有關。但更重要的是由於不同時代藝術的鮮明對比性在人們心理上形成的一種感覺。過去時代的藝術，尤其是人類童年時代的原創藝術，因其產生的條件不復存在，在後世完全再現的可能性極小，因而她將永遠以範本的形態聳立在後世人的頭上，使人們在心理上產生心嚮往之而不能至的崇拜感。同時，人類有一種對自己的過去尤其是對自己童年時代所取得的成就的本能的肯定和讚賞心理，而把握這種心理，正是我們理解馬克思提出的這一命題的一個重要依據。於是，我們可以說，馬克思在文章裡提出這個命題，並非說明兩種生產的不平衡，而是要指出在兩種生產的歷史進程中，藝術的繁榮有時與物質生產力的發達並不成比例這一特殊現象，不平衡只是局部的而非整體的，是相對的而非絕對的，是特殊現象而非普遍規律。正因為如此，馬克思才在文章

裡明確指出:「希臘人是正常的兒童。他們的藝術對我們所產生的魅力，同它在其中生長的那個不發達的社會階段並不矛盾。它倒是這個社會階段的結果，並且是同它在其中產生而且只能在其中產生的那些未成熟的社會條件永遠不能復返這一點分不開的。」[6] 所以，馬克思說「一個成人不能再變成兒童，否則就變得稚氣了。」[7] 事實上也是如此。後代人在情感上崇敬過去的藝術但並不意味著在理智上也要去摹仿重複它們。每一個時代有一個時代的藝術。生活要前進，社會要發展，藝術也要不斷推陳出新，找到與自己時代相適應的內容和形式，才有存在的意義；仿效前人，終不過是幼兒的咿呀學語，不可能顯示這一時代人們的本質力量，從而使這個時代的藝術不能和前代並駕齊驅，更談不上超越。只有找到了新的內容和新的形式的廣闊表現天地，人們才無愧於這個時代，也無愧於前人。然而，新的藝術內容和形式不是憑空而出，而是基於所處時代的社會生活的需要；歸根到底，要簽於社會物質生產的發展所引起的社會和人的變化了的需要。這就是平衡，這就是兩種生產之間的平衡。顯然，它們是一種內在的本質的間接的平衡，而不是外在的現象的直接的平衡，是與社會發展的水準和社會生活需要的整體平衡。

二、總體平衡是兩種生產的基本規律

上面的結論僅是抽象分析而得，未免還有點簡單。在這一節裡，我們將用事例說明兩種生產的總體歷史的平衡性。在論述此問題之前，先有必

---

[6] 《馬克思恩格斯選集》第 2 卷，第 113 頁。
[7] 《馬克思恩格斯選集》第 2 卷，第 114 頁。

要對兩種生產之間的複雜關係給予簡單闡述，以便加深我們對總體平衡的認識。

兩種生產的關係相當複雜，它表現在以下幾個方面。

第一，藝術生產受物質生產制約的直接性。

藝術呱呱墜地之日，便和物質生產結下了不解之緣，不過，從歷史發展的角度看，這兩種生產經歷了由物質生產直接制約到間接制約藝術生產的過程。

誰都知道，原始藝術產生的一個重要的源頭是勞動生產。在內容和形式兩個方面，原始藝術與物質生產都有著密不可分的聯繫，普列漢諾夫在《沒有地址的信》這部著作中曾作過詳細的考證和分析。隨著生產力的發展，分工的出現成為可能和現實，精神生產的相對獨立性也就成為可能和現實，藝術便從生產勞動的直接制約中逐步解脫出來。然而這僅僅是距離的相對拉大，絕不是完全脫離；即使在這拉大的距離中，物質生產仍有直接的影響。文學史說明，社會生產力的每一步發展都會對文學產生強大的推動力。造紙術、印刷術的發明，就直接推動和刺激了宏篇巨著的創作。沒有這種條件，諸如長篇小說之類的文學作品靠竹簡、絲帛來流傳發行，簡直是不可思議的。宋代以後，我國小說、戲劇逐步興起並走向繁榮，印刷術造紙術的發展肯定起了巨大的直接作用。再如，油畫的產生取決於油畫所需的原料；電影、電視劇在電和無線電技術出現之前根本沒有可能；電子琴更是電子技術發展的直接產物。另外，科學的發展，對戲劇舞臺的佈景、道具的改進，電影特技的運用，化妝藝術的發展，都產生了直接而深刻的影響。

除上以外，物質生產對作家創作也有直接規範性。在思想傾向的表現、故事情節的安排、道具細節的設置等方面，都有直接限制作用。例如

在思想內容表現方面，作家必須考慮所處時代和社會思想的發展水準及趨勢，必須表現出與這個時代和社會相吻合的思想內容，表現出同時代人的思想意願、情感心理；即使作家所寫題材內容是重現歷史的或幻想未來的，其思想也不會超越時代和社會思想的質的規定性，再如某個作家要反映和涉及到生產方面，他首先就要考慮現階段的社會生產力一般水準，不能把封建社會的生產力水平移到社會主義時代，也不能提前到奴隸和原始社會。在細節安排和描寫上，時代物質生產水準對作家的制約也是明顯的。六七十年代及以前，我們可以在作品中大量描寫工廠的滾滾濃煙，它意味著工業的發展和躍進。進入 80 年代，這種描寫為什麼少了，其原因就在於濃煙多不是工業興盛的象徵，而是環境污染的一種標誌。在道具設置方面作家同樣受到限制。電視機、答錄機、電冰箱、小汽車、飛機等只能出現在當代生活領域，誰要把這些東西安置在封建社會的歷史題材中，人們就會笑他無知和愚蠢，不僅貽笑大方，簡直不可容忍。因此物質生產對作家直接的制約是明明白白的，從一定意義上講，這種制約也就意味著兩種生產在一定程度一定範圍內的平衡。

第二，物質生產制約藝術生產的間接性。

這類情況比較普遍。特別是階級，國家的出現，政治在社會中的地位加強和提高，兩種生產的關係往往都通過政治相互產生影響，間接性日趨明顯，因而兩種生產的平衡關係就變得更為複雜化了，往往出現以下幾類情況。

（一）兩種生產的基本平衡。如我國唐代，當李世民登上皇帝寶座以後，他頭腦比較清醒，汲取了隋末農民起義推翻隋朝的歷史教訓，對「載舟覆舟」認識較深。因此，他能採取一系列有利國計民生的政治方針和經

濟措施，從而出現了經濟高度發展的封建盛世。經濟的發展，又反過來促進了政治的穩定，使統治者有著頑強的自信心理，故能使政治更為開明。這就造成了一個適宜文化繁榮的客觀社會條件，也有利於人們智力最大發揮，天才的產生就成為可能。因而在文學上，就湧現了一批名震天下世代不朽的大師。詩歌走向鼎盛，散文成就斐然，其他藝術門類也競相鬥豔；形式多樣，內容豐富，作家眾多，作品繁富，琳琅滿目，數不勝數，美不勝收，真可謂百花齊放；同時，戲劇開始萌芽，小說初步定形。兩種生產在這一個時代，表現出了真正意義上的平衡。

（二）兩種生產的表面不平衡。我國建安時代的文學似乎是較典型的證明不平衡的例子。東漢末年，皇室衰微，軍閥混戰，天災頻繁，整個社會處在「千里無雞鳴」、「生民百遺一」的動亂災難之中，西漢以來發展的生產力遭到極大破壞。按理，這一時期的文藝應落後於強大的西漢。可恰恰相反，以曹氏父子和「七子」的詩歌為代表，把西漢時代的詩拋在了後面。兩種生產在這個時代似乎是不平衡的。但我們必須看到，這個時代的整個藝術生產，僅詩走在了前面，取得了重要成果，其他如西漢風行一時的賦、政論和歷史散文卻較少進步，甚至後退了一步；而其他藝術門類更來見突出表現者，整個時代的藝術生產處於衰敗狀態；即使拿詩來講，有成就的作者也屈指可數，作品數量也很有限。形成這樣的總面貌，與生產力的破壞、後退以及由此而來的社會的落後、精神生活的沉悶死寂緊密相關，起碼的生存條件尚難保證，還談什麼精神的生產和創造！從這個意義上來說，兩種生產在此時代又是平衡的。

（三）平衡中的不平衡和不平衡中的平衡。前者指某一歷史階段中的現象，後者指超國度橫向比較中的不平衡所蘊含的本國度縱向比較的平衡。

　　先說前者。唐代文藝與物質生產的基本平衡誰都承認，可是，在這總體平衡中，也有局部階段上的不平衡。盛唐，即安史之亂前，是唐代物質生產發展最快的時期，可就文學成就看，並不能代表唐代的最高水準，李白、杜甫等人雖處在此時，但他們的多數作品，特別是杜甫的具有較大價值的作品卻寫在安史之亂中或之後，這時的唐帝國已開始走下坡路了；特別是詩的大面積豐收倒是在中、晚唐，這就是我們所說的總平衡中的不平衡。

　　再看後者。超國界的橫向比較法樂於為人所用，如拿德國十八世紀文學、二十世紀初挪威文學以及十九世紀俄國文學與同期英、法等國比較。應該承認，這也不失為一種比較方法。（儘管有片面性、簡單和表面化的毛病）至少可以在世界範圍內，通過比較，瞭解國與國、民族與民族之間兩種生產發展的不平衡現象。然而，這種比較出來的不平衡，不是本國意義上的不平衡，不能得出某國文藝自身不平衡的結論。我們恰恰通過這種比較，再聯繫縱向本國比較法，就很容易把握兩種生產的內部平衡關係。試以德國十八世紀文學為例。

　　恩格斯曾經指出，十八世紀的德國在政治上是反動和可恥的，經濟上也不景氣，遠遠落後於英、法，但在文學上卻是偉大的，出現了歌德、萊辛、席勒等一批巨匠；其他藝術方面也有較大成就，音樂方面有莫箚特、貝多芬等天才的出現。這似乎與德國當時的物質生產發展不成正比。事實上，卻不是這樣。

　　十八世紀中葉以後，資本主義經濟在德國有了相當的發展。伴隨著資本主義發展而出現的先進的資產階級分子，為反抗當時德國的封建統治，喚醒民族意識以求達到民族的統一，希圖從思想意識的啟蒙上為統一創造條件，給資本主義的進一步發展開闢道路。這個時期的文學繁榮正是隨啟

蒙運動出現的，而啟蒙運動的出現正是資本主義發展的結果。正如梅林在
《德國歷史》中講的那樣：「那時代經濟的發展，給德國資產階級以一個強
大的推動力；但是因為這個階級無論在哪個方面都不夠堅強，像在法國那
樣去爭取政治權力，於是，它就在文學裡創作資產階級的理想圖像。」恩
格斯也指出：真正推動他們前進的，主要是自然科學和工業的強大而日益
迅速的進步，在唯物主義者那裡，這已經是一目了然的事。

　　寫到這裡，我們要旁逸一下了。有人會問，你講了這一大通，只不過
是說明瞭物質生產制約藝術生產的問題，與兩者之間的平衡根本不是一碼
事。我們認為，平衡和制約不是一回事，這是確定無疑的，不過，平衡和
制約是有極大聯繫的，平衡是在制約基礎上的平衡，否則我們不必討論兩
種生產的關係，沒有制約，平衡的比較也就無從著手；正是在制約的關係
上，我們才能進行比較，這是第一個問題。下面談第二個問題。也許有人
還會說：十八世紀德國文學和當時物質生產的一般發展是不成比例和不平
衡的，因為同期英、法工業發展比德國要快得多，而文學卻超過了英、法，
這難道是成比例嗎？這裡就涉及到了比較方法的缺陷問題，前面說過，橫
向超國界的比較法只適合於瞭解國與國、民族與民族之間的不平衡發展，
絕不能盲目簡單應用於某一國的兩種生產關係。只有從某一國本身的發展
歷史，與它的前期兩種生產狀況相比，才會真正瞭解兩種生產的關係。這
是一個方法上的問題。現在我們反問一句，藝術生產的繁榮和物質生產發
展之間的比值究竟靠什麼確定，也即是說，兩種生產各自發展的一定階段
上的比較指數憑什麼來確定？我想，誰也回答不了這個問題。如果回答不
了這個問題，那麼，比較兩種生產的發展比例只能是相對的，而不是斤、
兩、錢的關係。假定前一期兩種生產發展指數皆為 0，後一期物質生產發

展是 2，藝術生產是 3，那麼它們應當說就是平衡的，因為它們都發展了；絕不能認為只有在同為 2 或同為 3 的情況下，才是成比例和平衡的。事實上，二者之間的比較是無法以量化指標來進行的。誰不承認這一點，誰就是機械論，我們也最好就別講比例平衡之類的話。

　　以上是從具體歷史階段出發，考察了兩種生產之間的關係和所引起的各種現象。觀其各種情況，平衡仍是主要的。為了避免簡單類比和某一階段考察的不可靠，我們將以藝術內容和形式的演變進化，鳥瞰一下兩種生產的總體歷史平衡性。

　　論述之前，先得澄清一個認識論上的誤區。多年來，在哲學上，我們總是過分強調矛盾絕對性鬥爭性的一面，而忽略統一性同一性的一面，並把矛盾鬥爭誇大到了一種極端，造成的後果是嚴重的，大家知道，世界是一個矛盾而又統一的物質領域，矛盾運動是世界發展的動力，統一是這一動力作用的結果和目的。但恩格斯指出：「任何特殊相對的運動，……都是為了確立相對靜止即平衡的一種努力。」[8] 他還說：「在自然界中決不允許單單標榜片面的『鬥爭』，但是，想把歷史的發展和錯綜性的全部多種多樣的內容都包括在貧乏而片面的公式『生存鬥爭』中，這是十足的童稚之見」。[9] 如果說，矛盾運動、不平衡是絕對的，那麼，統一、平衡也應具有同等重要的意義。

　　這條原理同樣適合認識兩種生產的內部聯繫。誰都會承認，物質生產的發展是由低向高的過程，人類就經過了石器、鋼器、鐵器以及當今的原子能、電腦時代等過程。藝術，也是由簡單到複雜，單一向多樣發展的。

---

[8] 《馬克思恩格斯選集》第 3 卷，第 563 頁。
[9] 《馬克思恩格斯選集》第 3 卷，第 572 頁。

這兩條發展的線索，共同特徵都是日益進步。它們的清晰輪廓在一個短時期比較中很難看清，只有把它們放在一個相當長的比較過程中才會清楚。正如恩格斯講的：「如果您劃出曲線的中軸線，您就會發覺，研究的時間越長，研究的範圍越廣，這個軸線就愈接近經濟發展的軸線，就愈是跟後者平行而進」。[10] 考察一下藝術內容和形式的發展過程，就會證明恩格斯的精闢見解。

　　藝術的形式取決於藝術的內容，而藝術的內容則來源於社會生活。從生活到藝術，從內容到形式，是一個相互矛盾而又統一並由不適應到適應的辯證過程。這是一方面。另一方面，不同的時代的社會生活，一定需要不同的藝術形式來表現，它們「都是一種歷史的產物，在不同的時代具有非常不同的形式，並因而具有非常不同的內容」。[11] 黑格爾也指出，古典的形式只能是在古典的內容限度裡，才會成為古典的。那麼，我們追問一下為什麼內容和形式會出現時代差呢？回答是這樣的：不同時代人們的審美欣賞態度，審美理想不同，這種不同是由子不同時代人們主要的文化心理結構不同，而文化心理結構的差異是由於時代社會生活所造成，時代生活內容形式的變化又主要是物質生活結構的變化所導致。因此，歸根到底，是物質生產的發展帶來了這種差異和連鎖變化。我們以中國小說的發展來說明一下。

　　中國小說最早起源於上古時期的神話傳說，它是我國社會發展幼年時期的產物。當時的人面對自然的變幻和巨大威力，不能給予正確的唯物主義認識，也不可能給予科學的征服，千是以天真和浪漫主義的想像，藉以

[10] 《馬克思恩格斯選集》第 4 卷，第 507 頁。
[11] 《馬克思恩格斯選集》第 3 卷，第 465 頁。

征服自然，支配自然，把自然力形象化。到了魏晉時期，志怪小說在當時巫風佛學風行的影響下破土而出，正如魯迅在《中國小說史略》中說：「中國本信巫，秦漢以來，神仙之說盛行，漢末又大暢巫風，而鬼道愈熾；會小乘佛教亦入中土，漸見流傳。凡此，皆張惶鬼神，稱道靈異，故自晉迄隋，特多鬼神志怪之書。」[12] 魯迅所講的志怪產生的原因是一個很重要的因素，然而它本身與魏晉時期的政治、經濟還有著千絲萬縷的聯繫。志怪小說像《列異傳》、《搜神記》之類，在藝術上，人物已有一定性格，具備簡單的情節，主題比較明確，結構漸趨完整，已不同於早期神話的簡單記載，它標誌著小說在中國作為一種新的文學體裁問世了。這一變化，說明社會生活的日益複雜需要相應複雜的藝術形式。

魏晉之後，進入唐代，傳奇在志怪小說基礎上，又有了新的根本性發展，「是時則始有意為小說。」[13] 唐傳奇的興起並非偶然，它有深刻的社會原因。唐代，社會經濟迅速發展，城市經濟隨之繁榮，市民階層益壯大，各類人物雲集於都市之中，社會關係錯綜複雜，生活五彩繽紛，豐富多樣；流傳著的形形色色的奇聞趣事，為傳奇小說的創作提供了對象素材。生活的變化，魏晉時代篇幅短小的小說顯然已不適應新的社會要求，於是乎，一種篇幅較大，情節更為曲折，注意人物刻畫的傳奇便應運而生。在內容上，現實的生活內容代替了浪漫的神仙道化和志怪，反映了許多當時由城市經濟繁榮所帶來的社會問題，具有很強的現實主義精神。

陳橋兵變，趙匡胤黃袍加身，建立了宋王朝，北宋時代，農業生產達到了新的水準，手工業技術顯著提高，活字印刷正式產生，造紙術也相應

---

[12] 《魯迅全集》第 9 卷，北京：人民文學出版社，1981 年版，第 43 頁。
[13] 《魯迅全集》第 9 卷，第 70 頁。

發展。伴著生產規模的擴大，商品經濟漸趨繁榮，市民隊伍更為壯大。各種民間技藝也向城鎮集中，「說話」藝術便成為市民們尤為喜歡的形式。人們通過「說話」這一藝術形式表現自己的生活、思想情感和現實要求，出現了一批膾炙人口的佳作，如《碾玉觀音》等。形式上，情節曲折生動，扣人心弦，開始運用典型細節刻畫人物，心理描寫也開始出現，從現實的外部漸向內部心靈開掘，顯然適應了當時人們的要求。歸根到底，是物質生產的進一步發展，開闢了新的生活領域，擴大了人們的視野，豐富了人們的心靈世界。因而只有在這樣的條件下，話本的出現才會成為小說史上的一大變革。

明代，是我國封建專制主義較為嚴重的時代。但是，它的社會經濟比起前代，也大大向前發展了一步。商品經濟的繁榮，社會分工的擴大，生產力普遍有所提高。尤其是，在封建經濟的土地上，資本主義生產關係也開始萌芽，新興的市民階層遠遠超過了它的前代。時代的生活變化，決定著人們審美要求的不同，通俗文藝更加繁榮，加上印刷術的發達，為書籍的廣泛刊行提供了有利條件。明代的小說就是在這樣的條件下發展起來了，《西遊記》首當其衝，先聲突起，放射出浪漫主義的異彩；緊接著一大批歷史演義、英雄傳奇、神魔小說風起雲湧，不絕如縷，形成我國小說創作的高峰。生活的變化，使人們不僅注目於現實，也放眼於歷史，不僅注意外部客觀的描寫，也注意內部主觀的抒發。特別一提的是，我國文人創作的第一部反映世俗生活，以家庭生活為主的《金瓶梅》開「人情小說」之先河，充分典型地反映了隨著新生活的來臨，市民階層的心理慾望，使濃厚的封建教誨主義逐步失去地盤。這一時期，短篇小說如《三言》、《二拍》，也取得了較高成就。總之，小說在這一時期，出現了相當繁榮的局

面，歷史和現實，天上和人間，社會和家庭，題材多樣，相互並存，交相輝映，在藝術上，塑造了一批具有重大審美價值的典型形象；在結構上，堂皇巨製，線索交錯，已不像早期的單線發展，為後代小說積累了寶貴經驗，為《紅樓夢》等長篇小說的發展作了充分的藝術準備。

上述簡單勾勒，我們大致可以把握住兩種生產在歷史發展的長期過程中，是趨向於平衡的基本主線。

如果說，上面我們是從微觀縱向角度分析了兩種生產的總體平衡性，那末，下面我們將從藝術形式的相互取代，以歷史的方法縱向分析一下兩種生產的總體平衡。我們知道，唐代以前，詩歌獨居尊位，到了明清便江河日下，小說崛起。這實質上是不以人的意志為轉移的；小說不論在描述事物，抒發感情，刻畫人物以及其他方面都優於詩詞，具有很大的活動範圍和廣闊的迴旋餘地；既不受時間的限制，也不受空間的束縛，上下幾千年，縱橫幾萬裡，都任其作家馳騁。這種地位的轉移不是偶然的，它歸根結底是物質生產引起的形式和內容的變革，是適應新生活條件下人們精神需要的產物。因此，它的發展過程是可以證明兩種生產在總體上是平衡的。

綜上所述，從長遠的觀點來看，物質生產和藝術生產的發展是平衡的，普遍的平衡是其基本規律，特殊階段上的不平衡和不平衡中的平衡是對總體平衡規律的補充和完善。因此，在這樣的結論基礎上，我們可以斷言，隨著社會主義生產力的發展，我們的文藝一定會出現新的繁榮。這是因為：「在這些現實關係中，儘管其他的條件－政治的和思想的──對於經濟條件有很大的影響，但經濟條件歸根到底還是具有決定意義的，它構

成一條貫穿於全部發展進程並唯一能使我們理解這個發展進程的紅線。」[14]
恩格斯的這段話就算是我們的最後結論，它充分說明瞭藝術生產從總體上
決定於物質生產的基本規律，以及兩種生產在發展歷史的整體過程中平衡
的普遍性。

---

[14] 《馬克思恩格斯選集》第 4 卷，第 506 頁。

第4章　評李怡《日本體驗與中國現代文學的發生》

　　中國現代文學的發生是一個非常重大而複雜的學術問題，關係到中國現代文學出現存在的合理基礎及其異於中國古代文學的特殊價值。自此學科建立以來，已有大量學者對中國現代文學的發生，進行了深入而多方面的研究，出現了一批富有重要影響的成果。

　　中國現代文學的發生與西方文化思想、文學作品及其文學、美學觀念，有著極其深刻的聯繫，換言之，沒有這種聯繫，中國現代文學的發生是否可能，是否會顯示現有的風貌，是否具有它自身的價值等等，都將成為新的問題。誰都不能否認這種關係，但問題在於如何去認識這種關係，尤其是如何認識西方思想、文學作品、文學美學觀念是如何影響新文學革命的發軔者的，這些東西又是通過什麼途徑進入現代作家思想、情感世界並轉化為文學行動的。從現有的大量成果看，觀念、思想和藝術形式的影響性研究，是討論分析二者關係的基本思路。這種思路既不可或缺也是應有的研究方法。不過，這種影響性研究也容易流於粗疏和空泛，可能具有思想或理論的某種高度，但少精準細緻的微觀深度；有思想觀念影響的邏輯路線，可缺少心靈情感體驗的關鍵環節。因而很多問題表面清晰，細追依然糊塗。而且一般性地討論二者的關係而忽視某些基本環節和細節，在

很多問題上難以找到堅實的邏輯根基。誠如王富仁為《日本體驗與中國現代文學的發生》所作的序指出的那樣：「如果西方文化的影響是『五四』文學發生的根源，那末，那些西方的哲學史家、政治思想史家、經濟學家、法律學家、倫理學家，不就天然地會成為中國現代最傑出的文學家嗎？如果西方文學作品的影響是『五四』文學革命發生的根源，那末，那些閱讀西方文學作品最多的人不就一定是最傑出的中國現代文學作家嗎？如果西方美學、文學理論、創作方法或各種不同的創作技巧對中國現代文學的影響是『五四』文學革命的根源，那末，朱光潛、蔡儀、李澤厚等美學家、文藝理論家不就天然會成為比魯迅、曹禺、沈從文、張愛玲更傑出的中國現代文學作家嗎？」（見《日本體驗與中國現代文學的發生》序，北京大學出版社 2009 年版。以下所引文字皆出自此書，只標頁碼）基於此，當我們讀到李怡的這本著作時，留下的是別開生面、耳目一新的強烈感受，作者為中國現代文學的研究帶來了新的氣象；他開闢了以體驗為關鍵字的新的學術領域，並在一定意義上，建立起了一種研究的範式，而且是相當成功的具有真正的學術研究方法價值的範式。

　　日本是中國新文學宣導者接受西方文化、文學思想影響的重要仲介。正是一批新文學宣導者在日本的留學生活，使他們獲得了新的觀念，感受到了老大中國與異域的差別，在生存的體驗和生命的感受中，意識到了弱國子民的歷史地位和命運，從而萌發了改良、革命的思想並回到國內掀起了改變中國命運和歷史的新文化新文學運動。中國現代文學也正是在這樣的條件下發生，從而改寫了中國文學的歷史走向。因此，以留學日本時的青年知識份子生存、生命體驗的問題為對象，考察他們把生存、生命體驗與觀念、思想的接受選擇結合起來的具體境遇，揭示中國現代文學發生的

作家的心理情感動因，並有說服力地找出現代文學作家走向創造新文學的生命動力，是李怡著作的基本思路和使其具有厚重的學術價值的根本原因。我以為，至少有三個鮮明的研究特點，值得現代文學研究界的高度重視。

一、以生命體驗為主線，進入並把握留日中國新文學宣導與實踐者在異域的生命精神思想世界

我們已習慣了以理論的框架和邏輯體系的方式進行學術性研究，這自然是一個學者的基本功夫，也是應然的學術的重要研究方式。可是，當我們在這種習慣的支配下，學者自身的生命體驗，也主要是心靈、情感體驗的鮮活性，感知的真切性的意識和能力，往往也被弱化，因而對研究對象的具體生命、生存體驗的認識理解或者體驗，常常漫不經心難以構成研究者的中心。其實，作為一個從事文學研究的人來說，自我對研究對象（作家本人及其文學文本）的生命體驗的把握，是極其重要的素養。它是自我生命體驗與對象生命體驗的雙重結合，是深入細緻體認作家和文學文本的最佳方式，也是能把握對象精髓的不二法門。遺憾的是，我們已經或正在喪失這樣的生命體驗的感覺以及對對象生命體驗之體驗的意識。李怡的意義在於不僅提供了一個新的進入文學研究的大門，而且意在喚醒我們生命體驗的意識及其用於文學研究的能力。

李怡開宗明義，認為「從『日本體驗』的分析出發，當能夠對中國現代文學的發生作出更切實的說明，至少我們可以從中讀到，一種新的人生體驗與文化體驗是如何開拓、刷新了我們中國作家的視野，啟動了我們的

創造潛力，並最終帶來文學面貌的重大改變。」（P6）於是，李怡關於留日的中國作家與日本的關係，不再僅僅定位在「知識」、「觀念」、「概念」這類通過文字閱讀所實現的中日文化、文學交流，而是「強調將所有的書面文字的認知活動都納入到人們生存發展的『整體』中來，將所有理性的接受都還原為感性的融合形式，我們格外重視的是一個生命體全面介入另一重世界的整體感覺，我們格外注意的是以感性生命的『生存』為基礎的自我意識的變遷。」（P7）

斯論甚是。生命體驗是人對現存世界認識、理解的前提，是接受外來思想、觀念的必不可少的過程。沒有生命體驗的接受，是被動的外在於己的簡單的移植，只有經過生命體驗的認知和接受，才會內化為自身的思想並構成行動的內在動力。基於此，在研究現代文學發生和日本體驗時，他關注的是三個基本問題：一、異域社會的生存與中國留日作家的體驗；二、具體的人際交往，與「小群體」的生存環境、活動方式相聯繫的體驗；三、個體的人生經驗與群體構成的某種對話的互動關係。同時，他還敏銳而深刻地發現了中國作家日本體驗之於中國現代文學的一組基本關係項：異域／本土。這就使研究在時空上得到了更大的延展，並把這種關係項所引出的體驗與上述三個基本問題所涉及的具體的生活、文學活動事件緊密結合起來，構成了一個與深遠歷史與現實、異域和本土不斷對話、體驗的時空結構，使體驗在生命經驗的細節中，獲得了更深廣的民族國家的意義。

在這樣的研究內容框架下，作者考察了「新語句」遭遇中的新觀念的濫觴，對近代以來，中國從日本獲得的有關承載著新觀念、新思想的一些關鍵字，如「民族」、「革命」、「世界」、「進化」、「新民」、「心力」、「個人」、「自我」等，以研究對象的生命體驗入手，進行了相當深入的考察，

通過對個體生存境遇不同而出現的體驗的差異的對比性梳理，認真辨析了近代以來留日作家、文化人對上述概念及其實質的理解，並結合這些作家個人的思想的實際，使個體體驗及其差異得到了有深度的總結。同時，對黃遵憲、梁啟超等的日本體驗與中國文學「新路」的探索，魯迅、周作人為中國文學「別立新宗」的努力，《新青年》作者群與中國新文學的開篇，創造社與新文學複雜格局形成等種種關係，給予了新的理解，在生存、生命體驗的基礎上，獲得了新的結論。如經過對魯迅有關民族問題的認識的研究並和其他留日知識份子的認識進行比較後，得出的結論就很有見地：「魯迅對於民族問題的認識並不像當時一般的留日知識份子那樣的籠統和概括，他似乎更習慣於將民族的問題與普通個人的人生遭遇結合起來，從中留心人在具體生活環境中的狀態和表現」（P116），將其他知識份子「宏闊抽象的『國家』潛沉到了具體的人、具體的自我，用他在《文化偏至論》中的話來說就是『入於自識』，即返回到人的自我意識」（P117）。因此，魯迅之所以不同於他人，其體驗的立場不同，魯迅關注的是普通人的生存；當他體驗到來自日本人的歧視與侮辱後，「情緒並沒有如他的許多同胞一樣簡單沿著民族主義的方向一味推進」，而是將屈辱經歷得來的體驗，「引向對中國人性的自我反照上」（P118）；「魯迅既不能拒絕民族國家建設的使命，也不能回避個體生存的真實感覺，這便在他自己的心理結構中形成了一系列既統一又矛盾的關係項。既統一又矛盾的精神世界不斷為魯迅創造出自我運動的『張力』，從而比一般的留日中國作家看得更遠，悟得更深。」（P119）

二、從具體的生命活動發掘體驗的深度及其選擇的差異

從宏大的視野入手，對一些問題進行理論的分析描述，並總是企圖建構起一種理論的體系或研究的理論方法框架，是我們對學術研究有水準的重要而普遍性的尺度。從研究動機研究範式本不應有固定唯一性而言，無可非議，結果也自有價值甚至有更大的價值。問題是，離開了對象的具體的生命經驗及其生命活動，離開了獨特的個人的體驗，這種研究整體上可以成立，但在細部上往往難以經受推敲，尤其是在辨析不同的對象的差異時，抓住對象的具體的體驗更為關鍵，是真正把握不同對象思想、情感取向差異的必要基礎。周氏兄弟從最初具有共同趨向到最後逐步分離，其原因就在於人生命經驗的差異尤其是具體體驗所形成的不一樣的選擇，李怡在著作中對此有過相當深入而清晰的辨析。

魯迅之所以具有有反叛、峻急的批判主義立場，這與他少年時在家庭的遭遇有關，更與他在日本的生存體驗有關。他不是從正面去呼籲民族、國家的獨立、富強和人的覺醒，而主要從反面揭露尤其是對國民劣根性的批判來呼喚沉默昏睡的國民。他所堅持的「入於自識」，就不僅是個體的，也是民族的自識，是在生存體驗基礎上，對異域與本土進行深刻對比後的選擇。因此，魯迅的體驗，既是具體生存經驗的產物，也是他對中國文化歷史深刻體悟和思考的結果。周作人之所以和魯迅在個性氣質、文學情趣以及文化價值立場上與魯迅形成明顯反差，自然也是他個人具體生命經驗所形成的體驗差異決定的：「在這方面，周作人身為幼弟與長兄魯迅所承受的遭遇與責任的差異也直接影響了他對日本的感覺，決定了他在不斷接

受兄長引領過程之中的細微但卻重要的個體差別。」（P134）這一結論是可靠的。周作人從小在家庭中的生活相比其兄就顯得優裕，非長子的身分沒有使他過早地經歷人生的種種屈辱和生存壓力。在日本留學時，也大體如此，他自己對此有過回憶：「老實說，我在東京的這幾年的留學生活，是過得頗為愉快的，既然沒有遇見公寓老闆或是員警的欺侮，或是更大的國際事件，如魯迅所碰到的日俄戰爭中殺中國偵探的刺激，而且向初的幾年差不多對外交涉都由魯迅替我代辦的，所以更是平穩無事。這是我對於日本生活所以印象很好的理由了。」（註：《知堂回想錄》上冊，第 220 頁，河北教育出版社 2002 年版）

　　是的，周氏兄弟在留日期間，在活動內容乃至觀念方面，剛開始有著共同的興趣和趨向，但最終周作人在文化思想立場上與魯迅分手，大體上就是基於他在日本生活境遇而形成的異於魯迅的生命體驗。李怡的分析相當準確。他指出：「正是這種在魯迅支撐和維持下的相對『平穩無事』的生活讓周作人常常在一種近於嫻靜的環境中讀書、寫作和觀看人生世事，他沒有了魯迅作為兄長的焦慮與無處不在的生存壓力，倒是獲得了更多進入『文化典籍』的心境與條件，也更有機會對此刻的日本作獨特的審美的觀照，並不乏深刻的文化見識。」（P134、135）如果說，在日本，魯迅體驗的結果是「求異」，周作人則是「求同」，他更注意日本文化與中國古典文化的相似性。由於「在異域並無孤獨，反而『感到協和』，這是周作人從個體精神狀態出發的體驗『深度』，也是他區別於其他留日中國知識份子的所在。民族壓迫危機的緊張決定梁啟超一代人對於日本的『外部觀察』方式，也決定了魯迅更願意返回自我與內心，『入於自性』的本土深度觀照方式，只有周作人如此『協和』地進入了日本」（P136）。這種差異

的結論，李怡通過對周作人的《哀弦篇》和魯迅〈摩羅詩力說〉的細節差別的分析得到了更具體的說明，作者認為：「它們在細節上的差別也同樣的耐人尋味。比如，周作人是將悲哀意識與人對於生存狀態的自覺相聯繫，從而為人類的『哀音』正名，……民族啟蒙之意是顯而易見的，但是如果我們仔細的品味，卻又能在『悲哀』這一關鍵字裡找到其中所包含的對於古老文學傳統的某些認同」，「相反，魯迅在〈摩羅詩力說〉中發掘出來的關鍵性概念『詩力』卻分明是傳統中國所乏而多見於西方意志主義的追求，從西方意志主義的角度來強化我們的民族韌性與抗爭由此成為了魯迅一生的目標。於是，面對傳統的中國文學，魯迅常常『挑剔』地發現其內在的不足，以期不斷激勵起我們創造的責任」（P137）。只有通過對體驗的具體細節的分析，才會達到分析的深度，應當是李著對學術研究的重要啟示。

三、認識把握作家體驗與中國現代文學創造性的深刻聯繫

我們在研究現代文學、現代作家接受外來文化、文學影響時，更多注意的是接受的事實和具體的思想藝術元素的呈現方式與程度，雖然一些研究者也指出了現代作家在接受的基礎上的選擇與創新，但中國現代文學在許多人的心目中，整體印象上，似乎主要是被動接受刺激和影響的產物。從這個意義上講，李怡通過留日的現代作家自我生命體驗，並聯繫中國文化、文學歷史及其現狀，走上創造新的文學之路的客觀事實的研究，無論對學術研究或當下文學創作，都是一種積極的貢獻。

正如作者所指出的，魯迅在日本時期，所體驗到的就是中國文化和中華民族應當擁有自己的創造才能，文學亦然。魯迅介紹西方「神思」派哲

學，摩羅派文學，目的在於「啟動現代中國文化的創造力。魯迅最關心的還是中國人對於現代文化的真正的創造精神與創造能力」（P128）。「魯迅留日階段的整個文學活動都與他這一時期的文論一樣，始終鍾情於創造力的表達與發揚。」（P130）因此，他鍾情於科幻作品的譯介，翻譯弱小民族的文學以及斯拉夫系統的反抗詩人的文學，著眼點在於激發「我們與生存體驗中奮發抗爭，更能激發我們不屈奮鬥的勇氣」（P131）。這種譯介的過程，也是魯迅體驗的過程，「立人」的目標逐步建立，張揚「靈明」的意識日益清晰，也正是這種體驗的思想產物。而文學的功能，在魯迅看來，就是激發出人的內在靈明的覺悟，釋放出反抗奮鬥和創造的激情與能力。由此，當他意識到應當以文學的方式來表達出他在日本體驗中得出的結論，主張以文藝來照亮國民心靈，改良國民的劣根性，實現「立人」和建立「人國」的目標。於是，他選擇了和其他人不一樣的文學創造之路。李怡通過對魯迅的第一篇文言小說〈懷舊〉的分析，證明瞭魯迅「別立新宗」的創造意識。他指出：「〈懷舊〉關注的是亂世中人的精神與行為，但與十年前的譯述小說《斯巴達之魂》有異，它不再注情於民族精神的抽象激發，轉而以冷峻的筆觸描繪具體人生世相的荒謬與昏亂；……魯迅所展開的並不是一個狹窄的道德命題，他決不會認同吳趼人『急圖恢復我國固有之道德』的主張，進入魯迅視野的是人的內在靈魂，是他們總體的精神結構。」在這樣的結構中，「所有的形式都反映著扭曲與錯位的本質——這就是國人靈魂深處的疾病！」作者進一步指出，魯迅「關注人的『靈明』有無的動機，其『立人』的思想立場，依然可以追溯到日本時期的眼界與探索中去，正是有賴於他當年在日本所形成的新的思維『結構』才發現了國民精神『結構』的問題，而試圖破除這些固有『結構』努力讓魯迅超越了晚清

文學，也完成了自己的文學立場，接通了走向《狂人日記》、《藥》、《阿Q正傳》、《風波》的道路。在這個時候，魯迅日本體驗的深度便有效地轉化成了小說創作的『深度』，從而在一個前所未有的體驗層次上完成了從異域重返本土進行內在開掘的歷程」（P133）。

　　結論深刻而精彩。魯迅之所以偉大，就在於他把在異域的體驗，轉化為不斷進行深度關注中國人的精神、人性結構問題，以「立人」和「理想人性」的實現為終極目的，以批判國民精神結構中的負性因素為主要內容，以文學的方式為表現的途徑，從而成就了了一個創造性的思想家、文學家的偉大。更深入一步看，魯迅自身所堅持的獨立自由的、反抗批判的具有嚴肅現代理性的價值立場，本身既是對中國傳統文化中與此相對立思想、精神的一種對抗，同時也是在中國古老大地上的一種新的思想、精神的創造；他大膽運用現代白話文進行小說創作，其創造意義更是不言而喻。這一切，確實與他在日本時的體驗緊緊相關，日本體驗，為他的思想、文學創造提供了必要而充分的條件。

　　如果說魯迅的日本體驗使魯迅完成了自己異於他人的以現代理性為基礎的批判型思想家、文學家的建構，那麼，郭沫若及創造社等人的日本體驗，則找到了宣洩自我情欲，張揚激情，充分釋放主體能量的具有情感創造意義的合理道路，一種順應自身本性的「感性的回歸」的道路，因而在心理學意義上，創造社同仁所走的道路，對於中國傳統文化具有禁欲主義和情感壓抑的鮮明傾向而言，既是一種反叛，又是一種新的創造性的選擇。李怡這樣分析說：「與梁啟超簡捷地將個人與自我的問題納入到國家民族的命題中加以論述不同，也與魯迅從個人與自我出發，努力發掘其中的社會意義不同，在郭沫若關於自我困擾的說論中，我們讀到的是一個青

年學子人生飄忽、生存艱難、性情不定的『本身』，郭沫若是在人生的波瀾起伏中返觀自我，窺視和描述自己內在的精神狀態，他顯然對自我精神的結構及其流動發展更感興趣，到了郭沫若這裡，作為個人與自我的描述的心理學意義，才真正出現了。」（P167）是的，日本的體驗，使郭沫若和創造社一批留日學生形成了「個人化的懷疑、矛盾與焦慮」（P167）的主調，「自我意識更傾向於天使／魔鬼、善良／罪惡之間的非理性糾纏與彷徨，在這些非理性的糾纏與彷徨的背後，是一個慾望與本能世界的被發現」（P168），因此，「沉淪於慾望與情緒之中的自我煩惱」（P169）便構成了他們體驗的主調。

　　這種不同於魯迅等人的體驗，使郭沫若和創造社諸君子所創造的文學也有了與自身體驗相一致的形態。李怡的概括是準確的：「從總體上，創造社青年從留日體驗中獲得的文學起步也是相當清晰的，這就是以融合了日本式自然主義與新浪漫主義藝術的自我表現與情緒抒發的文學。」（P182）他們致力於新的文學的建設，其創造色彩異常鮮明，他們在文學中所表現出來的，都與傳統文學大異其趣，和魯迅所開創的文學形態一樣，都是新文學創造的成果。李著所揭示的創造社作家群的特色是：一、「以自己獨特的人生體驗與精神狀態拓寬了文學表現的空間」；二、「是創造社的青年的創作第一次較大規模地展示了新文學的『現代生活景觀』——現代都市生活的種種形象」；三、「他們對自身的估價和判斷，那是一種滿懷生活渴望與成功期許的自信」（P195、196、197）。「總之，對自我生人生慾望的理直氣壯的確信與追求，尤其常常在與他人的區別中突出自身的『天才』般的能力，這樣強烈的個人進取追求帶給了創造社文學一種所向披靡的鬥志與品格，從而與相對謹慎的其他五四文學判然有別。」（P197）事實正是如

此。創造社的文學意義和文化意義應當予以重估，就其慾望和情感表現的深廣度和強度而言，其張揚自我的程度，其創造的文學形態，在中國文學文化歷史上，和魯迅一樣，幾乎是前無古人的。這種創造與解放的意義，評價多高都不為過。

讀李著，不僅領略了學術的魅力，閱讀者也經歷著一次對所涉研究對象的深刻體驗，很多問題，以此種角度介入，問題似乎清晰了，解釋得更有說服力了。真值得認真一讀。

《體驗》確實是優秀的學術之作，不僅對「體驗」研究駕輕就熟，而且理論分析及其邏輯展開能力表現出色，在材料處理、概念、知識的梳理，相當精當，顯示出理論和藝術感受的良好功底。當然，學術研究沒有完善和至美，遺憾是永遠的。李怡的著作，竊以為也存在著可以商量的地方，首先是缺少對現代作家的具體的文學文本分析來支撐和進一步證明自己的觀點和結論。如果作者能將更多的文學文本與作家的體驗結合起來，可能更具深度和學術的張力，如果能將作家所體驗到的東西通過文學文本的分析發現出來，使作家體驗到的成果與後來文學創作之間的聯繫得到更清晰的討論，其影響會更大，在方法論的意義上更具價值。其次，作者在體例上有宏觀的討論，第一，二章雖然是以具體概念、知識，問題入手，但具有宏觀的視野和理論把握的意圖，後幾章是以人、團體為點，再進行具體展開，整體上具有面、點，理論和具體結合的特點，自成格局。如果以問題為中心，或者說以事關中國現代文學發生的若干重大問題為中心，以留日作家對這些問題的體驗及其結果為內容的邏輯板塊，是不是更有理論分析框架完整、更富有整體的邏輯關聯性呢？再次，全書五章，各有特色，新見迭出，但依然不大均衡。有關「周氏兄弟」、《新青年》等的思想經驗、

創造社這幾章特別精彩，這大概所涉對象與相關論域和作者更為熟悉有
關，與作者本身的文學稟賦、文學美學理論的修養及其對文學體驗認識的
良好素養相關。如果能對有些問題特別是主要關涉思想史領域的問題，在
內容結構上作一些技術處理，是不是與主題會更相關更集中？

第5章 讀徐德明《中國現代小說敘事的詩學踐行》

　　敘事自古以來皆有。運用敘事學的理論與方法於中國文學研究則是從西方引進這一理論與方法的事情。近二十年以來，許多從事中國文學研究的學者在理論介紹與運用敘事學理論和方法於研究實踐方面，取得了非常突出的成績，為這一理論與方法在我國文學研究領域站穩腳跟並逐步走向成熟應用，為豐富中國文學的敘事方式以及研究文學敘事的理論與方法，做出了積極貢獻。但是，依然存在著一些基本問題需要深入探討。例如，敘事的最根本的目的是什麼？為什麼而敘事？如何進行有效的敘事？敘事與人的生命的呈現有關係嗎？敘事僅僅是工具性或技術性的，抑或具有價值內涵？具體到中國現代文學研究，除了上述問題外，還有諸如現代作家有無獨特的敘事詩學及其實踐？他們的詩學實踐對於中國傳統詩學有哪些創造性突破？他們吸收了古今中外哪些敘事資源？又是如何將這些資源創造性地用於文學創作之中？客觀講，許多學者對這些問題都有所認識，在實際研究中也有相當多的涉及。不過，整體上理論的自覺還是不夠，這是至今沒有建構起能有效研究中國現當代文學敘事的理論與方法體系的原因所在。不可否認，許多研究者已經或正在為此而努力，並出現了一些重要成果，徐德明的《中國現代小說敘事的詩學踐行》（社會科學文獻出版社

2008年版）就是其中的一種。作者在此書的「引言」中表達了研究現代小說敘事詩學踐行的目的與進入研究的路徑：「旨在通過中國現代敘事詩學踐行方法與成果的提煉，形成各個具體的敘事『典律』，並不斷地與現代創作對話，檢驗其普泛性與合法性。在此基礎上，期以時日，進行融會貫通，開闢一條從『詩學踐行』出發而後建構『踐行詩學』的通途。目前我所提供的研究成果，都是『詩學踐行』階段的形而下的實踐及部分『典律』的總結。披沙揀金，如何提純或者說提純到何等地步，還得經受學界的檢驗。其與形而上的中國現代敘事詩學尚有距離，但能給純粹的詩學理論探討提供初選的詩學原料與工作平臺，於願已足」（引自該書第2頁，以下引文只注明頁碼）。作者非常謙虛。雖然他並不奢望建構與中國現代文學相一致的敘事詩學理論體系，也沒企圖總結出研究中國現代文學詩學踐行的有效範式，但他的工作和努力及其所取得的成績，是十分重要的，應當予以充分肯定。其貢獻是明顯的，為研究中國現代作家敘事詩學實踐走向深入取得應有的深度，提供了有價值的方式，為建立中國現代敘事詩學理論與方法體系，也具有不可忽視的理論啟迪。大體而言，其意義集中體現在以下兩個方面。

一、回到語言本體與文本細讀

文學敘事的核心和基礎是語言。語言不僅是工具性的也是價值的，因此，回到語言問題，進入中國現代小說敘事詩學實踐研究，算是真正抓住了根本。長期以來，文學研究對語言是比較忽視的，包括筆者在內，重視文學思想內容的研究而不大重視語言研究，成為相當普遍的情形。即使從

語言入手研究，多數並未將語言作為文學的本體對待，更多是從修辭學意義上進入，將語言主要視為作家藝術方式或藝術特點之一種。自敘事學和新批評方法引進後，中國現代文學研究情形有了較多改變，與語言的關係開始緊密，著眼作家作品的敘事角度、敘事結構、敘事文體、語言與內容意義的聯繫等方面的論著日漸增多，尤以詩歌研究最為顯著，小說領域的研究當然也有不俗的表現。但由於小說的情況要複雜一些，且長期形成的研究路數和研究者語言學理論、知識與方法掌握的不足，使得將語言作為本體進入文學具有更高的難度，所以有重要影響的成果依然屈指可數，徐的成果理當成為其中之一，他具有了相當的使中國現代小說敘事研究進入語言本體的理論的自覺：「我們的文學研究，比之西方的『語言學轉向』而後走向『文化轉向』，中間缺失、跳過了一個重要的環節。今天的文化轉向是有必要的，但一個民族在一個世紀裡語言有了最重大的變動，而研究給了它最少的注意，這樣的研究格局竟有點荒唐的意味了。所以我們要整理、研究現代白話這個傳統，繼承這個傳統，在傳統中創新」（第46頁。）。

　　語言的敏感與自覺必須建立在對語言歷史和現實深入理解認識、把握特徵的基礎之上，「從語言開始」（第4頁。）是徐進入中國現代白話小說敘事詩學踐行研究的邏輯起點。上世紀80年代後期，他對揚州評話表演藝術家王少堂的代表作即被人們稱為「王派《水滸》的口頭表演藝術發生了濃厚興趣，並花力氣做了研究，其成果《從王派〈水滸〉看揚州評話的藝術形態特徵》獲得了第四屆中國曲藝「牡丹獎」理論獎。這是徐對文學敘事語言藝術發生興趣的真正開端，也是他埋頭進入中國現代小說敘事詩學實踐研究的前奏。為了真正把握中國現代小說敘事詩學的語言特質，他回到宋代以降的中國古代白話小說之中，希望通過對古代白話小說敘事藝

術及其語言特質、語用方式的認識，為認識理解並把握中國現代白話小說
敘事詩學的現代品格奠定歷史的合理基礎。他提出了一個很有學術性的命
題：古代白話小說韻文系統為什麼在中國現代小說中消失。他認為，古代
白話小說中章回、韻文、詩詞賦贊等的運用以及這些在現代白話小說中消
失「本質上是一個語言問題」。因為「現代白話的語言張力的增強」，「獲
得了傳統白話不具備的意義包容與承載能力」，「足以替代詩詞賦贊的功
能」（第31頁）。整體講，這一判斷是對的。古代白話是與韻文、文言混
雜的語言系統，沒有嚴格的語法系統和高度的形式化，單音節詞是其主要
的辭彙特徵，所以在指稱命名事物的多樣性，清晰完整富有邏輯性表達思
想的直接性，全方位表現人的情感的豐富性，確實存在語言張力不強，意
義包容與承載能力有所不足的問題，而現代白話正如作者所言，借助「歐
化」建立了語法和形式化的格局，「完成了語言『彈性』的塑造」，也就「自
然能夠駕馭對生活全面深入的敘述」，「不再需要韻文與散文的交錯使用，
不需要文言的詩詞賦贊來彌補表達的不足」就成為現實（第33頁）。但是，
這一對古代白話特徵的判斷有些不准，對文言而言更有局限。傳統語言系
統尤其是文言的顯著特徵是彈性張力過大，意義包容性強。主要的問題在
於這種特徵造成了理解的多樣性和不確定性，很容易形成對所指理解的歧
義。正是張力和彈性太大，描情狀物，指稱命名的能力有所不逮。只有從
這個意義上，指出古代白話語言系統「意義包容與承載能力」不強，才有
了說服力。這並不影響徐著在整體上對現代白話的特徵的理解與概括的價
值。他對現代白話小說語言特點的把握就具有相當的準確性且富有深度。
他認為，古代小說中的白話源於俗語，「它以聲音為中心，不是由唐詩宋
詞、唐宋八大家筆下解放出來的。而現代白話散文是從古文和詩詞中解放

出來的，從西語中吸納句式結構鍛造成型，它的誕生是中西文化熔鑄的結果，與起源於說話人的通俗語言有質的不同」。另外，「古代小說中的白話是現成的，敘述者的主體觀念也往往是現成的，不脫陳陳相因」。而現代白話是審美的、虛構的、真正個性化、書面化的語言，包含個人情感方式與生命判斷；語言運用就是一個思想創造的過程」（第 32 頁），它打破了「傳統白話語言方式，適度地與聲音脫離，使白話進入『文字中心』，開闢一個充滿張力的白話『文字場』」（第 40 頁）。根據基本的判斷，徐從語用角度概括出現代白話言語方式對小說敘事的拓展主要體現在三個方面：「提供了一種個性化的言語方式」，成就了「一種『非中性語言』」，即作家敘事語言具有了鮮明的主體傾向，「多元化的價值觀念的展示與對話」（第 45 頁）。所以，中國現代小說家給人們展現出了真正意義的敘事語言風格多樣化的畫卷：「魯迅的『沉默／爆發』的言語模式的建構基本決定了他的『吶喊』文本結構；葉聖陶以其謹細的文章脈絡規約舊派小說的鬆散言語方式；郁達夫傾訴著自敘傳方式的感傷的主觀化言語；老舍以西方語言的句式和諧地包容、拓展中國人的口頭表達，將一般敘述中只是作為對話引語的口頭言語方式建構成他自己的獨具特色的敘述／描述語言；茅盾則建立了一種標準化的暢達的書面表達方式；沈從文的言語方式則近乎純文字化，對話也不在符合口頭習慣上下工夫卻將它作為文章機構的關鍵處理；穆時英的『語言吶喊』不流於混亂，卻是以有規則的形式將眩惑的意識狀態展現出來；趙樹理建立了一個最純粹的『聲音場』，他的言語方式視接受目標為最高價值規約，很大程度上將語言的螺旋彈性拉成直線狀態……」（第 42 頁）。概括相當準確，沒有對作家創造的文本的認真研讀和對語言的敏銳把握，是很難達到這種境界的。

　　事實上，作者的種種判斷與結論都基於對文本的細讀。作者曾師從曾華鵬、范伯群先生，強調文本研讀重視從文本中獲取研究的材料是兩位先生治學的重要特點之一。學生時代所接受的文本研讀的嚴格訓練以及養成的良好的從文本出發的治學習慣，使其具有堅實的文本細讀的功底，這在此書中表現十分明顯。作者明確指出：「中國現代敘事詩學並不是一個『自明』的系統」，「必須結合具體文本的『細讀』來完成對它的『發明』」（第5頁）。作者為自己確立了細讀的基本原則，「尊重作家作品，聯繫現實語境」，既要學習吸收新批評的細讀的方法，又要避免離開作家「唯文本說話的方式」（第95頁），同時必須注重「小說家們所處的現代生活語境決定著他們的創造與社會時代的對話關係」（第96頁）。以這一原則出發，作者細讀了以經典作家為主的一系列作品：魯迅的《阿Q正傳》、茅盾的《子夜》、巴金的《寒夜》、李劼人的《死水微瀾》、張恨水的《金粉世家》、老舍的《離婚》、《駱駝祥子》及其有代表性的短篇小說等。作者之所以選擇這些作家及其代表作進行細讀，主要取決於這些作家及其作品在中國現代小說敘事詩學建構過程中的獨特貢獻和歷史地位。魯迅現代小說敘事的「文章」方法，茅盾「充分現代化的敘事」的「分析性敘事」特徵，巴金、李劼人「完美融合中西傳統」的敘事努力，張恨水「與一般新文學小說家的敘事方式形成了詩學價值取向上的對話」性，老舍的「一個心靈、人事關係的複雜建構」的敘事模式，在徐著中，都得到了有深度的分析與總結。他的細讀，誠如他自己所說：「不是從宏觀的社會背景切入，而是以幾個並不顯眼的詞語為關鍵，確立這樣的關鍵字，挖掘其中的意蘊，是真正的抓住文本的細讀方式。讀經典文本，必須由字詞而章句、再涉及全篇，這樣的方式是不可或缺的」（第94頁）。他對《狂人日記》「沉默／爆發」的

語言構架為基礎的文本結構的語言分析，對《阿Q正傳》的「文章」性以及此小說「序」的「與歷史敘事的對話及文本間性」的特徵的討論、文本中有關阿Q「十分得意」「九分得意」、「四個蘿蔔」「三個蘿蔔」的研讀，對《子夜》第一章動詞意義的咀嚼和逐章發明茅盾「分析性敘事」的文字，皆是非常出彩的細讀範例，為以語言切入進行文學文本細讀開闊了思路，提供了諸多啟示。

二、進入敘事詩學的生命場域

人類的世界是人的生命存在與呈現的世界，人類社會的一切都不過是人生命本質的展開或外化。詩學說到底是人的詩學或表現人的詩學，敘事自然是人的敘事或對人的敘事，這一切都無法離開人類生命而發生、存在。因此，研究中國現代小說敘事詩學與現代中國人的生命場域的內在深刻關係，實在是極其重要的課題。尤其是把現代小說白話敘事的語義邏輯與生命場域聯繫起來，形成現代小說敘事詩學研究的獨特路徑，無論是重新認識現代文學的價值，還是建立現代小說敘事詩學研究的理論與方法架構，學術意義非常明顯。

作者開宗明義指出了研究現代白話小說敘事詩學的生命基礎。他認為，「現代白話小說敘述現代人的生命，白話語言與現代個人的生命在敘事作品中呈現關聯，呈現為現代白話的語義邏輯和人的生命場域的關係；用白話語言敘述的現代小說，在個人生命之外的一個著重點就是表現其虛構世界裡的社會關係，所以也必須論證現代小說敘事的語言邏輯與人物關係的一致性」（第10頁），「這個世界裡的人物的生命意趣和語言的生命力

打成一片，分不出彼此」，「在現代主體的反思觀照中形成意涵豐富的語言句式，並作為敘事邏輯框架統率整個敘述，構成中國現代小說的敘事特質」（第 11 頁）。作者還進一步指出：「把文學與人生、與人的生命價值結合起來，並且在高度自覺中實現生命與語言的水乳交融」（第 48 頁）是魯迅、老舍、張愛玲等作家的傑出貢獻，而取得這樣的成就根本在於現代文學對人的生命的尊重。是的，在中國傳統文學中，由於「為聖賢立言」、「文以載道」、「止乎禮義」的價值取向，使作者總是具有站在道德制高點上進行教化的優越感，居高臨下成為語言的重要特徵，對生命的理解與尊重當然不夠。到了現代魯迅等作家的筆下，對敘述對象生命的理解與尊重成為他們的鮮明態度，語言自然也就有了極大區別。

作者主要從「語義邏輯和生命場域」、「語言邏輯與人物關係」兩個方面揭示了現代小說敘事詩學中的語言與生命場域的內在聯繫。在討論「語義邏輯和生命場域」問題時，作者引入了「時間」範疇，把語義邏輯、生命場域和時間結合起來，從而突出了現代敘事詩學的生命存在的「時間性」。作者認識到，現代敘事詩學與古代相比，顯著的區別不僅在於對生命的態度也在於生命場域的時間呈現的差異。他認為：「現代白話具有前所未有的時間指向，人物生命往往被過去、現在、未來的語言標誌切分成不同的場域，而這些既『斷』且『續』的場域形成對話、互動或相互制約的關係。生命在語言中所呈現的張揚與衰微，這些狀態在特殊作家與作品中的異樣呈現風格，共同構成了現代白話在小說敘事過程中的千姿百態。整理與表述人物的生命歷史，承受與感悟語言對象，在意識與情感、理性與感性綜融中完成敘述與接受的互動，這就是現代白話敘事區別於口耳直接接受的傳統評書式白話語言的複雜之處。」因而「由敘述者審視一個人

的生命的全過程，並決定其敘述安排，則是新文學開始以後的現代敘事者的擅長」。正因為如此，在語言的選擇與運用上，「現代小說大師們善於用簡單的陳述或連貫的句群，將敘述對象在不同生命場域中的變化作邏輯安排。這些場域的最為明顯的標誌是時間」（第 48 頁）。於是，作者選取了魯迅、老舍、張愛玲等作家的作品進行分析，證明自己的結論。《在酒樓上》是魯迅的重要作品之一。「魯迅以其『深切』的體驗去開掘小說人物的生命場域，並賦予這種場域『特別』的語言意涵」（第 48、49 頁）。通過對魯迅行文句群和詞語語義邏輯的分析，指出了魯迅「在一個句群中連續地運用層層疊疊的關聯詞曲折傳達『上下求索』的生命語境的語言形式」的獨特意義，「這是一個用空間寫時間的『特別』的語言方式。一個漫遊於不同的空間、穿行於不同的時間，但始終找不到棲止的生命就生活於這樣的語言形式中」（第 49 頁）。老舍的《斷魂槍》則是「借身分來寫生命場域的變化」，「老舍高度濃縮地敘述一代豪傑沙子龍對叱吒風雲的往昔的耽戀與對當下生命的無可奈何」（第 49 頁）。徐敏銳地從「沙子龍的鏢局已改成客棧」這一簡單陳述句尤其是「已」的語義中，讀出了小說主人公在鏢局與客棧之間生命軌跡的轉移和對生命在時間中的感喟，開闢了「一個『往事不堪回首明月中』的生存場域。一個簡單句的陳述包容著一種從項羽到現代社會的失意、頹敗人的不甘。讓所有的虛實過程在這條失意的軌道上有節制地發展，老舍呈現出巨大的語言邏輯力量」。張愛玲在《金鎖記》中寫曹七巧的生命場域又有所不同，借一個隱喻來復活曹七巧的一生：「月亮」「銅錢」「淚珠」幾個看起來缺少直接相關性的意象恰恰是曹七巧生命過程中的重要因素，是其生命在時間流逝中的隱喻和象徵。徐德明正是經過對這幾個關鍵字的深層邏輯聯繫的分析，不僅指明瞭曹七巧生

命場域的獨特性——「這是一個沒有多大聲息的痛苦與瘋狂的生命場域，它在歷史時間的遷移中變為陳跡，像古舊的宣紙上的洇痕」，而且準確地把握到了張愛玲的將時間、生命場域、語言高度結合起來的藝術才能：「從中國的現代化歷史中打撈這逐漸湮滅的生命過程，在亙古不變的月光下復原一種生命的影跡，把這個生命與主宰她的金錢力量之間的抗衡、認同過程中的興奮與痛苦和盤托出，張愛玲找到了表達虛無與實在的最佳隱喻，並成功地以此籠罩整個敘述。時光、金錢、眼淚構成的複合意象把曹七巧生生地從已經逝去的歷史中抓了回來」（第 51 頁）。對經典作家作品的深入辨析，中國現代小說敘事的「語言／生命場域／時間」三位一體的詩學特徵非常清楚地得到呈現，證明瞭「語言與敘事對象之間不可離析的特徵，而且構成敘事對象的生命場域與時間更是水乳交融」。中國現代小說敘事之所以具有這樣的詩學特徵，在本原的意義上，都源自對生命的關懷，在平等思想基礎上的對人的理解、同情與尊重。也正是「這種關懷所涉及的生活的複雜性，自然需要一個富有語義彈性的句式結構來呈現，完整地把握這些人的生命狀態，並『片言居要』地用富有邏輯力量的框架性語言裝載敘述的意涵。我們有理由得出這樣的結論，對人的生命的全面關懷的內在張力，決定著現代白話敘事的語言張力」（第 52 頁）。這是富有獨特見地的思想，雖然其間的問題還需更深入研究，但理論思考的路線和研究方法的清晰應當引起學術界的充分重視。在討論「語言邏輯與人物關係」時，徐首先指出了現代白話小說敘事中的人際關係與古代小說主要限於「五倫之內或是親戚、朋友、街坊間」那種分明關係的差別，從而為現代白話敘述語言的豐富變化的出現，提供了社會的根據。他認為，「從家族、地緣性的人際關係拓展到現代社會的各種寬廣、複雜的組織形式，為語言敘述

提供了豐富變化的可能，無論是龐大複雜的句群還是最簡單的無主句，其意涵空間都非比以往」（第55頁）。這一結論，確係真知灼見，決非憑空妄斷。《踐行》作者以「個別與社會人群的交往」、「表層與隱含邏輯的平行關係」、「內心與外界人群的緊張失衡」三個方面對此做了有說服力的論證。作者對老舍小說《兔》中的「許多人說小陳是個兔子」這一句子入手，分析老舍設定敘事邏輯的的不可改變性，更進一步指明瞭敘事邏輯的設定與小陳命運的不可分性，論證了這一看似簡單直陳句子的豐富內涵：「許多人」與「小陳」關係的實質「是中國社交（娛樂）圈中的人際關係的展示邏輯──眾口鑠金」（第56頁）。在分析個體與外界人群的緊張而引起的內心失衡時，對魯迅〈孔乙己〉的「不多不多！多乎哉，不多也」的分析相當精彩，把握的準確，分析的細膩，聯繫的深刻，值得稱道；魯迅用簡單的片言隻語的方式，達到與人物精神邏輯之間高度吻合的能力，以「口語和文縐謅經典的混合語言說話的方式」揭示孔乙己「精神人格的分離痛苦，及其和外界溝通的障礙」的深刻，都得到了有力有理的再現。總之，「現代小說敘事中的語言邏輯就是社會邏輯與人物精神邏輯的互動，是規定著的主人公與其他人物關係展開的意義場域」，「現代語言邏輯規定下的人物關係敘事，其意涵的豐富性已經與古典小說大異其趣，手段的多樣化也是明顯的。這都是文學的『現代』成就」（第64頁）。斯論甚是！

　　《踐行》所取得的成績其實不僅僅如上述兩個方面，對現代小說敘事整合中西資源實踐的梳理，用力甚勤，亮點亦多；特別是對老舍、巴金、李劼人等作家的研究，顯示了作者開闊的學術視野和深厚的藝術感知能力。由於篇幅關係，此文沒有述評，甚感遺憾。

三、對問題與不足的思考

　　學術研究永遠是不完美的活動，《踐行》一書也不例外。在這裡提出一些想法，供徐德明君和讀者參考。一，理論建構的自覺性清晰性有所不足。雖然此書作者已表明瞭不奢望過早進行現代小說敘事詩學理論的建構，但作為讀者，擁有希望的權利。其實，徐在理論上不僅有思考而且在研究過程中已大量運用了所意識到的理論成果，如回到語言的理論思路；但他沒有自覺努力將這些理論與方法明晰為一個系統，因而給讀者的感受是，時有理論的火花和理論的新見，可始終沒能概括出較完整的理論框架來統率內容。我以為，如能將「語言、時間、生命場域」作為研究的基本理論思路和架構，並以此為內容體系的貫穿線索，學術理路的清晰與整體一致性效果就會更好，內容的集中性也會更強。二，點到為止的方式影響了研究的深度。無論是在理論的描述概括，還是對文本的細讀分析，在局部和片段方面，時時見到思想的深度，但也給人意猶未盡沒有繼續深入的感覺。就像「語言、時間、生命場域」這一命題，我以為這是徐著提出的最有學術價值的問題。作者儘管也作了一些有關它們之間關係的理論思考，也論述到了為什麼要以這些命題進入現代小說敘事研究的理由，但沒有真正展開也沒有來得及深入就打住了。這是一個非常值得進一步展開和深入的重要問題，也許是認識和重新解讀中國現代文學的有效途徑，如果作者再進一步，理論的價值就會得到較充分的展現。三，在敘事資源的梳理方面，作者功不可沒。但有些問題是可以提出來討論也應在研究中不可或缺。現代作家在接受西方和中國傳統敘事資源的出發點、吸收和轉化的特點、是

整體還是局部以及為什麼在敘事中選擇此或彼的原因、整合中西敘事資源在不同作家那裡的程度和深層根據等問題，都是不可忽視的。當然，作者在研究中也有所涉及，但整體上重視不夠。在分析傳統與現代敘事方式與觀念之間的差別時，觀點幾乎都可成立，但具體的分析論證往往是概括式的，原因的追問不足，學術的說服力自然受到一定的影響。指出這些問題，可能過於苛刻，筆者也沒有解決這些問題的學術能力；之所以提出來，一是希望作者以後的研究成果能給讀者更多的學術驚喜，二是希望有更多的學者進入這些領域，使中國現代文學敘事詩學研究走向更為深入的境界。

第6章　讀宋劍華
《基督精神與曹禺戲劇》

　　曹禺是二十世紀中國最傑出的話劇大師。其代表作的經典性已是舉世公認的「文本存在」。但一個奇怪的現像是：儘管從曹禺發表處女作《雷雨》後，就受到了批評家的關注，其作品也曾引起過爭論，然而，為什麼「曹禺研究」時至今日仍沒有成為「顯學」，沒有成為永遠「言說不盡」的對象呢？

　　這是一個真正的問題！這是一個需要學術界認真反思和「祛魅」的問題！其間原因固然很多，竊以為以下幾個方面至少是一道道障礙，為曹禺研究的深人與擴大設置下了一般研究者難以跨越的難題，也為一般的接受者造成了閱讀、接受、欣賞的疏離與困難。概括而言：一、曹禺主要是話劇作家，很少涉及其他文學門類，其影響主要在戲劇界；二、戲劇的「文本」和舞臺特徵及其傳播形式，限制了傳播的更大領域；三、戲劇的審美形式對接受者有很高的知識和藝術修養的要求，因而對大多數國人而言，也難以激起更廣大的閱讀和接受興趣，尤其是話劇這一「舶來品」，與中國傳統戲劇，無論是戲劇觀念或形式以及其內在的價值指向皆有很大的不同，這就造成了一般普通民眾甚至研究者的「隔膜」；四、長期以來，無論是國人和研究者，頭腦中固化的單一的解釋（研究、欣賞）模式，難以

真正把握曹禺劇作的廣博的意蘊；五、曹禺戲劇文本中的深層的異域文化精神及其價值主旨對多數人而言，是「陌生化」的，即使一批敏銳者已發現其異域文化的內涵，因這種文化的宗教性質及其與主流意識形態的衝突，也使人望而卻步，缺少問津的勇氣。如此種種，便將可能成為「顯學」的曹禺研究「遮蔽」了，曹禺戲劇的真正風采和內核也就無法得到真正的實現。

自 80 年代以來，一批研究者曾力圖打破曹禺研究的僵局，希望以新的理論和方法、新的視野，開闢曹禺研究的新路，也取得了有相當影響的成績，但在整體上並沒有擺脫已有的思維定勢，於是，渴盼新的研究話語和建立新的解釋模式，就擺到了一切曹禺研究者的面前。

堅冰終於打破，而在打破堅冰的開拓者隊伍中，宋劍華無疑是一個主力，其最近出版的專著《基督精神與曹禺戲劇》（湖南師範大學出版社，2000 年版），便是他十幾年來潛心研究曹禺戲劇的總結。作者以巨大的心血的投人，為我們提供了一套新的解釋話語，建立了一個獨到的文本分析系統，並且充分展現了學者的良知、價值立場及其追問與論爭的勇氣，具有鮮明而獨特的研究個性。

一、尋找到曹禺研究的有效範式

幾十年來，無論是曹禺研究，還是中國現代文學其他作家作品的研究，都存在著研究範式單一，批評話語單調的突出現象，社會政治倫理的功利化研究立場始終占主導地位，意識形態話語成為最基本甚至是唯一的言說方式。形成這種研究格局既有現實的規定，也有歷史和文化的制約，

這裡我們不予討論。任何研究範式都是一種合理的「存在」，問題不在於選擇什麼樣的研究範式，而在於研究者所使用的解釋文本的範式是否有效，是否能切中研究對象的實質，是否能從根本上反映被研究者的文本真實。宋劍華著作的主要價值在於他找到暸解釋曹禺戲劇文本的有效範式，找到了更能真實準確反映曹禺戲劇文本世界真實的範式：一種以基督文化批評為基點，並融匯精神分析，原型批評和社會歷史批評等多種範式的開放性研究姿態。

宋著以文化精神為解釋文本的理論基石，這顯然是文化批評的方式。無論是解析曹禺的精神人格，創作模式，還是對人物類型的歸類與剖解；無論是曹禺所追求的人格理想，還是曹禺的悲劇藝術世界的各種藝術安排；無論是從宏觀的解釋基點的確定，還是微觀的作品內蘊價值的展開，其參照系，皆是基督的文化精神價值體系。這種以文化為主的批評方式，可以說始終貫穿在專著的文本結構之中，突出地顯示出了文化批評的解釋魅力。

但宋劍華又並不只操一種批評武器。深人閱讀下去，就會發現，他將曹禺文本提供的價值觀念和藝術因素，以及表現出來的諸如「恐怖」、「苦悶」、「夢幻」等情緒，與曹禺自身的「童年」際遇聯繫起來了；此外，對作品人物形象的分析，不僅注重所代表或暗示的基督精神意向，而且也注重他們內在精神和心理的揭示，對蘩漪、仇虎等人的分析便是這樣，因此，他運用的便是精神心理分析和原型批評的方式。再擴大看，宋劍華一開始在「緒論」中，就將基督文化與中國現代知識階層的關係作了一個宏觀的勾勒，這就表現出了他的社會歷史批評的意識；此外，對曹禺的道德優慮、人格追求的分析，對作品具體結構和衝突的解釋，對人物形象內涵的

理解，也證明著作者深刻的社會歷史感。正是這種以文化批評為主導兼及多種批評方法的研究範式，使我們更清楚地認識到了曹禺戲劇文本世界是主導性與多樣性意義的統一，因而，解釋是有效的，既能自圓其說又能在相對意義上征服讀者。

二、建構起新的曹禺文本解釋系統

多年來，我們已習慣於用政治、階級鬥爭、社會學的方式去解釋作家及作品，對曹禺也不例外。這些解釋，對曹禺研究是有貢獻的，事實上，這種解釋至少在局部意義上講，具有作品提供的客觀性基礎，但這種解釋確實又是不全面和完整的，甚至與文本的主旨相距甚遠。於是，建構一個完整而系統的解釋世界，對曹禺研究而言，便成為一個城待解決的問題。宋劍華這本著作的問世，給我們提供的正是這樣一個系統。以往的研究論著不能說沒有自身的系統，但往往局限在一種意義系統的展開或一個劇本藝術系統的分析領域，還很少有人從宏觀、中觀、微觀三個層次將其主題和藝術方式的呈現統一起來進行研究。宋劍華這本著作的最主要的價值正是打破了以往的「系統」，建立了一個多層次的文本解釋系統。

從建立一個意義系統而言，宋劍華和以往的研究者一樣，並沒多少突破，不過是解釋的參照系和分析的理路不一樣罷了。區別在於別人建立的是政治倫理為主的意識形態系統，宋著則是以基督文化精神為參照的文化意義解釋系統。他的真正貢獻在於：他把這種以基督文化精神為主導的文化價值解釋系統通過宏觀、中觀和微觀三個層次，分解到了各種具體分析和邏輯展開之中，滲透到了被解釋者所提供的文本之內。第一章「基督精

神與曹禺戲劇的結構模式」，是巨集觀的總論，是全書內容框架的確立，作者從「精神人格」、「創作模式」、「人物類型」幾個方面，從整體上勾畫了曹禺戲劇與基督文化的內在關係。第二、三、四章，是第一章命題和範疇的進一步展開，但敘事方式仍是將曹禺的幾個代表作作為一個整體來對待的，與第一章不同的是，這三章分別是一些具體命題，這就使中觀的分析真正具有了宏觀把握與微觀深察的特點。第五、六、七、八章，是對《雷雨》、《日出》、《原野》、《北京人》四部作品的分論，相對於前面部分，顯然是微觀的。其意義在於將前面的結論通過每一部作品的文本分析進一步加以論證。這樣的結構，這樣的系統的文本處理，在以前的曹禺研究的論著中，是鮮見的，因而新穎獨特，而且這一切都建立在細讀文本的基礎之上，而不是一種觀念的預設，其中所提出的命題，都能在文本中得到證明。

三、追問與論爭的研究姿態

閱讀宋劍華的這本著作，我常常感到一種振奮，一種激動，習慣於「平庸」的人和淺薄「辯證」的我們，看到一種尋根究底和勇於論戰的挑戰者的姿態，自然會產生心靈的震撼。學問之道，不僅在於「學」，更在於「問」，一個「問」字，學問之價值頓現。「問」，需要勇氣，需要在堅實的知識和學理基礎上的求真意識以及敢於向已成結論挑戰的勇氣。打開宋劍華的書，最突出的思想特點就是追問與論爭的話語方式。從整體上講，以基督教文化作為研究曹禺劇作的切入角度，本來就需要勇氣和學識功夫。其間道理，不言自明。在宋著中，我們可以時時發現作者與「主流批評家」

論爭的文字，聽到他「反叛」「主流批評家」結論的挑戰聲音。如作者在該書第 49 頁。這樣寫道：「在他的作品中，蘩漪、陳白露、翠喜、花金子甚至包括周萍，都是作為反道德的淫亂型人物形象而被塑造出來的。迄今未止，主流批評家仍然認為作者是從個性解放或反封建的角度，對她們（翠喜除外）的性放縱行為給予寬容和諒解，這乃是一種因誤讀作品而產生的思維錯覺。」

接著，作者指出了曹禺處理這些人物的越軌行為，集中體現了他本人情感與理智的複雜矛盾，他同情這些人物的生存及情感處境，但從基督教義和理想而言，又不能容忍這種反人倫的行為，因而將他們推向了靈與肉的毀滅之路。但這僅僅是一種分析，於是作者用《聖經》中的訓誡之詞來進一步坐實這種分析。最後，作者以異常斬釘截鐵的語調說道：「周萍與繼母通姦，與妹妹亂倫，以及最後在全家人面前開槍自殺的結局，這難道僅僅是與《聖經》的教誨完全巧合嗎？不！絕對不是！這是曹禺代替上帝主持正義的一種藝術表現。無論做何辯釋，主流批評家們都難以從正面來接受這種被他們視為一種荒謬論點的大膽挑戰。」

這樣的例證在書中可以說比比皆是，這是作者激情宣洩，但更重要的是他的挑戰和結論來自於有根有據的證明，絕非意氣和故意「較勁」。這是宋著的獨特之處，也是宋著的重要價值所在，對於「當下」的研究者和學問家來說，應當說具有十分鮮明的借鑒意義。

學術研究本來就是一個仁者見仁、智者見智的客觀存在，問題在於自己選擇的立足點，價值立場與文本之間吻合的程度。對宋著而言，其系統是自洽的，儘管讀者可以找出一些毛病；但從整體上，與曹禺自身的思想和戲劇文本是相吻合的，基本上經得起事實的檢驗。

四、我所意識到的問題

　　從建立自己專著內在嚴密的結構和文本分析系統而言，從維護自己的分析立場和思想的一致性而言，宋著是成功的，但有時也會出現排斥其他觀點的「故意」。例如：上面所舉對蘩漪一類「亂倫」人物的分析，對從個性解放出發的「理解」立場的反駁，就是不全面的。蘩漪的滅亡，從基督的正義懲罰而言，言之有理，但為什麼就不能將蘩漪的毀滅視為追求情感自由和個性解放者在封建力量面前的毀滅呢？從《雷雨》文本的時間背景而言，應當說，作者所賦予蘩漪形象的悲劇命運，是隱含著這樣的意義的，她在周家的情感處境是與周樸園的「冷漠」與「專制」不能分開的，她的「復仇」是絕望者的反抗，是夢醒了無路可走的選擇。再如，作者為了分析的方便，將人物分為六種類型，這是有見地的。但作者把蘩漪劃人「淫亂」一類，而在「仇恨」類中被除了名，恐怕在分類上是有問題的，把周樸園歸入「貪婪型」恐怕也有失簡單；而《北京人》中的曾思蛇卻沒歸人任何一類，大體也是一種失誤或者說是疏忽。這種以基督文化所代表的價值觀念為基礎的分類方式，有時就不免捉襟見肘，因為人不是那麼單一的。另外：宋在著作中，一方面從否定的意義上展現了曹禺早期劇作中「原始蠻性」引人「墮落」的情狀；一方面又通過對《北京人》對「原始野性的呼喚」，從正面肯定了曹禺重建理想人格的努力。這顯然是曹禺思想的變化所致。但宋著未能揭示曹禺思想的變化，因而給人的印象是矛盾的、不相和諧的兩種傾向。最主要的，由於宋著是以「基督文化」來建構其研究文本的，因而對曹禺劇中的中國的文化價值內容很少涉及。這是封

閉性研究系統的規定，是可以理解的。其實，在曹禺劇中的人物身上，或劇本的價值傾向，都不同程度體現出中國人和文化的價值特徵，如作品中呈現的善惡觀念、懺悔意識、復仇情結等，就不僅僅是基督式的。如仇虎的復仇顯然與中國宗法觀念中的「父債子還」擺脫不了幹係。因而，以一種文化作為解釋文本的基礎，就可能會「遮蔽」其他文化意義的顯現。

　　無論如何，宋著是曹禺研究的新的收穫，將曹禺研究推向了新的階段，開闢了新的領域，尤其是細讀文本得出的結論，更是文本分析的成功典範，其影響將會逐步顯示出來。

第7章　史識、激情、理性
　　——《二十世紀中國文學價值觀研究
　　　　叢書》讀後的思考

一、一個有歷史和現實意義的選題

　　自上世紀 80 年代中期錢理群、陳平原、黃子平三位先生提出「二十世紀中國文學」的概念以來，中國現當代文學研究的走向便發生了很大變化，力圖將二十世紀中國文學納入整體統一的研究視野，將二十世紀中國文學的現、當代分離的格局打破，已成為學術界極為關注的前沿問題，並取得了不小的成就，如謝冕先生主編的《百年中國文學總系》、嚴家炎先生主編的《二十世紀中國文學研究叢書》，以及其他學者的文學史著作和有關研究著作的問世，都表明瞭「二十世紀中國文學」的整體研究的格局已經初步建立。但是，從一些重大問題，一些能總攬文學史研究全域的命題入手，進行宏觀研究的尚不多見，這自然是一種遺憾。文學史研究必然注重編年史研究和具體及較大的問題的研究，這是整體把握文學史、宏觀考察中國現當代文學的前提和重要基礎，但中國現當代文學的研究也必然需要一些巨集觀的研究。一方面，這種研究能顯示研究的氣勢，一方面又能展現研究的理論高度。基於此，對羅成琰等撰寫的《二十世紀中國文學價值觀研究叢書》的意義，便不能不作一番評述。

　　首先，選題具有較深刻的歷史意義。百年中國文學的發生發展，是一個非常複雜的問題，發生發展的動力源也不是單一的。因此，清理其發生

發展的基礎及動力，不僅本身是歷史研究的需要，也是百年中國文學內在的歷史構成，《叢書》所選擇的五個方面，就充分體現了著者們的識見及歷史的深邃眼光。無論是主流意識形態與百年文學，還是宗教、傳統文化與百年文學，以及後現代主義、市民文化與百年文學的關係，都是帶有文學發生、發展母題性的內容，是誰都無法回避的百年文學史研究的大問題，真問題。這些問題，既是二十世紀中國文學發生的思想、文化基礎，又是推動、影響二十世紀中國文學演變以及文學形貌、品格形成的主要力量。應當承認，中國二十世紀文學經歷了不同時期的不同性質的主流意識形態，在其發生期，啟蒙現代性的內容，西方文化價值是「五四」文學的主流思想，也是那個時期的主要文學動力，但此時期的啟蒙現代性中的激進的、革命的、社會主義的思想已經開始發生影響，並為以後的革命、左翼文學的崛起一直到後來的以政治利益、階級鬥爭主題、黨派利益為核心的主流意識形態統治地位的形成起了引發性作用。再如宗教問題。誰都不可否認，中國現代文學的產生與基督教文化的血緣關係，從客觀的角度看，中國現代文學的發生，沒有基督教文化的影響，可能不會發生，或者說即使發生又將是另一種文學形態；對百年中國文學與中國傳統文化之間的關係的認識，也應作如是觀。從表面上看，二十世紀中國文學的發生、發展與中國傳統文化關係不大，甚至是對立的產物，但這僅僅是問題的一面，儘管這是極其重要的一面，沒有對傳統文化的否定、批判，就難以建立起二十世紀中國文學品格和歷史地位。但如深深追問一下，為什麼二十世紀中國文學在相當長的時間內，甚至說是一以貫之的價值引導，是集體主義、革命英雄主義、激進主義，為什麼話語獨斷方式，階級鬥爭主題能成為文學創作和文學研究的一種主要致思之路？誠然，在與傳統文化關係

方面，儒、道、釋等主要文化思想影響有大有小，有正有負，但這種影響又是實實在在的，它們對二十世紀中國文學的發生、發展演變，內容和形式，作家思想、心態、人格的構成，都有著深層次的影響，甚至可作這樣的推論：中國二十世紀文學是現代與傳統的合力之構成，是現代文學與中國古典主義文學的合成，所以，研究這些問題，對於認識中國二十世紀文學本身，把握主流意識，宗教文化，傳統思想是如何影響、滲透、推動二十世紀中國文學的，都有著極其重要的價值，這正是此套《叢書》的歷史價值所在。

其次，選題同樣具有對當下文學研究的現實啟迪價值。上世紀 80 年代，是中國現當代文學乃至整個文學研究的思想時代，是一個充滿了價值追求和文化關懷的時代：但到了上世紀 90 年代，文學創作開始放逐思想，價值目標開始喪失，文化關懷逐步褪去，凸現寫作的「個人性」和「私人化」成普遍趨勢。以二十世紀文學價值觀研究為中心的叢書的出版，無疑隱含著叢書作者的雙重動機：一是以實際行動向創作、學術界疏離價值引導的質疑和挑戰，誠如在此叢書的出版《前言》中所說那樣：「文學對現實生活的藝術表現必然包含著價值判斷，文學家的讚賞與貶抑、肯定與否定都或明或隱地體現在作品的各要素中，形成文本的召喚結構，引導讀者從審美活動中獲得人生境界的提升」。二是對價值觀的重新理解及其選擇。叢書作者開宗明義地指出：「價值觀屬於倫理學的範疇，同一般性的人生觀既有聯繫又有區別，但以前的文學批語習慣於將二者混同起來有時甚至將價值學說完全依附於政治意識形態，從而遮蔽了價值觀念作為倫理學說的特殊性」；又說：「在文明社會中，價值呈多元形態，有宗教的也有世俗的，有傳統的也有現代的，有階級意識形態的，也有以共同人性

為基礎的。以前的文學批語對價值觀的關注主要集中在政治意識形態與傳統文化的方面，而對其他一些類型的價值體系則有所忽略」。這是一種非常客觀的理解及其選擇，沒有簡單否定以前的理解及研究者的選擇，但又明確超越了過去，顯然，這也是一種召喚，一種對文學研究價值選擇的召喚，即以多元的價值觀去研究多元的存在於文學家的作品文本中的價值。

二、研究者鮮明的價值指向

在《二十世紀中國的文學價值觀研究叢書》的文本中，我們所感受的是作者鮮明的價值立場，即現代性的價值取向。

所謂現代性價值，從一般意義上講，是指建立在理性基礎上的以平等、自由、獨立、民主等為核心的價值原則，是整個人類在向現代化進軍歷程中逐步形成的一套意識形態和精神系統。從後現代的角度講，現代性自然會有諸多缺陷，如不斷進步的創造的神話、科學理性的獨斷、工具化的操作程式以及對人類固有的一些好的精神、情感的摧毀所造成的人的精神、情感、意識的困境。但必須指出，任何價值系統都是有缺陷的，當我們審視面對一價值系統時，其選擇吸收的原則是以自身的內在需要為核心的，因此，在當今中國正在全面建設現代化的歷史階段，如果不去吸收、選擇、建構與現代相適應的現代性價值系統，又能找到什麼樣的價值系統呢？基於這樣的理解，以現代性價值去觀照、審視、分析本身就是主要基於現代性思想而產生的並內含著現代思想的二十世紀中國文學，可以說是最恰當的最必然的選擇。

　　創新，是這套叢書作者的一個突出的價值指向。學術貴在創新。二十世紀中國文學的研究人數多，文學本身歷史較短，創新實為不易。然而叢書的作者們卻能突出研究的多重圍困，尋找到較新的領域，並作出了比較新穎的結論。

　　請注意以下一些觀點：

　　譚桂林認為：「宗教文化就是五四新文學運動所依賴的獨特的思想資料之一。五四新文化運動出於提倡民主科學反對專制迷信的目的，對宗教是持猛烈批判態度的，而五四時期的新文學作家卻大多在情感上對宗教文化抱有好感。」（《緒論》P3）這一觀點對於基督教與新文學的發生關係而言，觀點並不新鮮，但對於佛教來說，則就是獨特的判斷和結論，因此，作者從佛教的思維模式入手，深入分析了其激進主義與「五四」新文學的深層聯繫，其看法確實令人耳目一新。

　　宋劍華在討論無產階級意識形態價值觀與二十世紀中國文學運動的結盟關係時說道：「無產階級意識形態價值觀與二十世紀中國文學運動之間錯綜複雜的結盟關係，絕不是一種由於外界因素的強行介入所導致的歷史偶發事件，而是中國新文學運動其本身就客觀存在著這樣一種內在要求。」（P7）作出這樣的判斷，給人的啟迪誘發的思考是深長的。

　　羅成琰在分析二十世紀中國文學與傳統文化關係時也指出：「不論傳統文化價值觀在二十世紀的中國經歷了怎樣富於戲劇性的命運，它對二十世紀中國文學和作家的影響卻是一直存在的，並且是根深蒂固的、淪肌浹髓的。它同馬克思主義和現代西方思想文化學說共同構成了二十世紀中國價值世界的三維，而且常常同其他兩維融合在一起，既受到馬克思主義和現代西方思想文化學說的重新觀照和改造，又從傳統文化價值觀的視角對

馬克思主義和現代西方思想文化學說進行了選擇與詮釋。」（P6）這種概括性的結論既是新鮮獨特的，又是可以讓人們接受的，是二十世紀文學運動自身呈現出的客觀形態。

　　在閻真的著作和田中陽的著作裡，同樣可以發現不少新穎獨特的具體的理解和判斷，這裡就不一一列舉了，請讀者去領會為好。

　　說到底，一切創新，勇氣與激情，對學術研究而言，最終都必須植根在理性的基礎之上。否則，學術研究只能是非學術的情感渲泄和沒有根基的臆斷。綜觀叢書，作者們都力圖在資料的豐富性、可靠性，文本細讀的深入性、概念辨析的確定性方面下了較大功夫，其觀點和結論都有相應的論據作為基礎，絕不是無中生有或牽強附會地臆斷或妄斷，作到了論從史出，史論結合。如譚桂林在分析佛教具有激進主義思維模式的特點時，就從理想崇拜、實踐理想的極端性、宗教性的修辭言語方式等方面，仔細深入地分析了這個問題，其結論具有說服人的力量；再如羅成琰在討論傳統文化價值觀以其複雜甚至變異的形態進入二十世紀中國文學並影響作家時，就仔細從千秋情懷、群體觀念、叛逆精神、生命情調幾個方面，分析了傳統文化在二十世紀文學及作家自上的一脈相承的一面以及出現的變異的一面；又如閻真討論的後現代主義與現代主義在二十世紀中國文學中的表現，就選擇了一些典型的文學文本進行了較深入地細讀，其分析與理解既基於自我的生命體驗，但更來自於文本所提供的意義世界；田中陽在辨析市民概念上以及梳理市民文化在二十世紀中國文學中的反映，其史料掌握，使人讀起來感到實在，即使像宋劍華以思想見長的著作，其觀點都來自於作家及文學文本自身所提供的思想資料，其分析都具備邏輯的和自身的成立性。因此，理性化的學術態度就構成了叢書作者的共同的學術品格。

　　讀這套叢書，讓我思想與心靈震撼的不僅僅是上面所提，還在於他們以一個現代人的眼光，以現代性的價值對研究對象予以了穿透和理解。這是一種立場，一種不可少的現代學術理性的需要，也是學術研究的一種終極關懷的表現：關注現代中國人和現代中國社會的生存及其發展的需要，為中國人的文化、精神、心靈尋找一種有意義的價值支撐，是這幾位作者的共同的價值指向，宋劍華對主流意識形態的「集體主義觀念」、「英雄主義完美意識」的剖析，無疑深深地打上了現代性價值的烙印，譚桂林重視個體生命選擇的自由以及對詩性生命（神性）的憧憬，閻真的以現代人的生存條件和以西方文學所提供的價值啟示來研究對象的自覺思路，都表明他們在堅守著一種共同的追求，即現代中國人所需的現代性價值。用羅成琰在書中的話說，他們是「以現代人的眼光，帶著今天的問題，在對傳統進行現代解釋的基礎上，從傳統文化中尋找推進中國當代文化建設的思想資源和人文智慧。可以說，回歸傳統的真正使命在於實現傳統文化的創造性轉化，開啟中國文化的現代性之維。」（P5）斯言甚是，代表的正是文學研究者的一種必須的歷史責任和價值目標。

第8章　歷史的選擇與選擇的歷史

　　羅成琰的論文集《歷史的選擇與選擇的歷史》（湖南師範大學出版社，1997 年 7 月版，以下簡稱《歷史》）的出版，是一件有意義的事，羅成琰在《歷史》一書中，研究對象不僅僅是現代文學的浪漫主義，他所涉及的還有中國現代作家與傳統文化的關係，現代文學研究的方法，以及其他非浪漫主義作家的文學觀念，作品的解讀等方面。本文主要就他在浪漫主義研究領域作出評述，所概括的研究個性也主要關涉於此。

一、研究架構的建立與富有創見的思想

　　《歷史》總共三編，上編是宏觀研究，通過〈論現代中國文學中的浪漫思潮〉、〈現代中國的浪漫詩學〉、〈西方浪漫主義文學思潮與中國現代文學〉、〈現代中國浪漫文學思潮的傳統淵源〉、〈論「五四」新文學浪漫主義的興衰〉等一組文章，力圖從現代浪漫主義的特徵、美學理想、中西文學文化資源以及興衰歷程的描述與分析，建構起研究現代浪漫主義文學的整體架構。中編中有關浪漫主義的有兩篇文章，它們是〈論現代中國文學中的個性主題〉和〈論現代中國作家和作品的個案研究〉：如〈魯迅與魏晉風度〉、〈郭沫若與屈原人格〉、〈郁達夫小說創作淺論〉、《廢名的〈橋〉與

禪》、〈淺談曹禺劇作語言的詩意美〉等。有關郭沫若和郁達夫的論文，與浪漫主義的關係不言自明，論魏晉風度的文章，顯然也與浪漫主義相關，至少魏晉時期文人的精神氣質具有浪漫色彩，此外涉及到的廢名的作品與曹禺劇作的語言的詩意化，其研究指向也是明確的，事實上廢名的創作於浪漫主義本身就具有不可分割的聯繫，其作品的抒情性與自然情趣乃是浪漫主義的本質要素，曹禺的詩意化的劇作語言自然也是浪漫主義影響下的產物。

　　浪漫主義這一概念來自西方，中國現代浪漫主義是在西方浪漫主義影響下的結晶，因此，用西方浪漫主義的特徵來解釋中國現代浪漫主義文學的特質，是一般研究者的普遍思路。從整體上講，羅成琰也是以西方浪漫主義作為解釋中國現代浪漫主義文學的參照系的，但沒有完全遵循一般的「幻想性、個人色彩、抒情性、地方性、讚美自然」等西方浪漫主義的特徵來解釋的道路，而是根據中國現代浪漫主義生成的特殊境遇，選擇了與西方浪漫主義特質相關但又具有現代浪漫主義的「中國特色」的三個主要特點，來概括中國現代浪漫主義文學思潮的本質，那就是「主觀性，個人性、自然性」。為什麼要作這樣的概括，他是這樣理解的：「主觀性表現在現代中國浪漫思潮把情感、想像，靈感提到了藝術的首要位置，作品充滿濃厚的主觀抒情色彩和一定程度上的主觀傳奇色彩。個人性表現在現代中國作家個性意識的增強，主張藝術史自我的表現，追求藝術的獨特性。同時，個人與社會的對立成為現代中國文學中的一個重要的主題形態。自然性表現在現代中國作家也流露出『返歸自然』的傾向，嚮往人的自然本性和美麗、清幽的大自然，對現實文明特尖銳的批判態度。」[1]在分析現代浪

---

[1]　引自《歷史》第 28-29 頁。

漫主義作家的審美思維方式時，他作出了這樣的結論：「中國文化的基本
特徵是實踐理性，它對宇宙、永恆、超驗之類的東西不感興趣，而關注於
現實，追求經世致用。這就使『五四』時期作家對想像的理解具有現實性
和實驗性，強調客觀實在對想像的生成有著決定性的制約作用，從而把想
像從行而上拉倒了形而下。……想像在「五四」時期作家那裡總是被當
做建立人的藝術世界的一種方式和手段，而缺乏普遍的形而上學的價值；
總是被視為一種謀篇佈局的組合能力，而不是第二世界的創造者。它與
西方浪漫主義作家筆下的想像處於不同的哲學與心理學層面。」[2] 像這樣的
在深入把握作家創作實踐基礎上得出的結論，既符合客觀實際，又富有
創意。

二、社會──歷史批評的科學運用與鮮明的價值訴求

在當下，文學批評界的多元化格局正在形成之中，至少是出現了多元
化研究範式呈現的端倪。問題是，一些人在提倡多元化時，又企圖建立自
己所鍾愛的獨斷話語權利。於是，以歷史唯物主義為理論基石的社會－歷
史批評方式受到一些人的嘲諷和譏笑，這顯然是不合理的。因此，不論是
從多元化自身的價值目標看，還是從社會－歷史批評具有的對文學解釋的
特殊功能看，社會－歷史批評方式都有它存在的合理性。從羅著看，其研
究和批評方法主要是社會－歷史的方法，當然，美學的解釋方法也蘊含在
他的文本解釋之中。《歷史》一書中，收了他的一篇名為〈呼喚科學的社
會──歷史批評〉的文章，這是他的一篇宣言，也是他研究實踐的指導。

[2]　引自《歷史》第 60 頁。

可以說，羅成琰始終將中國現代浪漫主義的產生、發展和衰落與中國文化和現實社會歷史環境結合一起來思考，具有強烈的社會意識和深厚的歷史感。當羅成琰運用這樣的批評方式，去解讀現代浪漫主義文學思潮時，其富有社會歷史感的新見就呈現給讀者了。例如：他明確指出了中國傳統哲學和文學對現代中國浪漫思潮的影響，是潛在巨大的，「正是這種影響，在很大程度上決定了現代中國浪漫思潮的『中國特色』」。[3] 接著，他從老莊哲學與美學、禪宗哲學與美學，以及楚騷美學三個方面，深入地討論了現代浪漫文學與它們的關係，並從現代作家的「瀟灑飄逸、放浪形骸的言談舉止和憤世嫉俗、高蹈浪漫的處世態度」，「自然、閒適、清淨、澹泊」的審美情懷，「奇幻豔麗，自由無羈」等古代文人性格幾個方面，較深入詳細地論證了二者之間的歷史聯繫。

三、情感投入與優美的文筆

學術研究是理想化的，它需要客觀和冷靜，這是一般的共識，問題在於，情感的投入是不是一種必需呢？我想應當是的。當然，正如不能讓學術研究只有一種理性模式一樣，情感投入也不能成為學術研究的必需形態。它們都應存在，都應有合理性，關鍵在於模式是否與研究者的人格、興趣相適應，都應有合理性，關鍵在於模式是否與研究者的人格、興趣相適應。我認為，研究浪漫主義文學的學者沒有豐富的情感恐怕難以深入細緻地研究下去，缺乏對情感的感知力至少在心靈上就難與浪漫主義作家進行對話，誠如研究康德、黑德爾的哲學沒有很強的思辨力，就難以進入形

---

[3]　引自《歷史》第 150 頁。

而上的哲學殿堂一樣。所以，當我們讀到羅成琰筆下的文字時，尤其是他
再對作家筆下人物的概括及其創作風格把握時，優美的文字和飽含情感的
評價篇躍然紙上，其人其作品之特色便鮮活地呈現在我們面前，如他寫鬱
達夫筆下的「零餘者」：「他們激揚慷慨又軟弱無能，熱愛生活又逃避生
活，積極向上又消極退隱，憤世嫉俗又隨波逐流，追求美好的愛情又苛求
滿足卑瑣的性慾，自喻多才又自輕自賤。……他們特別多愁善感，神經特
別纖敏，情懷特別感傷，一件小事能在心靈掀起軒然大波，一片落葉也會
使其自傷自憐」[4] 又如在比較創造社與周作人等人的生命意義時寫道：「創
造社諸作家向外擴張，周作人等人是對內現照；強者是實現自我，恣情任
性，超逸分流，後者是泯滅心靈，滌蕩情懷；前者由於個性價值難以實現
而躁動、傷感，後者由於縱浪大化之中而寧靜、和諧。」[5] 這些文字，講究
對仗，注意句式的相對整齊，在對比中見出各自的特質，讓人既感受到學
理的力量，同時通過文字又見到了音律之美以及美的文辭中的情感傾向。
羅成琰往往用一種略帶激情的方式來表明自己對浪漫主義精神的神往，他
再一篇文章中是這樣表達的：「作為文學思潮的浪漫主義也許已經過時，
它的一些藝術形式和表現方法也被人們逐漸拋棄。但是，它所擁有的一種
精神：個性的、情感的、自然的、充滿生命活力的精神，卻具有超越具體
歷史進程的普遍性和永久性，正如一位研究者滿懷激情說過的那樣：它永
遠是遙遙天際的一枚抬眼，一道金光，一曲旋律，呼喚你，啟迪你，激勵
你永遠去追求那至高無上的境界。」[6] 這是一種抒情，也是他的追求。

---

[4]　引自《歷史》第 97 頁。
[5]　引自《歷史》第 109-110 頁。
[6]　引自《歷史》第 53 頁。

　　浪漫主義作為人類文化和精神的一種形態，其實是相當複雜的，中國現代浪漫主義所呈現出來的特徵依然，因此一部專著，一組文章，要想徹底解析，都是非分之想。羅成琰的努力使成功的，但也不能說是完美的。這裡我提幾個問題與作者商討。一、作者在文章裡也涉及到了浪漫主義的人類精神性問題，但深入分析尚覺不力；同時，對現代浪漫主義的意義，如果僅僅停留在反封建意義的層面來理解，就一般化，如果能將其放到名族性格的改造與重塑的角度，也許更能見出「五四」浪漫思潮的價值。二、在討論中國現代浪漫主義與傳統美學時，我以為作者過多地注重其外在表現的相似性，沒能更深入地揭示其二者之間的差異，其實，這二者之間有聯繫，但更有其時代的不同。

【代跋】人與時代關懷之寄託
——學問之路的價值選擇

　　選擇學問之路的動機和目的，是多樣的；對不同的人而言，當然有其
個體的主導動機和目的。無論做什麼樣的學問，無論什麼樣的人做學問，
走學問之路，都應當有其內在的價值依託，也必須以價值作為做學問的根
本前提。古今中外，一切做學問之人，概莫例外。如果說有所不同，那只
是在價值定位的起點與歸宿，價值所涉及的範圍與程度等方面的差異。

　　從嚴格的意義上講，我的主要身分是教師，但由於在大學從事教書工
作之餘，還必須進行一些相關的學術研究，因此從寬泛的角度看，也算是
一個學問中人，雖然並不是一些人眼中那樣的「學人」，既然也算一個與
學問有關的人，自然對學問的酸甜苦辣，尤其是對做學問的價值多少有些
體會。也就是說，是按照什麼樣的價值邏輯做學問，直接講，就是為什麼
要做學問，便是在此文中所要表達的思想。

　　最早接觸學問是從大學開始的。1978 年，我有幸考入了西北大學中文
系，我們這一代人，經歷了長期的正統教育，又經歷了十年之餘的痛苦折
磨，這些生活的經歷已溶入了我們的思想、思維及情感之中。因此，當我
們進入大學之後，一方面是抓緊時間吸收知識，力圖利用難得的機會，在
知識的海洋中遨遊；一方面，經歷了又決定了我們不僅是知識的吸收者，
它決定著我們必然面對歷史、現實和人進行思考與探索。於是，在求知的
前提下，我們更注重求「思」，更注重通過前人知識財富及思想的梳理，

來體現我們這一代人自身的價值評判和選擇。正是在這樣的思想、心理的
環境中，在八十年代思想解放的氛圍中，我們開始走上了學術之路。因此，
我個人也和同代人的大多數人一樣。以一種強烈的歷史使命感和社會責任
感，以極其強烈的啟蒙衝動，懷著批判的激情，開始了所謂的學術生涯。

我的第一篇習作是寫的〈論文學的人民性〉。從題目可以看出，這是
一個具有平民意識的選題。這是學習文學理論課的一個結果。當時，關於
文學的黨性和人民性問題，在文學理論界是一個引起關注的問題，文章的
立論是提倡人民性，認為以人民性作為評價的標準具有比黨性原則更寬泛
更開放、更能使歷史和現實中的作家作品得到更為公正的評價。這是 1979
年的事情，那時剛入學一年多，知識與理論準備都不足，從學術論文的角
度講，是極其幼稚的，不過是顯示了一種初生牛犢不怕虎的勇氣罷了。接
著，考慮到幾十年來我們文學作品中的過於理性化和政治化的片面要求，
適逢學校擬編學生優秀論文集，我又寫了〈論作家感情的獨特性〉一文，
中心是強調情感對於作家作品和讀者的核心意義，突出文學自身的特徵，
尤其是在作家創作中的意義，這篇文章有幸入選學校學生論文集第一集，
並且據一位老師講，當時作協的一位理論工作者對此很感興趣，這對我無
疑是一種鼓勵和鞭策，便也增強了我的自信心。於是，結合古典文學的學
習，我又寫了〈心靈與情感的歌：讀李清照詞〉這篇文章，此文最初題為
〈論李清照詞的人性美〉，但當時「人性」問題並沒有真正「解凍」，比較
敏感，便根據一位老師的意見，將「人性美」改為「人情美」；後來發表
時，題目又做了一些改動。這篇文章是與〈論作家感情的獨特性〉一文相
呼應的，實質上是通過個案來坐實情感問題在作家中的意義及其存在的客
觀性。後來又結合畢業論文，我寫了〈孔子與柏拉圖文藝思想之比較〉，

寫作此文對我個人影響較大，關鍵是內在學術理路的變化，是從此文開始的，即做學問的價值選擇在此時多少有了自覺。如果說，以前的習作在價值邏輯的起點與歸宿上，並沒有較明確的意識。那麼，從此文開始，都多少有了自覺的意義，即從文化的角度去研究文藝和作家，因而，它也就成了我做學問「入思」方式改變的一種標記，這也是我後來將文學與文化反思結合起來做研究的真正開始。

大學畢業，我旋即考入四川大學中國現代文學專業，方向為魯迅研究。研究生三年的學習期，是我思想上進入相對成熟和穩定的時候，也是對學問價值有更進一步認識的時候。圍繞專業方向，除了大量閱讀外，更主要的功夫是通讀和精讀魯迅的作品。閱讀魯迅，不僅使我知識有了更多的積累，更重要的是使我眼界更為開闊，思維相對更加活躍；結合讀魯迅的作品，我讀了一批研究魯迅的論著。同時，還自覺地去涉獵中國文化、文學典籍，以及西方文藝復興以來的一些主要思想家、作家的代表作品，在理論上作了一些準備，知識上也多了一些積累。這一階段，是集中讀書的時期，對我後來影響至關重要，後來一些論著中的想法，大體萌芽於此時，至今為止，仍在影響著我的思想、學術和價值選擇。

回想我的治學經歷，從研究對象而言，我主要對兩個方面進行了一些思考。一是關於人性、人格思想問題，主要是關於中國理想人性問題；一是關於對浪漫主義特徵的作家作品和文藝思潮的相關探討。而研究的共同思路是以人為核心，體現對人自身的一種價值關懷；以文化為敘事的切入點，將作家作品和文藝思潮放在現實和傳統的文化模式之中去考察，而最根本的價值起點和歸宿是現實中存在的人的生命需求，因而它與時代必然聯繫在一起。

　　人的問題是我首先關注的焦點。人的問題事實上也是世界和社會的中心。在讀研期間，我的畢業論文是「魯迅中國理想人性思想研究」，力圖通過對魯迅這一思想的解讀，將其所探索的中國人性思想和人格思想與傳統人性、人格思想進行比較，從而見出魯迅作為思想家的獨特意義和魯迅對現代中國人性、人格的建構的強烈意願。無可懷疑，魯迅的思想是現代的，是中國人的現代化思想的最重要的財富。我之所以選擇這個前人少於涉及的問題，也內含了我自己的一種現代訴求，一種希望建構中國現代理想的人性、人格模式的強烈衝動。在這樣的基礎上，1987 年底，應一種叢書的責編之邀寫了我的第一部學術性著作《歷史透鏡下的魂靈──中國封建社會人性結構論》。此書主要是我對中國傳統人性結構和對魯迅所追求的現代中國人的人性思想認識的一個結果。此書收入了《驀然回首》叢書第一集，出版後引起了一定的反響。1988 年，又應一出版社之約，我寫了《中國現代理想人性探求》這部著作。顯然，這是前一部書的延伸。前一部著重是講古代和傳統的，這部書重點則放在現代。在這兩部書裡，我力圖對中國傳統人性的結構進行清理，並提出一個有內在聯繫的模式，並在此基礎上，整理出與傳統人性結構相對應的現代作家、思想家所追求的理想人性模式，對當下中國人的現代化尋找可供利用的精神資源。

　　對浪漫主義作家、作品和文藝思潮的關注是我主要涉及的第二個領域。表面看，與前面的人性思考缺乏聯繫，實質上關係甚密。浪漫主義，我認為不僅僅是一種文學運動，文學思想或創作方法，實質上是一種文化精神，是人內在的一種品質。浪漫主義的主體性、自由性、理想性以及富於情感抒發的特點，已表明它是人性內部特性的一種外化和形式化。我以為，對中國而言，浪漫情懷從古至今都是存在的。問題在於古代中國人的

浪漫精神在實用理性和封建主義的抑制下，始終沒能得到真正張揚，從心靈史的角度看，中國古代的浪漫意識，在文學中的表現，帶有不可否認的抑鬱性，因此，從浪漫主義的角度去研究文學，不僅僅是文學自身研究的需要，而且還是窺測中國人心靈狀態和心靈發展的重要視窗，同時還能發現浪漫精神在歷史和社會過程中的意義與價值。正是出於此，我寫了古代與「五四」浪漫主義比較的文章，研究過現代抒情小說與時代精神的關係，也通過對魯迅抒情小說的解析來表現浪漫主義的意義，同時對新時期前十年文學的浪漫主義潛流以及與變革時代的文化價值取向之關係作過探討；此外，我還對中國古代浪漫主義的文學傑作《西遊記》作過一些研究，陸續寫成並出版了兩部著作，表明瞭我對浪漫主義這一人性精神、文化精神的一些認識，也顯示出了我個人的一種價值選擇。

關注人的問題其實也是關注文化及其價值。人創造了文學、文化又在塑造著人自身。所以，當我在研究人和文學的時候，文化的批評方法，就成了我的首選。在我近二十年的治學道路上，在我的已經發表過的論著中，始終貫穿著以文化的角度去分析問題的主線。這是因為，人自身的價值及其選擇，其行為方式，思維方式乃至情感心理存在狀況，都可以見出與文化的緊密關係；而文化，無論是文字承載的人的存在發展的歷史軌跡，還是非文字或者說是通過人的行動的方式，往往顯現的不僅是人自身，而且也是文化自身，所以，從文化尤其是從文化價值的角度切入問題，更能深入研究對象的深處，更能抓住問題的實質。當然，這僅是我個人一種體會。

在我的求學求知和做學問的道路上，影響最大的是魯迅先生。是這位偉大的思想巨匠，真正喚起了我的做學問的興趣。在當今一些人對魯迅不再崇敬，魯迅自身也確實存在著「歷史中間物」的不可避免的「局限」，

但我對先生的對人和時代的大關懷，對先生至今難有人望其項背的思想，將永遠懷著仰之欲高，敬之愈深的情感的。

我在《自選集》的後記中講過，我的成長，即使是出了一點點成果，始終與師長、朋友與同事的關懷、支持分不開。我會永遠記住他們，並把他們的關懷與鼓勵，化為繼續前行的動力，並促使我沿著認定的學問的價值邏輯之路走下去，走下去。

做學問的目的不僅在於個人而言，具有極其重要的意義，對學術自身的發展也是一個應該明確的問題。此文的寫作雖然是個人的一些治學心得，但也有針對「當下」的意圖，一些人出於純潔學術，建立真正學術規範的動機，提倡學術立場的中立化，甚至有「零度寫作」的傾向。從一定的角度講，這是必要的。問題是，研究者如對人自身和對時代持以冷漠之情，沒有深厚的內在情感和終極關懷，缺少對歷史和社會的責任，這樣的「學問」究竟還有多大價值？或者說，為學術而學術，為知識而知識的「學問」，與人與時代沒有關係的「學問」，無論其體系如何宏大，學理如何高深，知識如何廣博，在最終的意義與價值上，始終是存在缺憾的，其價值所及的範圍與程度，對人和時代社會的影響，是不能與思想家型的學者相比擬的。我從來都對自己有一個正確的估計：永遠成不了大學者，也永遠成不了思想家式的學者，但我對後者的嚮往卻是一以貫之的，因為古今中外真正的偉大學者，其共同的價值選擇，都是與人和時代相關聯的。

本書中的文章，有幾篇是我大學時期的學習之作，幼稚而又淺顯，收在這裡可以見出自己的學術成長經歷；還有幾篇是與研究生高建青、葛琛輝、任玨、王書婷、朱恒、魯紅霞合作的，特此說明並表示感謝；尤其要感謝韓晗博士和魯紅霞博士為本書在臺灣出版所付出的心血和勞動。

語言文學類　PG1179　秀威文哲叢書06

中國文學漫論

作　　　者／何錫章
主　　　編／蔡登山
叢書主編／韓　晗
責任編輯／黃大奎
圖文排版／楊家齊
封面設計／蔡瑋筠

發 行 人／宋政坤
法律顧問／毛國樑　律師
出版發行／秀威資訊科技股份有限公司
　　　　　114台北市內湖區瑞光路76巷65號1樓
　　　　　電話：+886-2-2796-3638　傳真：+886-2-2796-1377
　　　　　http://www.showwe.com.tw
劃撥帳號／19563868　戶名：秀威資訊科技股份有限公司
　　　　　讀者服務信箱：service@showwe.com.tw
展售門市／國家書店（松江門市）
　　　　　104台北市中山區松江路209號1樓
　　　　　電話：+886-2-2518-0207　傳真：+886-2-2518-0778
網路訂購／秀威網路書店：http://www.bodbooks.com.tw
　　　　　國家網路書店：http://www.govbooks.com.tw

2015年4月　BOD一版
定價：550元
版權所有　翻印必究
本書如有缺頁、破損或裝訂錯誤，請寄回更換

國家圖書館出版品預行編目

中國文學漫論 / 何錫章著. -- 一版. -- 臺北市：
　秀威資訊科技, 2015.04
　　面； 公分. -- (語言文學類；PG1179)(秀
威文哲叢書；6)
　BOD版
　ISBN 978-986-326-332-6 (平裝)

　1. 中國文學　2. 文學評論

820.7   104003438

讀 者 回 函 卡

感謝您購買本書，為提升服務品質，請填妥以下資料，將讀者回函卡直接寄回或傳真本公司，收到您的寶貴意見後，我們會收藏記錄及檢討，謝謝！
如您需要了解本公司最新出版書目、購書優惠或企劃活動，歡迎您上網查詢或下載相關資料：http:// www.showwe.com.tw

您購買的書名：_____

出生日期：_____年_____月_____日

學歷：□高中 (含) 以下　　□大專　　□研究所 (含) 以上

職業：□製造業　□金融業　□資訊業　□軍警　□傳播業　□自由業
　　　□服務業　□公務員　□教職　　□學生　□家管　　□其它____

購書地點：□網路書店　□實體書店　□書展　□郵購　□贈閱　□其他

您從何得知本書的消息？

　□網路書店　□實體書店　□網路搜尋　□電子報　□書訊　□雜誌

　□傳播媒體　□親友推薦　□網站推薦　□部落格　□其他_____

您對本書的評價：（請填代號　1.非常滿意　2.滿意　3.尚可　4.再改進）

　封面設計____　版面編排____　內容____　文／譯筆____　價格____

讀完書後您覺得：

　□很有收穫　□有收穫　□收穫不多　□沒收穫

對我們的建議：_____

_____

_____

_____

11466
台北市內湖區瑞光路 76 巷 65 號 1 樓
秀威資訊科技股份有限公司　　　收
BOD 數位出版事業部

....

（請沿線對折寄回，謝謝！）

姓　　名：＿＿＿＿＿＿＿＿　年齡：＿＿＿＿　性別：□女　□男

郵遞區號：□□□□□

地　　址：＿＿＿＿＿＿＿＿＿＿＿＿＿＿＿＿＿＿＿＿＿＿＿

聯絡電話：(日) ＿＿＿＿＿＿＿＿＿＿　(夜) ＿＿＿＿＿＿＿＿＿＿

E-mail：＿＿＿＿＿＿＿＿＿＿＿＿＿＿＿＿＿＿＿＿＿＿